KB267727

최서해 문학 45선

최서해 문학 45선

초판 1쇄 인쇄 2012년 3월 29일
초판 1쇄 발행 2012년 4월 5일

지은이 I 최 서 해
펴낸이 I 손 형 국
펴낸곳 I (주)에세이퍼블리싱
출판등록 I 2004. 12. 1(제2011-77호)
주소 I 서울시 금천구 가산동 371-28 우림라이온스밸리 C동 101호
홈페이지 I www.book.co.kr
전화번호 I (02)2026-5777
팩스 I (02)2026-5747

ISBN 978-89-6023-775-9 04810
ISBN 978-89-6023-773-5 04810(세트)

일제강점기 한국현대문학 시리즈

002

최서해

문학 45선

최서해 지음 | 편집부 엮음

수박
해운대
병우 조운
혈흔
그리운 어린 때
여름과 물
달리소
가을의 마음
가을을 맞으며
어느 곳 풍경
조선의 특수성
누가 망하나?
만두
8개월
소연한 우성
노농대중과 문예운동

탈출기
13원
금붕어
고국
그믐밤
부부
천기
이역원혼
먼동이 틀 때
인정
서막
물벼락
박돌의 죽음
큰물 진 뒤
저류

누이동생을 따라
매화 옛 등걸
면회사절
미덥지 못한 마음
잡담
성동도
봄을 맞는다
입춘을 맞으며
담요
동대문
천재와 범재
신록과 나
의문의 그 여자
K 화상의 눈

엮은이의 말　06

1부 **최서해 소설 선**　08

탈출기 · 10

13원圓 · 22

금붕어 · 28

고국 · 32

그믐밤 · 38

부부夫婦 · 74

105 · 전기轉機

122 · 이역원혼異域冤魂

137 · 먼동이 틀 때

175 · 인정人情

183 · 서막序幕

197 · 물벼락

200 · 박돌의 죽음

217 · 큰물 진 뒤

234 · 저류低流

2부 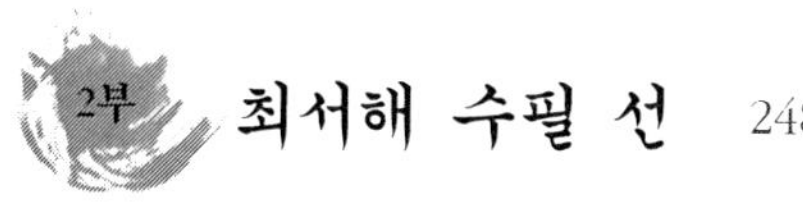 최서해 수필 선　248

누이동생을 따라 · 250

매화梅花 옛 등걸 · 274

면회사절面會謝絶 · 276

미덥지 못한 마음 · 280

잡담雜談 · 282

성동도城東途 · 284

봄을 맞는다 · 287

입춘을 맞으며 · 289

담요 · 291

동대문東大門 · 297

천재天才와 범재凡才 · 309

신록新綠과 나 · 313

의문疑問의 그 여자 · 315

K 화상和尙의 눈 · 318

수박 · 319

해운대 · 321

326 · 병우病友 조운曹雲

332 · 혈흔血痕

337 · 그리운 어린 때

339 · 여름과 물

341 · 달리소

343 · 가을의 마음

352 · 가을을 맞으며

360 · 어느 곳 풍경

362 · 조선의 특수성

367 · 누가 망하나?

381 · 만두

385 · 8개월個月

394 · 소연蕭然한 우성雨聲

399 · 노농대중勞農大衆과
　　　문예운동文藝運動

　　1901년에 태어나 1932년에 사망한 작가 최서해의 작품을 그의 사후 80년이 지난 2012년에 다시 엮는다. 일제 강점기인 1924년 『조선문단』을 통해 단편소설 '고국'으로 등단하였으니, 그는 약 8, 9년 동안 작품 활동을 한 셈이다. 길지 않은 창작 기간이지만, 특색 있고 적지 않은 작품으로 우리 문학사에 또렷한 발자국을 남긴 그의 작품들이 일반 독자에게 그리 크게 주목 받지 못했음은 아쉬운 일이다.

　　소수의 특권층과 부유층을 제외하고 가난을 숙명처럼 떠안고 살아야 했던 당시 대부분의 소시민들 중의 한 사람이었던 최서해는 자기가 절절히 겪은 극단적인 가난과 간도 생활의 체험을 그냥 흘려보내지 않고 훌륭한 문학 작품들로 탄생시켰다. 슬픔과 고난이 몰려올 때 압도당하지 않고 오히려 그것을 객관화하여 글로 쓰는 것이 바로 작가의 위력이다. 감옥에 가두어도 감옥생활을 글로 써내는 것이 작가이므로 작가는 패배하지 않는다. 당시 프롤레타리아 계급의 고통 한가운데 처해 있으면서도, 그것을 작품화하여 그들을 대변했다는 점에서 작가 최서해가 지닌 큰 의미를 찾을 수 있을 것이다. 그러면서도 소시민의 일상 속에서 발견하는 따뜻하고 인간적인 모습을 작품에 녹여 넣음으로써 균형을 잃지 않았던 것 같다.

　자본주의의 풍요 속에서 앞만 보고 가는 이때, 우리 민족의 극한 현실을 담은 문학작품을 읽는 것은 어떤 의미에서 현대 사회에서는 찾을 수 없는 ‘새로움’을 얻는 일이 될 것이다. 피폐해진 우리의 심신이 또 다른 새로움을 발견할 수 있기를 간절히 바라는 마음으로 이 선집을 내보낸다. 가능한 한 이 작품들이 쓰인 당시의 분위기를 살리기 위해서, 몇몇 맞춤법 상의 단순한 변화를 제외하고, 그 당시의 어휘와 표현들을 고치지 않고 그대로 두었다. 부디 이 선집이 독자에게 옛것을 통해 발견하는 새로운 재미와 의미가 되기를 바란다.

궁핍의 한가운데서

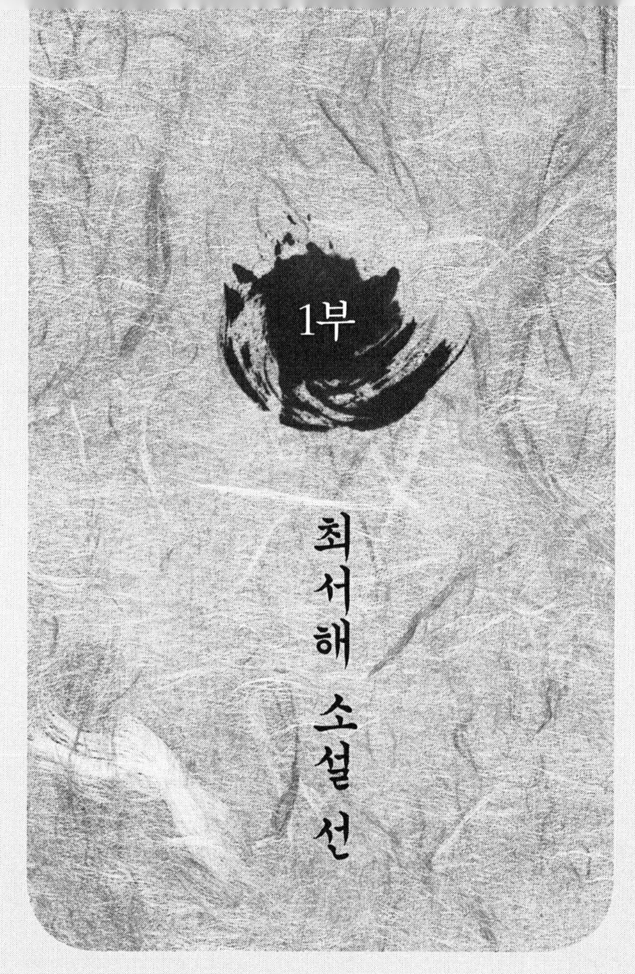

탈출기 | 13원圓 | 금붕어 | 고국 | 그믐밤 | 부부夫婦

전기轉機 | 이역원혼異域冤魂 | 먼동이 틀 때 | 인정人情

서막序幕 | 물벼락 | 박돌의 죽음 | 큰물 진 뒤 | 저류低流

탈출기

1

김군! 수삼 차 편지는 반갑게 받았다. 그러나 한 번도 회답지 못하였다. 물론 군의 충정에는 나도 감사를 드리지만 그 충정을 나는 받을 수 없다.

박군! 나는 군의 탈가脫家를 찬성할 수 없다. 음험한 이역에 늙은 어머니와 어린 처자를 버리고 나선 군의 행동을 나는 찬성할 수 없다. 박군! 돌아가라. 어서 집으로 돌아가라. 군의 보모와 처자가 이역 노두에서 방황하는 것을 나는 눈앞에 보는 듯싶다. 그네들의 의지할 곳은 오직 군의 품밖에 없다. 군은 그네들을 구하여야 할 것이다.

군은 군의 가정에서 동량棟梁이다. 동량이 없는 집이 어디 있으랴? 조그마한 고통으로 집을 버리고 나선다는 것이 의지가 굳다는 박군으로서는 너무도 박약한 소위이다. 군은 ○○단에 몸을 던져 ○선에 섰다는 말을 일전 황군에게서 듣기는 하였으나, 그렇다 하여도 나는 그것을 시인할 수 없다. 가족을 못 살리는 힘으로 어찌 사회를 건지랴. 박군! 나는 군이 돌아가기를 충정으로 바란다. 군의 가족이 사람들 발아래서 짓밟히는 것을 생각할 때! 군의 가슴인들 어찌 편하랴.

김군! 군은 이러한 말을 편지마다 썼지? 나는 군의 뜻을 잘 알았다.

사랑하는 나의 가족을 위하여 동정하여 주는 군에게 어찌 감사치 않으랴? 정다운 벗의 충고에 나는 늘 울었다. 그러나 그 충고를 들을 수 없다. 듣지 않는 것이 군에게는 고통이 되는지? 분노가 되는지? 나에게 있어서는 행복일는지도 알 수 없는 까닭이다. 김군! 나도 사람이다. 정애情愛가 있는 사람이다. 나의 목숨 같은 내 가족이 유린 받는 것을 내 어찌 생각지 않으랴? 나의 고통을 제삼자로서는 만분의 일이라도 느낄 수 없는 것이다.

나는 이제 나의 탈가한 이유를 군에게 말하고자 한다. 여기에 대하여 동정과 비난은 군의 자유이다. 나는 다만 이러하다는 것을 군에게 알릴 뿐이다. 나는 이것을 군이 아니면 다른 사람에게라도 알리지 않고는 견딜 수 없는 충동을 받는 까닭이다. 그러나 나는 단언한다. 군도 사람이어니 나의 말하는 것을 부인치는 못하리라.

2

김군! 내가 고향을 떠난 것은 오년 전이다. 이것은 군도 아는 사실이다. 나는 그때에 어머니와 아내를 데리고 떠났다. 내가 고향을 떠나 간도로 간 것은 너무도 절박한 생활에 시들은 몸에 새 힘을 얻을까 하여 새 희망을 품고 새 세계를 동경하여 떠난 것도 군이 아는 사실이다.

'간도는 천부금탕1)이다. 기름진 땅이 흔하여 어디를 가든지 농사를 지을 수 있고 농사를 지으면 쌀도 흔할 것이다. 삼림이 많으니 나무 걱정도 될 것이 없다. 농사를 지어서 배불리 먹고 뜨뜻이 지내자. 그리고 깨끗한 초가나 지어 놓고 글도 읽고 무지한 농민들을 가르쳐서 이상촌理想村을 건설하리라. 이렇게 하면, 간도의 황무지를 개척할 수 있다.'

　이것이 간도 갈 때의 내 머릿속에 그리었던 이상이었다. 이때에 나는 얼마나 기뻤으랴! 두만강을 건너고 오랑캐 령을 넘어서 망망한 평야와 산천을 바라볼 때 ―, 청춘의 내 가슴은 이상의 불길에 탔다. 구수한 내 소리와 헌헌한²⁾ 내 행동에 어머니와 아내도 기뻐하였다. 오랑캐 령을 올라서니 서북으로 쏠려오는 봄 세찬 바람이 어떻게 뺨을 갈기는지,

　“에그 춥구나! 여기는 아직도 겨울이구나.”

하고 어머니는 수레 위에서 이불을 뒤집어썼다.

　“무얼요, 이 바람을 많이 마셔야 성공이 올 것입니다.”

　나는 가장 씩씩하게 말하였다. 이처럼 나는 기쁘고 활기로왔다.

3

　김군! 그러나 나의 이상은 물거품으로 돌아갔다. 간도에 들어서서 한 달이 못 되어서부터 거친 물결은 우리 세 생령生靈의 앞에 기탄없이 몰려왔다. 나는 농사를 지으려고 밭을 구하였다. 빈 땅은 없었다. 돈을 주고 사기 전에는 한 평의 땅이나마 손에 넣을 수 없었다. 그렇지 않으면 지나인支那人³⁾의 밭을 도조⁵⁾나 타조⁶⁾로 얻어야 한다. 일 년 내 중국 사람에게서 양식을 꾸어먹고 도조나 타조를 얻는대야 일 년 양식 빚도 못 될 것이고, 또 나 같은 ‘시로도’에게는 밭을 주지 않았다. 생소한 산천이요 생소한 사람들이니, 어디 가 어쩌면 좋을는지 의논할 사람도 없었다.

　H라는 촌 거리에 셋방을 얻어가지고 어름어름하는 새에 보름이 지나고 한 달이 넘었다. 그새에 몇 푼 남았던 돈은 다 불려먹고 밭은 고

사하고 일자리도 못 얻었다. 나는 팔을 걷고 나섰다. 이리저리 돌아다니면서 구들도 고쳐 주고 가마도 붙여 주었다. 이리하여 호구하게 되었다. 이때 H장에서는 나를 '온돌장이'(구들 고치는 사람)라고 불렀다. 갈아입을 의복이 없는 나는 늘 숯검정이 꺼멓게 묻은 의복을 벗을 새가 없었다. H장은 좁은 곳이다. 구들 고치는 일도 늘 있지 않았다. 그것으로 밥 먹기가 어려웠다. 나는 여름 불볕에 삯김도 매고 꼴도 베어 팔았다. 그리고 어머니와 아내는 삯방아 찧고 강가에 나가서 부스러진 나뭇개비를 주워서 겨우 연명하였다.

김군! 나는 이때부터 비로소 무서운 인간고人間苦를 느꼈다. 아아, 인생이란 과연 이렇게도 괴로운 것인가, 하는 것을 나는 생각하게 되었다. 나는 나에게 닥치는 풍파 때문에 눈물 흘린 일은 이때까지 없었다. 그러나 어머니가 나무를 줍고 젊은 아내가 삯방아를 찧을 때 나의 피는 끓었으며 나의 눈은 눈물에 흐려졌다.

"에구, 차라리 내가 드러누워 앓고 있지, 네 괴로와하는 꼴은 차마 못 보겠다."

이것은 언제 내가 병들어 신음할 때에 어머니가 울면서 하신 말씀이다. 이것을 무심히 들었던 나는 이때에야 이 말의 참뜻을 느꼈다.

"아아, 차라리 나의 고기가 찢어지고 뼈가 부서지는 것은 참을 수 있으나, 내 눈앞에서 사랑하는 늙은 어머니와 아내가 배를 주리고 남의 멸시를 받는 것은 참으로 견디기 어렵구나."

나는 이렇게 여러 번 가슴을 쳤다. 나는 밤이나 낮이나, 비오나 바람이 치나 헤아리지 않고 삯김·삯 심부름·삯 나무, 무엇이든지 가리지 않았다.

"오늘도 배고프겠구나, 아침도 변변히 못 먹고……. 나는 너 배 주리지 않는 것을 보았으면 죽어도 눈을 감겠다."

내가 삯일을 하다가 늦게 돌아오면 어머니는 우실 듯이 말씀하셨다. 그러나 나는 흔연하게,

"배가 무슨 배가 고파요."

하고 대답하였다. 내 아내는 늘 별 말이 없었다. 무슨 일이든지 시키는 대로 다소곳하고 아무 소리 없이 순종하였다. 나는 그것이 더욱 불쌍하게 생각된다. 나는 어머니보다도 아내 보기가 퍽 부끄러웠다.

'경제의 자립도 못 되는 내가 왜 장가를 들었누?'

이것이 부모의 한 일이었지만 나는 이렇게도 탄식하였다. 그럴수록 아내에게 대하여 황공하였고 존경하였다. 어떻게 하면 살 수 있을까? 이러한 생각은 이때 내 머리를 몹시 때렸다. 이때 나에게 부지런한 자에게 복이 온다, 하는 말이 거짓말로 생각되었다. 그 말을 지상의 격언으로 굳게 믿어온 나는 그 말에 도리어 일종의 의심을 품게 되었고 나중은 부인까지 하게 되었다. 부지런하다면 이때 우리처럼 부지런함이 어디 있으며, 정직하다면 이때 우리 식구같이 정직함이 어디 있으랴? 그러나 빈곤은 날로 심하였다. 이틀, 사흘 굶은 적도 한두 번이 아니었다. 한 번은 이틀이나 굶고 일자리를 찾다가 집으로 들어가 보니 부엌 앞에서 아내가(아내는 이때에 아이를 배어서 배가 남산만 하였다.) 무엇을 먹다가 깜짝 놀란다. 그리고 손에 쥐었던 것을 얼른 아궁이에 집어넣는다. 이때 불쾌한 감정이 내 가슴에 떠올랐다.

'……무얼 먹을까? 어디서 무엇을 얻었을까? 무엇이길래 어머니와 나 몰래 먹누? 아! 여편네란 그런 것이로구나! 아니, 그러나 설마……, 그래도 무엇을 먹던데……'

나는 이렇게 아내를 의심도 하고 원망도 하고 밉게도 생각하였다. 아내는 아무런 말없이 어색하게 머리를 숙이고 앉아 씩씩 하다가 밖으로 나간다. 그 얼굴은 좀 붉었다. 아내가 나간 뒤에 나는 아내가 먹다

던진 것을 찾으려고 아궁이를 뒤지었다. 싸늘하게 식은 재를 막대기에 뒤져내니 벌건 것이 눈에 띄었다. 나는 그것을 집었다. 그것은 귤껍질이다. 거기는 베먹은 잇자국이 있다. 귤껍질을 쥔 나의 손은 떨리고 잇자국을 보는 내 눈에는 눈물이 괴었다.

김군! 이때 나의 감정을 어떻게 표현하면 적당할까?

'오죽 먹고 싶었으면 길바닥에 내던진 귤껍질을 주워 먹을까, 더욱 몸 비잖은 그가! 아아, 나는 사람이 아니다. 그러한 아내를 나는 의심하였구나! 이놈이 어찌하여 그러한 아내에게 불평을 품었는가. 나 같은 잔악한 놈이 어디 있으랴. 내가 양심이 부끄러워서 무슨 면목으로 아내를 볼까?'

이렇게 생각하면서 나는 느껴가며 눈물을 흘렸다. 귤껍질을 쥔 채로 이를 악물고 울었다.

"야, 어째서 우느냐? 일어나거라. 우리도 살 때 있겠지, 늘 이러겠느냐."

하면서 누가 어깨를 친다. 나는 그것이 어머니인 것을 알았다.

"아이구 어머니, 나는 불효자외다."

하면서 어머니의 팔을 안고 자꾸자꾸 울고 싶었다. 그러나 나는 아무 소리 없이 가슴을 부둥켜안고 밖으로 나갔다.

'내가 왜 우노? 울기만 하면 무엇 하나? 살자! 살자! 어떻게든지 살아 보자! 내 어머니와 내 아내도 살아야 하겠다. 이 목숨이 있는 때까지는 벌어 보자!'

나는 이를 갈고 주먹을 쥐었다. 그러나 눈물은 여전히 흘렀다. 아내는 말없이 울고 섰는 내 곁에 와서 손으로 치마끈을 만적거리며 눈물을 떨어뜨린다. 농삿집에서 자라난 아내는 지금도 어찌 수줍은지 내가 울면 같이 울기는 하여도 어떻게 말로 위로할 줄은 모른다.

4

김군! 세월은 우리를 위하여 여름을 항시 주지는 않았다.

서풍이 불고 서리가 내리기 시작하였다. 찬 기운은 벗은 우리를 위협하였다. 가을부터 나는 대구어大口魚 장사를 하였다. 삼원을 주고 대구 열 마리를 사서 등에 지고 산골로 다니면서 콩大豆과 바꾸었다. 난 대구 열 마리는 등에 질 수 있었으나 대구 열 마리를 주고받은 콩 열 말은 질 수 없었다. 나는 하는 수 없이 삼사십 리나 되는 곳에서 두 말씩 두 말씩 사흘 동안이나 져왔다. 우리는 열 말 되는 콩을 자본삼아 두부 장사를 시작하였다.

아내와 나는 진종일 맷돌질을 하였다. 무거운 맷돌을 돌리고 나면 팔이 뚝 떨어지는 듯하였다. 내가 이렇게 괴로울 적에 해산한 지 며칠 안 되는 아내의 괴로움이야 어떠하였으랴? 그는 늘 낯이 부석부석하였다. 그래도 나는 무슨 불평이 있는 때면 아내를 욕하였다. 그러나 욕한 뒤에는 곧 후회하였었다. 콧구멍만 한 부엌방에 가마를 걸고 맷돌을 놓고 나무를 들이고 의복가지를 걸고 하면 사람은 겨우 비비고 들어앉게 된다. 뜬 김에 문창은 떨어지고 벽은 눅눅하다. 모든 것이 후줄근하여 의복을 입은 채 미지근한 물속에 들어앉은 듯하였다. 어떤 때는 애써 갈아 놓은 비지가 이 뜬 김 속에서 쉬어 버렸다. 두붓물이 가마에서 몹시 끓어 번질 때에 우유 빛 같은 두붓물 위에 버터 빛 같은 노란 기름이 엉기면(그것은 두부가 잘될 징조다) 우리는 안심한다. 그러나 두붓물이 희멀끔해지고 기름기가 돌지 않으면 거기만 시선을 쏘고 있는 아내의 낯빛부터 글러가기 시작한다. 초를 쳐보아서 두붓발이 서지 않게 매캐지근하게 풀려질 때에는 우리의 가슴은 덜컥 한다.

"또 쉰 게로구나! 저를 어쩌누?"

젖을 달라고 빽빽 우는 어린아이를 안고 서서 두붓물만 들여다보시는 어머니는 목 메인 말씀을 하시면서 우신다. 이렇게 되면 온 집안은 신산하여 말할 수 없는 울음·비통·처참·소조蕭條한 분위기에 싸인다.

"너 고생한 게 애닯구나! 팔이 부러지게 갈아서……, 그거(두부)를 팔아서 장을 보려고 태산같이 바랬더니……."

어머니는 그저 가슴을 뜯으면서 우신다. 아내도 울 듯 울 듯 머리를 숙인다. 그 두부를 판대야 큰돈은 못 된다. 기껏 남는대야 이십 전이나 삼십 전이다. 그것으로 우리는 호구를 한다. 이십 전이나 삼십 전에 어머니는 운다. 아내도 기운이 준다. 나까지 가슴이 바짝바짝 조인다.

그날은 하는 수 없이 쉰 두붓물로 때를 메우고 지낸다. 아이는 젖을 달라고 밤새껏 빽빽거린다. 우리의 살림에 어린애도 귀치는 않았다.

5

울면서 겨자 먹기로 괴로운 대로 또 두부를 하지 않으면 안 된다. 그러나 이번에는 땔나무가 없다. 나는 낫을 들고 떠난다. 내가 낫을 들고 떠나면 산후 여독으로 신음하는 아내도 낫을 들고 말없이 나를 따라나선다. 어머니와 나는 굳이 만류하나 아내는 듣지 않는다. 내 손으로 하는 나무이언만 마음 놓고는 못 한다. 산 임자에게 들키면 여간한 경을 치지 않는다. 그러므로 우리는 황혼이면 산에 가서 나무를 하여 지고 밤이 깊어서 돌아온다. 아내는 이고 나는 지고 캄캄한 밤에 산비탈로 내려오다가 발이 미끄러지거나 돌에 채이면 곤두박질을 하여 나뭇짐 속에 든다. 아내는 소리 없이 이었던 나무를 내려놓고 나뭇짐에 눌려서 버둥거리는 나를 겨우 끄집어 일으킨다. 그러나 내가 나뭇짐을 지고 일어나면 아내는 혼자 나뭇짐을 이지 못한다. 또 내가 나뭇짐을 벗고 아내에게 이어주면 나는 추어주는 이 없이는 나뭇짐을 질 수가 없었다. 하는 수 없이 나는 어떤 높은 바위에 벗어 놓고 아내에게 이어준다. 이리하여 산비탈을 내려오면 언제 왔는지 어머니는 애를 업고 우둘우둘 떨면서 산 아래서 기다리다가도,

"인제 오니? 나는 너 또 붙들리지나 않은가 하여 혼이 났다."
하신다. 이때마다 내 가슴은 저렸다. 나는 이렇게 나무를 하다가 중국 경찰서까지 잡혀가서 여러 번 맞았다. 이때 이웃에서는 우리를 조소하고 경찰에서는 우리를 의심하였다.

"흥, 신수가 멀쩡한 연놈들이 그 꼴이야, 어디 가 일자리도 구하지 않고 그 눈이 누래서 두부 장사 하는 꼬락서니는 참 더러워서 못 보겠네. ㅇ알을 달고 나서 그렇게야 살리?"

이것은 이웃 남녀가 비웃는 소리였다. 그리고 어떤 산 임자가 나무 잃고 고발을 하면 경찰서에서는 불문곡직하고 우리 집부터 수색하고 질문하면서 나를 때린다. 그러나 나는 호소할 곳이 없다.

6

김군! 이러구러 겨울은 점점 깊어가고 기한은 점점 박두하였다. 일자리는 없고……, 그렇다고 손을 털고 앉았을 수도 없었다. 모든 식구가 퍼러퍼래서 굶고 앉은 꼴을 나는 그저 볼 수 없었다. 시퍼런 칼이라도 들고 하루라도 괴로운 생을 모면하도록 쿡쿡 찔러 없애고 나까지 없어지든지, 나가서 강도질이라도 하여서 기한을 면하든지 하는 수밖에는 더 도리가 없게 절박하였다.

나는 일이 없으면 없느니만큼, 고통이 닥치면 닥치느니만큼 내 번민은 크다. 나는 어떤 날은 거의 얼빠진 사람처럼 눈을 감고 깊은 생각에 잠긴 일도 있었다. 이때 머릿속에서는 머리를 움실움실 드는 사상이 있었다(오늘날에 생각하면 그것은 나의 전 운명을 결정할 사상이었다). 그 생각은 누구의 가르침에 의해 일어난 것도 아니려니와 일부러 일으키려고 애써서 일어난 것도 아니다. 봄 풀싹같이 내 머릿속에서 점점 머리를 들었다.

'나는 여태까지 세상에 대하여 충실하였다. 어디까지든지 충실하려고 하였다. 내 어머니, 내 아내까지도 뼈가 부서지고 고기가 찢기더라도 충실한 노력으로써 살려고 하였다. 그러나 세상은 우리를 속였다. 우리의 충실을 받지 않았다. 도리어 충실한 우리를 모욕하고 멸시하고 학대하였다. 우리는 여태까지 속아 살았다. 포악하고 허위스럽고 요사한 무리를 용납하고 옹호하는 세상인 것을 참으로 몰랐다. 우리뿐 아니라 세상의 모든 사람들도 그것을 의식치 못하였을 것이다. 그네들은 그러한 세상의 분위기에 취하였었다. 나도 이때까지 취하였었다. 우리는 우리로서 살아온 것이 아니라 어떤 험악한 제도의 희생자로서 살아왔었다.'

김군! 나는 사람들을 원망치 않는다. 그러나 마주魔酒에 취하여 자기의 피를 짜 바치면서도 깨지 못하는 사람을 그저 볼 수 없다. 허위와 요사와 표독標毒과 게으른 자를 옹호하고 용납하는 이 제도는 더욱 그저 둘 수 없다.

'이 분위기 속에서는 아무리 노력하여도 우리의 생의 만족을 느낄 날이 없을 것이다. 어찌하여 겨우 연명을 한다 하더라도 죽지 못하는 삶이 될 것이요, 그 영향은 자식에게까지 미칠 것이다. 나는 어미 품속에서 빽빽 하는 어린것의 장래를 생각할 때면 애잡짤한 감정과 분함을 금할 수 없다. 내가 늘 이 상태면(그것은 거의 정한 이치다) 그에게는 상당한 교양은 고사하고, 다리 밑이나 남의 집 문간에 버리게 될 터이니, 아! 삶을 받을 만한 생명을 죄 없이 찌그러지게 하는 것이 어찌 애닯지 않으랴? 그렇다면 그것을 나의 죄라 할까?'

김군! 나는 더 참을 수 없었다. 나는 나부터 살려고 한다. 이때까지는 최면술에 걸린 송장이었다. 제가 죽은 송장으로 남(식구들)을 어찌 살리랴. 그러려면 나는 나에게 최면술을 걸려는 무리를, 험악한 이 공기의 원류를 쳐부수어야 하는 것이다. 나는 이것을 인간의 생의 충동이며 확충이라고 본다. 나는 여기서 무상의 법열法悅을 느끼려고 한다. 아니 벌써부터 느껴진다. 이 사상이 나로 하여금 집을 탈출케 하였으며, ○○단에 가입케 하였으며, 비바람 밤낮을 헤아리지 않고 벼랑 끝보다 더 험한 선에 서게 한 것이다.

김군! 거듭 말한다. 나도 사람이다. 양심을 가진 사람이다. 내가 떠나는 날부터 식구들은 더욱 곤경에 들 줄로 나는 안다. 자칫하면 눈 속이나 어느 구렁에서 죽는 줄도 모르게 굶어죽을 줄도 나는 잘 안다. 그러므로 나는 이곳에서도 남의 집 행랑어멈이나 아범이며, 노두에 방황하는 거지를 무심히 보지 않는다. 아! 나의 식구도 그럴 것을 생각할 때면 자연히 흐르는 눈물과 뿌직뿌직 찢기는 가슴을 덮쳐잡는다. 그러나 나는 이를 갈고 주먹을 쥔다. 눈물을 아니 흘리려고 하며 비애에 상하지 않으려고 한다. 울기에는 너무도 때가 늦었으며 비애에 상하는 것은 우리의 박약을 너무도 표시하는 듯싶다. 어떠한 고통이든지 참고 분투하려고 한다.

김군! 이것이 나의 탈가한 이유를 대략 적은 것이다. 나는 나의 목적을 이루기 전에는 내 식구에게 편지도 하지 않으려고 한다. 그네가 죽어도, 내가 또 죽어도……. 나는 이러다 성공 없이 죽는다 하더라도 원한이 없겠다. 이 시대, 이 민중의 의무를 이행한 까닭이다.

아아, 김군아! 말을 다 하였으나 정은 그저 가슴에 넘치누나!

---

1) 천부금탕 : 하늘이 내리신 좋은 명당.

2) 헌헌(軒軒)한 : 득의(得意)한 모양. 뛰어난 모양.

3) 지나인(支那人) : 중국인.

4) 도조(賭租) : 남의 논밭을 빌려서 부치고 그 세로 해마다 무는 벼.

5) 타조(打租) : 지주와 소작인이 거둔 곡물을 단이나 섬의 수의 비율에 따라 갈라 가지는 소작
   제도.

6) 시로도 : 아마추어.

13원圓

유원이는 자려고 불을 껐다. 유리창으로 흘러드는 훤한 전등 빛에 실내는 달밤 같다. 그는 옷도 벗지 않고 그냥 이불 위에 아무렇게나 누웠다. 그러나 온갖 사념에 머리가 뜨거운 그는 졸음이 오지 않았다. 이리 궁글 저리 궁글 하였다. 등에는 진땀이 뿌직뿌직 돋고 속에서는 번열[1]이 난다. 이때에 건넌방에 있는 H가 편지를 가져왔다.

편지를 받은 유원이는 껐던 전등을 다시 켰다. 피봉을 뜯는 그의 가슴은 두근두근 울렁거렸다. 무슨 알지 못할 큰 걱정이 장차 앞에 닥쳐오려는 사람의 심리 같았다. 그리 짧지 않은 편지를 잠잠히 보던 그는 힘없이 편지를 자리 위에 던지고 왼팔을 구부려 손바닥으로 머리를 괴고 또 이불 위에 눕는다. 눈을 고요히 감은 유원이는 무엇을 생각한다. 그의 낯빛은 몹시 질린 사람같이 파랗다. 그리고 힘없이 감은 두 눈가에는 한없이 슬픈 빛이 흐른다. 그 편지는 그의 어머니에게서 온 것이다. 그 편지에는 이러한 구절이 있다.

"생애가 너무 곤란하여 무명을 짜려고 한다. 그러나 솜을 사야 할 터인데 돈이 한 푼도 없구나! 넨들 객지에 무슨 돈이 있겠니마는 힘이 자라거든 십삼 원만 부쳐다오."

그런데 처음에는 십사 원이라고 썼다가, 그 사자를 뭉개고 옆에 다시 삼자를 썼다. 그것이 더욱 유원의 가슴에 못이 되었다.

유원이는 금년 이십이의 청춘이다. 그는 어머니가 있다. 처도 있다. 두 살 나는 어린것도 있다. 그러나 곤궁한 그 생애는 그로 하여금 따뜻한 가정생활을 하지 못하게 하였다. 그는 늘 동표서랑東漂西浪으로 가족을 떠나 있지 않을 수 없는 운명에 지배되었다. 지금도 그 가족은 시방 유원이 있는 곳에서도 백여 리나 더 가서 S라는 산골에 있다. 그리고 유원이는 이곳에서 노동을 하여 다달이 얼마씩 그 가족에게 보낸다.

사세가 이러하니 그의 객지 생활은 넉넉지 못하였다. 친구에게 부치는 서신도 마음대로 못 부친다. 그의 사정이 이런 줄을 그의 어머니는 잘 안다. 유원이가 어디 가서 넉넉히 지내더라도 그 어머니께서 돈 보내라는 편지는 못 받았다. 그 어머니는 항상 빈한에 몰려서 괴로운 생활을 하건만 유원에게는 괴롭다는 편지를 보내지 않았다. 그것은 사랑하는 자식인 유원의 마음을 상할까 염려함이다. 그렇던 어머니에게서 이제 돈 보내라는 편지가 왔다. 유원이는 벌떡 일어났다. 그는 다시 그 편지를 집어 들었다. 십삼 원이 쓰인 구절을 또 읽었다.

'아! 어머니가 여북하시면 돈을 보내랄까? 십사 원을 쓰셨다가 다시 십삼 원으로 고치실 때 형언 못 할 감정이 넘쳤을 어머니의 가슴!'

머리를 번쩍 들어 벌건 전등을 바라보고 눈을 감으면서 이렇게 생각하는 유원의 머릿속에는 행여 돈이 올까 하여 기다리고 있을 그 어머니의 측은한 모양이 떠올랐다. 까맣게 때 묻고 다 떨어진 치마를 입고 힘없이 베틀에 앉은 처의 형용도 보였다. 젖을 먹으려고 어미의 무릎에 벌레벌레 기어오르는 어린것의 가긍한 꼴도 그의 눈앞에 환영으로 지나간다.

유원이는 조금만 서러워도 잘 우는 성질이다. 그러나 지금은 어쩐지 눈물도 잘 나지 않았다. 모든 의식이 망연하고 가슴이 답답하여 무어라 해야 할지 몰랐다.

"에라, 어디 K하고나 말할 밖에……"

하면서 그는 벌떡 일어섰다. K는 유원이 복역하는 노동조의 회계이다. 오십 가까운 중늙은이로 조원의 숭경을 받는 이다. 상당한 재산도 있는 사람이다. 유원이는 뒷마당에 나왔다. 문간에 달아 놓은 전등 빛은 밝다. 가을밤에 스치는 바람은 쓸쓸하였다. 하늘은 흐려서 별 하나 보이지 않았다. 유원이는 문간에 잇대어 있는 K의 방으로 들어갔다. K는 있었다. 그 밖에 K의 부인과 같은 조원인 C가 놀러 왔다. 유원이는 K의 곁에 앉았다. 그는 공연히 가슴이 울렁울렁하여 어떻게 말을 끄집어내면 좋을지 몰랐다. 신문을 보던 K는,

"허허, 동경 근처는 말이 아닐세! 이거 참 세상이 다시 개벽할라나? 이렇게 큰 지진은 말도 못 들었지."

하면서 유원이를 쳐다본다. 풍부한 살결에 윤기가 도는, 주름이 약간 잡힌 이마 아래 두 눈에는 웃음을 띠었다. K는 언제든지 유원이를 대하면 웃는다.

"글쎄요."

유원이는 대답을 하기는 하였으나 무슨 말에 대답을 하였는지, 무슨 의미로 '글쎄요' 하였는지 그는 그 스스로도 몰랐다. 다만 십삼 원이란 돈 말을 어찌 할까 함이 그의 온 감정을 지배하였다.

'이 말을 내었다가 거절을 당하면 어쩌나?'

그의 마음은 떨렸다. 그러나 '그 거절당하는 무참도 한 순간이겠지. 내가 말 내기 어려운 말 내는 것도 한 찰나겠지. 영영 이 무참이나 그 괴롬이 있지는 않을 것이다. 이 순간을 어서 흘려야 하겠다.' 생각하니 그는 용기가 좀 났다. 그는 말하려고 입을 머뭇하였다. 그의 가슴은 찌릿하였다. 그의 마음에는 곁에 있는 사람이 거리끼었다. 그 사람들

앞에서 자기의 구구한 사정을 꺼내기는 참으로 괴로웠다. 자기는 세상에 아무 권리도 없는 약하고도 천한 무능력한 자라는 모욕적 감정이 그의 의식을 흔들었다. 그는 그만 "으흠." 하고 말을 내지 않았다. '조용한 틈을 타서 말하리라.' 하였다. 설마 K가 거절이야 않겠지, 그는 추측하였으나 그것도 말해 보아야 판단하리라 하였다.

K는 유원이를 사랑한다. 그의 정직하고 쾌활한 성격을 사랑하며 비상한 재주를 사랑한다. 또한 곤궁으로 헛되이 보내는 유원의 청춘도 아까워한다.

금년 여름이었다. 유원이가 ○○ 강습소에 삼 주일 동안이나 매일 오전마다 다녔다. 그때에 K는 친히 유원의 대신 조에 가서 일한 적도 있었다.

"우리 조 회게가 좀해서는 누구誰 말을 잘 안 듣는데 유원의 말은 잘 들어!"

"흥, 그러지 않으면 그 사람(유원)이 또 그렇지, 회계의 일이라면 좀 잘 보아 주나. 어찌했든 유원이 같은 사람은 쉽잖아."

"암, 그렇구말구. 우리게 비기면 그래도 지식도 있고 하지만 당초에 냄새가 없지."

그 조원 간에는 이러한 회화가 종종 있었다. 신문을 보던 K는 유리 미닫이를 드르륵 열고 가가방으로 나간다.

"아, 벌써 열한 점인가!"

시계를 쳐다보고 혼자 중얼거리면서 유원이는 K를 따라 가가방으로 나갔다. 그는 이제는 은근히 말하리라 하고 K의 옆에 다가섰다. 방의 모든 유리를 스쳐 자기의 행동을 유심히 보는 듯하여 또 기운이 줄었다. 그러나 그는 용기를 내어서,

"또 걱정이 생겼어요."

하는 그 말은 남의 말 하듯 좀 냉정하였다. 그의 가슴은 여전히 두근덕두근덕 하였다. 그러나 영맹한 짐승이 들어찬 굴에 들어가는 사람이 굴 어구에 있을 때의 그러한 심리는 아니었다. 이미 굴에 들어서서 맹수에게 화살을 던진 때에, 그 생사 여부를 기다리는 때의 심리였다.

"응, 무슨 일로?"

K가 묻는 때에 방에 있던 C가 유리창을 열고 나오면서,

"에, 가서 자야지."

한다. 유원이는 또 말문이 막혔다. K는 이편 유원이 쪽으로 머리를 기웃하고 무슨 소리를 기다린다. C는 갔다. K는 도로 방으로 들어왔다.

'아, 내가 왜 말을 칵 하지 못하고 이리도 애를 쓰노.'

하고 유원이는 자기의 맘 약한 것을 뉘우쳤다. 이번은 꼭 말하리라 하고 주인을 따라 방으로 들어왔다.

"저……, 편지가 왔는데."

하고 그는 괴로운 웃음을 지었다.

"응, 어디서?"

K는 입에 문 궐련 연기가 눈에 들어갔는지 눈을 비비면서 유원을 본다.

"집에서요."

유원은 편지를 끄집어내려고 호주머니에 손을 넣었다.

"무에라고?"

"이것을 보십시오. 또 돈이올시다."

그는 한편으로는 K에게 편지를 주고 곁눈질하여 K의 부인을 보았다. 부인은 담배만 퍽퍽 피우고 이쪽에는 귀도 기울이지 않는다. 그의 맘은 좀 편하였다.

"내일 부치오. 아마 집에서 퍽 곤란한 게요. 그러면 벌써 말하지."

K는 태연히 말하였다. 유원이는 무엇이라 해야 할지 너무도 감격하여 말이 나오지 않았다. 동시에 그는 어머니의 십삼 원 받고 기뻐할 것을 상상하였다. 감격에 끓던 그의 가슴은 다시 쓰린 감정이 넘치었다.

"아! 이 십삼 원, 이것으로 무명 원료를 사면 쌀은 어찌할까? 나무는 무엇으로?"

그는 그만 소리 없는 눈물을 떨어뜨렸다.

유원이가 우체국에 가서 어머니에게 십삼 원 부치던 날 밤이었다. S 촌에 있는 유원의 어머니는 이상한 꿈을 꾸었다. 무명을 짜느라고 외상으로 산 솜 값 받으려고 솜 장사가 왔다. 그런데 유원에게서는 돈을 못 부친다는 편지가 왔다. 솜 장사는 솜 값을 내지 않는다고 베틀에 불을 질렀다. 유원의 어머니는 불붙는 무명 틀을 붙잡고 울다가 꿈에서 깨어나니 꿈이었다.

---

1) 번열(煩熱) : 몸에 열이 몹시 나고 가슴이 답답하여 괴로운 증세.

금붕어

오늘 아침에는 여느 때보다 한 시간쯤이나 늦게 붕어 물을 갈았다. 오늘은 일요일이라 여느 때보다 늦게 일어나 세수한 까닭이었다.

"아따, 그놈 잘은 띈다."

서방님은 책상 앞에 앉으면서 수건으로 손을 닦았다.

"호호, 참 잘 노요!"

서방님 곁에 앉은 아씨도 서방님과 같이 어항 속 금붕어를 들여다보았다.

"저놈은 물만 갈아 주면 저 모양이지?"

서방님은 아씨를 은근히 돌아다보았다.

"홍, 히."

아씨도 마주 보고 상글 웃었다. 잠깐 침묵, 붕어는 굼실굼실 어항 속에서 놀았다. 그 붕어는 서방님과 아씨가 결혼하기 바로 이틀 앞서, 즉 지금부터 한 달 전에 어떤 실없는 친구가 서방님께 사 보낸 것이었다.

"여보게! 붕어 세 마리 사 보내네. 맏놈, 가운뎃놈, 작은놈, 이렇게 세 마릴세. 맏놈은 누른 바탕에 검은 점 박힌 놈이고, 그 다음 두 놈은 새빨간 금붕어일세."

"여보게! 자네 자식은 셋을 낳되 맏이로는 아들 ― 맏붕어같이 억세인(검붉은) 놈을 낳고, 그 다음에는 딸들을 낳되 이쁜 년을 낳게

응……? 이게 자네 혼인을 축복하는 표일세."

이런 글과 같이 붕어 받은 서방님은 결혼 후 그 말을 아씨에게 하고 둘이 웃었다. 처음에는 붕어 물을 서방님이 갈았다. 서방님은 이틀에 한 번, 사흘에 한 번 생각나면 물을 갈아 주었다. 열흘이 못 되어서 검붉은 만붕어가 죽었다.

"아이고! 어쩔 거나? 큰 붕어 죽었시야!"

물 위에 둥둥 힘없이 떠 늘어진 붕어를 본 아씨는 눈이 둥그레서 전라도 사투리로 외쳤다.

"응, 어느 놈이 죽었소?"

마루에서 세수하던 서방님은 양치질 물을 쭈르륵 뱉고 머리를 돌렸다. 그때는 벌써 아씨의 옴팍한 작은 손에 죽은 붕어가 놓여져 서방님 눈앞에 나타났다.

"응, 큰일났구료 응? 우리 맏아들 죽었구료? 허허."

"이잉, 또 구성없네! 누가 아들이오, 호호."

아씨는 낯이 발개서 마루 안에서 숯불 피우는 할멈을 보고 다시 서방님을 힐끗 보더니 그만 상글상글 웃었다. 할멈도 웃었다. 그 뒤부터는 아씨가 붕어에게 물을 갈아 주었다. 서방님이 게을리 갈아 주어서 붕어가 죽었다고 아씨는 매일 갈아 주었다. 오늘도 아씨가 물을 갈았다.

"여보! 저놈은 뭣을 먹고 사는고잉?"

팔락팔락하는 붕어 입을 보던 아씨는 상글 웃고 서방님 어깨에 손을 얹었다.

"글쎄 뭘 먹는고?"

빙그레 웃는 서방님은 도리어 아씨에게 묻는 어조였다.

"우리 밥을 줘볼까잉? 여보……잉."

아씨는 어서 대답하라는 듯이 서방님 어깨를 흔들면서 어리광 비슷하게 말했다.

"밥!"

"잉, 밥!"

"당신이 밥 먹으니 그놈도 밥 먹는 줄 아우? 붕어는 양반이 돼서 밥 안 먹는다오!"

서방님은 시치미를 뚝 떼고 천연덕스럽게 말했다.

"이잉 구성없네!1) 잉 ……. 어디, 어디 당신은 밥 안 잡수? 히힝잉."

아씨는 웃음 절반 트집 절반으로 서방님 넓적다리를 꼬집었다.

"아야! 익, 이크, 하하."

"호호호……."

서방님은 아씨 손을 쥐면서 꽁무니를 뺐다. 아씨는 더 다가앉았다.

"여보여보, 여보여보! 저것 봐, 저것 봐요!"

서방님은 갑자기 눈을 크게 떴다. 아씨는 꼬집던 손을 멈췄다. 그러나 놀라는 빛은 없었다. 그런 소리에는 속지 않는다는 수작이었다.

"이잉, 무엇을 보라고? 또 구성없네."

"응, 저것 봐, 저거저거 저것 봐요!"

서방님은 책상 위 어항을 입으로 가리키면서 아씨 허리를 안았다.

"그게 뭣이라요?"

"아씨도 머리를 돌렸다.

"참 잘 논다. 무어 기뻐서 저렇게 잘 노누?"

큰일이나 난 듯이 바쁜 소리를 치던 서방님은 신기한 것 — 붕어 놀이 — 에 정신을 뽑힌 듯이 감탄하는 소리였다. 두 손으로 서방님의 무릎을 짚고 서방님께 소곳이 안겨서 붕어를 보는 아씨의 눈에서는 소리 없는 웃음이 솔솔 흘렀다. 반 남아 열어 놓은 창으로 아침볕이 흘러들었다. 봄 아침, 좀 서늘한 바람과 같이 흘러드는 맑은 볕은 다정스럽고 따뜻스럽게 어항을 비추고 두 남녀의 몸을 비추었다. 만개된 장미 같은 붉은 선에 주름잡은 아가리 아래 동그스름한 어항에는 맑은 물이 느긋이 찼다. 하나는 치 남짓하고 하나는 그만 못한 금붕어 두 마리가 그 속에 잠겼다. 큰놈은 연한 꼬리를 휘저었고 흰 배를 희뜩희뜩 보이면서 빙빙 돈다. 급히 돈다. 작은놈은 가운데서 아주 태연하게 지느러미를 너불너불하면서 오르락내리락한다. 두 놈이 몸을 번지고 흔들 때마다 물속에 스며 흐르는 볕에 금빛이 유난스럽게 번득거렸다. 두 놈이 셋 넷도 돼 보이고 큰 잉어같이 뵈는 때도 있다. 밑에 가라앉았다가 위에 스스로 솟아올라 구슬 같은 물방울을 꼬록꼬록 토하면서 물과 공기를 아울러 마시는 소리는 시계가 치는 듯도 하고 고요한 밤 고요히 떨어지는 낙숫물 소리도 같다. 안고 안긴 두 부부는 고요히 그것을 보고 들었다. 두 부부의 낯에는 같이 소리 없는 웃음이 흘렀다. 이 찰나 그네는 지난 엿새 동안 모든 괴로움을 다 잊었다. 앞으로 헤저어 나갈 길도 생각지 못하였다. 두 몸이라는 것까지 잊었다. 주위에 흐르는 햇빛까지 기쁨의 찬미를 드리는 듯하였다.

---

1) 구성없다 : 격에 맞지 않다.

고 국

큰 뜻을 품고 고국을 떠나던 운심의 그림자가 다시 조선 땅에 나타난 것은 계해년 삼월 중순이었다. 첨으로 회령에 왔다. 헌 미투리에 초라한 검정 색의 때 아닌 북면모를 푹 눌러 쓴 아래에 힘없이 끔벅이는 눈하며, 턱과 코 밑에 거칠거칠한 수염하며, 그가 오 년 전 예리예리하던 운심이라고는 친한 사람도 몰랐다.

간도에서 조선을 향할 때의 운심의 가슴은 고생에 몰리고 몰리면서도 무슨 기대와 희망에 찼다. 그가 두만강 건너편에서 고국산천을 볼 때 어찌 기쁜지 뛰고 싶었다. 그러나 놀 수가 없어서 노동으로 걸식하면서 온 그는 첫째 경제 문제를 생각지 않을 수 없었다. 다음 그의 가슴을 찌르는 것은 패자라는 부끄러운 느낌이었다.

'아— 나는 패자敗者다. 나날이 진보하는 도회에서 활동하는 모든 사람은 다 그새에 훌륭한 인물이 되었을 것이다. 나는 확실히 패자로구나……'

생각할 때 그는 그만 발 옮길 용기가 나지 않았다. 고국의 사람은 물론이요 돌이며 나무며 심지어 땅에 기어 다니는 이름 모를 벌레까지도 자기를 모욕하며 비웃으며 배척할 것같이 생각된다. 그러나 이미 편춤이니 건너갈 수밖에 없다 하였다. 그는 사동탄寺洞灘에서 강을 건넜다. 수직이 순사는 어디 거진가 하여 그를 눈도 거들떠보지 않았다. 그

러나 그에게는 다행이었다. 운심은 신회령 역을 지나 이제야 푸른빛을
띤 물버들이 드문드문한 조그마한 내를 건넜다. 진달래 봉오리 방긋방
긋하는 오산을 바른편에 끼고 중국사람 채마밭을 지나 동문 고개에
올라섰다. 그의 눈에는 넓은 회령 시가가 보였다. 고기비늘 같은 잇닿
인 기와지붕이며 사이사이 우뚝우뚝 솟은 양옥이며 거미줄같이 늘어
진 전봇줄이며 뚜뚜 하는 자동차, 푸푸푸푸 하는 기차 소리며, 이전에
듣고 본 것이건만 그의 이목을 새롭게 하였다.

운심은 여관을 찾을 생각도 없이 비스듬한 큰길로 터벅터벅 걸었다.
어느새 해가 졌다. 전기가 켜졌다. 아직 그리 어둡지 않은 거리에 드문
드문 달린 전등, 이 집 저 집 유리창으로 흘러나오는 붉은 불빛, 황혼
공기에 음파를 전하여 오는 바이올린 소리, 길에 다니는 말쑥한 사람
들은 운심에게 딴 세상의 느낌을 주었다. 그의 몸은 솜같이 휘주근하
고 등에 붙은 점심 못 먹은 배는 꼴꼴 운다.

"객줏집을 찾기는 찾아야 할 터인데 돈이 있어야지……."

그는 홀로 중얼거리면서 길 한편에 발을 멈추고 섰다. 밤은 점점 어두
워 간다. 전등 빛은 한층 더 밝다. 짐을 잔뜩 실은 우차가 삐걱삐걱 소
리를 내면서 그의 앞을 지나갔다. 그의 머리 위 넓고 푸른 하늘에 무
수히 가물거리는 별들은 기구한 제 신세를 엿보는 듯이 그는 생각났다.
어디로선지 흘러오는 누릿한 음식 냄새는 그의 비위를 퍽 상하였다. 운
심은 본정통에 나섰다. 손 위로 현등 아래 '회령여관'이라는 간판이 걸
렸다. 그는 그 문 앞에 갔다. 전등 아래의 그의 낯빛은 창백하였다.

'들어갈까? 어쩌면 좋을까?'

하고 그는 망설였다. 이때에 안경 쓴 젊은 사람이 정거장에 통한 길로
회령여관 문을 향하여 들어온다. 그 뒤에 갓 쓴 이며 어린애 업은 여자
며 보통이 지고 바가지 든 사람들이 따라 들어온다.

“어서 들어가십시오. 여관을 찾습니까?”

그 안경 쓴 자가 조그마한 보따리를 걸머지고 주저거리는 운심이를 보면서 말을 붙인다. 그러나 운심은 대답이 없었다.

“자 갑시다. 방도 덥구 밥값도 싸지요.”

운심은 아무 소리 없이 방에 들어갔다. 방은 아래위 양 칸이었다. 그리 크지는 않으나 그리 더럽지도 않았다. 양방에다 천장 가운데 전등이 달렸다. 벽에는 산수화가 붙어 있었다. 안경 쓴 자와 함께 오던 사람들도 운심이와 한 방에 있게 되었다. 저녁상을 받은 운심은 밥을 먹기는 먹으면서도 밥값 치러 줄 걱정에 가슴이 답답하였다. 이를 어쩌노! 밥값을 못 주면 이런 꼴이 어디 있나! 어서 내일부터 날삯이라도 해야지……, 하는 생각에 밥맛도 몰랐다.

◆ ◆ ◆

바로 삼일운동이 일어나던 해 봄이었다. 그는 서간도로 갔었다. 처음 그는 백두산 뒤 흑룡강가 ‘청시허’라는 그리 크지 않은 동리에 있었다. 생전에 보지 못하던 험한 산과 울창한 산림과 듣지도 못하던 홍우적(마적)[1] 홍우적 하는 소리에 간담이 서늘하였다. 그러나 하루 지나고 이틀 지나 차차 몇 달 되니 고향 생각도 덜 나고 무서운 마음도 덜하였다. 이리하여 이곳서 지내는 때에 그는 산에나 물에나 들에나 먹을 것에나 입을 것에나 조금의 부자유가 없었다. 그러한 부자유는 없었으되 그의 심정에 닥치는 고민은 나날이 깊었다. 벽장골 같은 이곳에 온 후로 친한 벗의 낯은 고사하고 편지 한 장 신문 한 장도 못 보았다.

이곳 사람들은 그의 벗이 되지 못하였다. 토민들은 운심이가 머리도 깎고 일본말도 할 줄 아니 탐정꾼이라고 처음에는 퍽 수군덕수군덕하였다. 산에 돌아다니면서 사냥을 일삼는 옛날 의병 찌터러기들도 부러 운심을 보러 온 일까지 있었다. 이곳에 사는 사람은 함경도 평안도 황해도 사람이 많다. 거개가 생활 곤란으로 와 있고 혹은 남의 돈 지고 도망한 자, 남의 계집 빼가지고 온 자, 순사 다니다가 횡령한 자, 노름질하다가 쫓긴 자, 살인한 자, 의병 다니던 자, 별별 흉한 것들이 모여서 군데군데 부락을 이루고 사냥도 하며 목축을 하며 농사도 하며 불한당질도 한다. 그런 까닭에 윤리도 도덕도 교육도 없다. 힘센 자가 으뜸이요 장수며 패왕이다. 중국 관청이 있으나 소위 경찰부장이 아편을 먹으면서 아편 장수를 잡아다 때린다.

운심은 동리 어린아이들을 모아 놓고 이야기도 하고 글도 가르쳤다. 그러나 그네들은 운심의 가르침을 이해치 못하였다. 운심이는 늘 슬펐다. 유위한[2] 청춘이 속절없이 스러져 가는 신세 되는 것이 그에게는 큰 고통이었다. 운심은 그 고통을 잊기 위하여 양양한 강풍을 쐬면서 고기도 낚고 그림 같은 단풍 그늘에서 명상도 하며 높은 봉에 올라 소리도 쳤으나 속 깊이 잠긴 그 비애는 떠나지 않았다. 산골에 방향을 주는 냇소리와 푸른 그늘에서 흘러나오는 유량한 새의 노래로는 그 마음의 불만을 채우지 못하였다. 도리어 수심을 더하였다. 그는 항상 알지 못할 딴 세상을 동경하였다.

산은 단풍에 붉고, 들은 황곡에 누런 그해 가을에 운심이는 청시허를 떠났다. 땀 냄새가 물씬물씬한 여름옷을 그저 입은 그는 여름 삿갓을 쓴 채 조그마한 보따리를 짊어지고 지팡이 하나를 벗하여 떠났다. 그가 떠날 때에 그곳 사람들은 별로 섭섭하다는 표정이 없었다. 모두 문 안에 서서,

"잘 가슈."

할 뿐이었다. 다만 조석으로 글 가르쳐 준 열세 살 난 어린것 하나가,

"선생님, 짐을 벗소. 내 들고 가겠소."

하면서 청시허에서 십 리 되는 '다사허' 고개까지 와서,

"선생님, 평안히 가오. 그리고 빨리 오오."

하면서 운다. 운심이도 울었다. 애끊게 울었다. 어찌하여 울게 되었는지 운심이 자신도 의식치 못하였다. 한참 울다가 주먹으로 눈물을 씻고 돌아서서 보니 그 아이는 그저 운다. 운심이는 그 아이의 노루 꼬리만 한 머리를 쓰다듬으면서,

"어서 가거라, 내가 빨리 다녀오마."

말을 마치지 못하여 그는 또 울었다. 온 세계의 고독의 비애는 자기 홀로 가진 듯하였다. 운심이는 눈을 문지르는 어린애 손을 꼭 쥐면서,

"박돌아! 어서 가거라, 내달이면 내가 온다."

"나는 아버지가 내 말만 들었으면 선생님과 가겠는데……."

하면서 또 운다. 운심이도 또 울었다. 이 두 청춘의 눈물은 영별의 눈물이었다. 물을 건너고 산을 넘어 허덕허덕 홀로 갈 때에 돌에 부딪히며 길에 끌리는 지팡이 소리만이 고요한 나무 속의 평온한 공기를 울리었다.

그의 발길은 정처가 없었다. 해지면 자고 해 뜨면 걷고 집이 있으면 얻어먹고 없으면 굶으면서 방랑하였다. 물론 이슬에도 잠잤으며 풀뿌리도 먹었다. 이때는 한창 남북 만주에 독립단이 처처에 벌떼같이 일어나서 그 경계선을 앞뒤로 늘인 때였다. 청백한 사람으로서 정탐꾼이라고 독립군 총에 죽은 사람도 많았거니와 진정 정탐꾼도 죽은 사람이 많았다. 운심이도 그네들 손에 잡힌 바 되어 독립당 감옥에 사흘을 갇혔다가 어떤 아는 독립군의 보증으로 놓였다.

그러나 피 끓는 청춘인 운심이는 그저 있지 않았다. 독립군에 뛰어들었다. 배낭을 지고 총을 메었다. 일시는 엄벙벙한 것이 기뻤다. 그러

나 날이 가고 달이 갈수록 그 군인생활이 염증이 났다. 그리고 그는 늘 고원을 바라보고 울었다. 이상을 품고 울었다. 그 이듬해 간도 소요를 겪은 후로 독립당의 명맥이 일시 기운을 펴지 못하게 되매 군대도 해산되다시피 사방에 흩어졌다. 운심이 있던 군대도 해산되었다. 배낭을 벗고 총을 집어 던진 운심이는 여전히 표랑하였다. 머리는 귀밑을 가리고 검은 낯에 수염이 거칠었다. 두 눈에는 항상 붉은 핏발이 섰다. 어떤 때에 그는 아편에 취하여 중국사람 골방에 자빠진 적도 있었으며, 비바람을 무릅쓰고 사냥도 하였다. 그러나 이방의 괴로운 생활에 시화詩化되려던 그의 가슴은 가을바람에 머리 숙인 버들가지가 되고, 하늘이라도 뚫으려던 그 뜻은 이제 점점 어둑한 천인갱참[3]에 떨어져 들어가는 줄 모르게 떨어져 들어감을 그는 깨달았다. 그는 신세를 생각하고 울었다. 공연히 소리를 지르면서 뛰어도 다녔다.

이 모양으로 향방 없이 표랑하다가 지금 본국으로 돌아오기는 왔다. 내가 찾아갈 곳도 없고 나를 기다려 주는 이도 없건마는 나도 본국으로 돌아왔다. 알 수 없는 무엇이 나를 이리로 이끈 것이었다. 그러나 이로부터 어디로 가랴.

◆◆◆

운심이가 회령 오던 사흘째 되는 날이다. 회령여관에는 도배장이 나운심塗褙匠羅雲深이라는 문패가 걸렸다.

출전 : 『조선문단 1』 (1924.10)

---

1) 홍우적(마적) : 지난날 말을 타고 다니며 노략질하던 도둑의 무리.
2) 유위한 : 쓸모 있는, 능력 있는.
3) 천인갱참(千仞坑塹) : 천 길이나 되는 깊은 구덩이.

그믐밤

　삼돌의 정신은 점점 현실과 멀어졌다. 흐릿한 기분에 싸여서 한 걸음 한 걸음 으슥하기도 하고 그저 훤한 것 같기도 한 데로 끌려갔다. 수수깡 울타리가 그의 눈앞을 지나고 꺼뭇한 살창이 꿈속같이 뵈는 것은 자기 집 같기도 하나, 커단 나무가 군데군데 어른거리고 퍼런 보리밭이 뵈는 것은 이웃 최돌 네 집 사랑뜰 같기도 하고, 전번에 갔던 뫼 같기도 하였다. 그러나 그는 그것이 어딘 것을 알려고도 하지 않았고, 또 그 때문에 기분이 불쾌하지도 않았다. 그는 자기가 앉았는지 섰는지도 의식치 못하였으며 밤인지 낮인지도 몰랐다. 그의 눈은 그저 김 오른 거울같이 모든 것을 멀겋게 비칠 뿐이었다.

　이때 그의 정신을 흔드는 것이 있었다. 그것은 조금 전부터 저편에서 슬금슬금 기어 오는 커단 머리頭였다. 첨에는 저편에 수수깡 울타리 같기도 하고 짚더미 같기도 한 어둑한 구석에서 뭉긋이 내밀더니 점점 가까워질수록 흰 바탕 누런 점이 어른거리는 목 배때기며, 검푸른 비늘이 번쩍거리는 머리며, 똑 빼진 동그란 눈이며, 끝이 두 가닥 된 바늘 같은 혀를 훌쩍훌쩍 하는 것이 그리 빠르지도 않게 슬금슬금 배밀이해 오는 꼴은 차마 볼 수 없었다.

　그의 가슴은 두근거렸다. 등에는 그도 모르게 찬 땀이 흘렀다. 그는 뛰려고 하였다. 다리는 누가 꽉 잡는 듯이 펼 수 없고 팔도 움직일 수 없었다. 그 무서운 기다란 짐승은 조금도 거리낌 없이 슬금슬금 기어 왔다. 이제 위급이 한 찰나 새이다. 그의 몸과 그의 짐승의 입 사이는 겨우 한 자나 남았다. 그는 소름이 쪽 끼치었다. 그는 악을 썼다. 사지는 여전히 마비된 듯하여 꼼짝할 수 없었다. 소리를 질렀다. 입만 짝짝 벌어질 뿐이지 목구멍이 칵 막혀서 숨도 크게 쉴 수 없었다. 그의 숨결은 울렁거리는 가슴과 같이 급하고 잦았다. 온몸의 피를 끓여 가면서 쓰는 애도 이제 모두 허사가 되었다. 그의 왼편 발뒤꿈치가 뜨끔하였다.

"으악⋯⋯."

그는 온몸의 악을 다 내어 소리를 치면서 내뛰었다. 물인지 불인지 모르고 내뛰었다. 징그럽게도 긴 그 짐승은 발뒤꿈치를 꽉 문 채 질질 끌렸다.

"에구⋯⋯, 이잉⋯⋯, 아이구."

그는 소리쳐 울었다. 뛰던 그는 귀를 찌르는 벽력같은 소리에 우뚝 섰다. 머리를 돌렸다. 하늘을 쳐다보고 땅을 굽어보고 사면을 돌아보았다.

"저게 미치지 않았는가?"

"히히히."

"야, 이놈아! 아프다고 핑계를 대고 자빠졌다가 지랄이 무슨 지랄이야? 으응! 캭 퉤⋯⋯."

마루 위에서 벽력같이 지르는 주인 김 좌수의 호령 소리가 두 번 날 때, 삼돌이는 정신이 번쩍 들었다. 그의 눈앞에는 고래 등 같은 기와 집이 엄연하게 보이고 마루 위에 거만스럽게 앉은 김 좌수의 불그레한 낯이 보였다. 소나기 뒤 쨍쨍한 볕은 추근한 땅에 흘러서 눈이 부시고 서늘히 스쳐가는 바람결에 논 매는 노래가 들렸다. 그는 별 세상에 선 듯하였다.

"야 이 머저리(바보) 같은 놈아, 글쎄, 무슨 머저리 행세(바보짓)냐? 무시기 어쩌구 어째, 뱀아페(한테) 물긴 게 아프구 어쩌구, 뛰기만 잘 뛰더구나!"

김 좌수는 물었던 장죽을 한 손에 뽑아 들고 노염이 충일해서 호령을 하였다. 뜰에 나다니는 여편네들은 입을 막고 돌아가면서 웃었다. 삼돌이는 죽은 듯이 서 있었다.

"글쎄 이놈아, 입이 붙었니? 어째 대답이 없니? 어째 그랬니?"

김 좌수는 또 소리를 질렀다.

"뱀이 와서 발뒤축을 물어서……."

삼돌이는 쥐구멍으로 들어갈 듯이 겨우 대답하였다.

"뱀이? 저놈으 새끼 실루 미쳤구나! 뱀아페 물긴 게 아프다구 허덕간에 한 나절이나 자빠졌었는데, 무슨 뱀이 또 거기 있더란 말이냐? 저눔이 필시 꿈을 꾼 게로구나? 하하."

김 좌수는 마지막 말에 자기로도 우스운지 웃음을 못 참았다.

'참말 그래 내가 꿈을 꾸었나.'

이렇게 속으로 생각한 삼돌이도 픽 웃었다. 삼돌의 웃는 것을 본 김 좌수는 다시 노염이 등등해서 호령을 내린다.

"제야 잘한 체 웃음이 무슨 웃음이―, 어서 또 가봐라. 비 오구 난 뒤끝이니 나왔을 거다……."

"아―구, 실루 머저리네!"

병아리 다리를 노끈으로 붙잡아 매어가지고 마루 아래서 놀던 김 좌수 아들 만득이가 삼돌이를 보면서 입을 삐쭉하였다. 삼돌에게는 만득의 소리가 더욱 듣기 괴로웠다. 자기보다도 퍽 차가 있는 어린것에게까지 비웃음을 받는 것이 알 수 없이 불쾌하고 낯이 붉어지면서 온몸이 땅속으로 잦아드는 것 같았다 만득이는 연주창으로 목을 바로 못 가지고 늘 머리를 왼편으로 깨웃하였다. 빳빳이 말라서 허수아비에 옷을 입힌 듯한 만득의 핼쑥한 낯을 볼 때 삼돌의 가슴에는 가긍스런 생각도 치밀고 미운 생각도 치밀었다. 그것 때문에 밤낮 '배암' 잡아들이라는 호령 받는 것을 생각하면 어서 죽어 버리고도 싶었다. 그리고 전번에 왔던 의사도 미웠다. 그놈이 아니었더면 배암 잡으러 왜 다녀? 이렇게도 생각하였다.

"산 배암에게 물리면 연주창에 큰 효과가 있다."

하고 의사가 가르친 뒤로부터 삼돌이는 배암 잡으러 다녔다. 그러다가 이틀 전에 배암에게 다리를 물리고 그것이 너무 아파서 오늘은 드러누웠더니 그런 꿈을 꾸고 또 이 봉변을 당하고 있다.

"낼까지 그러고 있겠니? 빨리 가 잡아라!"

김 좌수의 호령에 멍하니 섰던 삼돌이는 왼편 다리를 절룩절룩 절면서 사랑 머슴방으로 나갔다. 쨍쨍한 볕은 그저 땅에 흘렀다. 삼돌이는 배암 잡는 무기를 들고 집을 나섰다. 그것은 낚싯대釣竿 끝에 말총 올가미를 붙잡아 맨 것이다. 배암의 목을 올가미질하려는 것이다. 이것은 삼돌의 지혜로 나온 무기였다. 땀과 먼지가 엉키어서 찔덕찔덕한 적삼 등골로 스며드는 삼복 볕은 유난스럽게 뜨거웠다. 무릎까지 오는 베고의에 코가 떨어진 짚신을 끌고 절룩절룩 걸을 때마다 몸에서 오르는 땀 냄새는 시틋하고 구리었다.

집 앞 채마밭을 지나서 눈이 모자라게 벌어진 논가 길에 나섰다. 지지는 볕 아래 빛나는 홍건한 논물은 자 남짓이 큰 벼 포기 그늘을 잠갔다. 그루를 박아 세운 듯한 한결 같은 키로 질펀히 이어 선 벼는 윤기 나는 푸른 비단을 살짝 깔아 놓은 것 같았다. 이따금 스치는 서늘한 바람에 가는 볏 잎이 살금살금 물결치는 것은 빛나는 봄 하늘 아래서 망망한 큰 바다를 보는 것 같았다.

삼돌이는 멍하니 서서 그것을 보았다. 시각이 옮겨갈수록 현실에 괴로운 그의 의식은 점점 신선하고 빛나는 자연과 어울려서 그는 자기라는 존재까지 잊었다. 그에게는 빛나는 태양과 푸른 벌판과 서늘한 바람이 있을 뿐이었다. 베 고의적삼에 삿갓을 쓰고 논 기음에 등을 지지던 농군들은 저편 방축 버드나무 그늘 아래서 담배도 피우고 장기도 두고 있다. 삼돌이는 그것을 볼 때 잠잠하던 마음이 다시 물결쳤다. 자기도 밭이나 논에서 기음 맬 때는 길 가는 개까지 부럽더니, 오늘은 그것이 도리어 부러웠다. 그는 아픈 다리를 질질 끌면서 방축 아래 좁은 길로 앞산을 향하였다.

"삼돌이, 자네 또 뱀 잡으러 가는가?"

방축 위 서늘한 그늘 속에 누워서 담배 피는 늙은 농군이 소리쳤다. 삼돌이는 대답 없이 그리를 쳐다보며 빙그레 웃었다.

"웃기는, 개꽃 싸라간 눔처럼 ! 히히."

그 옆에서 고누²⁾를 두던 쇠돌이라는 젊은 농군이 웃었다.

"에이구! 꼭꼭 뱀이를 그렇게두 잡니? 새나 다람쥐를 말총 올개미루 잡지 뱀을 올개미루 잡는 걸 어디서 봤니, 하하하."

"그러문 어떻게 잡니?"

힘없이 말하는 삼돌은 서먹한 웃음을 억지로 웃었다.

"몽치로 때려 붙들어야지 이눔아. 뱀이 죽었다구 올개미에 들겠니?"

"응, 때리문 죽어두…… 산 뱀이라야 쓴단다."

누군지 기다리고 있는 듯이 받아쳤다.

"응, 산 뱀은?"

"김 좌수 아들이 옌쥐챙 있는데 손가락 물기문 낫는다네."

이런 말을 듣다가 삼돌이는 다시 걸음을 걸었다. 머리 뒤에서 수군거리고 웃는 것은 모두 자기를 비웃고 멸시하는 듯이 불쾌하였다. 걸음까지 터벅거렸다. 모래땅은 물 기운이 벌써 빠져서 삭삭 마르고 굳고 오목한 데는 그저 빗물이 괴어서 반짝거렸다. 구불구불하고 축축한 산길을 휘돌아 오른 삼돌이는 쓰러진 나무 등걸에 걸터앉았다. 등에는 땀이 흠씬 내배고 전신에서 후끈후끈 오르는 땀 냄새는 김같이 뜨겁고 시틋하였다. 그는 이마의 땀을 씻으면서 가슴을 풀어 헤쳤다. 가슴은 마구 뛰었다.

크고 작은 소나무가 빽빽이 들어서서 으슥한 속에 가지 사이로 흘러드는 쨍쨍한 볕은 우거진 풀잎에 아롱아롱 흘렀다. 이따금 울울한 소나무 끝을 스치는 바람 소리는 시원히 들리나 숲속은 고요하였다. 나무와 나무 사이를 스쳐서 어른어른 푸른 벌이 내려다보이고 그 한쪽으로 볕에 눈이 부실 듯한 마을집이 보였다. 이렇게 사면을 돌아보면서 한참 앉았으니 몸이 점점 식고 마음이 가라앉아서 한숨 자고 싶었다. 그러나 주인 영감의 시뻘건 눈깔이 눈앞에 언뜻할 제 그는 정신이 바짝 들고 자기도 모르게 벌떡 일어났다.

그는 다시 터덕터덕 산마루턱 감자밭 가에 이르렀다. 우중충한 숲속을 벗어나오니 환한 것이 졸지에 딴 세상이나 밟는 것 같았다. 그는 감자밭과 숲 사이에 난 좁은 길로 돌아다니면서 끼웃끼웃하였다. 돌을 모아 놓은 각 담에도 뒤져 보고 쓰러진 나무 등걸 위도 보았다. 소나기 지난 뒤요, 따라서 볕이 쨍쨍하니 배암이가 나오리라는 자신도 없지 않았다. 그는 어둔 벼랑길을 더듬는 소경처럼 조심스럽게 걷다가는 서고 서서는 이리 끼웃 저리 끼웃 하였다 이름도 모를 풀이 우거진 숲을 들여다보고 풀잎이 다리에 스르럭 스르럭 스칠 때면 그는 공연히 몸이 오싹오싹하고 옮기던 발이 저절로 멈추어졌다. 어디서 바람 소리만 들려도 그의 가슴은 두근두근하였다. 이렇게 어청어청하다가 감자밭 맨 끝 커단 나무가 쓰러진 곳에 이르러서 그는 우뚝 서면서 입을 벌렸다. 그는 금방 뒤로 자빠질 듯이 궁둥이를 뒤로 내밀고 서서 어쩔 줄을 몰랐다. 그의 눈은 유리알을 박은 듯이 꼼짝 않고 쓰러진 나무 위만 쏘고 있다.

크고 작은 풀이 우거진 새에 흉악한 짐승같이 쓰러진 것인지 껍질은 썩어 벗어지고 살빛이 꺼뭇하게 되었다. 군데군데 쪽쪽 트기도 하고 감탕물 속에 거머리 지나간 자취 모양 아롱아롱 좀먹은 자리도 있다. 그리고 어떤 데는 뜨거운 볕에 송진이 끓어서 번지르하고 찐득찐득하게 뵈었다. 그 나무 한복판에 길이가 발이 남고 굵기가 어린애 팔뚝만 한 게 고요히 붙어 있다. 퍼런 등골은 햇볕에 윤기가 번득거리고 희슥한 햇살에 누른 점이 얼룩얼룩하였다. 그리고 동그스름하고 넓죽한 머리에 불끈 빼진 눈은 때룩때룩하였다. 그 생김생김이 자기를 물던 놈 같기도 하였다. 그놈에게 물려서 이틀 밤이나 신고를 하고 아직도 낫지 않는 것을 생각하면 그놈을 꼭 깨물어 잘근잘근 씹어 삼키고 싶으나, 때룩때룩한 눈깔이나 얼룩얼룩 징그럽게 늘어진 꼴은 금방 몸에 와서 말리고 서리는 듯해서 점점 뒷걸음만 났다. 그러다가도 주인 영감에게 서리 같은 호령을 들을 것을 생각하니 그저 물러갈 수도 없었다.

우우 하는 소리와 같이 수수 흔들리는 소리가 들렸다. 배암만 보고 무시무시하게 서 있는 삼돌이는 깜짝 놀라 뒤를 보고 발을 굽어보았다. 그것은 바람 지나는 소리였다. 그는 긴 한숨을 쉬면서 가만가만 나무 등걸 곁으로 갔다. 손에 잡은 낚싯대가 자랄 만한 곳에 가서 엉거주춤 섰다.

"획— 획."

그는 휘파람을 불었다. 고요한 볕 아래 누웠던 배암은 그 소리를 들었는지 머리를 들어 ㄱ자로 구부리고 눈을 때룩때룩하였다. 그때 그놈을 콱 때렸으면 단박 잡을 듯하나 그래서 죽으면 힘은 힘대로 들이고 아무 소용없는 짓이다. 그러나 그놈을 설다루어서는 뺑소니를 칠 것이다. 삼돌이는 이렇게 생각은 하면서도 어쩔 줄을 몰랐다. 그는 낚싯대를 뻗쳐서 올가미를 배암 머리부에 주었다. 배암은 머리를 기웃기웃하더니 늘씬한 몸을 늘였다 졸이면서 그 나무 등걸 밑으로 머리를 수그렸다. 푸른 바탕에 누른 점 흰 점이 볕에 얼른얼른 빛났다. 그것이 징글징글 기어 풀 속으로 내리는 것은 정신이 아찔하도록 무서웠다. 그것이 풀포기 밑으로 스르르 나와서 바짓가랑이 속으로 금방 들 듯이 신경이 찌긋찌긋하였다. 그는 등골에 찬 땀을 흘리면서 소름을 쳤다. 그러면서도 그것을 놓치는 것이 안 되어서 자기도 모르게 낚싯대로 등걸에 겨우 남은 꼬리를 쳤다. 꼬리는 꾸불 하더니 쏜살같이 풀 속에 숨어 버렸다. 그때 그는 바른편 넓적다리가 뜨끔하였다. 그것은 배암의 꼬리를 칠 때 낚싯대가 잘못 넓적다리에 찔린 것이었다. 신경이 예민해서 그는 그것이 배암의 이빨이 박히는 줄 믿었다.

“으악……”

삼돌이는 낚싯대를 버리고 뜨끔한 넓적다리를 붙잡으면서 뛰었다. 감자포기, 풀포기, 나무 등걸, 가시밭―, 그 모든 것을 헤아릴 수 없이 마구 뛰었다. 발에 걸쳤던 짚신은 어디로 갔는가? 발끝과 아랫다리는 나무그루와 가시에 찢겨서 새빨간 피가 스치는 풀잎을 물들였다. 그 모든 것을 느끼지 못하고 삼돌은 그저 허둥지둥 뛰었다. 한참 뛰던 삼돌이는 짜근―, 소리와 같이 두 눈에서 불이 번쩍 일면서 정신이 아찔하여 그 자리에 쓰러졌다. 아무도 없는 고요한 숲속 바위 밑에 쓰러진 삼돌의 이마에서는 걸디건 피가 느른히 흘렀다. 바람은 때때로 숲 끝을 우수수 지났다. 서천에 좀 기운 볕은 여전히 가지 사이로 흘러들었다. 멀리 논벌에서 은은히 울려오는 논김 노래가 새소리, 벌레 소리와 같이 숲속으로 흘렀다.

삼돌이는 등골이 선뜩선뜩함을 느끼면서 흐릿한 눈을 비비었다. 우중충한 가지와 가지가 머리를 덮은 사이로 흰 하늘이 엿보였다. 그는 일어나 앉아서 앞뒤를 보았다. 자기 몸은 뜻하지도 않은 풀 속에 있다. 지금이 아침인가? 저녁인가? 또는 밤인가? 이렇게 생각하다가 그는 피 묻은 자기 손이 언뜻 눈에 띄자 두 눈이 뚱그래졌다. 손을 펴서 들고 뒤쳐 보고 젖혀 보다가 적삼 앞과 속옷에 검붉은 피가 발린 것을 보고 그의 눈은 더 뚱그래졌다. 그는 비로소 앵한 이마가 째릿째릿함을 느꼈다. 그는 이마에 손을 대었다. 손이 닿을 때 이마가 쓰리고 손에 칙은한 것이 발렸다. 그는 손을 떼어 보았다. 언제 흐른 피런가. 엉기어 걸어져서 흐르지는 않고 그 빛은 검붉다. 이마는 점점 쓰리고 아팠다. 그는 쭈그리고 우두커니 앉아서 두 손을 엇결은 채 피 씻을 생각도 하지 않고 무엇을 생각하였다. 그의 눈은 옛 기억을 좇는 듯이 흐릿한 속에 의심이 들어찼다.

피가 웬 필까? 어찌하여 예까지 왔나? 집에서 떠나서 배암 잡다가 뛰던 이렇게 아까 일이 ……. 오랜 일같이 슬금슬금 떠왔다. 그러나 어쩌다가 이마가 터진 기억이 얼른 나지 않았다. 누구에게 맞았나? 아니 맞았으면 모를 리 없다. 배암에게 물렸나? 배암이 이렇게 물 리는 없고……. 이렇게 생각 생각 끝에 허둥허둥 뛰다가 이마가 찌근 부딪치는 일까지 생각났다. 그러나 뒷일은 종시 떠오르지 않았다.

'오오, 그래 부딪친 게로구나!'

그는 무슨 수수께끼나 푼 듯이 이렇게 혼자 부르짖었다. 동시에 그는 넓적다리를 급히 만져 보았다. 아까 뜨끔하던 기억이 오른 까닭이었다. 그러나 아무렇지도 않은 것을 볼 때 그는 혼자 픽 웃으면서 한숨을 지었다. 삼돌이는 모든 기억이 또렷이 나설수록 이마가 몹시 저렸다. 그는 풀잎을 따서 피를 씻었다. 풀잎에 닿을 때면 바늘로 따금 찌르는 듯도 하고 딱지 뗀 헌 데를 만지는 것 같기도 해서 온몸이 송구러들었다. 피를 씻은 뒤 허리끈을 풀어서 이마를 동였다. 그리고 바지춤을 움켜잡고 숲속을 어슬렁어슬렁 나왔다.

감자밭에 나선 그는 조심스럽게 아까 배암 나왔던 등걸 앞으로 갔다. 풀대가 바람에 얼른거려도 배암 같아서 가슴이 뜨끔하였다. 그는 저편 풀 위에 던저져서 풀이 바람에 움직일 때마다 흔들리는 낚싯대를 집어들고 마을로 향하였다. 숲속에 흐르는 별은 자취를 감추고 눅눅한 그늘이 숲을 덮었다. 바람이 스치는 때마다 잎들은 우줄우줄 춤을 췄다. 어디선지 새 소리가 울렸다. 나무 사이를 스쳐서 멀리 파란 벌판 끝에 저녁볕이 뻘겋게 타들었다. 그는 더듬더듬 내려오다가 길옆에 서리서리 늘어진 칡 줄기를 잘라서 허리를 잡아 매었다.

우중충한 숲을 벗어나서 산 아래로 내려온 그는 별에 나섰다. 아까 지났던 방축 아랫길로 발을 옮겼다. 방축에 모여 앉았던 일꾼들은 깡그리 논으로 내려가고 머리에 석양을 받은 수양버들만이 실바람에 흐느적거렸다. 앞으로 끝없이끝없이 잇닿은 푸른 논판에 붉은 저녁볕이 비껴 흐르고 또 바람이 흐르는 것은 더욱 아름다웠다. 온 세상의 모든 행복은 기름이 흐르듯이 윤기 돌아 먹음직하게 연연히 자란 푸른 포기가 벼 바람에 물결쳐 넘는 듯하였다. 온몸을 벼포기 속에 숨기고 오직 삿갓 꼭대기와 땀 밴 등만 드러내고 기어가면서 김매는 농군들은 신선같이 보였다. 그는 그것을 보고 맞추어 부르는 격양가 소리에 귀를 기울이고 멍하니 서 있었다. 자기도 배암 잡이만 아니었더면, 아니 그놈의 만득의 연주창만 아니었더면 지금 저 속에서 저들과 같이 노래를 부를 것이다. 이슬에 베잠방이를 적시고 불볕에 등골을 지지면서 김매는 것이 더 말할 수도 없는 설움이요 괴로움인 줄 알았더니, 이제 와서는 세상에 그처럼 즐거운 일은 없을 것 같다. 지금 신선같이 느껴지는 저 푸른 벼 바다 속에서 김매고 노래 부르는 그네가 모두 자기와 같은 사람이요, 또 자기 친구요, 또 같은 사람이요, 또 친척이요, 또 같은 일꾼으로 네냐 내냐 지내 왔는데 지금은 그네가 별로 높아진 듯이 느껴졌다.

그렇게 느껴질수록 그는 두 어깨가 축 늘어지는 것 같고 온몸이 땅에 자지러지는 듯하였다. 스쳐가는 바람, 흔들리는 풀조차 자기를 비웃는 듯이 자취마다 설움이었다. 어려서 부모를 잃고 남의 집구석으로 다니면서 꼴이나 베고 소나 먹이며 김매면서 나이 삼십 되도록 장가도 못 들고— 그것도 부족하여 팔자에 없는 배암 잡이로 다리병신 되고 이마까지 피 터진 것을 생각하니 새삼스럽게 가슴이 메어지고 눈에 눈물이 핑 돌았다. 그는 그 자리에 주저앉아 울었다. 목이 메어 소리는 나오지 않고 눈물만 좍좍 흐르고 가슴이 꽉꽉 막혀서 주먹으로 가슴만 꽝꽝 쳤다. 논판에 흐르는 석양은 점점 자리를 옮겨서 멀리멀리 붉어 가고 서늘한 실바람은 끊임없이 수양버들 가지를 흔들었다.

한참 애끊게 울던 삼돌이는 주먹으로 눈물을 씻고 일어섰다. 방축 아래 볏 잎에 진주 같은 별이 흐르는 논가 좁은 길을 지나 집 가까이 왔다. 타박타박한 그의 걸음은 더 느리어졌다. 그의 발은 마음과 같이 무거웠다. 만일 그의 손에 꿈틀거리는 산 배암만 잡혔다면 그는 이마가 저리고 다리 아픈 것까지 잊어버리고 집으로 달려갔을 것이다. 주인 영감의 독살 오른 눈과 고무 볼같이 불어서 불룩불룩 두 눈이 눈앞을 언뜻 지날 때 그는 어깨를 오싹하면서 머리를 힘없이 가슴에 떨어뜨렸다. 그는 발을 돌렸다. 그만 어디라 없이 끝없이끝없이 가버리고 싶었다. 이 꼴 저 꼴 다 안 봤으면 살이 찔 것 같았다.

'에키, 가자! 그만 달아나자!'

이렇게 생각은 하였으나 가면 어디로 가며, 간들 무슨 수가 있으랴 하는 생각이 또 머리를 울렸다. 뒤따라 너덜너덜한 누더기를 몸에 걸치고 이 집 저 집 들어가도 밥 한 술 주지 않고 일까지 시켜 주지 않아서 주린 배를 움켜쥐고 이슬을 마시면서 밤을 지내는 옛날의 자기 그림자가 눈앞에 떠오를 때, 그는 그것을 보지 않으려는 듯이 머리를 흔들면서 획 돌아서 집으로 빨리빨리 걸었다. 삼돌이는 집에 가까이 왔을 때 집 앞 채마밭에 나선 주인 영감의 그림자를 보고 가슴이 두근두근하며 눈앞이 흐리고 다리가 떨렸다. 마치 침침철야에 무서운 짐승 있는 굴로 들어가는 듯하였다.

"응, 오늘은 잡았지?"

삼돌이를 본 김 좌수는 '네까짓 놈이 그렇지 무얼 잡겠니?' 하는 눈초리로 물었다. 삼돌에게는 그 소리가 벽력같았다. 그는 머리를 수그리고 가만히 서 있었다.

"어째서 대답이 없니?"

김 좌수의 소리는 점점 커졌다.

"못 잡았소……."

무서운 힘 앞에 마주 선 잔약한 생명의 소리같이 삼돌의 가는 소리는 떨렸다.

"응, 무시기 어쩌구 어째? 아까운 쌀을 뱃등이 터지두룩 먹구 그거 하나두 못 잡는단 말이냐? 응, 글쎄!"

주인 영감은 삼돌이를 쥐어나 박을 듯이 벌벌 떨면서 눈이 빨개서 삼돌이를 노려보았다.

"이매額는 왜 그 꼴이냐?"

"뱀아페(뱀한테) 쫓기와서(쫓겨서) 엎어져서(넘어져서) 그랬음메!"

그는 겨우 울 듯 울 듯이 대답하였다. 주인 영감은 주먹을 불끈 쥐고 이를 악물고는 가죽 신발로 삼돌의 가슴을 찼다.

"힝."

삼돌이는 기운 없이 자빠졌다.

"이눔아!"

주인 영감은 또 쥐어박을 듯이 주먹을 부르쥐고 앞으로 몸을 쏠리면서,

"이 못생긴 놈아! 응? 뱀 잡기 싫으니 일부러 이매를 터쳐 가지구 와서…… 즌 개소리를 친단 말이냐? 그깟놈의 핑계 대문 뉘귀 곧이나 듣니? 응, 이눔아(거꾸러져 소리 없는 삼돌의 등을 막 밟으면서), 가가라, 저런 쌍눔으 새끼를 밥을 멕이다니……."

분이 나서 소리를 고래고래 지르면서 펄펄 뛰었다.

"애고! 이게 영감이사…… 이게 워쩐 일이오. 그만두오!"

곁에 있던 주인마누라가 주인의 팔을 끌어당겼다.

"노덕(마누라)이는 아무것두 모르구서 가만 있소! 저눔아를 죽이든지 내쫓든지 해야지!"

주인은 또 발을 들었다. 주인마누라는 주인의 발을 잽싸게 안으면서,

'영감! 이거 그만두오……."

울 듯이 말렸다. 어른 아이 할 것 없이 채마밭 머리에 쭉 모였다. 삼돌이는 땅에 거꾸러진 채 아무 소리도 없었다. 무심한 저녁연기는 점점 퍼져서 마을을 싸고 먼 산허리까지 밀렸다. 괴괴거리고 발머리를 헤매는 닭들도 홰에 오르기 시작하였다. 밤부터 내리는 실비는 아침에도 촐촐 내렸다. 김 좌수는 아침 뒤에 삿갓을 쓰고 비를 맞으면서 배추밭에 오줌똥을 주었다. 거뭇하고 부들부들한 흙에 비가 괴어서 디딜 때마다 발이 쑥쑥 들어갔다. 삿갓에 떨어진 비는 삿갓 네 귀로 낙숫물처

럼 흘러내렸다. 후줄근한 고의적삼 소매 끝과 가랑이 끝에도 물이 뚝 뚝 흘렀다. 그는 팔을 불끈 걷어붙이고 바가지로 똥을 풀어 논 것을 퍼서는 한쪽 손으로 배추 포기를 비스듬히 밀면서 밑동에 부었다. 큰 항아리 통같이 비대한 몸이 끙끙하면서 등깃등깃 수그렸다 일어났다 하다가는 한숨을 쉬고 턱에 흘러내린 빗물을 씻으면서 빳빳이 서서 이리저리 돌아보았다.

바람 없는 가는 빗발이 푸른 잎에 소리를 내는 것은 먼 바람 소리 같기도 하고 은은한 물소리 같기도 하였다. 넓은 들과 먼 산을 뿌연 빗속에 고요히 잠자는 것 같다. 어디서 개구리 소리가 들렸다. 병아리 데린 암탉은 저편 울타리 밑에서 꼬룩꼬룩하면서 목을 늘여 끼웃끼웃 한다.

"에키, 망할 눔으 새끼, 자빠져서 늙은 게 이 고생이로구나."

김 좌수는 혼자 분개한 소리로 뇌이면서 등깃등깃 오줌을 나른다. 삼돌이가 이마와 다리가 저려서 며칠 드러누워 있게 된 뒤로 집터 밭은 김 좌수가 돌아보게 되었다. 그는 비 오는 때를 타서 거름을 한다고 식전에도 삼돌이를 죽으라고 호령하고 아침 뒤에 배추밭으로 나왔다.

김 좌수는 삼대 좌수이다. 그 까닭에 여기에는 지금도 읍으로 들어가나 시골집으로 나오나 세력이 등등하였다. 누구나 그 앞에서 기지 않으면 호령이요 볼기였다. 그것은 무조건이다. 그러나 그의 집은 퍽 소조하다. 그의 마누라, 아들, 며느리, 머슴, 그, 그리고 먼 일가 되는 늙은 여편네가 와서 밥 짓고 빨래나 거들어 주고 얻어먹는다. 그의 아들 만득은 금년 열여섯이 된다. 열두 살 때에 장가보내서 며느리를 삼았는데 만득이가 어려서부터 목에 돋힌 연주창이 장가든 뒤로는 더 심해서 약이란 약과 의원이란 의원은 다 들어 보았으나 조금도 효과가 없었다. 작년에 죽은 큰마누라에게 자식이 없어서 처녀장가 들어서 맞은 첩에게서 늦게야 얻은 만득이었다. 그러한 자식의 병이니 간호가 여간 크지 않았다. 일전에는 타도 의원을 모셔다가 보였는데 그 의원은 이러한 말을 하였다.

배암 산 것을 잡아서 "병자의 손가락을 물리시오. 그놈이 연주창 있는 사람은 잘 물지 않으니 그리 알아서 단단히 아쥐어야 합니다. 그래서 효과가 없거든 사람의 모가지 고기를 병자가 모르게 얻어 먹이시오. 그밖에는 약이 없습니다."

이 뒤부터 김 좌수는 여러 군데 산 배암 잡아들이라는 영을 놓고 머슴 삼돌이까지 배암 잡이에 내놓았다.

"아 좌수 영감은 이 비 오는데 어쩐 일이오니까?"

하고 등 뒤에서 외치는 소리에 김 좌수는 머리를 돌렸다.

"응, 자네 오는가? 이 비 오는데 어디 갔다 오는가?"

김 좌수는 일어섰다. 그 사람은 김 좌수 동리에서 이십 리나 떨어져 사는 사람인데 최 유사라고 부른다.

"여꺼지 온 길이외다."

바지를 무릎 위까지 걷고 부대를 등에 걸친 최 유사도 삿갓을 썼다. 가늘고 할끔한 다리에 구실구실한 검은 털이 나고 푸른 힘줄이 아른아른한 것은 농토에 어울리지 않는 살빛이었다.

"무슨 일로 여꺼지 왔는가?"

그저 한결같이 내리는 비는 두 사람의 삿갓을 치고 연두 빛 윤기 흐르는 배추 잎을 살랑살랑 건드렸다.

"좌쉇님 무슨 뱀이를 쓰신다구 해서……"

최 유사는 황송스럽게 말하면서 김 좌수를 보고 웃었다. 그 웃음은 무슨 큰 자랑거리나 감춘 듯하였다.

"응! 그래……"

빳빳이 섰는 김 좌수는 무슨 수나 난 듯이 들었던 바가지를 던지고 최 유사 곁에 다가섰다.

"응, 그래 어찌 됐는가? 전번 휘구 편에 자네게두 부탁을 했지? 그래 구했는가?"

"여기 잡았는데⋯⋯."

하면서 최 유사는 왼손에 들었던 척 늘어진 베주머니를 내들었다.

"응, 그건가?"

김 좌수는 물에 빠진 사람처럼 덤비면서 손을 내밀어 받으려다가 비에 젖은 주머니가 꿈틀꿈틀 물결치는 것을 보더니 그만 손을 움츠렸다. 움츠러들인 손이 스스로도 안 되었는지,

"하여간 들어가세! 이 비 오는데 큰 고생을 했네!"

하고 앞장을 섰다.

"별 말씀을 다 하심메!"

최 유사는 희색이 만면해서 뒤따랐다.

"저 댁이집 최 유사有司 뱀이를 잡아 왔구마?"

헤벌헤벌 마당에 들어선 김 좌수는 소리를 질렀다. 방문이 열리면서 주인마누라가 나왔다. 온 집안은 끓었다. 닭을 잡네, 찰밥을 짓네 하여 최 유사 점심 준비에 여편네들은 수군거렸다.

"여보 노댁이(마누라)! 저 건넷집 선동 아비를 오라구 하오⋯⋯. 그놈 삼돌인지 셋돌인지 앓아 자빠 누웠으니⋯⋯."

김 좌수는 분주히 들락날락하면서 떠들었다. 김 좌수가 부른 선동 아비가 왔다. 그는 김 좌수의 아우다. 이웃집 늙은이 두어 분도 왔다. 어수선 들썩하던 집안이 점심상이 방에 들게 된 뒤로 조용하였다. 한 참 만에 우루루 흩어진 머리에 감투를 눌러 쓴 선동 아비가 이웃집으로 가더니 한 자 남짓한 왕대王竹를 가져왔다. 방안에 모여 앉은 여러

사람은 우우 나왔다. 툇마루에 나선 김 좌수는,

"삼돌아!"

높이 불렀다.

"삼돌아! 저눔이 죽었니?"

더 높이 불렀다.

"네······."

하고 젊고 쪽쭈리운 듯한 대답이 들리더니 이윽하여 사랑으로 어청어청 들어오는 삼돌의 머리는 누구에게 줴뜯긴 것처럼 더부룩하게 되었다. 검은 낯에 두 뺨은 좀 빠졌고 이마는 꺼먼 수건으로 동였으며 이맛살은 조금 찌푸렸다.

"네 이눔아, 남은 이 비 오는데 뱀이를 잡아 가지고 왔는데 너는 꾹 들어백혀서 대가리도 안 내민단 말이냐?"

주인 영감의 소리는 나직하나 위엄이 등등하였다. 삼돌이는 아무 대답 없이 마루에 수굿이 서 있었다. 여러 사람들은 다 한 번씩 삼돌을 보았으나 그런 인생이 있는가 없는가 하는 태도였다.

"어서 저기 참대통에 넣어라."

김 좌수의 소리가 끝나자 선동 아비는 배암 든 베주머니를 집어서 삼돌에게 주었다. 삼돌이는 서먹서먹해서 주저거리다가 겨우 받았다.

"야 이눔아, 얼른 줴내라!"

김 좌수는 눈을 부릅뜨고 입을 비죽거렸다.

"줴내다니, 산 뱀을 어떻게 쥐오?"

선동 아비는 왕대를 손 새에 넣고 쓱쓱 훑으면서 혼잣말처럼 뇌었다. 삼돌이는 베주머니 아가리를 열었다. 그는 조심스럽게 열고 들여다보더니 어깨를 으쓱하면서 머리를 돌렸다.

"그대루는 안 되리라. 꼬리를 맺으니 그 노끈을 내제!"

　문턱 앞에 앉았던 최 유사가 가로채더니 그만 자기가 들어서 그 끈을 집어냈다. 배가 희고 등이 거뭇한 것이 노끈을 좇아 꿈틀하면서 달려 나왔다. 길이가 자가 되나마나 하고 통은 엄지손가락만 한 독사였다. 노끈에 꼬리가 달려서 대중대중 드리운 배암은 꾸핏꾸핏 몸을 틀다가도 머리를 빳빳이 하고 허리를 휘어서 사람의 손을 향하고 처올렸다. 겨우겨우 꼬리 끝 가까이 오다가는 그만 힘이 모자라는지 축 늘어져 버린다. 그렇게 사오 차나 하더니 그 담에는 죽은 듯이 축 늘어졌다. 마치 짐승의 밸을 늘인 듯하나 이따금 꿈틀꿈틀할 때면 삼돌이는 등골이 근질근질하였다. 선동 아비는 왕대 구멍을 요리조리 뺑소니치는 배암 머리에 대더니 한참 만에 댓속에 배암을 집어넣었다. 댓속에 스르르 든 배암의 머리가 손잡은 쪽대 구멍으로 거진거진 나오게 된 때에, 처음 머리 넣은 구멍 밖에 뼘이나 남은 꼬리를 쏙 휘어다가 대에 꼭 잡아 매었다. 이때 방으로 들어간 김 좌수는 엉엉 우는 만득이를 붙잡고 나왔다.

　“흥— 흥, 싫소—, 으응.”

　만득이는 문턱에 발을 버티고 뒤로 몸을 젖히면서 고함을 쳤다. 뚱뚱한 김 좌수는 만득의 겨드랑이를 들어 내밀었다.

　“이눔으 새끼야, 죽기보담은 안 날나더냐?”

　그러나 만득이는 좀처럼 나오지 않았다. 왕대를 쥐고 섰던 선동 아비까지 대는 삼돌에게 주고 만득이를 끄집어내기에 힘썼다.

　“만득아, 아프지 않다. 눈을 질끈 깜고 견데라.”

　선동 아비는 순탄스럽게 말하였다.

　“이런 개새끼 같은 눔으 새끼—, 야이 쌍눔 새끼야.”

　김 좌수는 솥뚜껑 같은 소리로 만득의 머리를 쳤다.

　“에구, 제마이잉, 에구, 내 죽슴메—.”

마루로 끌려나오는 만득이는 집이 떠나가게 통곡한다.

"에구! 그거 무슨 때림매? 철없는 거 얼리지 때릴 게 무에요."

영감 곁에 섰던 주인마누라는 가슴이 아프다는 듯이 영감을 흘끗 보았다. 마루에 모였던 사람들은 모두 모여들어서 만득이를 붙잡았다. 만득이는 그저 섧게 섧게 통곡했다. 삼돌이는 왕대통을 가로 들었다. 여러 사람들은 만득의 바른편 장 손가락을 배암의 머리가 있는 대구멍에 넣었다.

"에구, 제마."

삼돌이는 몸을 부르르 떨면서 오장이 뒤집히는 듯이 소리를 질렀다. 사람들은 삼돌의 손가락을 뽑아 보았다. 그러나 배암은 물지 않았다. 이번에는 만득의 손가락을 배암의 입에다 꾹 대고 바늘로 배암의 꼬리를 쑥쑥 찔렀다. 엉엉 울던 만득이는 갑자기 몸을 송그리고 울면서 낯이 파래서 큰소리를 질렀다. 여럿이 뽑는 만득의 손가락에서는 검붉은 피가 뽀지지 돋았다.

"됐다! 우지 마라, 이저는 그만둬라."

김 좌수는 큰 성공이나 한 듯이 희색이 만면해서 만득이를 달래었다.

"응, 이거 먹어라. 우지 마라."

주인마누라는 꺼먼 엿 뭉치를 만득의 가슴에 안겼다.

"으응 훙……, 에구……"

만득이는 모두 귀찮다는 듯이 발버둥을 치면서 그저 울었다.

"어―, 이저는 낫겠군―. 그러나 그 뱀을 불에 태우오. 그놈이 살아 나문 아무 효험두 없는 걸!"

어떤 늙은이가 점잖게 말했다. 그럭저럭 하는 새에 중복이 지나고 말복이 끝났다. 배암이 문 덕이던지 만득이의 병은 좀 차도가 있었다. 목으로 돌아가면서 두튀름두튀름 돌아서는 물이 번지르하게 터지던 연주창[1]이 더 돋지 않았었다. 지르르하던 물도 차츰 거두었다. 일심 정력을 다 들여서 구호하는 사람들은 모두 웃음이 흘렀다.

그러던 연주창이 말복이 지나서부터 다시 멍울멍울한 알이 지면서 뿌옇고 씬득한 군물이 돌았다. 그리고 이번에는 두 어깨에까지 머틀며 틀한 것이 눌러 보면 아렸다. 김 좌수 내외는 낯빛이 좋지 못하였다. 금년 스물셋 되는 며느리(만득이의 아내)도 말은 안 하나 매일 상을 찡그리고 지내었다. 만득이는 글방에도 가지 않았다. 낯이 해쓱한 것이 목을 한쪽으로 끼웃하고 늘 늙은 어미 궁둥이에서 떨어지지 않고 엿과 떡으로 날을 보내었다. 밤이면 아버지 곁에서 자고 젊은 아내는 뒷방을 홀로 지켰다. 만득이는 장가가서 삼 년 동안 아내와 잤으나 병이 심하면서부터는 아버지 김 좌수가 별거를 시켰다. 그러나 만득이는 어떤 때면 남 자는 밤에 슬그머니 아내 방에 갔다가는 바지춤을 움켜쥐고 와서 몰래 아버지 곁에 누웠다.

그가 열두 살 나서 장가 들 제 지금 스물 셋 되는 아내가 열아홉 살이었다. 그것도 김 좌수가 권력으로 뺏아오다 시피 삼은 며느리였다. 만득이는 장가든 첫날밤에 오줌을 싸고 울었다.

"과년한 처녀색시가 못 견디게 군 게지?"

만득이가 울었단 말 듣고 이웃에 말 좋아하는 사람들은 서로 수군거렸다. 그 말이 색시 귀에 들어갔는지 색시는 한참 동안 밖에 못 나왔다. 그러다가 어느 때에는 뒤 우물가 대추나무에 목까지 맨 일이 있었다.

'어린 게(만득) 무스거 알겠소! 색시는 이것저것 다 알 텐데, 아매 잘 ㅇ ㅇㅇ 못 하니 죽고자 한 게지!"

색시가 목매었다는 소문이 나자 이웃 사람들은 또 수군거렸다. 그러다가 작년 봄—, 만득이가 열다섯 나서부터 각 자리를 하게 되었다.

각 자리를 한 뒤 일곱 달 만에 색시는 몸을 풀었는데 딸이었다. 그 딸은 난 지 첫 이레가 겨우 지나서 죽어 버렸다. 어떤 때 뒷방에서 소리 없이 우는 만득의 아내의 꼴이 시어머니와 주인 영감 눈에 띄었다.

'사내가 그리운가? 사내 병이 걱정되는가?'

시어미 시아비는 며느리의 울음에 의심을 품었다. 그러나 나날이 심하여 가는 만득의 병에 모든 정신이 쏠려서 그 밖의 것을 돌아볼 여지가 없었다. 오늘도 아침부터 만득의 병을 생각하고 뜰에서 거닐던 김 좌수는 아무 데도 나가지 않고 저녁 뒤는 방에 드러누웠다. 그는 담배를 피우면서 파란 기름 불을 보았다.

"여보, 노댁(마누라)이 거기 있소?"

드러누웠던 김 좌수는 벌떡 일어나 앉아 재떨이에 대를 엎어 꾹 누르면서 불렀다.

"네에."

방 사잇문이 열리면서 낯이 불그레한, 아직 사십이 될락말락 한 주인 마누라가 들어왔다.

"만득이는 어디메 있소?"

좌수는 마누라를 힐끗 보았다.

"저 정제(부엌방) 있음메!"

마누라는 입으로 부엌방 쪽을 가리켰다. 머리가 희끗희끗한 영감과 아직 입술이 붉은 마누라가 마주 앉은 사이는 따뜻한 기운이 없이 쓸쓸하였다.

"자아, 병을 어떻게 하문 좋겠소!"

"글쎄 낸들 암메. (혀를 차면서) 죽어두 어서 죽고 살아두 살구!"

마누라는 너무도 지질하다는 어조였다. 김 좌수는 물었던 대를 뽑고 이마를 찡그렸다.

"또 방정 떤다. 죽다니?"

"에구! 해해 낸들 죽기를 소원하겠소? 너무도 시진하니 나온 소리지비."

마누라 소리는 좀 화순하였다.

"그러지 말고 어떻게든지 곤체야 안 쓰겠소?"

영감의 소리도 의논 좋게 나왔다.

"글쎄, 뱀이게 물에두 그러니! 인저는 사람의 고……."

마누라는 말을 뚝 끊더니 누구를 꺼리는 듯이 좌우를 돌아보았다. 불빛이 흐릿한 방에는 연기가 휘돌아 열어 놓은 문으로 흘러나간다.

"쉬, 조심하오! 조심해……. 아이 듣소?"

영감도 주의를 시키더니 마누라 곁에 다가앉으면서,

"사람의 고기나 멕여 볼까?"

하고 입속말로 소곤거렸다.

"글쎄 그랬으믄 오죽 좋겠소마는, 어디서 얻겠소?"

마누라 역시 나직한 소리였다. 영감은 머리를 숙이고 한참 주저거리더니, 마누라 귀에다 입을 대고 소곤소곤하였다. 눈이 둥그랬지만 마누라는 영감의 말이 끝나자,

"그눔이 들을까?"

하고 어색하게 물었다.

"잘 얼리면 안 듣구 말겠소? 제게두 좋지비."

영감은 자신 있게 말했다.

"좋기야 그렇게만 하면……, 만 하면이 아니라 꼭 해주지 무슨……."

마누라도 뱃심을 튀겼다.

"암, 해주구 말구!"

영감은 다시 담배를 빨았다. 그 이튿날 저녁이었다. 김 좌수는 터 밭

에서 밭을 파고 있는 삼돌이를 불러들였다. 삼돌이는 삽을 땅에 박아 놓고 아랫다리를 불신 걷은 채 마루 아래에 와 섰다. 어느새 선동 아비도 왔다.

"응, 네 왔늬? 저 뒤 구름물#에 가서 손발을 씻구 오라구!"

대를 물고 문턱에 비스듬히 기대앉은 김 좌수는 어린 아들이나 대한다는 듯이 다정스럽게 말하였다. 삼돌이는 무슨 일인지 어리둥절해서 섰다가 시키는 대로 우물에 손발을 씻고 왔다.

"응, 시쳤늬? 들어오나라."

주인 영감의 명대로 방으로 들어갔다. 모든 사람은 부드러운 표정을 지었고 주인 영감은 화순하게 말하는 것을 보니 삼돌이는 기꺼우면서도 공연히 가슴이 두근두근하였다. 그는 한 무릎을 깔고 한 무릎을 세우고 공손히 앉았다.

"얼매나 팠소?"

선동 아비는 빙그레 웃으면서 삼돌이를 보았다.

"얼마 못 팠음메―. 낼 아츰꺼지나 파야 다 파겠소."

머리를 감히 못 드는 삼돌이는 조심스럽게 대답하였다.

"낼 아츰꺼지 파구 말구. 그게 그래 뵈두 네 짐(4백 평)이라 그렇게 갈 걸."

트릿한 하늘을 쳐다보던 김 좌수는 동정을 하였다. 삼돌이는 기꺼웠다. 이 집에 들어온 뒤로 일이면 일마다 잘했다 소리를 못 들었더니, 오늘은 자기 일을 옳다고 한다. 어째 주인 영감의 태도가 그리 쉽게 변하는가 생각하니 안개 속을 들여다보는 듯이 의심스럽고 어리둥절하였다.

"그런데 삼돌이두 이저는 서방(장가) 가야 하지. 흥!"

주인 영감은 삼돌이를 흘끗 보면서 싱긋 웃었다. 삼돌이도 벙긋 웃었다. 언젠가 일만 잘하면 장가도 보낸다던 주인의 말도 희미하게 그의 머릿속에 떠올랐다.

"어떠오? 서방 갈 생각이 없소?"

옆에 앉았던 선동 아비도 한몫 끼었다.

"모르겠소. 흥!"

삼돌이는 선동 아비의 시선을 피하여 낯을 돌리면서 또 웃었다. 그의 입은 아까부터 벙긋벙긋 웃음이 흐를 듯 흐를 듯하면서도 차마 내놓고 못 웃는 것이 완연히 보였다. 나이 삼십이 되도록 여편네 곁에도 못 앉아 보았건마는 장가라고 하니 어째 마음이 들먹들먹 움직였다.

"모르기는 어째 몰라? 그 자식이! 너두 장개를 어서 가서 아들딸 낳고 소나 멕이고 하문 조챙이켔니?"

김 좌수는 빙그레 웃었다. 옆에 앉은 주인 영감 마누라와 선동 아비는 하하 웃었다. 그 웃음은 놀리는 것처럼 가볍게 흘렀다.

"어째 대답이 없는가? 서방 안 가겠는가?"

주인마누라는 웃음을 그치고 물었다.

"제 팔재 무슨 장가를 다 가겠음메."

삼돌이는 그저 벙긋거리면서도 모든 것은 단념이라는 듯도 하고 또는 한 줄기 희망이나마 붙이는 듯이 말하였다.

"그눔 아 별소리를 다 한다. 어디 장개 가지 말래는 팔재를 걸머지고 나온 눔이 있다더냐? 내 말만 잘 들으려므나. 그러문야 장개만 가? 쇠⁴두 있구 밭두 있구 무시긴들 없으리!"

주인 영감은 담배를 피면서 삼돌이를 마주 앉았다.

"어떠냐, 네 생각에? 너두 생각해 봐라. 이저는 고만하면 아들은 둘째로 손자 볼 텐데, 하하하. 내 하는 말을 듣겠니? 그러문 장개두 보내구 또 쇠, 밭꺼지 줄께 흥."

주인 영감은 농 비슷하면서도 정색을 하고 물었다.

"무슨 말씀이오?"

"응, 무슨 말이든지 할께 꼭 듣지?"

주인 영감은 다짐을 두라는 듯이 말했다. 삼돌이는 대답이 없었다.

"응, 너더러 거저 들으라는 말은 아니다. 이봐라, 내 말을 들으문 장개 가구 집 한 채, 쇠 한 필이, 밭 다섯 갈이를 당장에 주마! 그만하면 네 한 뉘는 염려 없을 게구! 또 너두 늘 이러구 있어야 쓰겠늬!"

지금은 웃음에 장난으로 믿지 않았으나 점점 무르녹아 가는 주인의 타령에 삼돌이의 마음은 솔깃하였다. 간간이 그의 머리를 치는 조그마한 집, 세간—, 그것이 금방 눈앞에서 실현이나 될 것같이 기쁘기도 하였다. 이런 생각과 같이 낯모를 여자의 낯, 아담하고 깨끗한 작은 집, 듬직한 황소—, 이런 그림자가 눈앞에 어른거리면서 그는 스스로도 억제치 못할 웃음을 빙긋하였다.

"무스게요?"

"글쎄 꼭 듣지?"

"네!"

"오—, 그리믄 내 말하마!"

"그래 이 말은 꼭 들어야 한다. 그리구 아무게 하구두 말을 말아야 한다."

주인 영감은 다지고 다지었다. 삼돌이는 그저 간단하게,

"네!"

하였다. 그의 낯에는 숨기려야 숨길 수 없는 기쁨이 흐르는 속에 두 눈은 의심의 빛이 돌았다.

"내게 무슨 심(힘)이 있겠음메마는, 거저 제 심만 자란다문사……."

말끝을 맺지 못하는 삼돌의 소리는 떨렸다. 그것이 서두가 없고 조리

가 없으나, 그 말하는 그의 낯에는 어떠한 괴롬이든지 만득의 병을 위한다면 받겠습니다 하는 표정이 불그레 올랐다. 그 태도, 그 소리에 방 안의 공기까지 스르르 알 수 없는 기분에 움직거리는 듯 김 좌수 내외, 선동 아비까지 부드럽고 따스한 애수에 잠기는 듯이 한참 말이 없었다. 희미하게 튄 서천 구름 사이로 굵은 햇발이 먼 들에 흘렀다. 훈훈하고 축축한 바람이 풀 향을 싣고 방으로 불어 들었다.

"으음! 그런데 이거 봐라, 네가 조금 아픈데 견듸면 만득의 병두 낫고 또 너두 장가보내고 쇠 한 필이와 밭을 줄 테니……"
한참 만에 입을 연 좌수는 말 뒤를 끌었다.

"무슨 일이오?"
삼돌이는 그저 머리를 숙이고 물었다.

"응! 이거 봐라."
김 좌수는 역시 말하기 어려운 듯이 주저하다가 다시 목에 가래를 떼고 삼돌의 앞에 다가앉아 수긋하고 삼돌이를 보면서,

"이거 봐라. 너도 들었는지, 재(만득)의 병에 뱀이 약이라구 해서 너두 숱한 고생을 했구나! 한데 그눔으게 어듸 낫더냐? 그런데 이번에는……, 이거는 꼭 다르(낫는)단다……. 저……, 사……, 사람으 괴기를 먹이면 낫는다니 어디서 얻겠니……. 너루 말해두 이저는……. 벌써."
하더니 손가락을 폈다 꼽았다 하다가,

"삼 년이나 우리 집에 있으니 그저 참 우리 식구나 다름이 없는 처지요. 또 우리도 아들 겸 멕이는 판이니 아픈 대로 네 목 괴기를 조금만 떼자……, 응?"
김 좌수는 말이 끝나자 숨이 찬 듯이 한숨을 휴 쉬었다.

"이 사람, 자네 동생을 살리는 셈 대고 한 번 들어주게, 제발……, 응……. 자네게 우리 아이 목숨이 달렸네."

주인마누라가 애원스럽게 뒤를 이었다. 삼돌이는 대답이 없었다. 그는 목 괴기 할 때 가슴이 꿈틀하고 울렁울렁하였다.

"네 어떠오, 뭐 크게 뗄 것도 없고 요만하게(자기 목을 엄지와 검지로 쥐어 잡아당기면서) 거저 골패 짝 만하게 떼겠으니……."

선동 아비도 말하였다. 세 사람의 시선은 다 같이 무엇을 바라는 듯이 흐릿하게 삼돌의 수그린 머리에 떨어졌다.

"아파서 어떻게……."

삼돌이는 쥐구멍에나 들어갈 듯이 울 듯 울 듯 한 마디 응했다.

"하하, 야 이 사람아, 그양 선득할 뿐이지, 그게 무슨 그리 아프단 말인가? 조곰 도려내고 이내(금방) 약을 척 붙이면 그까짓 거 뭐 담박 낫을 걸."

김 좌수는 호그럽게 말하였다.

"그래두 아파서."

삼돌이는 금방 잘리는 듯이 상을 찡그리고 목을 어루만졌다.

"이거 봐라, 그러기만 하면 네가 우리 집에 진 돈두 그만 탕감해 버리구, 그리구 너를 서방두 보내구 또 밭과 쇠두 준단 말이다. 내 이제 이렇게 늙은 게 네게 거짓말을 하겠늬?"

우리 집에 진 돈 이라는 것은 전달 장마 때 삼돌이가 소를 갯가에 매었는데 그만 소가 물에 빠져 죽었다. 주인 영감은 삼돌이가 잘못 매서 죽었다 하고 그 소 값을 일백오십 냥이라 하여 삼돌이에게서 표를 받았다. 삼돌의 한 해 삯은 오십 냥이었다.

"어째 대답이 없니? 만일 정 슳흐면 그만두란 말이다마는 쇠값을 내놓고 낼이라도 나가거라."

영감은 배를 튀겼다.

"아따 영감두, 삼돌이가 어련히 들을라구!"

마누라는 고삐를 늦추었다. 삼돌이는 그저 대답이 없었다. 그에게는 장가, 소, 밭, 집, 그것보다도 쇠값—, 이것을 없애버린다는 것에 마음이 씌었다. 이때까지 자나깨나 그 돈 일백오십 냥이 가슴에 체증처럼 걸렸더니 깜박 잊은 이 순간에 또 그것이 신경을 흔들었다. 그만 얼른 모가지 고기를 디밀고라도 그것을 벗고 싶었다. 그 돈을 벗어 장가들어 소 한 필이, 밭, 집 한채……. 뒤따라 이러한 생각과 환영이 그의 눈앞에 어른어른하였다. 그는 기뻤다. 바로 그런 데나 지금 들앉고 있는 듯하였다. 그러나 다시 모가지 고기를 생각하면 마음이 꺼림하여졌다. 대답이 쉽게 나오지 않았다. 그러나 빚, 장가, 밭, 소, 집이란 이상한 큰 힘에 끌리지 않을 수 없었다.

"그러문 어떻게……."

그는 겨우 말 번지는 어린애처럼 머리 숙인 채 말했다.

"훙, 그래……. 그저 삼돌이야!"

주인은 능쳤다.

"그러믄 저 방으로 들어가지."

선동 아비는 일어서서 웃방 문을 열었다.

"노댁이는 여기서 뉘기 들어 못 오게 하오! 어서 저 방으로 들어가자."

김 좌수는 벼룻집 서랍에서 헝겊으로 똘똘 감은 것을 집어내더니 삼돌이를 재촉하였다. 주인 영감의 손에 기름한 것(헝겊에 감은 것)을 볼 때 삼돌이는 정신이 아찔하였다. 그것은 상투밑 치는 것이었다. 삼돌이도 그것으로 머리 밑을 쳤다. 그의 가슴은 울렁울렁 걷잡을 수 없고 몸이 우르르 떨렸다. 이가 덜덜 쪼였다. 차마 일어서지지 않았다.

"야, 빨리 하자! 맞을 때는 얼른 맞아야 시원하니라!"

주인 영감은 순탄하게 재촉하였다. 삼돌이는 일어섰다. 머리까지 울렁거리고 다리는 마비된 듯이 뻣뻣하였다. 그는 뿌리칠까, 들어갈까 하면서 끌렸다.

세 사람은 앉았다 삼돌이는 누웠다. 주인 영감은 선동 아비를 보고 눈짓을 하였다. 선동 아비는 삼돌의 머리를 잡았다. 굵고 억센 주인 영감의 엄지와 검지에 삼돌의 목 고기는 잡혀서 죽 늘어났다. 삼돌이는 온 신경이 송그러들었다. 그는 무의식적으로 소리를 쳤다.

"에구 에구에구!"

그에게는 아무것도 없었다. 빚, 장가, 집—, 다 그의 기억에서 사라졌다. 다만 고기, 피, 죽음, 이것만이 그의 모든 정신을 지배하였다.

"쉬—, 이게 무슨 소리냐? 소리를 내지 말아!"

주인 영감은 손을 멈추면서 삼돌에게 주의시켰다. 삼돌이는 소리를 그쳤다. 칼이 닿았다. 목이 산뜻하였다.

"에구……, 싫소!"

삼돌이는 장에 갇힌 개처럼 마구 울면서 몸을 일으키려고 하였다. 주인 영감은 손을 펴고 번쩍 일어나 삼돌의 가슴을 깔았다.

"머리를 꼭 붙들어라!"

주인 영감은 선동 아비에게 주의를 시켰다.

"에구! 으윽."

목을 눌러서 끽끽하는 삼돌이는 몸을 모로 뒤치면서 머리를 들었다. 주인 영감은 급한 김에 두 손으로 목을 눌렀다. 오르는 힘, 내리는 힘! 두 힘 속에 칵 박혔다. 피는 여전히 흘렀다. 삼돌이가 배를 뿔구고 숨을 들이쉴 때면 흐르던 피가 그르르 끌어들다가도 응윽—, 하고 숨을 내쉬게 되면 뜨거운 선지피가 김 좌수의 손가락 사이와 손바닥 밑으로 쭈루룩 쏴—, 솟았다. 세 사람은 피투성이가 되었다. 누릿한 삿자리에 줄줄이 흐르는 피는 구름발같이 피기도 하고 샘같이 흐르기도 하였다.

"야, 장醬―, 가제오나라, 장!"

어쩔 줄 모르고 섰던 선동 아비는 아랫방으로 뛰어갔다. 이슥하여 선동아비와 주인마누라가 들어왔다. 주인마누라는,

"어마!"

하더니 그냥 푹 주저앉아서 부들부들 떨었다. 선동 아비는 장을 삼돌의 목에 철썩 붙였다. 때는 흐른다. 초초분분이 숨을 빼앗긴 목숨은 흐르는 때와 같이 시들었다. 장을 붙였을 때는 삼돌의 억세인 사지에 기운이 빠지고 두 눈은 무엇을 노리는 듯이 뜨고 못 감을 때였다. 끓어들었다. 솟아나오던 그 뜨거운 피도 이제는 김 없이 줄줄 흘러 엉키었다. 피투성이 된 김 좌수 형제와 주저앉은 마누라는 그저 멍하니 식어 가는 삼돌의 몸에 눈을 던졌다. 방안은 점점 충충하였다. 우중충한 하늘이 저녁 뒤부터 비를 뿌렸다. 몹시 뿌렸다. 쏴― 우― 바람 소리 빗소리가 어우러져서 먼 바닷소리 같았다. 기왓골로 흘러 주르륵 주르륵 내리는 낙숫물 소리는 샘 여울 소리처럼 급하였다.

삼경이 넘어서였다. 김 좌수 집 웃방에서 장정 둘이 밖으로 나왔다. 베 고의적삼에 수건으로 머리를 동이고 앞서서 마루에 나서는 것은 뚱뚱한 김 좌수다. 뒤따라 역시 단출하게 차리고 발 벗고 등에 기름하고 큼직한 것을 검은 보에 싸 지고 나서는 것은 선동 아비였다. 두 사람은 방으로 흘러나오는 불빛까지 거리낀다는 듯이 비쓱 문을 피하여 어둠 속에 섰다.

"에구, 어드메루 감메!"

나중에 어청 나온 마누라는 어둠 속을 향하여 수군거렸다.

"쉬, 아무 데루 가든지 어서 문을 닫소!"

역시 입속말로 하면서 뚱뚱한 그림자부터 마루 아래로 내려섰다.

"아즈마니, 들어가오, 저 앞갠川으로 감메!"

큼직한 것을 짊어진 그림자가 뒤따라 내려가면서 수군거렸다. 두 그림자는 마루 아래서 어른거리더니 침침한 어둠 속 시끄러운 빗속에 자취와 몸을 감추었다. 쏴― 내리는 비는 그저 이따금 바람에 우― 불려서 마루에까지 뿌렸다. 두 사람이 빠져나간 뒤 창문만 불빛에 훤한 커단 검불이 비바람 속에 잠겨서 가만히 놓인 것은 무슨 큰 비밀을 감춘 듯도 하고 무슨 큰 설움을 말하는 듯도 하였다.

삼돌의 그림자가 김 좌수 집에서 사라지던 날부터 김 좌수 집에 드나드는 것이 있었다. 이것을 보는 사람은 김 좌수뿐이었다. 그 마누라와 선동 아비도 희미하게 느끼나 김 좌수처럼은 느끼고 보지 못하였다. 그것은 어둔 밤, 고요한 밤, 깊은 밤, 비오는 밤이면 어둑한 구석에서 슬그니 나타났다. 낮에도 언득언득 김 좌수 눈에 띄었다. 조그마한 일에도 현령을 서릿발같이 내리는 김 좌수의 위엄으로도 그것은 쫓아낼 수 없었다. 쫓아내기는 고사하고 그것이 뭉깃이 보이면 그는 간담이 써늘하여지고 머리끝이 쭈뼛하였다.

날이 점점 지날수록 그것의 출입은 더 잦았다. 어떤 때는 밖으로부터 들어오기도 하고 어떤 때는 웃방으로부터 나타났다. 그것이 드나들게 된 뒤로부터 김 좌수는 날만 저물면 뒷간이나 헛간으로 나가기를 싫어하였다. 웃방으로는 더욱 드나들기를 꺼렸다. 김 좌수의 마누라도 말치는 않으나 낮에도 우중충 흐리고 비나 출출 내리면 헛간이나 웃방으로 드나들기를 꺼리는 눈치였다. 따라서 만득이와 그 며느리까지도 공연히 무시무시한 기분에 싸인 듯싶었다. 아직 초가을이건만 김 좌수 집에는 늦은 가을처럼 쓸쓸한 기운이 스스로 돌았다.

그래서 김 좌수는 농군을 어서 두려고 구하였으나 아직 얻지 못하였다. 그리고 사랑방에 바둑 장기를 갖다 놓고 밤이면 이웃집 젊은이

늙은이들을 청하였다.

"어쩐지 그 집으루 가기 싫네!"

"글쎄 무슨 귀신이 있는 것처럼 늘 무시무시해서."

"나는 삼돌이 달아난 뒤에는 못 가봤소."

이웃집에서 이렇게 수군수군하였다. 그런 소리가 여편네들 입으로 김 좌수에게도 전하였다. 이런 말을 들을 적마다 김 좌수는,

"별눔들 별소리를 다 한다. 어느 눔이 그래, 응 어니 눔이 귀신? 무슨 귀신 있단 말인구?"

하고 혼자 푸닥거리를 놓았다. 그러나 그 말대꾸 하는 사람은 없었다. 김 좌수의 마누라가 일전에 몸살로 드러누웠을 때 어떤 무당이 와서 점을 치고 원귀怨鬼가 있다고 한 뒤로는 김 좌수의 마음도 더욱 무거워졌거니와 이웃에서 또,

"오오, 그래서 만득이가 앓는 게로군. 그래서야 뱀이 아니라 불로촌들 소용 있겠소?"

하고 수군거렸다. 그럴수록 사람의 자취는 더욱 끊어질 뿐이었다. 이렇게 될수록 김 좌수의 이맛살은 나날이 심하였다. 불그레하던 낯빛은 한 달이 못 되어 푸르고 희며 축 처지다시피 살쪘던 두 뺨은 빠졌다. 늘 무엇을 멍하니 보고 있는 그의 가느름한 눈에는 겁과 두려운 빛이 흘렀다. 그는 매일 술로 벗을 삼았다. 그것도 처음에는 벗이 되었으나 지금은 소용없었다. 오늘도 술을 그리 기울였건만 점점 정신만 났다. 그 거무스름한 그림자만 눈에 어른하면 그리 취하였던 술도 번쩍 깨여졌다. 퇴침을 베고 누웠던 그는 슬그머니 일어나 앉아서 담배를 대에 담았다. 그는 벽에 걸어 놓은 환한 등불에 껌벅껌벅 담배를 붙이더니 문을 탁 열고 가래를 칵 뱉었다. 서늘한 바람은 방으로 수우 흘러들었다. 별이 총총한 하늘은 퍼렇게 높게 개었다. 뜰이며 울타리며 먼 산들

이 맑은 밤빛 속에 윤곽이 보였다.

김 좌수의 마음은 점점 무거워졌다. 따라 뒤숭숭한 것이 또 안절부절을 못 하게 되었다. 어둑한 뜰 저편 헛간 침침한 어둠 속으로 목을 쭉 늘이고 뭉깃한 것이 어청어청 나왔다. 그는 눈을 돌렸다. 불빛이 그물그물 비추인 웃방 문이 번쩍 열리면서 시뻘건 피 뭉치가 나왔다. 그는 애써 모든 것을 보지 않으려고 눈을 감았다. 뜨면서 시선을 마루로 옮겼다. 시커먼 그림자가 그의 앞에 섰다. 그는 가슴에서 돌덩어리가 쿡 내렸다. 그것은 피 묻은 그림자였다. 모두 착각이었다. 그는 이를 악물고 주먹을 부르쥐었다. 용기를 가다듬었다. 담배를 퍽퍽 빨면서 뜰에 내려서서 어둑한 곳마다 자세자세 들여다보았다. 아무것도 없었다. 없으리라 믿기로 하였다. 그러면서도 무에 있는 듯하고 알 수 없는 커단 것이 뒤로 슬금슬금 와서 모가지를 잡는 듯이 뒤를 돌아보지 않을 수 없었다. 돌렸던 머리를 다시 돌이킬 때가 더 괴롭고 무서웠다. 그는 무엇이 쫓는 듯이 얼른 방으로 들어왔다.

"노댁이(마누라), 자쟌이캤소?"

그는 부엌방을 향하여 떨리는 소리를 진정해 소리쳤다.

"네, 자지비."

하는 소리가 나서 한참 만에 사잇문이 열리면서 마누라가 씩씩 자는 만득이를 깰깰 안고 들어왔다.

"영감이 야를 안고 여기서 자오. 나는 며느리 혼자 자기 무섭다니 같이 자겠소!"

하고 마누라는 부엌방으로 나가 버렸다. 마누라가 나간 뒤에 김 좌수는 손수 자리를 펴고 만득이를 뉘었다. 다음 그는 벽에 걸어 놓은 기단 환도를 끄집어 내려서 머리맡에 놓았다. 이것은 대대로 전해 오는 환도였다. 몸이 몹시 아프거나 꿈자리가 뒤숭숭한 때면 이것을 머리맡에나 베개 밑에 넣고 잔다. 그러면 원귀가 들지 못하여 꿈자리도 뒤숭숭치 않고 몸살 같은 것도 물러간다고 믿는 까닭이었다. 요새 그놈의 이상야릇한 그림자가 꿈에까지 김 좌수를 못 견디게 굴어서 이 환도를 머리맡에 놓게 되었다. 그리고 그의 눈앞에 그 그림자가 보이면 환도로 그것을 치기도 하였다. 그러나 늘 그림자는 맞지 않고 방바닥이나 문턱이 맞았다. 모든 준비가 끝나자 김 좌수는 불을 끄고 만득의 곁에 누웠다.

무거운 어둠이 흐르는 방에 창문만이 밝은 밤빛에 희스름하였다. 사면은 괴괴한데 이따금 바람이 지나는 소린가 마당에서 부시럭 소리가 들렸다. 김 좌수에게는 그것도 저벅저벅하는 자취 소리 같았다. 그는 눈을 애써 감으나 자꾸 웃방 문을 향하여 뜨여졌다. 그는 또 눈을 감았다. 자리라 하였다. 몸살이 나고 미열이 났다. 그는 두 발을 이불 밖으로 내밀면서 눈을 떴다. 커단 흰 그림자가 그의 눈앞에 섰다. 그는 가슴이 뜨끔하였다. 번쩍 일어나 앉았다. 그림자는 점점 확실히 보였다. 그것은 횃대에 걸친 두루마기였다, 그는 가슴에 손을 대면서 다시 누웠다. 돌아누웠다가는 번듯이 눕고 번듯이 누웠다가는 돌아눕고 눈을 감았다가는 뜨고, 떴다가는 감고 이불을 차 밀었다가는 도로 덮고, 덮었다가는 활짝 차 밀고 하여 신고하던 끝에 김 좌수는 느른하여 비몽사몽간에 들었다.

고요히 누웠던 그는 귓가에 들리는 소리에 머리를 번쩍 들었다. 방 안은 훤하였다. 웃방 문고리가 찔렁 빠지면서 문이 쩡 열렸다. 침침한 웃방으로부터 아랫방으로 넘어서는 그림자가 보였다. 김 좌수는 자기도 모르게 번쩍 일어나 앉았다. 그림자는 꺼먼 베 고의적삼을 입었다. 다리는 불신 걷었다. 푸른 힘줄이 툭툭 삐진 다리! 솥뚜껑 같은 손! 터부룩한 머리는 산산이 흩어졌다. 꺼멓고 쪽 빠진 낯은 피칠 되었다. 목으로는 검붉은 선지피가 홍건히 흘러서 꺼먼 고의적삼을 물들였다. 전신이 피였다. 사람이었다. 두 눈은 독살이 잔뜩 오르고 이는 꼭 악물었다. 그것은 김 좌수 앞에 다가섰다. 악문 이빨과 목으로 푸우 뿜는 피는 김 좌수에게 튀어왔다. 모든 것은 너무도 명하게 김 좌수에게 보였다.

"앗! 삼돌이눔."

김 좌수는 한 마디 소리를 쳤다. 그는 알 수 없는 굳센 힘에 지배되어 머리맡 환도를 집어들었다.

"이놈!"

번쩍이는 빛은 벽력같은 소리와 같이 그 피 사람을 향하여 내리쳤다. 일어나 앉은 채 전신의 힘을 다하여 칼을 내리운 김 좌수는 그저 그대로 앉았다.

"영감—, 영감이 소리를 침메?"

저편 방에서 자던 마누라 소리가 울려 왔다. 그러나 김 좌수에게는 그것이 들리지 않았다. 사잇문이 열리면서 환한 기름등이 마누라 손에 들려서 들어왔다. 마누라는 등을 한 손에 들고 선잠 깬 눈을 비비면서 영감을 보았다. 영감은 입술을 깨물고 부릅뜬 눈으로 주먹을 내려다보고 있다. 힘 있게 버틴 팔 아래 억세게 부르쥔 주먹에는 환도 자루가 꽉 잡혔다. 환도가 내려친 곳에는 그가 사랑하던 아들(만득)의 몸이 모가지로부터 가슴으로 어슥하게 두 조각이 났다. 흐르는 피는 요 바닥을 흠씬 적셨다. 흐릿한 방 안에는 비린내가 흘렀다.

"에엑!"

하자 환한 불빛에 노렸다가 풀리던 영감의 눈은 다시 둥그레지더니 피를 칵 토하면서 앞으로 쓰러졌다. 그것을 이리저리 들여다보던 마누라도,

"으윽!"

하고 쓰러졌다. 그 바람에 기름등은 방바닥에 떨어져서 꺼졌다. 좀 있다가 별이 총총한 푸른 하늘 아래 어둠 속에 고래 등같이 뜬 김 좌수의 집으로 여자의 처량한 곡소리가 흘러나왔다. 초가을 깊은 밤, 고요하고 휑한 집으로 울려 나오는 곡소리는 어둠 속에 높이 떠서 온 동리에 흘렀다.

---

1) 연주창 : 한방에서 연주 나력(종창)이 헐어서 터져서 생긴 부스럼을 이르는 말. 연주 나력은
   목에 멍울이 연이어 생기는 나력.
2) 고누 : 말밭을 그려놓고 두 편으로 나뉘어 말을 많이 따거나 말길을 박는 것을 다투는 놀이.

부부 夫婦

결혼하던 당년 여름이었습니다. 다방골 어떤 학생 하숙에서 두어 달이나 지낸 두 내외는 동소문안 어떤 집 사랑채를 세로 얻어 가지고 이사를 하였습니다. 단 내외간 살림인데 가난까지 겸하여 놓으니 세간이라고는 잔약한 서방님의 어깨에 올려놓아도 그리 거웁지는 않을 만하였습니다. 그런 세간이건마는 되지도 못한 체면을 보노라고 짐꾼을 불러서 지어 가지고 갔습니다.

그 집 사랑채는 말이 사랑채지 실상은 왼채 집이나 다름없었습니다. 방은 하나이나 간 반이 되고 벽장까지 있으니 그만하면 신혼지초에 신정이 미흡한 젊은 내외의 용슬容膝[1]은 넉넉하였습니다. 부엌은 말로 반 칸이지 사실로는 반의 반 칸이나 되겠으나 다행히 아씨의 몸집이 뚱뚱보가 아니니까 그것도 부족 될 것은 없고, 툇마루까지 넓적해서 저녁 후에 내외가 나앉아서 낙산 위에 떠오르는 달을 바라보면서 소근소근 이야기하기에도 십상 알맞았습니다.

그런데 걱정이 있었습니다. 걱정이란 원래 상서롭지 못한 것이라 하나만 돼도 뭐한데 두 가지나 되었습니다.

◇ 첫째 ― 방 하나인 것
◇ 둘째 ― 뒷간 가까운 것

이 두 가지는 아닌 게 아니라 걱정이었습니다. 첫째 걱정은 서방님보다도 아씨가 먼저 하게 되었습니다.

"여보 손님이나 오시면 나는 어떻게 하라오?"

들고 보니 아씨의 걱정은 아씨로서는 큰 걱정이었습니다. 남녀유별의 사상이 머리로부터 발끝까지 들어찬 아씨로서는 반드시 제의提議치 아니치 못할 문제입니다. 어디를 가든지 사람이란 제 앞부터 먼저 생각하는 것인가 봅니다. 만일 반대로 서방님을 찾는 손님보다 아씨를 찾는 손님이 많았다면 아씨의 제의를 서방님이 먼저 하였을는지 모릅니다.

"응 걱정 있나! 손님이 오거던 당신은 저리로 들어가지! 하하하."

서방님은 이렇게 대답하고 웃으면서 벽장을 가리키었습니다.

"에그머니, 그리로 어떻게 들어가우!"

아씨는 눈을 동그랗게 떴다가 어이가 없는지 다시 홍 하고 웃어 버렸습니다. 그러나 그 문제는 당면한 큰 문제는 아니었습니다. 아직 손님이 들이밀리는 것도 아니니간 그렇게 걱정하다가 흐지부지해 버렸으나, 변소가 가까운 것은 딱 막다다른 큰 문제이었습니다. 변소의 위치는 바로 툇마루 귀퉁이로 돌아가면 방 웃목 벽에 붙었습니다. 거기밖에는 변소를 지을 수 없이 된 것은 워낙 마당이 고양이의 이마빡만도 못하니까 변소는커녕 십 전짜리 나뭇단도 거둬들이기 어려웠습니다. 그렇게 설비가 불충분한 변소가 바로 곁에 있으니까 비가 오고 침침칠야 같은 때에는 해롭지 않으나 냄새가 어떻게 나는지 장장 여름날에 견딜 수가 없었습니다. 냄새만 날 뿐이 아니라 벽 하나 사이를 두니까 뒤 보는 소리는 한 방안에서 들리는 것 같았습니다. 그것도 내외간만 있는 때면 무슨 허물이 있겠습니까마는 손님이나 있는 때면 피차에 괴로웠습니다. 이리 생각 저리 생각한 끝에 '아이젤'을 사다가 뿌리기로 내외가 결의하였습니다. 그렇게 '아이젤'을 뿌리니까 강렬한 약 냄새에

똥 냄새는 새어 버렸으나 소리가 들리는 것은 어찌할 도리가 없었습니다. 그러나 울면서 겨자 먹기로 소리 나는 것은 참을 수밖에 없었습니다. 그것도 처음에는 고통이더니 그럭저럭 지내고 보니 며칠 뒤부터는 괜찮았습니다.

그때 서방님은 동대문 밖 어떤 약국에 매어 있어서 아침 아홉시 전에 집을 나서 약국에 갔다가는 오후 다섯 시나 여섯시면 돌아왔습니다. 어떤 날은 좀 늦기는 하였으나 방종치는 않았습니다. 지금은 한 달이면 집에서 지은 저녁밥을 먹는 적이 보름이 되나 마나하고 밤 열두시 넘어서 돌아가기가 예상사이지만 그때에는 늦어도 일곱 시나 여덟시 전에는 꼭 돌아가서 아씨의 상긋거리는 얼굴을 보고야만 견디었습니다. 그렇게 돌아가서 된장찌개에 좁쌀 섞은 밥일망정 두 내외는 마주 앉아서 진수성찬같이 맛나게 먹고는 성균관 앞 잔솔밭에 나가서 산보도 하고 마당 담 밑에 심은 꽃에 물도 주었습니다. 꽃이라야 별꽃이 아니요, 분꽃과 봉사꽃과 나팔꽃인데 그것은 아씨가 이웃집에 가서 얻어다 심은 것이었습니다.

이 두 내외는 이렇게 아무 걱정도 없이 한 보름 동안은 편히 지내었습니다. 그러다가 또 한 가지 걱정이 생기게 되었습니다. 그것은 다른 것이 아니라, 쥐가 들레게 된 것이었습니다. 이사한 뒤로 쥐라고는 그림자도 없었는데 한 보름 뒤부터 천정 속에서 우루루 우루루 하고 달리는 소리가 들렸습니다. 방에 가만히 앉아 있으면 이놈들이 마라톤 경주를 연습하는지는 모르나 이리 달리고 저리 달리고 하는 것은 금시에 지붕이 우수수 무너져 내리는 것 같았습니다. 그러다가도 어떤 때는 싸우는지 서로 찍찍 하면서 바로 화용도 연극이나 연습하는 듯한 기분을 주었습니다. 또 어떤 때에는 반자지³⁾를 싸극싸극 긁어서 듣기에도 퍽 애처로웠습니다.

아씨의 말을 들으면 낮에도 방안에서 인기척만 없으면 그 모양으로 저희끼리 찢고 까불고 줄달음을 치었습니다. 아마 그놈들은 천정 속이 컴컴하니까 밤중인 줄만 아는 것입니다. 서방님은 째듯이 밝은 세상에 못 나다니는 놈들의 신세를 가긍스럽게 생각하였습니다. 그러나 가긍한 신세들이라고 용서할 수는 없었습니다. 쥐로 말미암아 받게 되는 그네의 귀찮은 마음은 미적지근히 일어나는 동정의 마음을 삼키고도 남음이 있었습니다. 여느 때에도 귀찮지만 제일 잠잘 때에 성이 가서서 견딜 수가 없었습니다. 어떻게 요란스러운지 잠을 들 수가 없고 또 가까스로 들었던 잠도 잠결에 들리는 무슨 소리에 놀라 깨면 그것은 쥐들의 들레는 소리였습니다. 낮에도 쥐소리가 나면 무섭다고 응석 비슷이 짜증을 들먹들먹 내는 아씨는 밤이면 서방님을 꼼짝 못 하게 하였습니다.

쥐 소리까지 귀찮은데 이렇게 불법 감금까지 당하게 되니까 쥐에게 대한 서방님의 증오는 십 분은 못 되어도 칠 분은 넉넉히 되었습니다. 그리고 아씨가 잠자다가도 쥐 소리에 깜짝 놀라서 두군거리는 가슴을 만지는 것을 보면 서방님 가슴은 뜨끔하였습니다. 몸 비지 않은 아내가 그렇게 놀라는 것은 남편으로서 견딜 수 없었습니다. 동태動胎나 되면 그야말로 속으로 곯게 되는 판이다 하고 그는 혼자 씩 웃었습니다. 그는 아내와 같이 서해鼠害 방지책을 강구하였습니다. 어떻게 해야 신출귀몰한 계책이 될까 하고 운주運籌[2]를 마지않았습니다.

처음에는 반자지[3] 속에서 쥐의 연극이 벌어지면 소리도 질러보고 반자지를 둥둥 울려도 보았으나, 그것도 울릴 그때뿐이지 조금만 있으면 제 도로무익이 되고 말았습니다. 쉴 새 없이 소리를 지르고 쉴 새 없이 반자지를 울려야 하겠으니, 누가 할 일 제치어 놓고 밤잠도 못 자고 그것만 전문으로 합니까. 그러니까 그것은 소용없는 수고라고 내외간은 단념하였습니다. 그러지 않으면 쥐덫을 놓는 것이 좋기는 한데, 여느 데와 달라서 천정 속이니까 쥐덫을 놓으려면 반자지를 칼로 도려야 하겠으니, 남이 애써 발라 놓은 반자지를 함부로 도린다는 것은 너무도 심약한 서방님으로서는 미안한 일이라 그도 저도 말고 가장 안전하고도 손쉬운 계책으로써 서군鼠軍을 퇴치코자 하였습니다. 두서너 시간의 연구는 그럴 듯한 효과를 내었습니다. 무엇보담도 자장子將을 모서 오기로 하였습니다. 이것은 서방님의 제의였습니다. 다시 말하면 쥐에게는 장수라고 할 만한 고양이를 모서 온다는 것입니다. 그러나 서방님의 제의에 아씨는 이의를 제출하였습니다.

"아이 난 싫여요! 음식 그릇에 주둥이를 박으면 어떻게 해요, 글쎄!"

아씨는 고양이와는 금대 업원4)이나 진 듯이 발발 뛰었습니다. 그러나 서방님은 아주 서방님인 체하는 어조로,

"무얼 짐승도 주리면 못된 짓을 하지만 잘만 먹이면, 음식에 덤비지 않어!"

하고 말하였습니다.

"저이는 늘 저래! 잘 먹여 보시구려! 배가 부르면 쥐도 안 잡는답니다."

아씨의 말은 꼭 바른말이었습니다. 그러나 남녀 동등은 입으로 부르짖으면서도 머리끝까지 들이찬 우월감優越感이 급질처럼 간간이 발작하는 서방님으로서는 좀처럼 아씨에게 지負려고 하지 않았습니다.

"누가 잘 먹인다니까 용미봉탕이나 먹이는 줄 알우? 쥐 잡아 먹인다는 거지!"

서방님의 어조는 점잖아졌습니다.

"흥 쥐는 제(고양이)가 잡아먹는 것이지 누가 잡아 주나!"

이리하여 이론 투쟁은 벌어졌습니다. 그러나 아씨의 정당한 이론을

서방님의 괴변으로써는 도저히 이길 수 없었습니다.

"제가 잡아먹는 것이 아닌가? 하여튼 고기(쥐고기라도)는 먹는 것이니 그렇게 먹으면야 음식 그릇에 주둥이를 박을 리가 있나? 한 마리 얻어다 둡시다."

이번에는 서방님도 빌붙을 수밖에 없었습니다.

"싫어요! 음식 그릇에 덤벙거리지 않아도 고양이 털을 먹으면 황달병이 든대요. 그런 걸 어떻게 사람의 집에 붙어 둔단 말이오!"

아씨는 여전히 버티었습니다.

"앗따 별소리가 다 많으이! 나는 어려서 고양이를 이불 속에 넣고만 잤어도 황달병은 고사하고 흑달병도 들지 않았다오!"

서방님의 말이었습니다. 그 소리를 들은 아씨는,

"에그 망칙두 해라! 누가 고양이하고 잠을 잔담!"

하면서 서방님을 할끔 가로 보았습니다. 서방님의 눈에는 그것도 귀엽게 보였습니다.

"글쎄 그러지 말고 우리 당분간만 얻어다 둡시다."

"아무려나 생각대로 하시구료! 누가 말립니까?"

아씨의 승낙은 참말인가? 이때 아씨와 서방님 사이에 벽壁도 좋고 휘장도 좋으니 아무것이나 가리어 있어서 아씨의 시무룩해지는 표정과 조금 빼죽하는 입술이며 원망스레 던지는 눈살을 서방님이 보지 못하고 그 소리만 들었다면 아씨의 승낙은 참말이라고 믿었을는지도 모를 것입니다. 아니 소리만 들어도 그 기운 없이 거의 절망에 가까운 여운이 흐르는 것을 느꼈다면 기연가 미연가 해서 마음이 울적할 터인데 하물며 그 모든 표정까지 보았음에랴. 서방님은 그만 주춤하였습니다. 아씨의 일빈일소一嚬一笑는 그처럼 서방님의 마음을 지배하였습니다. 사실 말이지 아씨의 원망적 승낙은 끈적거리는 거미줄같이 서방님의 마음을 휘휘 칭칭 얽었습니다. 그는 이러기도 어렵고 저러기도 어려웠습니다. 눈을 딱 감고 제 주장대로 나가자니 어리고 귀여운 아내의 이상한 힘은 그것을 허락지 않았고, 아내의 주장대로 좇아가자니 쥐가 귀찮다는 것보다도 그 머릿속 어느 구석에 뿌리박혀서 무의식적으로 발작하는 대장부의 기개가 허락지 않았습니다.

서방님의 가슴은 갑갑하였습니다. 갑갑한 가슴에는 일종의 사랑의 질투 비슷한 불쾌한 감정이 떠올랐습니다. 혼자 그 가슴을 만지기에는 너무도 고적하였습니다. 그는 무의식중에서 일종의 위안을 구치 아니치 못하였습니다. 아씨를 건드리는 것도 그의 갑갑한 가슴을 푸는 무엇이 되었습니다.

"글쎄 그렇게 좋잖아 할 거야 무엇 있소?"

서방님은 좀 비웃는 어조로 말하였습니다.

"누가 좋잖아 해요! 글쎄 맘대로 하시라니깐……."

아씨의 심기는 그저 피지 않았습니다.

"저것 봐! 저렇게 말하니깐 두루 듣는 사람 귀에 거슬리지! 그래 당신이 좋아서 하는 말이오? 그게……."

"그럼 누가 뭐래요? 고양이는 지금이라두 가서 얻어 오시구려? 누가 하지 말랬나베! 생각대로 하시구려, 홍."

고래고래 지르는 소리도 아니요 어린애의 코고는 소리처럼 고르륵거리는 아씨의 소리는 날카로운 송곳 끝처럼 서방님의 신경을 찔렀습니다.

"저거 왜 저 모양이야! 응! 글쎄 좋두룩 말해도 좋을 것을 상을 찡기고 그 꼴이야!"

서방님의 소리는 떨렸습니다. 그는 참말 분이 났는지?

"호호! 괜히 성을 내지!"

성도 아니요 응석도 아닌 아씨의 태도에 서방님은 더욱 분개하였습니다.

"엣 참, 기 맥힐 노릇 다 보겠네! 그렇게 내 말이라면 듣기가 싫소?"

"그렇게 애매한 말만……."

아씨는 코를 훌쩍 들이마시면서 마루로 나갔습니다. 흰 구름이 뭉게뭉게 오르는 푸른 하늘 한 귀퉁이로부터 소리 없이 흘러 내리는 황혼 빛은 이 집에도 찾아들었습니다. 건너편 집 뜰에 우거진 포플라 나뭇잎 그늘에서는 어제와 같이 참새 소리가 요란히 흘러내렸습니다. 햇발을 받지 않은 서늘한 바람이 앞 담을 넘어서 아씨의 붉은 뺨을 스치었습니다. 눈물에 젖은 소리를 남기고 밖으로 나가는 아씨의 뒷모양을 본 서방님의 가슴은 애틋한 감정에 자지러질 듯하였습니다. 또 혼자 앉아 있으니까 싱겁기도 짝이 없으며 재롱이 참 싸움 된 것을 생각하니 우습기도 하였습니다.

"울긴 왜 울어! 응, 혼자 울기가 쓸쓸하면 내가 부축을 하지! 어디 같이 울어 봅시다. 홍, 어이구 설어라! 응흑! 가만 있자 눈물이 안 나오니 이를 어쩌누! 옳지, 이렇게 눈에다 침칠을 하고……. 아이고! 설어라! 하하하."

"히히……, 흐흑."

아씨도 따라 웃었습니다. 검은 구름이 스러진 두 남녀의 가슴속을 비추어 주는 달빛은 한껏 맑았습니다. 이날 밤의 두 내외는 첫날밤같이 정다웁고도 수저워졌습니다.

"저놈의 쥐가 또 설레는구나!"

저녁밥을 맛나게 먹고 나서 신문을 들었던 서방님은 천정을 쳐다보았습니다.

"저놈을 어떻게 잡아 없애누! 호!"

아씨도 전깃불에 윤나는 눈을 천정으로 돌렸습니다.

"글쎄 어서 퇴치를 해야만 말이지 그대로 두었다가는 내외간 강화 조약은 또 깨지기도 쉬우니……, 하하하."

"으응 또 그런 소리!"

천정에 주었던 아씨의 시선은 서방님의 시선과 부딪쳐서 구들 위에 떨어졌습니다. 그 응석 절반의 부드러운 시선이 몸을 스칠 때 서방님은 이양의 유쾌를 느꼈습니다.

"쉬! 이—놈."

이때 또 쥐가 들레는지라 서방님은 소리를 치면서 손뼉을 쳤습니다. 들레는 쥐 소리는 뚝 그치고 손뼉의 여운에 그리 높지 못한 천정은 즈르릉 소리를 내면서 떨었습니다.

"고양이猫를 얻어 오면 반자지 속에 있는 쥐를 어떻게 잡나?"

"고양이 소리만 들어두 도망칠 걸!"

서방님은 보기나 한 듯이 말하였습니다.

"어디 고양이 소리 내볼까."

하면서 아씨는 부끄러운 듯이 몸짓을 하더니—,

"앙웅! 앙웅! 호호."

하고 질렀습니다.

"그게 어디 고양이 소리오? 그건 고양이 사촌의 소리어! 양웅 야앙으웅! 하하하 이게 정말루 고양이 소리어!"

"웅 그건 고양이 팔촌의 소리어! 이렇게 해야지!"

하고 아씨는 모지와 식지로 코를 꼭 쥐더니,

"양웅!"

하고 소리를 질렀습니다. 날카롭게 나오는 좀 코 먹은 그 소리는 고양이 귀에는 어떨는지 사람의 귀로서는 분간하기 어려울 만치 천연하였습니다.

"어디? 양웅!"

서방님도 코를 쥐고 소리를 질렀으나 그건 둔탁해서 항아리를 지고 울리는 애 녀석의 콧소리 같았습니다.

"해해 양웅! 이렇게 해요!"

아씨는 의기양양 하였습니다. 그러나 문제의 요점은 쥐가 그 소리를 고양이 소리로 듣겠느냐 말겠느냐 하는 것이었습니다. 그럭저럭 밤은 깊었습니다. 그 사이에는 사람의 소리가 나니까 그랬는지 쥐 소리가 없었습니다. 그러나 내외가 자리에 들어서 조용하게 되니까 쥐는 또 들렸습니다.

"양웅!"

아씨는 남편을 가만히 있으라고 손짓을 하면서 고양이 소리를 쳤습니다. 그러나 쥐는 여전히 들렸습니다.

"양웅! 양웅양웅!"

하고 아씨는 깨득깨득 웃었습니다. 쥐 소리는 잠깐 그치었다가 또 나기 시작하였습니다.

"양……."

아씨가 또 소리를 내려니까 서방님은,

"여보 그만두오. 다 글렀세다!"

하고 시골 사투리를 흉내 내서 빈정거렸습니다.

"말씀 마서요! 쥐가 사람의 말을 곧잘 안대요!"

"휴 알구 말구 여부 있나! 속잖는 데야 어떻게 하오! 허."

하고 서방님은 벌떡 일어나더니 반자지를 주먹으로 꽝 울리면서,

"이게 제일이야!"

하고 하하 웃었습니다. 한바탕 몹시 스친 소낙비는 찌는 듯한 더위를

몰아갔습니다. 이렁이렁한 화가마 속 같은 천지는 말쑥한 새 옷을 입은 듯이 보였습니다. 맑은 볕을 받은 건너편 집 뜰 안에 우거진 포플라 잎은 맑은 하늘 아래 스쳐가는 서늘한 바람에 아씨의 눈동자같이 윤기 있게 파득거렸습니다. 비가 개이니 서방님의 우산 걱정을 하던 아씨는 산삭이 가까워서 똥똥한 배를 가지고 마루에 나와서 외지를 담고 있었습니다. 그는 호주머니 칼로써 외통을 세로 재미나게 싹싹 오리고 거기에다 갖은 양념을 쏟아 넣다가 귓결에 들리는 무슨 소리에 머리를 들어 보니 앞 담 위에 고양이가 올라앉아서 겁이 잔뜩 난 눈으로 아씨를 바라보고 있었습니다. 굴뚝에서 빠져나온 듯이 윤기 없는 검은 털이며 바짝 말라서 비린 냄새가 날 듯한 꼬락서니며 노란 눈자 위에 지남침처럼 세로 가늘게 놓인 눈동자를 볼 때 아씨는 본능적으로 칼 잡은 주먹을 어깨 너머로 둘러메면서,

“조놈의 고양이!”

하고 부르짖지 아니치 못하였습니다. 그 바람에 비틀비틀 쓰러질 듯이 보이는 고양이는 날쌔게 담 너머로 달아났습니다. 고양이가 달아나자 아씨는 고양이 쫓은 것을 후회하였습니다. 어제 저녁 기억이 그의 머리를 쳤던 것입니다. 무의식중에서 의식적으로 발작하는 자기의 힘을 보이는 동시에 서방님의 웃는 얼굴을 보고 싶은 욕망에 그는 그저 있지 못하였습니다. 그는 담던 외지 그릇을 버려두고 다시 고양이를 찾아서 손짝만 한 쪽대문을 열고 밖으로 나갔습니다. 그러나 고양이는 보이지 않았습니다. 그는 좀 안타까운 가슴을 안고 도로 들어와서 외지를 손질하면서 은근히 고양이 오기를 기다렸습니다. 어느 때에는 그렇게 잘 오던 고양이가 정작 기다리니까 오지 않았습니다. 그는 기다리다 못해서 마루 귀퉁이에 있는 북어 대가리를 집어다가 담 위의 기왓장에 놓았습니다. 아씨로서는 그것이 고양이를 유인하는 유일무이

의 계책이었습니다. 그러나 고양이는 오지 않았습니다.

그럭저럭하는 동안에 넘어가는 햇발은 좁은 마당에 그늘을 남기고 먼 동편에 두어 조각 피어 오른 수묵 같은 구름장에 불그레한 선을 돌렸습니다. 이것저것 다 잊어버리고 부엌에 들어가서 저녁쌀을 떠가지고 나오던 아씨의 무심한 눈에는 고양이의 그림자가 비춰었습니다. 아씨는 들고 나오던 쌀바가지를 마루에 놓고 고양이를 정답게 불렀습니다. 그러나 만나는 때마다 매정스럽게 굴던 아씨의 이 불시의 친절을 고양이는 의심이 잔뜩 어린 눈으로 보았습니다. 아씨는 접시에 밥을 떠다가 마루에 놓고 그것을 가리키면서까지 불러 보았으나 고양이는 슬금슬금 꽁무니를 뽑았습니다. 아씨는 가슴이 조였습니다. 그는 고양이를 잡을 양으로 마루 아래 내려서자마자 고양이는 또 도망을 쳤습니다.

“배라먹을 놈의 고양이! 오라니깐 제가 젠 체하고……”

아씨는 성이 잔뜩 났지만 그래도 붙잡아 볼까 해서 밖으로 나갔습니다. 어제까지도 그 고양이만 얼씬하면 때려죽일 듯이 덤비던 아씨가 오늘은 이렇게 그 고양이를 모셔 들이지 못해서 애씁니다. 밖에 나가서도 잡지 못한 아씨는 이웃집 어린애에게 돈 오 전을 주고 그 고양이를 잡아다가 비끄러매 놓고 밥도 주고 장조림 고기도 주었습니다. 그렇게 비끄러매다가 아씨는 고양이 발톱에 손등을 할퀴었으나 용케 참았습니다. 옛날 같으면 참을 일입니까? 그러나 남편에게 자기의 성의를 보이고 싶은 욕망(그것이 그의 의식에는 뚜렷이 나타나지 않았다 하더라도)과 또 그로 말미암아 보게 될 남편의 웃는 얼굴을 생각하는 유쾌는 그보다 더한 괴로움이라도 참을 수 있었습니다.

이날 밤 따라 서방님은 땅거미 들어서 대문 안에 들어섰습니다. 일각이 삼추같이 기다리는 아씨는 성이 잔뜩 났었으나 서방님의 손에 들었던 것을 받아서 전등불이 휘황한 방바닥에 터치어 놓는 때 아씨의 눈에서는 웃음이 흐르지 않을 수 없었습니다. 이 날 서방님은 약국일로 뚝섬 갔다가 들어오는 길에 배오개장에 들러서 아씨가 즐기는 도야지 고기 한 근, 복숭아 열다섯 개, 사과 열 개, 소금에 절인 병치 한 마리를 사가지고 왔습니다.

"응 저건 웬 고양이오?"

눈결에 웃목에 누운 고양이를 본 서방님은 아씨를 보면서 반가운 낯빛을 지었습니다. 처음에는 비끄러맨 줄을 벗어나려고 야단야단하던 고양이도 하는 수 없다고 단념하였는지 접시에 담아 놓은 밥을 먹고는 웃목에 가만히 누워 있었습니다.

"오늘 집에 들어온 것을 잡았지요?"

아씨의 목소리는 어느 때보다도 생기가 있었습니다.

"어떻게! 여보 당신 참 용쿠려! 응, 저것 손등 알라 저 모양이 되었구려. 허, 우리 마누라가 오늘은 더 이쁜데."

"호!"

아씨의 웃음은 만족에 빛났습니다.

"어—, 배가 고파! 저녁 좀 주우! 당신은 저 도야지 고기를 구워 먹지……."

"인제 누가 그걸 구워요! 내일 아침에 먹지!"

"아무려나 생각대로……. 저 고양이 고기 좀 주오……."

두 내외는 저녁 후에 고양이를 쓰다듬어 주었습니다. 고양이도 처음과는 딴판으로 가르릉 가르릉 하면서 사람의 손길이 가도 가만히 있었습니다.

"고양이는 기쁘면 저렇게 코를 곤대요!"

"누가 그래? 고양이가 그럽디까? 하하! 그런데 어째 이놈이 울잖어!

응 울어야 쥐가 안 나오지!"

"처음에는 몹시 울었다오!"

여름밤은 어느 새 열시가 되었습니다. 내외가 자리에 들어서 한참 조용하니까 천정 속의 화용도극은 또 벌어졌습니다. 웃목에 누웠던 고양이는 몸을 송구리면서 귀를 쫑긋거렸습니다. 버스럭거리는 소리와 찍쨕하는 소리가 몹시 나니까 고양이는 일어나서 걸음을 내이다가 비끄러맨 줄이 걸치니까 그는 몸짓을 하면서 "양웅" 하였습니다. 쥐 소리는 잠깐 그치었습니다.

"여보! 인제는 저것 끌러 주세요!"

서방님은 아씨의 말대로 고양이가 나갈까 보아서 반쯤 열어 놓았던 미닫이를 닫고 비끄러맨 줄을 끌러 주었습니다. 쥐가 또 달음박질을 쳤습니다. 고양이는 또 몸을 송구리고 천정을 처다 보았습니다. 아주 평범한 태도로 반자지를 쳐다보던 고양이는 미닫이 앞으로 가더니 내어보내 달라는 듯이 사람을 보고 미닫이를 보면서 "양웅" 하고 소리를 질렀습니다. 대한大旱에 운예雲霓[2]같이 바라던 고양이의 소리가 떨어지는 때 부부의 마음은 신기롭고도 기뻤습니다.

"조놈의 고양이 나갈라구!"

아씨는 속삭였습니다.

"울어라! 또 울어!"

서방님은 고양이를 보면서 머리질을 하였으나 고양이는 저를 해롭게나 굴지 않나 하는 눈으로 몸을 송구리고 앉아서 사람의 눈치만 봅니다. 한참이나 그러다가 그는 발톱으로 창호지를 긁으면서 또 울었습니다. 쥐는 그저 들 습니다. 서방님은 기다리다 못해 고양이를 붙잡아다가 배지를 꼬집으면서,

"이놈 울어라!"

하니까 고양이는 괴로운지 눈이 둥그래서 "양옹" 하고 몹시 소리를 치면서 서방님의 손을 할퀴고 물었습니다.

"이크! 요놈 봐라!"

서방님은 얼결에 고양이를 방바닥에 둘러메뜨렸습니다.

"양옹!"

방바닥에 여윈 몸을 몹시 부딪힌 고양이는 독이 잔뜩 오른 소리를 치면서 날쌔게 몸을 뒤치더니 머리로 미닫이 창호지를 냅다 박아서 뚫고 번개처럼 도망하였습니다.

"엑, 망할 놈의 고양이."

서방님은 발갛게 핏발이 드러나는 손등을 만졌습니다.

"그것 봐요! 나도 어떻게 아프던지……."

당신도 겪어 보았으니 내가 아팠던 것을 알리라 하는 어조로 아씨는 뇌이면서 서방님의 손을 만졌습니다. 그 사이에 쥐 소리는 그치었습니다.

내외간은 이야기 끝에 잠이 들렸는데 부엌에서 덜꺽하더니 뒤이어 짝근 하고 무엇인지 부서지는 소리가 들렸습니다. 소스라쳐 눈을 뜬 서방님은 미닫이를 번쩍 열었습니다. 미닫이를 열은 그는,

"저놈의 고양이!"

하고 소리를 치면서 마루로 나섰습니다. 그윽한 그믐달 빛에 보이는 고양이의 그림자는 화살처럼 담 너머로 스러졌습니다. 성냥불을 그어 든 서방님의 뒤를 따라 아씨도 부엌으로 들어갔습니다.

"아이 이를 어째?"

아씨가 일전 야시에 가서 사온 유리 꽃대접이 시렁에서 굴러 솥뚜껑 위에 떨어져서 천 조각 만 조각이 되었습니다. 서방님이 다시 그어 비추는 성냥불빛에 비췬 아씨의 낯빛은 파랗게 질렸습니다.

"응, 저놈의 고양이! 저 배라먹을 놈의 고양이, 고기를 채갔네! 응 저놈의 고양이!"

아씨는 거의 히스테리컬하여져서 뇌이었습니다.

"고긴 어떻게 두었길래 그 모양이야!"

서방님의 목소리도 떨렸습니다. 없는 돈으로 애써 사다가 고양이의 진지로 드린 것을 생각하니 분하기도 하였습니다. 이때 그의 눈앞에 고양이만 보였더면 담박 때려죽였을 것입니다.

"두긴 어떻게 두어요! 저기 얹고 저 소쿠리로 덮어 두었지요!"

"그러면 부엌문이나 닫아 두지 말이지!"

"부엌문을 닫아 두면 음식이 상한다구 하시구두!"

서방님은 말이 막혔습니다 . 자기가 한 말이 있으니까 그 책임을 지지 않을 수 없었습니다. 그러나 사람은 대개 자기의 허물을 알면서도 변명을 하려고 합니다.

"그저 저 모양이지! 끝끝이 말대답이지!"

"나만 글타지! 그것 봐요! 아예 첨부터 고양이를 집안에 들이지 않았더면 이런 변 없었을 걸 가지구……."

"그놈이 제 발로 들어왔지 누가 부엌에다 두었었나!"

이치에 안 닿는—, 신식말로 하면 참말 비과학적非科學的인 부부의 싸움은 어두컴컴한 부엌 속에서 벌어졌습니다.

"예전에도 그럽디까? 괜히 집안에 들어놓고 으윽거리니까 그러지!"

"뭣? 고양이는 누가 들였는데……. 제가 잡아 비끄러매 놓고는……. 흥."

"압다! 억설은 정치게……. 자기가 얻어 온다구 하구서는……."

하고 아씨는 밖으로 나갔습니다. 서방님도 그 소리에는 어이없는 자기를 웃지 않을 수 없었으나 웃는 것은 대장부의 기개에 치욕 같아서 입

술을 악물고 툇마루로 나왔습니다. 고요한 깊은 밤 창백하고도 은은
한 달빛은 툇마루를 유정스럽게 비취었는데 지나가는 바람에 처마 끝
유리 풍경이 조심스럽게 쟁그렁거렸습니다. 툇마루 기둥에 기대어 서
서 이지러진 그믐달을 쳐다보는 발가벗은裸體 아씨의 곡선미曲線美는 명
공名工의 신수神手에서 떨어진 석고 조각같이 보였습니다. 그저 보아도
아름다울 그 조각은 창백한 달 아래 은은한 마루 기둥에 시름없이 비
스듬 기대어 세워 놓고 보니 한 개의 위대한 예술품을 이루었습니다.
서방님의 가슴은 감격에 넘쳤습니다. 자기의 아내는 고전古典에 나오는
여신처럼 신성스럽고도 아름다우며 대리석같이 쌀쌀한 듯하고도 저
처럼 은은하고도 부드러운 사람이었던가 하는 감정이 그의 피를 끓일
때 그는 그로도 모르게 아내의 허리를 안았습니다.

"이건 왜 이래요!"

매정스러운 아내의 팔뚝이 가슴을 쌀쌀히 칠 때 그 가슴은 황홀하
게 두근거렸습니다. 위대하던 그 예술품은 한 개의 얄미운 인간이었습
니다. 호화로운 꿈 뒤에 닥치어오는 서방님의 엷은 원한과 엷은 애수
와 엷은 고독과 무료한 마음은 하소할 곳이 없었습니다. 그 모든 감정
은 한데 엉키어서 일종의 악감을 나았습니다.

"앗따, 그리두 싫소? 사람이!"

"……"

"싫으면 다른 놈 허구 살지!"

"아이 망칙해라!"

아씨는 그만 홑이불을 뒤집어쓰고 드러누웠습니다. 서방님은 열적
다 할까 안타깝다 할까 분하다 할까 무어라 형용키 어려운 정에 지배
되어서 아씨를 멀거니 내려다보는데 속없는 쥐들은 또 찍찍 하고 들렸
습니다.

"이런 망할 놈 쥐!"

하고 서방님은 제 분에 못 이겨서 몸을 솟으면서 주먹으로 반자지를 땅 구멍을 뚫어 놓고는 다시 잡아채니까 겹겹이 발랐던 종이는 시원스럽게 찢어져서 사람 하나 드나들 만한 구멍을 내놓고는 공중에 늘어져서 너울거렸습니다. 반자지 속으로 나오는 먼지와 흙덩어리는 좁은 방안에 쫙 흩어져서 아씨의 살결같이 하얗던 홑이불은 금시에 먼지투성이가 되었습니다.

"엇따, 할 데 없어 분풀이를 겟다(반자지) 하시우!"

아씨는 토끼처럼 깡충 뛰어나와 앉았습니다. 해놓고 생각하니 서방님도 무류하였습니다. 더구나 그 찢어진 구멍을 바를 것을 생각하니 후회도 났습니다. 자기가 아내의 앞에서 찢고 자기가 아내의 앞에서 발라야 할 것을 생각하니 더욱 무류타 할까 뉘웁다[5] 할까……, 하는 감정에 그의 가슴에는 유음溜飮이 들어차는 것 같았습니다.

밤새에 길몽吉夢을 얻은 내외간은 여전히 정답게 아침밥을 먹었습니다. 어젯밤에 찢어 놓은 반자지를 아씨가 먼저 일어나서 핀으로 반자살에 얽어 놓을 때 좀 뭣하던 마음도 인제는 씻은 듯하였습니다. 다만 어젯밤에 애써 사들고 온 고기가 밥상에 오르지 못하게 된 것만은 내외가 함께 유감으로 여겼습니다.

이날 오후 약국에서 돌아온 서방님은 가지고 온 유리를 천정에 붙이고 찢어진 데를 발랐습니다. 그리고 유리 붙인 옆에 주먹이 드나들 만한 구멍을 뚫어 놓았습니다. 영문을 모르는 아씨가 그것을 물으니까 서방님은 이렇게 대답하였습니다.

"유리를 붙인 것은 반자 속이 낮에도 훤하라는 것이요, 구멍 뚫은 것은 밤이면 그리로 전등을 넣어서 유리 위에 놓으면 두 나라(방안과 천정 속)가 다 밝아지니까, 그렇게 되면 쥐란 놈의 그림자도 어른거리지 않는다구 김군이 가르쳐 줍디다."

　참말 그날 밤부터(실상은 어젯밤부터) 쥐 소리가 끊어졌습니다. 다만 전등을 천정 속에 넣는 때 천정 구멍이 적어서 전등갓을 뽑아 놓게 된 것은 미관상美觀上 유감이었습니다. 하루 지나고 이틀 사흘이 지나도록 쥐 소리는 없었습니다. 있을 때에는 귀찮더니 있다가 없은 후에는 어쩐지 심심한 것도 같았습니다. 장장한 여름날을 집에서 혼자 지내게 된 아씨에게는 그 소리도 귀찮은 대로 한 파적破寂은 되었던 것입니다.

　"여보 이 앞 반찬 가게에서 기르는 그 백쥐白鼠 보았소? 고 바퀴 굴리는 것……"

　"우리두 그걸 한 마리 사다 기릅시다. 응!"

　"길러 볼까?"

　서방님도 거기는 흥미가 바싹 났던 모양이외다. 차면 물러앉고 더우면 다가드는 사람의 마음을 누가 추측인들 하겠습니까? 어제까지는 쥐를 못 먹어 하더니 오늘은 돈을 내고 사기로 동의합니다. 그러나 쥐를 사지는 않았습니다. 그렇게 어름어름하는 사이에 또 며칠은 지나갔습니다.

　어떤 날 오전 때 약국에서 돌아오게 되었습니다. 그가 대문 안에 들어서려니까 마루에 앉았던 아내는 무슨 은근한 일이나 있다는 듯이 손짓 눈짓을 맞추어 하면서―,

　"가만히 들어오셔요! 저놈 봐요! 조놈 조놈! 가만히 들어오시라니까! 인제 도망해 버렸어요!"

하고 아쉬운 듯한 어조로 말하면서 저편 뒷간으로 돌아가는 데 있는 하수도 구멍을 보았습니다. 서방님은 어찐 영문을 모르고 눈이 둥그래서,

　"뭐야! 응 무엔데 그래 ?"

하고 하수구를 보니까 하수구 어구에는 밥알이 허옇게 흩어져 있었습니다.

"쥐란 놈이 나왔어요! 쪼고만 새끼 쥐인데 고놈이 꼬리를 졸졸 끌고 나오는 게 재밌어요."

하고 아씨는 감칠맛이 나게 말하였습니다.

"그런데 저건 웬 밥이야!"

"응 그놈 나오라구 흩어 놓았지!"

그 소리에 서방님은 아내를 보았습니다. 아직 쌀 고생을 못 한 아내가 다시금 보였던 것입니다.

"우리 집에두 허 생원許生員 한 분 생겼군! 흥."

아씨를 다시 보던 서방님은 이렇게 뇌이고 코웃음을 치면서 방으로 들어갔습니다.

"여보!"

"응."

방에 들어가서 두루막을 벗고 수건으로 땀을 씻던 서방님은 썩 나직이 부르는 아씨의 소리와는 반대로 크게 대답하였습니다.

"큰 소리 내지 마세요! 저것 봐요! 조놈."

아씨는 입 끝에 흐를락 말락 하는 소리로 이렇게 속삭이고는 무엇이 기쁜지 깨득깨득 웃었습니다. 목을 늘여서 내다보던 서방님은,

"가만있어. 저놈을 잡어!"

하면서 툇침을 집으려고 하였습니다.

"그래 두셔요!"

하고 아씨는 손질하다가,

"조놈 또 도망친다. 아이 그래 두셔요! 그건 왜 잡아요."

하고 방으로 들어갔습니다. 조금 뒤에 쥐 그림자는 또 하수구 어구에

나타났습니다. 햇닭 알만한 놈인데 꼬리는 몸길이의 갑절은 될 듯하였습니다. 늙기도 전에 하얗게 센 수염을 종긋거리면서 대강이를 요리 기웃 조리 기웃하고 톡 불거진 두 눈을 똘똘 굴리더니 등을 꼬부장해 가지고 쪼르르 나와서 아씨가 흩어놓은 밥알을 앞발로 집어먹었습니다.

"조 까불이 봐! 깍정이! 누가 저를 잡나! 저리두 까불거리구 겁을 낸담! 호."

아씨의 눈동자는 쥐의 일동일정을 놓지 않고 지키었습니다. 머리를 나란히 하고 앉은 서방님도 빙그레 웃었습니다. 그렇게 까불거리던 쥐는 누가 기침도 하지 않았는지 갑자기 몸을 송그리고 머리를 들어 눈을 두어 번이나 굴리더니 쏜살같이 하수구 속으로 들어갔습니다.

"오! 저놈을 보았구나!"

마당에서 쥐 그림자가 사라지자 눈을 돌리는 서방님은 대문쪽 툇마루에 잇다른 담 위를 바라보았습니다.

"조놈의 고양이!"

"가만있어!"

서방님은 아씨를 말리면서 툇침을 집더니,

"이놈!"

하고 던졌습니다.

"양웅!"

던진 툇침은 담 위에 떨어지자마자 다시 담 안으로 튕겨 떨어질 때 고양이도 곤두넘이를 하여 그 담 아래 마루 귀퉁이에 놓은 밥상 위에 떨어졌다가 다시 곤두넘이를 하여 도로 그 담을 넘어 뛰어 달아났습니다. 그 바람에 상 위에 벌려 놓았던 사발 하나와 공기 두 개가 부서졌습니다.

"에그머니, 조 배라먹을 놈의 고양이."

뛰어나간 아씨는 낯빛이 흙이 되었습니다. 서방님은 좋지 못한 표정으로 산산이 부서진 그릇 조각을 보았습니다. 툇침에 맞은 고양이가 괴로운 고함을 치면서 곤두넘이를 할 때 만족히 받았던 개선장군의 유쾌는 부서지는 그릇 소리에 산산이 부서졌습니다. 그는 그 순간 툇침 던진 것을 후회하였으나 그 후회는 일순간도 못 되어서 다시 고양이에게 대한 악감으로 변하였습니다.

"그저 쫓는 것을 그랬어!"

아씨는 후회하면서 부서진 그릇 조각을 맞붙여 보았습니다. 물끄러미 섰던 서방님은 분기가 돌았던 얼굴에 어이없는 웃음을 지으면서,

"흥 그놈(고양이)의 뱃속은 시언하렷다! 만사가 다 그런 게야! 남은 죽어도 저만 좋으면 좋겠다. 허허."

하고 그는 자기의 행동을 비웃는 듯이 웃었습니다. 그러나 아씨는 그 소리의 뜻을 이해치 못하였습니다. 극구광음[6]은 며칠이라는 층계를 밟았습니다. 그 며칠의 틈바구니에 끼었던 말복과 입추도 물론 지나갔습니다. 하수구 구멍으로 드나드는 쥐는 여전히 아씨의 실낱같은 자선심의 혜택을 입었습니다. 그런데 요즘 와서는 그 구멍으로 강아지만한 쥐가 이따금 나왔다가는 사람의 그림자만 얼씬하면 그림자도 보기 어렵게 도망하였습니다. 그리고 부엌 쌀독 속에서도 쥐 발 자리와 쥐 똥을 발견하게 되었습니다. 어떤 때에는 벽장 속에서도 무슨 소리가 들리는 것 같았습니다. 그러나 그 자취는 아씨나 서방님의 마음을 흔들기에는 아직도 미미한 존재이었습니다.

하루는 서방님이 일찍 집으로 돌아오니까 아씨는 성이 잔뜩 나서 빨래 방망이를 들고 하수구 앞에서 혼자 푸닥거리를 놓았습니다.

"왜 그러오! 응……, 저것 미치잖었나? 흐흐흐"

"그 망한 놈의 쥐 같으니라구……, 지금 호박 나물을 저 접시에 담어

서 마루에 놓고 이웃집에 갔다 오니까 저 모양을 맨들어 놓았답니다. 저렇게 짓밟고 먹고 똥까지 싸놓았어요! 망한 놈의 쥐! 저를 이뿌다구 하니까 도레 앙갚음을 하겠지! 이놈을 때려 잡어야지……”

“누가 이뿌다구 하랬나? 그럼 쥐가 그렇지 어째……, 그래 지금 쥐 잡우? 흥 이제 쥐가 나오리다. 기대리고 서 계시우. 하하.”

서방님은 어이없다는 듯이 웃었습니다.

“여—보 이리 올라와요! 참 당신 같으면 세상에 무슨 걱정이 있겠소! 호호.”

서방님은 철없는 아내가 귀엽기도 하면서도 민망하기도 하고 요랬다 조랬다 하는 것이 얄밉기도 하였습니다.

“여보! 글쎄 올라와요! 저녁이나 일찍 지어 먹구 활동사진 구경이나 갑시다.”

아씨는 기뻤습니다. 월급이라고 몇 푼 안 되는 것을 받아서 쌀값이니 나무 값이니 반찬값이니 제하고 나면 전차 값도 남지 않아서 전차 탈 때도 못 타는 살림이라 구경 한 번 가려면 벼르고 별러도 한 달에 한 번 되나 마나 합니다. 낙산 머리를 붉게 물들인 저녁 햇발이 스러지기도 전에 저녁을 먹고 나서 아씨는 갈아입을 옷을 끄집어내려고 벽장 속에 들어가서 옷상자를 뒤졌습니다.

“에그 이를 어째.”

아씨는 이렇게 소리를 한 마디 지르더니 다시는 소리를 더 못 지르고 낯빛이 핼쑥이 변하였습니다.

“왜 그러우 ?”

누워서 담배를 피우던 서방님은 무슨 대단치도 않은 일에 또 저러누 하는 눈으로 아씨를 쳐다보았습니다.

“여보 이를 어쩌오!”

　한참 만에 아씨는 울듯이 말하고 벽장에서 내려오더니 들고 내려온 모시치마를 방바닥에 펼치어놓으면서 힘없이 주저앉았습니다.

　"응 쥐란 놈의 장난이로군!"

　치마를 보던 서방님은 일어나 앉았습니다. 치마는 가운데로 두 폭이나 쥐가 쏠아서 구멍은 벌레 먹은 나뭇잎 모양으로 불규칙하게 뚫어졌습니다.

　"어디 또 봐!"

하고 서방님은 벽장으로 들어가더니,

　"허, 이것 큰일났군!"

하였습니다. 쥐는 치마만 쏠지 않았습니다. 서방님의 다듬은 모시 두루막을 쏠고 아씨의 고이까지 쏠았습니다. 화가 잔뜩 난 서방님은 벽장을 빨끈 뒤집었습니다. 구석구석이 쥐똥이었습니다 그리고 단오에 사준 아씨의 마른 신도 구석에 둔 것을 쏠아서 신코가 뚫어졌습니다. 서방님은 주먹을 부르르 떨었습니다. 봄에 간신히 모시 한 필을 바꾸어서 지은 치마와 두루막을 그 꼴을 만들어놓고도 마른 신까지 그 모양을 해놓았으니 생각할수록 분하였습니다. 그러나 그 분은 풀 데가 없었습니다. 분풀이할 데가 없으니 더욱 분하였습니다. 극도로 오르는 분은 분풀이할 대상을 얻지 못하니까 그만 일종의 불만으로 변하였습니다. 사지에 힘없이 벽장에서 내려선 채 물끄러미 서서 전신에 뼈가 빠진 듯이 앉아 있는 아내를 보던 서방님의 가슴은 다시 찌르르 저렸습니다. 치마, 두루막, 마른 신—, 돈으로 환산한다면 십여 원 내외가 되나 마나 한 그 손해 때문에 아까까지도 화락한 봄 웃음이 흐르던 이 나라(방안)에 말할 수 없이 괴롭고 쓸쓸한 절망의 침묵이 흐르는 것을 깨달을 때 그는 너무도 보잘것없는 자기 생활의 처참을 다시금 느끼지 아니치 못하였습니다. 동시에 그는 하룻밤에 수백 수천 원이라는 큰 돈(자기로서는 일생에 만져도 못 볼 돈)을 술과 계집으로 탕진하면서도 유쾌히 웃는 사람들을 생각지 아니치 못하였습니다.

"세상은 이리도 고르지 못한가?"

그는 이를 갈면서 아내의 어깨에 다시 눈을 던졌습니다. 철없이 팔랑대던 어린 아내의 어린 맛조차 이해의 앞에서는 서리霜를 맞는 것을 보니 가슴이 더욱 찢겼습니다. 그는 무딘 칼로 찢는 듯한 가슴을 은근히 누르면서,

"여보! 그까짓 놈의 것 또 지어 입지 걱정 있소! 인제 그렇게 된 것을 어떻게 하오! 자 어서 걷어치우고 구경 갑시다!"

하면서 아내의 앞으로 갔습니다.

"그러니까 반닫이 하나 사달라니까?"

아씨의 말에 서방님의 가슴은 뒤집혔습니다. 당장 입에 쓸어넣을 쌀이 없어서 껄떡거리는 줄을 알면서도 그런 소리를 톡톡 쏘는 것이 야속하기도 하였으나 그는 꾹 참아라 하고,

"암 여부 있소! 이번에 돈 생기면 반닫이만 사줄라구! 삼층 양옥에 자개장롱, 화류장롱에 피아노 풍금 다 사지! 하하."

하고 얼렘이를 쳤습니다. 내외가 극장 문에 들어선 때는 벌써 사진이 시작된 뒤였습니다. 유난히 빛나는 문간 전등에 비취이는 아내의 때 겨운 모시 치마를 볼 때 서방님은 주위의 모든 사람들에게서 멸시를 받는 듯이 부끄러우면서도 분하고 또 아내가 더욱 가긍히 보였습니다. 서방님은 아씨와 같이 걸음을 바삐하여서 윗층으로 올라갔습니다. 스크린에 나오는 남배우들이 '잘생겼다'고 아씨가 칭찬하는 때마다 서방님은 일종의 엷은 시기를 느끼면서도 동시에 자기도 그런 배우가 되어서 여러 여자들 찬사를 받았으면 하는 공상도 없지 않았습니다. 필름 돌아가는 소리가 마지막의 여운을 남기자마자 껐던 전등들은 환히 켜

지었습니다. 새로 나올 사진을 기다리는 관중들은 전등이 켜지니 수선스럽게 떠들었습니다.

서편 부인석은 오늘도 만원이었습니다. 유난히 빛나는 전깃불에 비취인 부인석은 일세의 부귀의 상징같이 보였습니다. 사내들은 안 보는 체하면서도 그리로만 시선을 보내면서 저희끼리 웃고 손가락질하고 수근거렸습니다. 비단과 금붙이와 보석과 기름과 분과 향수로 꾸민 그 화석化石들은 서방님의 눈에도 싫지는 않았습니다. 그 속에서도 그 온갖 장식의 혜택을 입지 못한 몇 사람은 행여 그림자라도 보일세라는 듯이 그 빛나는 화석 틈에 찍혀 눌려서 눈도 바로 거듭 뜨지 못하고 있었습니다. 그것을 본 서방님은 찌르르 하는 가슴을 만지면서 곁에 앉은 아씨를 보았습니다. 부인석 한 귀퉁이에 찍혀 눌린 그 여자들의 그림자나 아씨의 그림자나 틀릴 것 없었습니다. 아씨의 처지가 그 여자들의 처지요 그 여자들의 처지가 아씨의 처지였습니다.

그는 일종의 모욕을 느꼈습니다. 그러나 그 모든 경계선境界線은 돈으로 말미암아 나뉘는구나 하고 생각할 때 그는 못 견디도록 분하였습니다. 그 반짝거리는 보석의 빛과 그 금장식한 이빨 사이로 흘러내리는 웃음은 자기네의 처지를 비웃는 것 같았습니다. 이때 호각 소리와 같이 극장은 암 세계가 되고 영사막은 다시 밝아졌습니다. 서방님은 살 세상을 만난 듯이 숨을 후유 내쉬었습니다. 그러나 암흑세계에서 숨을 내쉬게 되는 그는 자기의 비겁을 비웃지 않을 수 없었습니다.

오늘은 여느 때보다 한 이삼십 분 일찍이 파하였습니다. 두 내외는 서늘한 바람을 쏘이면서 야시로 나왔습니다. 야시로 나온 그네는 전차를 타지 말고 걸어가기로 하고 삼십 전 남은 것으로 '쥐통'하고 수박 한 통을 샀습니다. 가벼운 쥐통은 아씨가 들고 무거운 수박은 서방님이 들고 타박타박 박석 고개를 넘어갔습니다.

"여보 당신은 가을에 무엇을 입우? 다듬은 두루막이 저 모양이 되었으니…… 생각할수록 원통해요!"

아씨의 목소리는 떨렸습니다. 실상 아씨는 그 생각이 가끔가끔 가슴을 흔들어서 구경도 잘 못 하였습니다. 서방님도 그 체증은 그저 내리지 않았으나,

"무얼 가을에 지어 입지! 당신이 당장 입을 것 없는 것이 걱정이지 내야 아직……"

하면서 아내가 안심하기를 원하였습니다.

"난 괜찮어요! 당신은 나당기는 이가 옷 없으니 걱정이지…… 내야 나당기니 걱정요? 인제는 괴로워 당기기도 싫여요……, 호!"

아씨는 자기로도 무심코 말해 놓고는 부끄러운 듯이 웃었습니다.

"참말 내가 잊었구려! 전차 타는 걸 그랬지!"

산삭이 가까워온 아내를 돌아볼 때 서방님은 후회하지 않을 수 없었습니다.

"어디 돈 있세요?"

아씨는 인정 있게 뇌었습니다.

"쥐통이나 수박이나……"

말을 끄집어내다가 수박이 먹고 싶다고 한 아내가 미안히 여길까 보아서 말끝을 돌렸습니다. "아니 쥐통을 사지 말 걸 그랬지."

"그만 예산은 나도 한다오. 해!"

아내는 상긋 웃었으나 서방님의 가슴은 그저 쓰리었습니다.

사흘 뒤였습니다. 밤이 깊어서 아씨는 고요히 잠이 들고 서방님은 자리에 누워서 책을 보고 있는데 벽장 속에서 용수철 퉁기는 소리가 나자 뒤이어 찍찍 하는 쥐 울음소리가 들렸습니다. 서방님은 벌거벗은 채 벌떡 일어나서 벽장문을 열었습니다.

"이놈!"

서방님은 만족한 웃음을 웃으면서 쥐통을 끄집어내었습니다.

"에구머니, 크기도 하네!"

어느새 눈을 뜬 아씨는 이렇게 부르짖으면서 몸을 송그렸습니다.

"굉장히 큰데! 이놈 죽어 봐라!"

서방님은 쥐통을 마루에 내놓고 전등을 마루에 내걸었습니다.

"여보 이놈 죽는 것을 좀 보우! 응 요놈아 우리 마누라 치마를 버려 주었겠다!"

"죽이지 마셔요!"

아씨는 무섭다고 그저 나오지 않았습니다.

"앗따 대자대비두 한지고! 요놈."

그는 부적가락으로 통 속에 든 쥐를 찔렀습니다. 쥐는 찍 하면서 부젓가락을 물더니 몸을 빼처서 나가려고 철망 구멍으로 머리를 내밀었습니다. 그러다 솔디손 구멍으로 그 큰 대강이가 들어갈 리 없었습니다.

"요놈이 아주 그래도 살겠다구!"

하면서 그는 부젓가락을 다시 뽑아서 들이질렀습니다. 사정없는 쇠끝은 쥐의 등을 뚫고 마루에 박혔습니다. 쥐는 길다란 꼬리를 안으로 휘어 들이면서 온몸을 비틀었습니다. 입을 딱 벌리면서 몸을 비트는 쥐는 다시 소리를 찍찍 치면서 부젓가락을 물려고 하였습니다.

"이놈!"

만면에 독기가 오른 서방님은 이를 악물 독한 웃음을 웃으면서 다시 왼편 손에 잡았던 부젓가락으로 불거진 쥐의 눈을 찔렀습니다. 잔인성은 점점 폭발이 되어서 더 심한 수단을 요구하였습니다. 이때 아씨가 만일 서방님을 보았다면 그 얼굴에서 인간의 표정이라고는 털끝만치도 찾지 못하였을 것입니다. 최후의 힘을 다하여 버둑거리는 쥐는 새로 들어오는 창이 눈을 뚫고 뇌를 무찌르는 때 한 마디 슬픈 소리를 남기고 본능적으로 몸을 틀더니 그만 아무 소리도 없이 검붉은 피만 흘렸습니다. 서방님의 흥분도 인제는 좀 진정되었습니다. 그는,

"여보 이것 좀 봐요!"

하면서 쥐통을 들더니,

"엑, 이 피 봐!"

하고 소리를 질렀습니다. 쥐통을 놓았던 마룻바닥은 검붉은 선지피에 물들었습니다.

"버려요! 죽이지 말라니깐두루……, 당신이 살생殺生을 하면 좋잖대요! 이 뒷집 ○○ 아버지는 닭도 죽이지 않는다는데……."

아내는 원망스럽게 말하였습니다. 그 소리를 들은 서방님의 가슴은 뜨끔하였습니다. 임신 중에 부부가 살생하면 어린애에게 해롭다는 것은 누누이 들었던 것입니다.

"원, 별소리 다 많지."

그는 속으로 이렇게 부인하면서도 어린 머리에 깊이 박았던 인과 관념因果觀念은 잊을래야 잊어지지 않았습니다. 그의 누이가 병신 애를 낳았을 제 그의 매부가 살생(한 번 개를 잡은 일이 있었다)한 탓이라고 이웃집 사람들이 이야기하던 것까지 생각났습니다.

"흥! 백정 자식은 다 병신 되었게!"

서방님은 이렇게 뇌이면서 소극적消極的 안심을 하려고 하였으나 응보설應報說은 염두에서 떠나지 않았습니다. 그는 공연한 짓을 했다고 혼자 후회도 하면서 통 속에서 끄집어낸 쥐의 꼬리를 잡았다가 호열자나 전염되지 않을까 하는 염려로 부젓가락에 꿰여다 문 밖에 버렸습니다. 버리고 들어와서 신문지로 마루의 피를 닦았으나 비린 냄새가 코를 찌르고 그 피가 입으로 흘러 들어가는 것 같아서 오장이 뒤집혔습

니다. 신문지에 묻은 피가 손에 묻는 것은 더욱 애처러웠습니다. 거기도 호열자 균이나 있으면 하는 생각에 어쩐지 견딜 수 없었습니다. 그는 마루 닦은 신문지를 문밖에 멀리 버리고 들어와서 자기 손으로 물그릇을 잡기가 의심이 나서 아내를 불러 물을 떠가지고 마루를 씻었습니다. 손도 비누로다 말끔히 씻었습니다. 그러고도 마음이 놓이지 않아서 다시 물에다 뒷간에 뿌리던 아이젤을 타 가지고 마루를 닦았습니다. 며칠 뒤였습니다. 식전에 아씨는 배가 아프다고 뒷간에 갔다 들어오면서,

"여보! 어째 아래서 핏방울이 들어요!"

하기에 그는,

"응 언제부터 그랴?"

하고 물었습니다.

"지금 그래요! 당신이 쥐를 피를 내이고 죽여서 그런가 봐! 집안에서 피를 내면 그런다는데."

"원 별소리! 백정의 여편네도 똑똑한 애만 낳데! 김군(그는 백정의 아들)을 보구려."

"그건(백정) 팔자에 타고난 업이니까."

"여보 말 말우. 팔자에 타고난 업이 어디 있담! 홍 허허 기맥힐 소릴 다 듣겠다!"

서방님은 이렇게 호언장담을 하면서도 그 마음 한 귀퉁이가 묵직하였습니다. 암만 생각해야 얼토당토않은 이론이지만 미신이 들어찬 구 조선의 말기에 나서 그 분위기 속에서 굳어진 그의 감정은 철저치 못한 그의 과학 사상을 때로 흔들었습니다. 그의 눈앞에는 부젓가락에 찔리어서 피를 흘리고 죽던 쥐가 떠올랐습니다. 모든 감정이 순평한 지금에는 그 환상이나마 몸서리를 치지 않고는 볼 수 없었습니다. 뒤

이어 아내의 뱃속에 있는 태아가 상상되었습니다. 나중에는 태아가 쥐인지, 쥐가 태아인지? 피투성이 된 한 개의 생물生物이 그의 앞에 나타났습니다. 그는 그 환상을 보지 않으려고 하였으나 보지 않으려면 않으려고 할수록 끈직끈직 따라왔습니다. 그는 벌떡 일어나서 밖으로 나갔습니다. 이때 그의 머리를 언뜻 치는 생각이 있었습니다.

"남의 목숨을 빼앗음으로써 자기의 생生을 더 충실히 한다면 그것이 도리어 생의 법칙이라 하여 감히 행하고도 후회치 않지만, 남의 생명을 빼앗았음으로써 자기의 생명에 손실이 있다면 그때에는 그것을 불인不仁이라 느끼고 후회하는 것이 이 세상 사람의 도덕이 아닌가? 선악의 비판이 그렇게 갈리고 인과율이 또한 그렇게 서는 것이 아닌가? 오오 모든 것은 이해利害에 지배되는구나!"

하고 느끼는 때 이제까지 가졌던 그의 인생관은 변하였습니다.

"언제나 고른 세상이 오누?"

아침볕을 받은 그의 눈에는 이 세상이 활동사진처럼 다시 한 번 보이었습니다.

---

1) 용슬 : 무릎이나 겨우 들이밀 정도라는 뜻. 방이나 처소가 매우 비좁음.

2) 운주 : 이리저리 꾀를 냄

3) 반자지 : 반자의 겉면(천장)을 바르는 종이.

4) 업원 : 전생에 지은 죄 때문에 이생에서 받는 괴로움. 불교용어.

5) 뉘웁다 : '뉘우쁘다' 라는 옛 말에서 온 듯. '후회스럽다' 는 뜻.

6) 극구광음(隙駒光陰) : 빠른 세월.

전기 轉機

박인화는 오늘 아침에 여느 때보다 한 시간 가량이나 일찍 출근하였다. 그가 사에 들어선 때는 아홉시 오 분 전이었다. 사에는 아무도 없었다. 오늘 이렇게 일찍 출근한 것은 일을 일찍이 마치고 오후 세 시에 영도사로 나가려는 까닭이다. 어떤 친구가 오늘 오후에 영도사에서 생일 턱을 한다고 어젯밤에 박인화도 청하였던 것이다.

유리창으로 흘러드는 아침 햇발은 벌써부터 더위를 몰아 붓는다. 그는 창을 열어 놓고 문장門帳을 내린 뒤에 자기 책상 앞에 앉아서 어제보다 남은 원고와 준장準張[1]을 끄집어내 놓고 부지런히 붓질을 하였다. 그가 이렇게 일하고 있을 때였다. 층층다리로 쿵쿵 올라오는 자취 소리가 들린다. 빠르고 둔탁한 것은 사환 애의 발소리다 하고 생각하는데, 그가 앉은 맞은편 문이 열리면서 디미는 것은 아니나 다를까, 검데데하고 기름한 사환 애의 얼굴이었다. 방바닥을 쓸고 책상들을 닦아 놓은 것을 보아서는 벌써 왔다가 어딘지 나갔던 것이다.

"너 어디 갔던?"

박인화는 사환의 인사를 받으면서 그를 치어다보았다.

"아침에 댁으로 누가 가시잖었에요?"

사환은 딴전을 부리면서 그를 치어다본다.

"안 왔어……. 누가?"

그도 의아한 눈초리로 사환 애를 마주 바라보았다. 사환 애는 저편 테이블 위에 놓은 종이 조각을 집으려고 그편으로 몸을 주면서,

"아까 누가 선생님 댁 번지를 묻고 길까지 물어 보는뎁시요."

하더니 집은 종이 조각을 들여다보면서,

"백……, 백영훈 씨라는……."

"어디 보자……."

그는 사환 애의 말이 끝나기도 전에 손을 내밀었다.

"그래 이이가 오셨든?"

그는 받아든 종이 조각을 들여다보았다. 서투른 연필 글씨로 획획 '백영훈'이라 쓰고 또 그 옆에 '최일천'이라 썼는데, 그 이름 아래에 죽을 사死 자만은 한문으로 써놓았다.

"아뇨, 아까 전화로다 묻든뎁시요."

"그런데 이건 뭐냐? 이 죽을 사 자는 왜 썼니?"

하면서 그는 머리를 좌우로 기웃거리었다.

"그 최일천이라는 이가 오늘 아츰에 죽었대요……. 그래서……."

하인은 자기의 서투른 글씨가 남의 눈에 뜨이는 것이 부끄러운지 어색스럽게 벙긋하면서 대답하였다.

"최일천이가 죽다니? 네가 전화를 잘못 받잖었니?"

그는 두 눈을 동그랗게 떴다.

"잘못 받기는 왜 잘못 받아요."

어린 사환은 응석이나 부리는 듯이 눈을 크게 뜨면서 입을 벌리었다.

"그래? 모를 소린데."

더위에 풀리었던 박인화의 안면 근육은 긴장한 빛을 띠었다. 그는 피우던 담배를 끄고 벌떡 일어나 모자를 떼어 쓰면서,

"내 다녀올라—"

하고 나가 버리었다. 층층다리로 내려오는 그의 머릿속은 여운이 흐르는 종 속같이 엥하였다. 어젯밤 새로 한 시까지 그 죽은 사람하고 지껄이고 또 오늘 생일 턱 먹으러 영도사로 같이 가자고까지 약속하던 기억이 그의 머리를 슬근히 엄습하자 봉긋한 턱 위에 넓적한 입과 커단 콧구멍을 연해 벌렁거리면서 잠시도 쉴새없이 떠들던 그 사람 좋은 친구의 그림자도 눈앞에 보이는 듯하다. 그 사람이 불과 몇 시간 사이에 딴 세상 길을 밟았다는 것은 믿어지지 않는다. 지금이라도 찾아가면 그 커닿고 검은 눈에 웃음이 그득해가지고 맞아 줄 것만 같았다.

그는 새삼스럽게 목숨의 믿을 수 없는 것을 느끼었다. 살았노라고 전차를 타고 죽은 사람을 찾아가는 자기의 목숨도 자기의 목숨 같지 않았다. 지금 당장에 끊어질는지 몇 날이나 더 부지할는지 누가 보증하랴 하고 생각하니 갑자기 허무주의자나 된 것 같았다. 종로에 가고 오는 사람이나 전차를 내리고 타는 사람들은 모두 일전 총독부 의원에서 구경한 앙상스런 백골 같다. 그는 샌전 정류장에서 전차를 내리었다.

낮이 가까운 볕은 청진동 큰길에 쨍쨍히 떨어지었다. 지나가고 지나오는 사람들은 모두 더위에 헐떡거리었다. 그는 발끝에 먼지를 일으키면서 큰길로 옮아오다가 왼편 둘째 골목으로 접어들었다. 오랜 가물에 씻기지 못한 또랑에서 증발되는 구린내는 먼지와 같이 사람의 숨을 막는 것 같다. 어린애 둘이 그 또랑에 빠진 고무 볼을 끄집어내고 있다. 박인화는 사랑채의 작은 대문 안에 들어섰다. 그 대문 밖은 평시나 다름없이 조용하였다 그는 밖에서 대문을 안으로 밀 때까지도 그 죽었다는 친구가 마중 나올 것만 같았다. 그러나 여느 때 같으면 단단히 잠그었을 대문이 이 날은 거침없이 열리는 것부터 이상스러웠다.

사랑 마당에 들어서니 대청마루 끝에 걸터앉았던 주인의 둘째아들

백영훈이가 일어서면서 인사를 하였다. 백은 몸집이 가늘고 눈이 감정적으로 돌아가는 사람이었다. 그를 보는 인화의 감정은 이상스러웠다. 그것은 그가 항상 자기 집에 몸을 붙이어 있던 최일천이란 그 죽은 친구의 뒷공론을 잘하던 까닭이었다. 대청마루 위에는 죽은 사람의 형 되는 이가 주먹을 쥐인 두 손을 무릎 위에 놓고 먼 자취를 보는 듯이 퀭히 앉아 있다. 그리고 마당에는 낯모를 사람이 둘이나 섰으며 백윤호의 형과 일전 어떤 상가 집에서 본 듯한 상스럽게 생긴 늙은 염장이가 담뱃대를 물고 대 마루에 잇닿은 방문 앞에 앉아 있다. 열어 놓은 문으로 병풍이 들여다보이는 것을 보고 그 방이 시신 모신 방인 줄 깨달았다. 어느새 줄기직菌席[2]이며 관널을 갖다가 툇마루에 놓았다. 여름 볕이 들이쪼이는 이 마당에는 처연한 침묵이 흘렀다. 그 모든 것을 본 인화의 자신도 어느덧 그 쓸쓸하고도 무시무시한 침묵에 찍히어 눌리었다. 그는 무슨 말을 하면 좋을까 하는 듯이 두툼한 입술을 경련적으로 움직이다가,

"선생님 이게 어찌된 변이오니까?"

하고 정숙한 어조로 그 죽은 이의 형을 바라보면서 허리를 굽히었다.

"흥 글쎄요."

그 사내는 비로소 제 정신을 차린 듯이 입맛을 다시고 잠깐 입을 열었다. 그 죽은 이의 형도 인화와 친한 사이였다. 좀한 일에 잔걱정이 없는 것이라든지, 친구에게 충실한 것이라든지, 돈과 계집에 무심한 것이라든지, 그리고 좀 싱거울 만치 말이 많은 것은 죽은 아우 최일천이와 방불하였다. 그네들은 사 남매인데 죽은 사람의 아래로 있는 누이동생의 손아래 되는 막내 동생은 바람꾼이어서 지금도 주소가 불분명하고, 누이는 시집갔다가 방탕한 남편의 소위로 시집에서 쫓기어나서 지금은 본정 어떤 일본 집에서 고용을 살고 있다. 그네들 사 남매 중

결혼한 것은 그 누이와 지금 여기 와 앉아 있는 맏형뿐이었으나 모두 집을 해치고 떠돌아다닌다. 죽은 사람은 배우로 몇 해 다니다가, 그것도 극계가 소조해지니까 지금 있는 백영훈의 집에 몸을 붙이었던 것이다.

지금은 황천객이 된 그의 아버지는 관후하고도 돈냥이나 거느리고 살았는데, 동학란 때에 백의 아버지가 죽게 된 것을 자기 목숨을 희생하다시피 하면서 살려주었다. 지금 백윤호의 아버지가 목숨이 붙어 가지고 전라도에서 울리는 부자가 된 것도 그 덕이 많았다 그러나 백가의 집안에서는 그런 인연이 있었던 둥 말았던 둥 그저 관후한 인정을 쓰는 듯이 최일천이 붙이어 두고 밥알이나 먹이었으나 대접은 청지기의 아들 보듯 하였다. 그러나 이것은 밖에서 도는 소문이었다. 최일천의 집에서 흐르는 것을 들은 이는 없었다. 그는 어쩌다 술이 취하고 허물없는 친구를 만나면,

"내같이 더러운 놈이 세상에 또 있겠나마는 목구멍이 포도청이라 머리를 디밀고 있네……"
하고 강개한 어조로 말할 뿐이었다.

이런 사정 저런 사정 대강 짐작하는 인화에게는 그의 갑작스러운 죽음이 자살이나 아닌가 하는 의심도 없지 않았으나, 그의 부드럽고도 좀 끈직끈직한 점이 있는 성격을 생각하면 그렇지도 않은 것같이 생각되었다.

"무슨 병이 그렇게 갑작스럽게 났어요?"

인화는 마루에 앉아서 담배를 피우면서 백윤호더러 나직이 물었다. 백의 말을 들으면 그는 심장마비로 죽은 것이었다. 어젯밤 우리가 흩어진 뒤에 최일천이는 백과 백의 형과 같이 대청마루 곁방에서 잤는데 오전 네 시쯤 되어서 백의 형의 잠귀에 이상스러운 소리가 들리었다. 그는 흐릿한 잠눈을 떠 보니까 전깃불에 비치어서 파랗게 보이는 최일

천이가 침을 지르르 흘리면서 그렇게 신음하였다. 백의 형은 정신이 번쩍 들면서 두 눈이 둥글해지었다. 그는 벌떡 일어나서 베개에서 떨어진 최일천의 머리를 흔들면서 몇 번 불렀으나 아무 대답도 없이 신음 소리만 점점 미약하게 들리었다. 그는 더욱 겁이 나서 손목을 잡아끄니까 온기가 끊어진 팔은 어쩐지 뻣뻣하였다. 그는 아우를 깨어서 의사를 부르게 하고 일변 안을 뛰어들어가서 그 연유를 말하고 나오니까 이때는 신음 소리마저 끊어지었다.

의사는 숨 끊어진 뒤에 왔었다. 검사한 의사는 심장마비라는 진단을 하였다. 그가 평소에 토질이 있어서 간간이 피를 내뱉었고 술을 과히 먹었다. 심장 약한 이가 술을 과하거나 몹시 흥분이 되면 심장마비를 일으킨다고 의사가 말하더라고 하면서 백의 형은 새벽 광경이 다시 눈앞에 떠오르는지 양미간을 찡기고 눈을 크게 뜨면서 공포에 긴장된 표정을 보이었다. 그 설명이 끝나자 무거운 침묵은 다시 사람과 사람 사이에 흘렀다. 두툼한 입술을 꾹 다문 인화의 눈에는 무엇이 보이는지 낙천적으로 생긴 번들번들한 이마 아래 커단 눈은 약동하는 생기가 스러진 듯이 흐릿하였다.

오정이 가까워 올수록 볕은 뜨거웠다. 그 불같은 볕발로도 이 마당에 흐르는 쓸쓸한 기운을 몰아내지 못하였다. 종로에서 울리어 오는 분주잡답한 소리는 이 마당과는 거리가 먼 딴 세상의 음향 같았었다. 침묵을 깨뜨리는 대문 소리와 같이 누가 옷 보퉁이를 들고 들어왔다. 그것은 최일천이가 이제로부터 몇 만 년을 입고 있을 수의壽衣이었다. 마지막 옷이다. 그것을 보던 박인화는 입고 먹는 문제는 죽음으로써 간단한 해결이 되는구나, 속으로 뇌이다가 아침에 아내가 쌀 걱정, 의복 걱정하던 것이 생각나서 자기도 모르게 코웃음을 치었다.

백윤호의 형이 그 옷 보퉁이를 받아가지고 염장이의 뒤를 따라 시신

방으로 들어가자 대청마루에 앉았던 죽은 이의 형도 머리를 떨어뜨리고 뒤를 따라 들어갔다. 저편 울타리 그늘 아래 섰던 사람들도 조용히 그 방문 앞으로 왔었다. 박인화의 가슴은 그 스스로도 알 수 없는 감정에 울렁거리었다. 어떤 겨울에 산길을 가다가 눈 속에서 보던 얼어 죽은 송장의 그림자가 그의 머리를 언뜻 지나갔다. 그는 양미간을 찌푸리었다. 다시는 그러한 불쾌한 인상을 머릿속에 남기지 않도록 송장은 보지 않으려고 늘 생각하여 왔다. 이번에도 송장은 안 본다고 아까 사에서 나올 때부터 생각하였다. 송장을 본다는 것은 저승길을 밟는 자기와의 사이에 무슨 불길한 인연을 맺는 것같이 느끼어지었다. 자기의 아름다운 삶에 한 덩어리의 검은 구름을 받는 것 같았었다. 그것이 얼토당토않은 생각이거니 생각하면서도 좀처럼 쓸어 버려지지 않는 생각이었었다.

　그래서 그는 가만히 앉아서 담배만 피웠으나 그렇게 앉아 있기도 싱거웠다. 한편으로는 싫으면서도 한편으로는 송장이 보고도 싶은 호기심에 궁둥이가 들먹거리었다. 그의 호기심은 기어이 그의 시선을 송장에다 끌어다 붙이고야 말았다. 그도 그 방문 밖에 가서 섰다. 방안에는 병풍을 둘렀다. 그가 살았을 때에는 일고지혜—顧之惠도 주지 않던 병풍이 죽은 그를 위하여는 둘리어지었다. 그것도 주인 영감이 항상 나와 계읍시는 이 사랑 끝방에 두른 류의 값진 병풍은 아니다. 케케묵어서 절고 뚫어진 병풍인데, 어느 광 속에 처박아 두었던 것을 끄집어 내었는지 거미줄 흔적이 남아 있다. 그것을 보는 박인화의 가슴은 일종의 증오의 염念에 묵직하였다.

　아랫목에 누인 시신에는 그가 덮던 회색 담요를 고요히 덮어 놓았다. 들석한 담요 귀퉁이 밑으로 종이에 싸서 수키왓장을 받쳐 놓은 시성판 모서리가 보이었다. 방안은 유난히 우중충한 것 같고 무슨 불쾌한 냄새가 인화의 콧구멍으로 소르르 흘러들어서 온몸의 피를 적시는 것 같다. 염장이는 수의 가지고 들어온 사람과 함께 줄기직을 들여다 끊어서 백지에 뚤뚤 말아 놓고 북포 필을 끊어서 장매[3]와 가름매를 장만한 뒤에 수의 보퉁이를 끌렀다 수의는 세포로 안팎을 질러지었다. 이런 베나마 최일천의 몸에는 처음으로 걸치는 것이리라. 이것은 이 집 주인의 혜택이었다. 오늘의 장비도 이 집 주인의 관후한 맘씨에서 나온 것이라고 인화의 곁에 선 태극선 든 이가 구역이 날이만침 혀를 채면 서 수근거리었다.

염장이의 손으로 회색 담요는 벗겨지었다. 얼굴을 솜으로 가린 시선 은 지매로 삼교를 지었다. 땀 배인 고의적삼은 그의 평생을 말하는 것 같았었다. 이생에서 마지막 입히었던 그 땀 배인 의복은 저승으로 영 영 입고 갈 수의와 한 가지씩 한 가지씩 아래로부터 순서를 밟아 입히 었다. 가난한 송장은 죽어서까지도 가난한 이의 설움을 면하지 못하였 다. 죽은 사람이니 비단으로 온몸을 감으나 누더기에 싸나 무슨 소용 이 있으리요마는 보는 이의 가슴은 그런 것이 아니었다. 사람은 죽은 사람에게서도 산 사람의 사회의 공평치 못한 것을 느끼게 되는 것이 다. 살아서도 학대받던 그 생명은 죽어서도 대접을 못 받았다. 소렴이 자 대렴으로, 그것도 대강 잠상식로하여 장매와 가름매에 칠교를 단단 히 묶여서 관 속으로 들어가게 되었다. 사고무친하다시피 된 그의 식 은 몸뚱이가 이만침 꾸리게 된 것도 대접이라면 대접이라고도 하겠으 나, 그것은 대접이라는 것보다도 부득이한 감정의 소위라고 하는 것이 가당치나 않을는지?

낯빛이 파랗게 질리어서 입술을 감빨고 앉았던 형의 눈에서는 눈물 이 흐르기 시작하였다. 그는 새삼스럽게 설움이 복받치는가? 억압되었 던 감정이 풀리었는지 관 속에 넣으려는 방아채 같은 시체를 부둥켜안는다.

"진정하십시요! 보낼 사람은 어서 보내야 하는 게지."

하고 툇마루에 나와서 들여다보던 백윤호의 삼촌은 점잖은 목소리로 말하였다. 그러나 그는 그 소리를 들었는지 말았는지 시체를 으스라지라는 듯이 끌어안으면서 시체의 머리에 자기 얼굴을 비비었다. 급격한 느낌과 같이 흘러내리는 뜨거운 골육骨肉의 눈물은 식은 골육의 머리를 적시었다. 아우어! 마지막 주는 형의 눈물을 받는가 마는가? 소리 없는 그 눈물은 소리 있는 눈물보다도 더 아프게 모든 사람을 찔렀다. 이 방안과 뜰에는 아까보다 더 무겁고 더 아프고 처연한 침묵이 흘렀다. 모든 사람들은 한 걸음 한 걸음씩 자기네 스스로도 깨닫지 못하게 이 침묵에 얼어들어서 선후를 잊은 듯이 서 있었다.

다만 염장이만은 평범하였다. 그는 돌이나 나무로 깎아 놓은 기계처럼 남이야 울건 말건 제 맡은 일만 하려고 하였다. 형의 품에 안기었던 시체는 염장이의 손에 들리어서 관 속으로 들어갔다. 그 형은 관 속에 든 시체를 부둥키면서 몸부림을 하였다. 남의 집이라고 그러는지 터지어 나올 듯한 울음소리를 참는 양은 확연히 드러났다. 그는 얼마나 괴롭고 쓰라리랴? 조실부모하고 코 흘리는 아우를 자기 손으로 길러 내인 그 형의 가슴이다. 그것도 넉넉한 형편이 되어서 벗기지 않고 굶기지 않고 길렀으면 또 모르겠다. 아우는 형을 위하고 형은 아우를 생각하여 음식이 생기면 서로 적게 먹으려고 하면서 그 목숨이 이어 왔다. 이렇게 장성한 사 남매들이언만 기구한 운명은 그저 그네들을 농락해서 한 곳에 모여 못 살고 서로 그렇게 지내어 왔다. 그러다가 참혹히도 사 남매에서 가장 인정이 도탑다는 최일천이가 서른셋이라는 청춘으로 서리를 맞았다.

그 형도 북간도 가서 돌아다니다가 월전에 돌아왔다. 그는 돌아오는

길로 경찰에 검속이 되어서 취조를 받다가 며칠 전에 나와서 여관에
묵었다. 그런 관계로 그도 아우가 죽은 지 세 시간이나 지나 아침 아
홉시에야 기별을 받고 뛰어온 것이다. 그 누이는 본정 어떤 일본 집에
있는데 죽은 오빠밖에는 그 집을 아는 이가 없었다. 그러므로 기별은
물론 못 하고 한 달에 두어 번씩 틈을 타서 오빠 보러 오는데 인제는
그때를 기다리는 수밖에 없었다. 막내 동생의 주소도 불분명해서 알리
지 못하였다. 사 남매 중에서 먼저 가는 최일천이를 보내는 것은 오직
사 남매 중에서 그 형뿐이었다. 마지막으로 눈 감는 아우의 음성 한
마디 못 들어 본 형의 마음의 어떠하랴? 그보다도 아우의 전도를 축복
하던 형의 눈으로 기를 못 펴다가 꺾어지는 아우의 마지막을 보는 때,
그 가슴이 어떠하랴?

"흑흑……, 내……, 내……가 못생겨서 너……, 너이들을…… 고……,
고생을 시키다가……."

백윤호의 삼촌의 권을 못 이기어서 물러앉는 그는 이렇게 목 메인
소리로 뇌이면서 주먹으로 눈을 비빈다. 그것을 보는 박인화의 가슴
도 스르르 풀리었다. 죽고 사는 것은 생물의 원칙이거니 생각하면서
도 어쩐지 죽는다는 것이 마음에 켕기고 최일천의 신세라거나 그 형
의 울음이 남의 일 같지 않았다. 자기도 그런 운명을 밟고 있는지도 모
른다. 아니 밟는 것만 같이 느끼지 않았다. 한평생 이렇게 쪼들리어 지
내다가 빛발 없이 숨이 끊어지는 것도 원통하지 않는 바는 아니었다.
그러나 믿을 수 없는 그런 목숨을 가지고도 내일을 바라고 애쓰는 인
간들이 너무나 허수하게도 느끼어지었다. 지금 여기 서 있는 자기도
저처럼 될 날이 있을 것이다. 천근같은 흙에 묻히어서 흙 될 날이 있
을 것이다. 그날은 약속할 수는 없는 날이다. 오늘이 될지 내일이 될지
를……, 또는 지금 담박이 될지를 누가 누구하고 약속하랴 하고 생각

하니 자기의 존재는 너무도 보람이 없었다. 미래는 바랄지언정 지금을 허수로이 여길 것이 아니었다. 이 시간이다. 자기의 삶에 의의 있는 행복을 당기려고 힘쓸 것도 이 시간이요, 자기의 존재를 없앨 것도 이 시간이다. 내일을 바람이요, 지금은 힘이다. 지금의 힘을 잃으면 내일의 바람도 허무한 것이다. 사람은 일 분이면 일 분, 일 초면 일 초, 그 일 분이나 일 초를 살았거든 살아 있는 그 힘을 소홀히 여기지 말라, 뒤로 미루지 말라, 버려두지 말라, 그것이 참말로 그대가 소유한 유일무이의 생명인 줄 모르는가 하고 혼자 속으로 뇌이면서 인화는 주먹을 쥐었다.

어느새 천개를 덮고 은정을 질렀다. 칠칠 대신으로 송연松煙 칠의 검은 영구靈柩는 구의柩衣를 입고 출구할 시간을 기다리게 되었다. 이리하여 그는 갔다. 크면 클 수 있는—, 무한히 클 수 있는 한 개의 젊은 생명은 우악한 그림자에게 잔인히도 밟히다가 기를 펴보지 못하고 이 세상에서 길이길이 존재를 거두었다. 한나절 뜨거운 뙤약볕에 화단의 분꽃은 잎까지 시들었다. 남산 아래서 울리어 오는 오적午笛 소리는 죽음을 향하여 나아가는 인생에게 무슨 묵시默示의 충동을 주는 것 같았다.

발인은 오후 두 시나 세 시 가량에 될 것 같다는 것이 모든 사람의 말이었다. 별로 시간을 정한 것이 아니라 모든 준비가 되는 대로 어서 치워 버리려는 것이다. 그러므로 오늘 아침에 죽은 주검을 오늘로 땅에 넣게 되는 것이다. 박인화는 묘지까지는 못 가더라도 발인까지는 보아야 하겠다고 생각하였다. 그러나 중론에 의하면 발인까지는 일러도 두 시간은 잘 기다려야 되겠다. 그새에 무료히 섰기도 우스운 일이다. 그나 그뿐인가? 벌써 사오 삭이나 월급 지출을 못 하는 거지같은 사라고 할 값에 아침에 잠깐 머리를 디밀었다가 나온 뒤로 이렇다는 말 한 마디 없이 온종일토록 그림자도 얼씬하지 않는다는 것은 그의 책임감이 허치 않았다. 또 그나 그뿐인가, 생각하면 그보다도 중대한 문제가 있다. 아침에 집을 나설 때에 아내가 저녁쌀을 부탁을 하던 것이었다. 그것도 사에 가서 회계를 졸라 돈 원이나 만들어 보내야 할 일이었다.

그는 발인 시간에 또 온다는 약속을 남기고 나오다가 영도사로 갈 시간과 상치되는 것을 생각하고 머리를 잠깐 기웃거리었으나 그것은 그리 어려운 문제가 아니라는 듯이 휘적휘적 걸어서 종로로 나왔다. 분주잡답한 소리 속에 나서니 무슨 무거운 압박에서 벗어난 듯이 자유로운 듯도 하나 까닭 없는 쓸쓸한 느낌도 솟았다. 가고 오는 사람들도 그렇게 보이고 늘 보는 집들은 어디라 지적할 수 없이 변한 것 같다.

서대문 정류장 앞에서 전차를 내린 그는 그이 모가지를 올가미한 잡지사인 신세계사新世界社로 쏜살같이 향하였다. 이 날 따라 금전 출납을 맡은 최군이 들어오지를 않았다. 다른 사원들도 저녁쌀 없느니 때일 나무가 없느니 하고 월급은 못 줄 값이나 며칠 걸러 돈 원씩 가불하는 것도 오늘 또 식었다고 모두 뿌루퉁해 섰다. 화나는 분수로 말하면 의자를 둘러매뜨려서 잡지사인지 깨묵덩인지를 부숴 놓고도 싶었으나, 그것도 소용없는 것이거니 느끼어지는 때 박인화의 가슴에 솟던 분은 절망의 비애로 변하였다. 그래도 조선서는 지식 계급이요 상당한 지보를 가지었다는 사람들이 이 꼴이다. 뼈가 빠지게 애를 쓰고도 갈 데 올 데 없이 배를 주리고 있다. 밥 얻으러 나간 어머니를 기다리는 어린것처럼 얼굴이 노랗게 되어서 돈 원이나 생길까 하고 기다리는 꼴은 차마 볼 수가 없었다. 인화 자기도 그런 무리 가운데의 한 사람이거니 생각하니 절망과 저주와 분노와 비애가 어느 것이 더하고 제하고 없이 한꺼번에 가슴을 찌른다.

오오, 조선은 이렇게도 사람을 용납지 못하는가 하고 탄식을 하다가 이런 굴욕 속의 생명이나마 이어 가려고 버둥거리는 자기와 그 모든 사람들의 얼굴에 가래침을 뱉고 싶었다. 매일 몇 푼 안 되는 돈에 목을 매달고 그렇게 살아가면 뭘 하는 것이며 그러다가 죽으면 뭣 하는 것인가. 최일천의 죽음도 굴욕屈辱의 죽음이었다. 굴욕 속에서 살다가 굴욕 속에서 죽은 죽음이거니 하고 생각하니 이때까지 최일천에게로 가던 동정은 햇발 받은 아침 안개처럼 점점 엷어지는 듯하였다.

사에서 도로 나온 그는 어디서 어떻게 변통하여 볼까 하는 생각으로 어떤 친구를 찾아갔더니 그도 집에 없었다. 그의 화는 더 북받치었다. 그러는 새에 세 시가 넘었다. 그는 귀치 않다 생각하면서도 이마의 땀을 씻으면서 청진동으로 쫓아가니 벌써 상여가 나간 뒤이다. 대문밖 불 놓은 자리에서 남은 연기가 죽어가는 이의 목숨같이 오를 뿐이다. 한편으로는 미안도 하고 한편으로는 시원도 하였다. 그는 하는 수 없이 집에 돌아와서 몇 가지 남은 책을 집어내다가 팔았다. 어디 나갔다 집으로 들어가면 자기 손만 치어다보는 식구들 때문에 가슴이 묵직하였다. 이 원 칠십 전 받은 중에서 오십 전은 전차비와 담뱃값으로, 이 원 이십 전은 데리고 나온 이웃집 애에게 주어서 집으로 보내었다.

그럭저럭 네 시가 넘었다. 영도사로 약속한 시간보다 한 시간이나 늦었다. 그는 공연히 심기가 피이지 않아서 그리로도 가기 싫었다. 간대야 쓸데없이 떠들고 시간이나 보낼 것이다 하고 한참 망설이었으나 버릇의 힘은 그를 동대문 행 전차에 끄집어 올리었다. 전차를 타고도 그는 한참이나 주저거렸다. 동대문서 갈아탄 청량리 행 전차에는 문 밖을 나가는 똑딴 미인들과 말쑥한 신사들이 많이 탔다. 분과 향수와 경쾌한 의복으로 복색을 감추려고 애썼으나 그 가면 밑으로 엿보이는 김빠진 고무공 같은 뺨하며 충혈이 된 눈하며, 시들고 검푸른 입술하

며 창백한 살결은 그네들의 내부 생활을 너무도 뻐지게 보여 주는 것
이었다. 그것을 보는 인화 자신도 연해 양복벌이나 얻어 입고 절간 놀
이나 다니는 체하는 그런 무리의 한 사람임을 느끼는 때에 그는 전차
에서 뛰어내리고 싶었다. '오늘의 힘을 잃으면 내일의 바람도 허무한 것
이다. 이 시간이다. 귀중한 이 일 분, 일 초다.' 하고 아까 최일천의 죽
음에서 받은 쇼크를 또 받았다.

그러면서도 그는 전차에서 뛰어내리지 않았다. 아직도 아름다운 계
집과 단술과 친구들과 떠들던 버릇이 그를 놓아주지 않았다. 그는 쓰
라리고 무거운 가슴을 만지면서 고민하다가 여름 시외의 푸른 경치에
팔려 버리었다. 스치는 바람에 잔물결을 짓는 나락판이며 흰 구름이
뭉게뭉게 솟아오르는 먼 산들, 그리고 맑은 볕과 광활한 문밖 하늘은
청춘의 마음을 미칠 듯이 자유롭게 끌어당기었다. 두 눈에서 술이 흐
를 듯이 취한 박인화가 자동차에 실리어서 자기 집으로 들어가는 골
목 어귀 큰길에 이른 때는 그날 밤에 새로 한시가 넘어서였다.

초저녁부터 일어난 바람은 열두 시가 가까워서 소낙비를 몰아치었
다. 파란 번갯불이 탐조경 빛발같이 먼 산까지 보이도록 창살 같은 빛
발 속을 스치자마자 산천이 뒤집히는 듯한 우뢰소리가 흐릿한 그의 귀
를 간간이 때리었다. 그는 영도사에서 누가 어떻게 자동차에 담아 주
었는지 전연히 몰랐다. 술 취한 흐린 정신에도 몸이 흔들리고 중심을
잃은 것이 느끼어지었던지 눈을 떠 보니 자동차 속에서 들었었다. 그
는 갈 대로 갈 데까지 가거라 하고 쓰러지면서 차체의 동요가 심하니
까 입과 콧구멍으로 먹은 것을 토하였다.

"여보게, 이 사람 정신 차리게……. 자…… 어서 뛰어 들어가게……"
하고 자기 집 앞에 오서 어떤 친구가 흔드는 바람에 차에서 비틀비틀
내리어 섰다. 그는 비틀걸음을 치면서 골목으로 헤어나가 대문 안에

들어서니까 물에서 건지어 놓은 쥐가 다 되었다.

토하고 찬비를 맞은 까닭인지 정신은 좀 돌아서는데 두통이 나고 가슴이 어떻게 구르는지 누워서 견딜 수 없었다. 젖은 양복을 쥐어짜 널어 주는 아내가 곤한 듯이 하품을 하고 눈을 비비면서 들어와 머리를 동여 주는 것이 미안스러웠다.

그의 두통은 점점 더 심하였다. 왼편 머리는 도끼로 때리어 부수는 것처럼 어떻게 쏘는지 눈알까지 굴릴 수 없었다. 그리고 가슴이 몹시 구르고 어질어질하여서 견딜 수 없었다. 그는 올라오는 구역을 못 참았다. 요, 이불, 방바닥 할 것 없이 진탕같이 걸죽한 것을 한 말이나 토하였다. 시티하고 구린 냄새가 방안에 넘치었다.

"여보, 당신이 큰일났구료! 국 좀 끓이어 드릴까?"

다정한 아내의 목소리는 더욱 황송스러웠다. 그는 머리 질로 싫다는 뜻을 표하였다. 그의 아내는 세숫물을 떠다 놓고 방바닥을 걸레 친 뒤에 자리를 뒤집어 깔아 주었다. 집 식구들은 먹었는지 말았는지 알은 척도 하지 않고 혼자 나가서 고기, 술, 밥에 물린 놈은 지겨워서 토하고 옷까지 망쳐 가지고 들어와서도 머리가 아프니 가슴이 구르느니 하면서 똥물보다 더 고약한 것을 한 방 안이나 토해서 항상 주린 배를 다시금 죄이는 집안 식구들까지 못 견디게 구는 것을 생각하면 유구무언이다. 백배 사죄를 해도 시원하지 않겠다. 그리고도 턱하면 식구를 나무라고 의기양양 하는 자기의 생활은 생각할수록 너무나 방종하고 이기적이었다. 그런 생각은 지금만 하는 것이 아니요, 가끔 하면서도 생활을 고치치 못하는 자기가 너무도 무능하였다.

두통은 여전하나 연속적으로 구르는 가슴은 내리었다. 그러나 간간이 두근두근 구르는 때면 숨이 꺽꺽 막히면서 째르르한 아픔을 받았다. 이때 그의 머리를 번개같이 지나가는 어떤 생각에 그는 본능적으로 일어나 앉았다. 심장 약한 사람이 술을 많이 먹으면 심장마비를 일으키기 쉽다고 하던 말이 생각난 까닭이었다. 그는 주먹으로 가슴을 지근지근 치면서 심호흡을 하였다. 그의 눈앞에는 뻐드름한 최일천의 시신이 나타났다. 시신은 점점 뚜렷이 나타났다가 다시 흐릿하여지더니 다시 구름 속에 들었던 달처럼 슬근히 나타난다. 다시 나타나는 그 시체는 박인화 자신의 시체이었다. 그 시체는 관 속에 들었다. 그 위에는 천근같은 흙이 덮인다. 그는 그만 눈을 감고 머리를 흔들면서 벌떡 일어났다 앉았다. 그리고 심장의 마비나 방지하는 듯이 눈을 부릅뜨면서 심호흡을 하였다. 그것을 보던 그의 아내는 겁이 나는지,

"왜 그러시우? 대단히 괴로우시우? 글쎄 웬 약주를 그리 잡수시오."

하면서 드러눕는 그의 머리를 짚어 보더니 냉수에 설탕을 풀어 왔다. 그는 자기가 한 것이 열적은지 아무 대답도 없이 누웠다가 설탕물을 마시고 다시 드러누웠다. 아내가 모르게 심호흡을 하고 심장 있는 쪽을 마찰하면서 은근히 눈앞에 떠오르는 그 흉한 그림자를 보지 않으려고 하였다.

짧은 여름밤은 어느덧 새었다. 날 샐 때에 잠이 든 인화는 아홉시가 넘어서 눈을 떴다. 몹시 울린 뒤의 종 속같이 뗑한 그의 머리에 떠오르는 기억은 모두 꿈만 같았었다. 그러나 의식이 선명하여 올수록 모든 기억은 또렷이 나타났다. 어젯밤 추태를 생각하니 부끄럽고도 우스웠다. 자기 한 사람의 방종으로 애꿎은 식구들까지 못 견디게 굴었다. 무엇 하느라고 가슴을 만지고 심호흡을 하였는가. 심장마비는 예방해서 무엇 하려는가. 자기는 어째서 더 살려고 애썼는가. 그것은 무의미한 일이었다. 더러운 굴욕의 생명을 굴욕 속에서 굴욕적으로 이어 가고자 애쓴 데서 불과하다. 어젯밤 그 더러운 한 장면은 이때까지 계속해 내려온 자기 생애의 축도縮圖이었다. 자기는 아무 의미 없이 그저 이 실낱

같은 목숨을 붙이려고 애썼다. 그것은 아무 값없는 목숨이었다.

그는 그 목숨이 그저 붙어 있는 것이 기적같이 느끼어지었다. 그까 짓 값없이 살아온 목숨은 하나는 말고 몇 백만이 끊어진들 우리 인류에게는 무슨 손상이 되랴. 그런 목숨이 새로 솟는 햇발을 갖게 된 것만 감사하고 죄송한 일이다. 이 감사하고 죄송히 받은 목숨을 어떻게 새로 살리고 새로 늘릴 것인가?

"이 시간이다. 자기의 삶에 의의意義 있는 행복을 당길 것도 이 시간이요, 자기의 존재를 없앨 것도 이 시간이다. 내일은 바람望이요, 지금은 힘이다. 지금의 힘을 잃으면 내일의 바람도 허무한 것이다. 사람은 일 분이면 일 분, 일 초면 일 초, 그 일 분 일 초를 살았거든 살아 있는 그 힘을 소홀히 여기지 말라. 뒤로 미루지 말라. 그것이 참말로 그대가 소유한 유일무이의 생명인 줄 모르는가."

하고 어제 시신을 보면서 느낀 생각이 다시 그의 머리를 지나갔다. 그는 그로도 모를 충동에 벌떡 일어나서 창문을 열어 놓았다. 흘러들어 오는 아침 햇발과 맑은 바람은 약동하는 그의 새 생명을 무한한 세계로 끌어올리는 듯하였다.

---

1) 준장(準張) : 교정지(校正紙).
2) 줄기직[菌席] : 줄의 잎으로 거칠게 짠 기직. 흔히 염습할 때 쓴다.
3) 장매 : 길쭉한 물건을 세로로 동이는 줄.

이역원혼異域寃魂[1]

　원수의 밤은 또 닥쳐왔다. 땅거미 들기 시작하면서 별들은 눈을 떴다. 남편이 있을 때에도 그놈의 유가가 밭머리나 개울가에서 조용히 만나면 수상스런 태도를 보였다. 그러나 태산 같은 남편이 곁에 있으니 무섭고 걱정은 되면서도 마음 한편이 든든하였지만 지금은 든든한 마음은 다 사라지고 걱정과 근심과 두려움이 온 마음을 차지하였다.

　그는 남편이 세상을 떠난 뒤로 밤마다 혼자 자지 못하였다. 크고 외따른 집에서 쥐만 바싹해도 머리끝이 쭈뼛하는데, 지주 되는 중국사람 유가의 행동이 수상스러워서 체증이 내리지 않았다. 그 때문에 밤마다 개울 건너 있는 봉길의 할아버지가 방에서 잤다. 봉길의 할아버지는 그와 한 고향에서 들어왔고 또 그의 죽은 남편 형선의 아버지와 막연한 친구였다. 그처럼 친한 영감이 방에서 자건마는 그의 가슴은 남편이 곁에 누웠을 때처럼 누굴하지 않았다. 자라 보고 놀란 가슴이 솥뚜껑을 보고 놀란다는 셈으로 봉길의 할아버지까지 의심이 버썩 들어가서 가만가만히 기어가서 문틈으로 고요히 자는 영감의 동정을 살피고는 한숨을 화―, 쉰 적이 한두 번이 아니었다.

　그런 대로 매일 일찍이나 왔으면 좋으련만 처음보다는 떠졌다. 처음에는 해만 떨어지면 늙은 영감(봉길의 할아버지)이 기단 대를 물고 민상투 바람으로 방에 와서 드러눕더니, 이제는 늦어서 오는 때가 많았다. 때가 농가의 바쁜 가을이니 그렇기도 하겠지만 기다리는 그에게는 야속스럽게 생각되었다.

"에구 어째서 지금도 안 오는가?"

그는 남편의 영좌에 올릴 상식을 들고 방으로 들어가면서 혼자 뇌었다. 아직은 그리 늦지 않았건만 저녁 편 일이 머릿속에 번개처럼 언뜻하자 다른 때보다 더욱 우악스럽게 조르는 험상스런 유가의 낯이 눈앞에 언뜻 떠올라서 섧고 원통한 가운데도 무시무시한 생각이 치미는 까닭이었다.

상식상을 들고 컴컴한 방에 들어선 그는 영좌 앞에 상을 놓고 창문을 열었다. 밖에도 황혼 빛이 내려서 으스름하나 하늘이 맑아서 방안은 아까보다 훤하여졌다. 벌써 달이 오르려는가? 개울 건너 높은 산봉우리 끝에 달빛이 흐르기 시작하였다. 반딧불이 어스름한 마당에 일자를 그으면서 지나갔다. 여울 소리, 벌레 소리, 마당가 조밭을 스쳐오는 바람 소리가 처량히 들렸다.

그는 상에서 밥그릇, 국그릇, 반찬 접시, 수저를 영좌에 올려놓았다. 우시시한 조밥에 숟가락을 박아 논 그는 영좌 앞에 시름없이 주저앉아서 두 손으로 낯을 가렸다. 그의 두 어깨는 고요히 물결을 치더니 목메인 느낌이 입속으로 흘러나왔다. 그는 우는가?

점점 숫는 달빛은 건너편 봉우리를 절반이나 물들였건마는 집 뒤에 산이 있어서 이편은 아직도 그늘이다. 방안은 한층 으슥하였다. 그으름에 까맣게 된 거미줄이 넌들넌들한 천정과 먼지와 빈대 피가 얼룩얼룩하던 벽은 수묵을 끼얹은 듯이 으슥한 빛에 조화가 되었다. 비둘기집같이 벽에 달아 놓은 영좌와 그 아래 주저앉은 그의 희슥한 그림자만은 윤곽이 희미하다.

벌레 소리, 바람 소리, 여울 소리는 의연히 요란하였다. 고요히 천천히 물결치던 그의 어깨는 점점 몹시 오르내리고 흑흑 하던 느낌은 목 메인 울음으로 변하였다. 그는 모든 것을 잊었다. 상식을 물릴 생각, 봉길 할아버지를 기다리던 생각, 지금이 밤인지 낮인지 몰랐다. 그저 설움이 복받쳤다. 자기의 몸과 마음은 끝없는, 끝없는 푸른 설움 속에 싸여서 아득한 속으로 들어가는 듯하였다. 그는 영좌 앞에서 우는 때마다 이러하였다. 가슴 열릴 때가 없었고 눈물 마른 때가 없었다. 서러우나 괴로우나 그는 남편의 영좌 앞에 다리를 뻗고 앉아서 울었다. 그 밖에 위로거리가 없었다.

그는 가물에 곡식을 일구고 홍수에 밭을 이룬 뒤로 겨죽과 토스래 (삼으로 짠 것) 옷으로 겨우 목숨을 이어 가다가 너무도 기한을 못 이겨서 그 남편 형선이와 같이 재작년 봄에 이 간도로 왔다. 간도에 와서도 이 날 이때까지 중국 사람의 소작인으로 별별 구박을 다 받으면서 겨우 목숨을 이어왔다. 다른 구박보담도 지주 되는 중국사람 유가는 홀아비 인데, 그 녀석이 늘 고요한 데서 만나면 두 눈이 스르르 흐리고 누런 이빨을 드러내어서 벙긋 웃으면서 수상히 달라붙는 꼴은 볼 수 없었 다. 그러나 그는 유가에게 불쾌한 소리 한 마디 못 하고 억지로 좋은 낯을 보이면서 슬슬 피하였다. 그럴 수밖에 없는 일이다. 그 유가에게 서 밭을 얻어 부치고 양식을 꾸어 먹는 판이니 쫓겨나는 때면 굶을 것 이다. 넓으나 넓은 천지에 두 청춘을 용납시키기 그처럼 어려웠다.

그가 그렇게 유가를 슬슬 피하게 된 뒤로 유가의 태도는 한껏 횡포 하였다. 김을 잘못 맨다는 둥 빚을 어서 갚으라는 둥 하여 일없는 생 트집을 잡았다. 그 트집은 그에게만 미칠 뿐 아니라 남편 형선이에까지 앙화가 미치었다. 그는 그때부터 은근히 가슴이 찢겼다. 자기 때문에 애꿎은 남편까지 그놈에게 쪼들리는 것을 생각하면 자기 한 몸이 없어 져 버리고도 싶었다. 그런 눈치를 남편이 알면 더욱 심사가 상할까 보아서 입 밖에 내지도 않았거니와 얼굴빛도 변해 보인 적이 없었다. 그 놈에게 남편이 몹시 쪼들릴 때면 슬그머니 몸을 허하여 남편의 몸이나 편케 할까 하는 생각도 없지 않았으나 굳세인 그의 정조 철학은 그것을 허락지 않았다. 더구나 남편의 눈을 속이는 것은 자기의 고기가 찢겨도 할 수 없었다. 모진 목숨이 끊기는 어렵고 남편에게 말하기도 안 됐고, 유가를 대항하면 할수록 무도한 압박은 나날이 심하고……. 그는 민민한 정회를 풀 길이 없었다.

그러던 중에 태산같이 믿던 남편이 병으로 세상을 떠났다. 남편이 죽은 뒤로는 유가의 태도가 한껏 자유로워서 낮에도 동무 없이 밭으로 못 나갔다. 어서 바삐 떠나든지 그렇지 않으면 물 건너 촌에 가서 집을 얻어 가지고 살아 볼까 하고 애를 썼으나 유가는 허락지 않았다. 가을에 추수를 하여 꾸어 먹은 양식을 갚고 자기 땅에서 떠나라는 것이 유가의 조건이었다. 유가의 집은 그의 집에서 삼 마장쯤 떨어져서 저 아래 산모퉁이에 있었다.

그런 생각 저런 생각을 하면 의지가지없는 자기 신세가 개밥에 도토리 같기도 하고 많은 앞길이 캄캄하였다. 실낱같은 목숨이 어디서 어떻게 되는지 몰랐다. 고국이 그리웠다. 굶으나 먹으나 낯익은 고향에서 살고 싶었으나 그조차 뜻대로 되지 않았다. 아무것도 모르는 그는 고국이 어디 붙었는지 길이 어떻게 났는지 드러내 놓아도 못 찾아갈 것이다. 백두산 앞에는 자기를 낳아서 길러 준 조선이 있거니 생각할 뿐이다. 그것도,

"저게 백두산이오. 저 앞은 죄선朝鮮이오."

하고 죽은 남편이 집 뒤 산밭에서 김맬 때 가르쳐 준 기억이 남아 있는 까닭이었다. 그러나 고국으로 간다 한들 무슨 재미있으랴? 천애만리에 남편을 묻고 차마 발길이 돌아질까? 그는 오늘 저녁에 뒷산 밭에

서 김을 매다가 남편의 말을 생각하고 백두산 머리에 넘는 구름을 보면서 섧게 울었다. 그런데 유가가 뒤에 와서 허리를 안았다. 그는 등골에 배암이 오르는 듯이 몸서리를 치면서 몸을 뿌리쳤다. 유가는 좀처럼 놓지 않았다. 그때 마침 저편에서 인적이 있어서 유가는 슬쩍 가버렸다. 아까까지도 그놈의 그림자가 그의 눈앞에 어른거렸다.

이제 영좌 앞에 앉으니 그 모든 설움이 한꺼번에 치밀었다. 그는 목을 놓아 울었다. 영좌 앞에서 몸부림을 하면서 울었다. 연기가 팽팽 돌고 무딘 칼로 찍찍 찢는 듯하던 가슴과 목구멍이 시원히 풀리는 듯하며 뜨거운 눈물이 빠지는 족족 뜨거운 마음을 눅이는 것 같았다. 그리고 어둑한 영좌에서 부드러운 사내의 손이 나와서 슬그머니 안아 주는 것 같다. 모든 것은 한 공상. 남편은 적적한 숲속 흙에 묻히었거니 하는 생각이 가슴을 뜨끔거리게 하여 그저그저 울었다.

동산 위에 솟는 보름달은 건너편 마을에 흐르고 이편 마당까지 범하였다. 추근히 내리는 이슬에 후줄근한 풀과 곡식 대들은 물 같은 달빛 아래 싸늘히 빛났다. 철철철 순스럽게 나오는 울음 같기도 하고 꺽꿀렁 꽐꽐 목 메인 곡소리 같은 여울 소리와 애끈한 단소와 호적을 어울 타는[2] 듯한 벌레 소리는 의연히 우지짖는다. 달빛이 지붕에 흐르고 마당에 비추임을 따라서 방안은 다시 훤하여졌다.

몸부림을 치면서 통곡하던 그는 등 뒤에서 나는 소리에 깜짝 놀라 머리를 돌렸다 허연 그림자가 문을 우뚝히 막아섰다. 그는 가슴이 꿍 내려앉았다. 그것이 그의 눈에는 광대뼈만 불쑥한 유가로 보였음이었다. 그는 어쩔 줄 몰랐다.

"윗전(웬) 울음을 그리두 우는가?"

봉길의 할아버지는 문을 대하여 마당에 선 대로 하늘을 보았다. 그것이 봉길의 할아버지라는 생각이 들자 그의 긴장되었던 신경은 후루루 풀렸으나 가슴은 여전히 두군거리고 사지는 절맥된 것처럼 기운이 쪽 빠졌다.

"에구 클아매(할아버지)오, 흥."

그는 넋 없는 웃음을 웃었다. 사람은 몹시 놀란 끝에 의미 없는 듯도 하고 또는 자기의 약한 것을 비웃는 듯도 하게 혼 빠진 웃음을 잘 웃는다.

"허허 그리두 심례를 해서 되겠네!"

봉길의 할아버지는 위로를 하면서 지붕에 흐르는 달을 쳐다본다. 주름이 잡힌 늙은 낯에 흐르는 달빛은 너무도 싸늘히 보였다.

"에구 클아배(할아버지)! 휴……, 나는 어찌 살겠소?"

영좌에서 밥그릇을 상에 내려놓던 그는 찬 서리 아래의 외로운 갈대 같은 자기 신세를 한탄하였다.

"어찌 살아? 그래그래 사는 게지? 어서 설어 말게. 그래두 산 사람은 살아야 하지……."

영감은 허리가 아픈가? 마루에 올라서면서 허리를 툭툭 친다.

"에구 하누님도 무정두 한게! 내나 잡아가지 남의 삼대독자를 흑……."

그는 말끝을 흐리머리하면서 코를 들이마셨다. 또 설움이 북받쳤다. 그의 남편 형선이는 삼대독자이었다. 그는 남편이 병들어 누웠을 때 늘 기도를 올렸다.

"그저 산신님과 하누님은 굽어살피사 자식두 없는 우리 주인을―, 삼대독자신 우리 남편을 저를 대신 잡아가시더라도 우리 주인은 돕아(도와) 주시사 대쉬(代數)를 끊게 말아 주십사……."

하고 그는 새벽마다 진지를 지어가지고 뒷산에 가서 빌었다. 그러나 결국 자기는 죽기를 원하던 자기는 살고 바라고바라던 남편의 목숨은 끊쳤다. 남편을 구하려고 자기 목숨을 바쳐 가면서 원한 것은 그의 진정이었다.

"어쩌겠는가? 할 쉬 없지비……. 자네두 봤지만 내가 살겠네? ……내가 어떤 아들을 이 몹쓸 땅에 목구녕이 보듸청으로 그래두 살자구 이 몹쓸 따地에 왔다가 그 홍우적(마적)늠의 칼에 죽었으니……. 그러구두 이래 살아 있으니……."

집안에 들어앉아서 담배를 빨던 영감은 한숨을 휘 쉬면서 밖을 내다본다. 그의 눈에는 그때의 참혹한 광경이 떠오르는지 으스름 속에 으슥히 보이는 이맛살을 찌푸리면서 모든 것이 보이지 말아라 하는 듯이 눈을 감았다 떴다. 참말이지 재작년에 봉길의 아버지(영감의 아들)가 아편 농사를 짓다가 마적에게 칼 맞아 죽은 뒤로 그 영감의 머리는 더 세었다.

"에구 클아배 나는 그저 죽었으믄 싶으오! ……이런 팔재八字를 타고 어째 났던지 살고 싶은 맘은 조곰도 없소……."

그는 설거지를 다 하고 문앞에 앉아서 힘없이 말하면서 아랫배를 슬그머니 만졌다. 뱃속은 비지 않았다. 그것이 그의 목숨을 이어 왔다. 남편이 병중에 있을 때 기운 없이 슬쩍 지내간 것이 드디어 그의 뱃속에 새 생명을 박았다. 그가 이날 이때까지 목숨을 질질 끌고 온 것은 그 때문이었다. 죽은 남편의 한 점 혈육을 고이고이 길러서 남편의 대수를 끊지 말자는 것이 그의 일단 정성이었다. 그리고 유가에게 쪼들리면서도 멀리 도망질 못하는 것은 남편의 무덤 때문이었다. 죽으면 여기서 죽어서 남편의 옆에 묻혀야지 남편의 무덤을 외로이 버려두고는 갈 수 없었다.

"그게 그리 쉬운가? 죽는 게 쉽잖은 걸!"

영감의 소리는 달관한 철인의 훈계같이 울렸다. 한참은 고요하였다.

마당 앞 밭을 우수수 스쳐오는 바람은 집안에 수 불어 들었다.

"클아배 이저는 자기오!"

고요히 앉았던 그는 방에 앉은 영감을 보면서 열어 놓은 문들을 닫아 걸었다.

"응 자지…… . 으흠……, 응…… ."

영감도 문을 닫고 드러누웠다.

"클아배 문으 단단히 거오."

그는 방 사이에 있는 문을 닫고 입은 채로 구들에 드러누우면서 단속하였다.

"허허 우리네 집에 무슨 도둑놈이 오겠네!"

속도 모르는 영감은 허허 웃어 버렸다. 사방은 고요하였다 달은 . 어느새 하늘 복판에 올랐는지? 물같이 맑은 빛이 창문 아래 가를 범하기 시작하였다. 방안은 밝아 가는 새벽같이 환하였다. 앞뒤에서 또루룩 찔찔 쌕쌕 하는 이름 모를 벌레 소리와 앞개울의 여울 소리는 한껏 높이 들린다. 그는 진종일 괴로운 일과 시진한 울음 끝에 기운이 풀려서 드러누우면 잠이 올 것 같이 사지가 노곤하였는데 정작 눕고 보니 오라는 잠은 오지 않고 이 생각 저 생각에 두 눈은 말똥말똥하여졌다. 그는 눈을 감았다. 남편의 앓던 모양이 떠오르고 임종할 때 모양이 보였다.

"여보!"

베개를 의지하고 괴롭게 누웠던 남편은 목에 끓어오르는 담을 겨우 억제하면서 그를 부르더니 다시 흑흑 우는 그의 손을 잡으면서,

"여보 어째 우오? 우지 마오…… . 응…… ."

하고 억지로 괴롭게 웃어 보였다. 숨이 거진 끊기면서도 남편은 그에게,

"내가 죽거든 부디 본국으로 돌아가오! 내가 조곰도 원망을 안 할 것이니 다른 남편을 얻어서 부디부디 아들 딸 낳고 잘 사오……. 네? 응흐……응……나는 실루 당신께 못 할 짓을 너무도 했소! 이 호지 땅에 데리구 와서까지 고생을 시키구……. 휴……, 이담에 다시 환생하거든 만나서나……."

하고 꺾 숨이 끊쳤다. 이 모든 것이 눈앞에 떠오를 때 그는 팔을 내밀어서 남편을 꽉 안으면서 눈을 떴다. 그러나 두 팔에 안긴 것은 자기의 가슴이오, 눈에 보이는 것은 창문이었다. 과연 남편은 죽었는가? 마치 멀리 다니러 간 것도 같았다. 그러나 임종의 광경이 또 떠오르고 차디찬 흙속에 묻던 기억은 남편이 살았다는 것을 긍정치 않았다. 그는 돌아누우면서 모든 것을 안 보고 생각지 않으려고 눈을 꼭 감았다. 이제는 베개가 배기고 온몸에 번열이 탁 나면서 눈까풀이 천근처럼 무거워서 견딜 수 없었다.

그는 또 눈을 번쩍 떴다. 어느새 창문에는 달이 절반 넘어 비치었다. 레이스 끝 같은 처마 그림자에 구렁이처럼 달린 것은 새끼가 드리운 것인가? 바람 소리 나는 때마다 흔들거렸다. 바람이 스르르 스치어서 조와 기장 밭에서 곡식 이삭이 흔들린다. 그 이삭과 이삭이 머리를 치는 소리에는 아쉰 생각이 더 떠올랐다. 곡식은 익는다. 자연은 언제나 자연이다. 사람은 죽거나 설어하거나 자연은 조금도 주저치 않고 제 걸음을 걷는다. 남편과 같이 갈고 뿌린 씨가 어느새 자라서 익었다. 오오 남편은 어디로 갔는가? 저 익은 곡식은 나 혼자 먹는가? 생각하니 가슴이 뿌지지 하면서 눈물이 핑그르 돌았다. 그는 방울방울 흘러내려 베개를 뜨겁게 적시는 눈물을 씻으려고도 하지 않고 창문을 물끄러미 보았다 눈물 어린 눈에 비친 달창月窓은 우수 달 아래 호수 물같이 창망하여 가도 없고 끝도 없는 신비의 세계 같았다. 자기의 몸과 정신도 거기 싸여서 춥지도 덥지도 밝지도 어둡지도 않은 어떤 세계로 끝없이 끝없이 싸여드는 것 같았다.

거기는 아무것도 없었다. 슬픔도 기쁨도 괴로움도—, 모든 감각은 스러졌다. 꿈속 같았다. 두 눈에서 샘같이 쏟아지던 눈물이 그쳤다. 두 눈은 점점 말랐다. 그러나 그의 시각은 모든 것을 깨닫지 못하였다. 아까는 눈물에 어리어서도 희미하게나마 보이던 창문의 달빛이 지금은 보이지 않았다. 다만 무엇이—, 방망이만 한 검은 것이 꿈틀꿈틀하게 보일 뿐이었다. 그의 두 눈은 그 그림자를 점점 노렸다. 노리던 두 눈동자가 코鼻를 중심으로 모아들어서 모들 떠진 때에는 그 그림자가 수없이 많아지고 커지더니 그놈이 죽 퍼졌다가는 모아들고 모아들었다가는 퍼졌다. 그것이 꿈틀거리면서 위로 아래로 앞으로 뒤로 양 옆으로 퍼질 때면 징글징글하고 무시무시한 구렁이 같고 그것이 확 모여든 때면 험상한 얼굴이 돼 보였다.

이렇게 되자 한참 자기의 존재까지 잊었던 그의 의식은 점점 무엇을 의식케 되었다. 그의 눈은 한껏 커지고 입술은 경련적으로 씰룩하면서 낯빛이 푸르렀다. 불쑥한 광대뼈, 벌건 눈, 누—런 이빨……. 생각이 이에 미치자 그는,

“으응.”

부르르 떨면서 벌떡 일어섰다. 벌떡 일어선 그는 두 눈에 불이 번쩍하자 갑자기 천지가 아뜩하여 그 자리에 쓰러졌다.

“으흠……, 응…….”

그가 쓰러지는 소리를 잠결에 들었는지 방에서 자던 봉길의 할아버지는 골던 코를 뚝 그치고 기침을 하더니 다시 코를 드믄드믄 골았다. 한참 만에 정신을 차린 그는 쓰러진 채 사면을 돌아보았다. 창문에는 여전히 달빛이 흐르고 방안은 여전히 훤하였다. 모든 것은 착각

이었다. 그의 눈에 엇보인 것은 창문에 비친 처마 끝 새끼 그림자였다. 그는 그런 줄 몰랐다. 그는 그저 무서운 꿈을 깬 것 같았다. 새삼스럽게 무서운 생각이 들었다. 방안의 모든 그림자는 흉악한 눈 같고 입같이 느껴졌다. 그는 다시 잠을 들려고 눈을 감았다. 애쓰고 애써서 겨우 잠이 들락 말락 하였던 그는 무슨 소리에 소스라쳐 깨었다. 아무것도 보이지 않거니와 아무 소리도 들리지 않았다. 그는 공연히 울렁거리는 가슴을 억지로 진정하면서 누운 채 조심스럽게 또 한번 방안을 돌아보았다.

창에는 달빛이 아까보담 더 밝게 넘치었다. 이제는 처마 그림자도 스러졌다. 뚫어진 창구멍으로 굵게 흘러드는 달빛이 그가 누운 웃목 자리 앞에까지 떨어진 것을 보아서는 밤도 새벽이 가까웠다. 집안은 환하여 바늘귀라도 꿸 것 같다. 그밖에는 아무것도 보이지 않았다. 소리래야 여전한 벌레 소리와 여울 소리뿐이었다. 자주 불던 바람 소리도 지금은 들리지 않았다. 그는 그만 눈을 감았다가 그래도 하는 생각과 무시무시한 마음에 본능적으로 또 눈을 떠서 방안을 돌아보았다. 무서운 증세가 점점 고조되어서 숨도 크게 쉬고 싶지 않았다. 방에서 자는 봉길의 할아버지의 코고는 소리는 지금은 들리지 않았다. 초저녁에는 귀찮았던 코고는 소리가 지금 와서는 그리웠다. 그 소리나마 났으면 그래도 사람의 소리인지라 의지가 될 것 같은데, 그것조차 없으니 곁이 몹시 허성허성하고 또 그 영감이 죽지나 않았나 하는 얼토당토않은 마음까지 치밀었다. 그런 생각이 치미니 눈앞에 이마가 넓적하고 눈이 쑥 들어간 봉길 할아버지의 죽음이 보이는 것 같아서 더욱 무서웠다. 그의 신경은 극도로 긴장되었다. 어둑한 이 구석 저 구석에서 무서운 손과 눈이 움직이고 노리는 것도 같고 죽은 사람의 이야기, 도적놈의 이야기, 귀신 이야기, 도깨비 이야기 하여 기억 속에 남았던 모든 흉하고 무서운 이야기는 다 줄달음으로 떠올라서 참을 수 없었다. 알지 못할 큰 변이 닥치는 때에 사람의 영감은 미리 무서워지는 것이다.

"클아……."

하고 그는 윗방에서 자는 클아배(할아버지)를 부르다가 그만 뚝 끊쳤다. 곤히 자는 늙은이를 깨우기 미안한 까닭이었다. 이런 때 남편이 곁에 있었으면 얼마나 든든하며 또 천번 만번을 깨운들 무어라 하리? 남편이 살았을 때에는 뒷간까지 데려다 주던 일이 또렷하게 떠올랐다. 과부의 설움을 또 치밀었다.

"……."

무슨 이상한 소리에 그는 다시 귀를 기울였다. 암만 해도 어디 무에 있는 것 같다. 부시럭 하는 소리는 자취 소리 같기도 하고 바람 소리 같기도 한데 알 수 없다. 그러면 그것이 들린 둥 만 둥 하고 사라져 버렸는가? 그는 귀를 기울인 채 달빛이 너무도 시려서 찢어질 듯한 창문을 주의하여 보았다. 툭툭 하고 귀밑 동맥 치는 소리가 들리도록 고요하였다. 이윽해서였다―.

"부시럭."

하는 자취 소리와 같이 창에 꺼먼― 사람의 머리― 그림자가 얼른 붙었다 떨어졌다.

"옳다……."

가슴이 꿍 구르면서 사지의 피가 쭈루룩 끓어서 떡 엉키어 붙는 듯한 그의 머리에는 그것이 무엇이라는 느낌이 직각적으로 번쩍하였다.

"클아배! 봉길 너 클아배!(봉길 네 할아버지)!"

부르는 그의 소리는 부르르 떨렸다. 힘이 없었다. 혼 나간 소리였다.

"에구, 클아배!"

그는 땅에 스며들 듯이 쪼그리고 앉은 채 부들부들 떨었다.

"응으……, 웅……, 으흠……, 어째 그리네?"

선잠 깬 영감의 소리는 느릿하였다.

"무시기 밖에 왔는게오!"

"오기는 무시기 와? 어서 자세. 내 있는데 무시기 와? 으흠."

역시 영감은 느릿느릿 대답하고 나서 건가래를 뱃심 좋게 떼었다.

"아니오. 정말 무시기 왔소……."

그의 소리는 울 듯 울 듯 하였다.

"무시기 왔다구……. 엑……, 어서 자세."

영감은 귀찮은 듯이 웅얼거렸다. 그 소리에 그는 더 무어라 하지 못했다. 혼자 조바심을 하였다. 공중에 얼른한 솔개를 본 병아리인들 이에서 더하며 사자 앞에 놓인 강아지인들 이에서 더하랴? 사람이 방에서 잔대야 그도 쓸데없구나! 한참이나 혼자 애를 쓰는데 창문이 어둑해지면서 이번에는 사람의 전신 그림자가 턱 가리었다. 그는 문고리를 번쩍 잡아당긴다.

"홍 에구……, 클아배! 에구 저거."

울음 절반으로 고함을 치는 그의 눈—, 그림자가 어른거리는 창문을 보는 그의 눈은 벌써 반이나 뒤집히었다.

"무시기 어쨌다구 그러는가?"

하고 영감은 귀찮은 듯이 방 사이에 있는 문을 열었다. 이때 문 밖에서 어르대던 그림자는 문을 잡아채고 집안에 들어섰다. 그 바람에 문 걸쇠가 쩔렁 빠져서 내려졌다. 그것은 유가—, 지주 중국인이었다. 그의 직각은 맞았다.

"이에 웬놈……."

하고 일어서던 영감(봉길의 할아버지)의 머리는 번쩍하는 유가의 도끼에 두 조각이 났다.

“끅……, 으윽…….”

슬픈 소리를 지르면서 문턱에 쓰러지는 영감의 머리에서는 뜨거운 피가 콸콸 흘렀다. 그것을 본 그는 자기도 알 수 없는 힘에 지배되어 마당으로 뛰어나갔다 그러나 마루 아래 내려서기 전에 유가의 굳세인 손에 잡혔다. 유가는 부르르 떨면서 그의 허리를 끌어안았다.

“이놈아, 이 오랑캐야!”

그는 두려운 마음이 변하여 악이 되었다. 목구멍까지 악이 바싹 치밀어서 유가를 씹어 먹고 싶었다. 그러나 유가는 그의 허리를 안아서 방으로 들이끌었다.

“이놈아 죽여라! 오랑캐야!”

그는 들어가지 않으려고 땅에 펄썩 주저앉아서 흙마루를 발로 버티면서 악을 썼다. 유가는 그가 땅에 쓰러져서 몸부림하는 것을 보더니 벙긋하면서 그의 위에 몸을 실었다. 그에게 몸을 싣고 신고하던 유가는,

“아야……, 아…….”

하고 뼈가 저리도록 고함을 치면서 뛰어나갔다.

“응……, 이놈 오랑캐야……, 코 떨어진 게 그리 아푸냐? 아직도 멀었다! 너늠의 원수를 갚자면!”

그는 물어 뗀 유가의 코를 질근질근 씹었다. 코를 떼인 유가는 두 손으로 코를 움켜쥐고 고민하더니 휙 돌아서서 집안으로 들어갔다. 다시 나오는 그의 손에는 영감의 머리를 쪼개던 도끼가 들렸다. 유가의 손을 따라 내려지는 도끼는 그의 허리를 백였다.

“응윽……, 죽여라! 죽여라……, 오랑캐야! 내 죽는 것은 원통찮다마는 우리 남편의 혈육이 없어지는 게 원통쿠나! 에구 우리 주인(남편)을! 응윽 끅…….”

두 동강난 그는 마지막 부르짖고 숨이 끊겼다. 유가의 그림자는 사라졌다. 찬 땅에 흐르는 뜨거운 피는 싸늘한 달빛 속에 흰 김을 뿜으면서 엉키어 버렸다. 사면은 고요하였다. 아직도 새벽이 못 되었다. 서천에 기우는 달은 목 메인 여울 소리, 우지짖는 벌레 소리와 같이 외롭고 의지 없는 원통한 혼들을 조상하는 듯하였다. 그처럼 모든 소리와 빛은 처량하였다.

---

1) 이역원혼(異域冤魂) : 이국땅에서 원통하게 죽은 넋.
2) 어울 타다 : 같이 타다.

먼동이 틀 때

짧으나 짧은 여름밤을 빈대, 모기, 벼룩에게 쪼들려서 받아 주는 사람도 없는 화증과 비탄으로 앉아 새다시피 한 허준이는 가까스로 들었던 아침잠조차 앵앵거리고 모여드는 파리 떼로 흔들리고 말았다. 그러지 않아도 남의 집에서 자는 잠이니까 늦잠을 잘 수는 없는 일이지만, 화나는 양으로 말하면 그놈의 파리를 모조리 잡아서 모가지를 가위로 싹둑싹둑 잘라 버리고 싶었다. 그러나 그것도 생각하면 소용없는 짓이려니와 되지도 않을 일이니까 그는 하는 수 없이 찌긋찌긋한 몸을 뒤틀면서 일어나 앉았다. 벌겋게 충혈된 눈을 비비면서 창문 밖을 내다보니 아침 햇볕은 벌써 마당에 쫙 퍼졌다. 그는 뒤가 다 나간 양말을 집어신고 일어서서 허리끈을 바로 매었다. 고의적삼에서 흐르는 땀 냄새도 양말의 고린내에서 못 지지 않았다.

'이렇게 괴로운 줄 알았으면 회관에서 잘 것을…….'

그는 잠 못 잔 것을 은근히 분개하면서 수세미가 다 된 두루막을 떼어 입고 밖에 나섰다.

"와 세수도 하지 않고 어디 가노?"

저편에서 세수하던 뚱뚱한 사람이 비누를 허옇게 바른 얼굴을 이편으로 돌렸다. 그는 밀양 사람인데 작년 겨울부터 이 집에 주인을 잡고 있다. 첫 두 달 밥값밖에는 갚지 못해서 주인에게 축출을 당했으면서도 여태 버티고 붙어 있는 사람이다.

"가봐야지……. 자네 회관에 올 테지?"

허준이는 걸음을 멈추었다.

"와 그렇게 가노? 아침 묵고 가자구……, 들까……."

그 사람은 얼굴의 비누를 씻으면서 말하였다.

"참 뱃속 편한 사람일세! ……자네나 쫓기지 말고 얻어먹게……, 허허."

"누가 떼먹나……, 돈 생기면 다 갚을 걸……, 흐흐."

"허허."

이렇게 서로 어이없는 웃음을 웃다가 허준이는 대문 밖에 나섰다. 밤비가 지난 뒤의 아침볕은 맑고 서늘하였다. 맞받아 보이는 집 뜰에 하늘을 찌를 듯이 솟아 있는 포플라 잎새는 아침볕에 유들유들 기름기가 흐른다. 어디선지 지절대는 참새의 소리가 상쾌하게 들렸다. 그는 엉터리로 유명한 밀양 친구를 다시 생각하고 혼자 벙긋하면서 밤비에 질척한 계산 학교 뒤 언덕에 올라섰다. 그의 눈 아래에는 서울의 전경이 벌어졌다. 서울에 흐르는 아침빛은 연기에 흐려서 빛을 잃었다. 그는 어린 학생들이 뛰고 지껄이는 계산학교 마당가로 지나 계동 골목으로 떨어졌다. 재동 네거리를 지나다가 이발소 시계를 들여다보니 벌써 아홉시 오 분 전이다.

"남과 약속해 놓고……."

그는 이렇게 혼자 뇌이고 거기 다녀갈까 하고 망설이다가 회관에 가서 세수나 하고 가리라고 걸음을 분주히 걸었다. 안동 네거리를 지나 중동 학교 앞으로 빠져서 청진동에 있는 회관 앞에 이르렀다. 대문 안에 발을 들여놓으려는데 밖으로 나오는 사람이 있다. 그는 발을 멈칫하면서 그 사람을 쳐다보았다. 아사쯔미에리에 캡을 쓰고 윗수염을 싹 자른 그 사람의 빨리 돌아가는 시선이 그의 온몸을 배암처럼 스치자 그의 가슴은 뭉클하였다. 그의 바로 뒤에는 허준이와 같은 회 회원인 최라는 얽은 친구가 따라오고 최의 뒤에는 또 형사가 하나 따라섰다.

그의 가슴은 뭉클한 정도를 지나서 떨렸다. 그런 것은 매일 보다시피 하는 것이지만 어쩐지 보는 때마다 불유쾌하고 기연가 미연가 하는 생각에 가슴이 죄였다. 골목으로 나가면서 두어 번이나 흘끗흘끗 돌아다보는 그 날카로운 시선은 무슨 위험하고도 크나큰 수수께끼를 던져 주는 것 같았다. 그는 그래도 태연한 낯빛을 지으면서 천천히 대문 안에 들어섰다.

큰 대문 안에 들어선 허준이는 어중이떠중이 삭일세로 들어서 오글오글 끓던 사랑채 앞을 지나 중문 안에 들어섰다. 벌써부터 더위를 몰아치는 볕발은 백여 평이나 되는 넓은 마당을 끼고 네 겹 축대 위에 높이 앉은 회관 지붕 위에 이글이글 흐른다. 이 집은 서울서도 이름이 있는 팔대가八大家인가 사대가四大家에 끼는 집이다. 지금으로부터 백여 년 전에 어떤 대감댁으로 지은 집인데 흐르는 세월과 같이 이 집의 주인도 여러 번 변하였다. 한때는 서슬이 시퍼런 지벌의 주인이 오락가락하였고, 한때는 광채가 찬란한 황금의 주인이 들락날락하였다. 이렇던 이 집에 상부회相扶會의 간판이 붙게 되고 십삼도의 젊은이들이 드나들게 된 것은 사 년 전 가을부터이다. 그 뒤로 이 집은 일반의 공유가 되다시피 일반의 출입이 자유로웠다.

중문 안에 들어선 허준이는 마루로 올라가면서,

"최가 어떻게 된 일이어?"

하고 마루 아래서 세수하는 이마 넓적한 사람더러 물어 보았다. 그 사람은 코를 킹킹 푸노라고 미처 대답을 못하는데 대청마루 의자에 앉은 가냘픈 사람이,

"몰라, 지금 들어오더니 좀 가자고 하는데 별일 없을 거야."

하면서 허준이를 본다.

"별일은 무슨 별일. 나도 일전에 영문도 모르고 이틀이나 눈이 멀게 갇혔다 나왔지⋯⋯, 하하⋯⋯."

늦잠으로 유명한 뚱뚱보는, 그는 누구에게라고 지목 없이 물으면서 두루막을 벗고 세수를 하였다.

"가긴 어디를 가? 아직도 오지들 않았어⋯⋯."

허준이가 낮에 물을 끼얹는데 어떤 친구인지 외인다. 이 집 방에는 어울리지 않을 만큼 너무 작은 팔각 종은 열점을 땅땅 친 지 이슥하였다. 대청마루에 기어든 볕발은 눈이 부실 지경이다. 모두 볕을 피하여 그늘로 들어앉았다. 어떤 이는 벌써부터 땀을 흘리고 있다. 회원들 그림자는 차츰 많아졌다. 회관은 끓기 시작하였다. 한쪽에서는 이론 투쟁이 벌어지고, 한쪽에서는 성강연性講演이 벌어졌다. 양키라는 별명을 듣는 키 크고 눈알이 노란 사람은 마룻바닥을 텅텅 울리면서 댄스를 하고 있고, 배지라고 온 몸뚱이에 배만 보이다시피 된 사람과 늦잠장이는 볕발이 쨍쨍한 마당에서 볼을 던지고 있다. 이렇게 각인각양으로 떠들면서도 거개 아침 먹을 걱정을 한 마디씩은 하고 있다.

약속한 사람을 찾아가려고 대청마루 한 귀퉁이에서 구겨진 두루막을 입는 허준이도 아침 걱정을 안 할 수 없었다. 가슴과 배가 수축이 되고 등이 휘이는 듯하였다. 호주머니 속에 든 돈(철전)이 있으니 호떡 하나는 염려 없지만, 호떡도 한 끼나 두 끼지 벌써 사흘이나 쌀 구경을 못 하니까 창자가 뽑히고 사지가 제각각 노는 듯이 허전거려서 견딜 수 없었다. 그는 그 생활을 새삼스럽게 탄식하지 않을 수 없었다. 그는 갑자기 침울하여졌다. 두 어깨가 처지는 것 같으면서 가슴에 검은 안개가 스스로 돌기 시작하였다. 사람은 어디서든지 자기를 잊어버리지 않는다. 그것은 자기로서도 똑똑히 의식하지 못하는 의식이다. 자기가 슬프면 모든 것이 슬퍼 보이는 것이요 자기가 기쁘면은 세상이 기쁜 것이다. 허준이도 이러한 감정에서 벗어날 수 없었다.

그의 눈에 비치는 모든 것은 그의 뱃속같이 허전허전하고 그의 가슴속 같이 갑갑하였다. 육간대청은 갑갑한 지하실이나 아닌가. 눈부시던 볕발도 흐릿한 석양빛 같다. 거기서 떠들고 뛰는 사람들까지 활기를 잃어 보인다. 모두 삼십 미만의 청춘들이면서 필 대로 못 피고 혈색없는 낯 반대기를 보이고 있다. 허준이 자신도 그 무리의 한 사람이다. 그는 거울을 대한 듯이 자기 그림자를 보았다. 두 뺨이 빠지고 광대뼈가 좀 드러나서 우뚝하고 두툼한 입술이 유난스럽게 드러나고 개기름이 번지르한 이마 아래 쑥 들어간 두 눈의 힘없는 동작이 너무나 똑똑히 떠올랐다. 그는 입술을 깨물고 옆에 놓인 책상에 기대였던 팔에 힘을 주면서 궁상에 싸인 그 그림자를 노렸다. 그의 얼굴의 근육은 긴장된 경련을 일으킨다.

"엑, 버러지만 못한 목숨이 흠─."

그는 의자에 다시 주저앉으면서 비탄에 가까운 말로써 뇌였다. 무엇이나 손에 잡히는 대로 잡아서 눈에 보이는 대로 깡그리 부수고 싶었다.

"허, 여기서도 비통 철학悲痛哲學이 발작하는데─. 웬일일까? 이 사람! 갑자기……, 허허허."

옆에서 신문을 보던 친구가 허준이를 보고 커단 입을 벌렸다.

"자식 또 떠벌인다……. 담배나 있으면 하나 주게."

허준이도 웃으면서 그 사람 앞에 손을 내밀었다.

"담배는 주리마는 너무 그러지 말게……."

하고 그 사람은 호주머니에 손을 넣으면서,

"으흠……, 네가 그렇게 걱정하는 때마다 이 아비의 마음은 봄눈 슬듯하는구나……, 하하하."

하고 커단 입이 더욱 크게 벌어졌다.

"이놈 버릇없이……. 흐흥."

허준이도 담배를 받으면서 점잔을 빼다 말고 웃었다. 좀 경쾌한 기분에 뜬 그는 담배를 붙여 물고 마당에 내려서니까 쏜살같이 오는 볼을 받던 늦잠장이가,

"자네 어디 가나? 밥 먹을 데 있으면 나두 가제."

하고 허준이를 쳐다본다.

"밥? ……흥……, 참 밥 같은 소리 말게……."

그는 코웃음을 치면서 중문 밖으로 나왔다. 그러나 정색으로 따라서려는 그 친구의 얼굴이 눈앞에서 얼른 스러지지 않아서 가슴이 스르르 하였다. 정작 대문 밖에 나서니 발끝이 무거워지는 것 같았다. 그는 그 자리에 서서 '호떡집에 다녀서가?' 하고 망설이다가 그냥 발을 떼놓으면서 '일요일이니까 늦어도 괜찮겠지만 그래도 약속한 시간이 있으니……' 하고 청진동 큰길로 올라왔다. 등골을 지지는 햇발은 그의 기운을 더욱 흐뭇이 하였다.

왼편 길가에 있는 설렁탕집에서 흘러나오는 누릿한 곰국 냄새가 그의 비위를 몹시 흔들었다. 그는 입안에 서리는 군침을 다시금 삼키면서 안동 네거리로 나와서 회동 골목으로 접어들었다. 걸음걸음이 그의 기분은 더욱 무거워졌다.

"그만두어……."

그는 입속으로 이렇게 여러 번 외면서도 터벅터벅 걸어 올라갔다 이런 것 저런 것을 생각하면 그만 뿌리쳐 버리는 것이 자기 자존심을 위해서도 유쾌한 편이나 밥이라는 문제를 생각하면 꿀리지 않을 수 없었다. 그리고 그 친구의 호의를 저버린다는 것도 어쩐지 마음에 꺼림직하였다. "별 걱정을 다 하오! 남의 걱정까지 언제 하고 있을 새가 있

소……. 내가 굶고야 남 죽는 것을 생각할 여지가 있어야지……" 하던 어제 저녁 그 친구의 말이 다시 생각났다.

"남은 죽거나 살거나 나만 편할 도리를 채려야 할까?"

그는 가슴속에서 몇 천 번이나 되풀이한 의문을 또 번복하여 보았다. 그러나 여전히 그 해답은 나서지 않고 그의 걱정을 비웃는 듯이 건너다보던 그 사람의 좀 경망스럽게 보이는 가느다란 눈이 머릿속에 때룩때룩 떠올랐다. 그는 몹시 불유쾌하였다. 그는 그 사람의 가느다란 눈이며 점잔빼는 태도가 항상 불유쾌하였다. 어떤 때는 자기의 존재가 무시나 되는 듯한 모욕까지 느끼지 않을 수 없었다. 그의 조촐한 꼴이 그 사람의 부인의 눈에 띄는 것은 더욱 불쾌하였다. 그는 그 사람을 찾아보고 나오는 때마다, '다시는 오지 말어야ㅡ. 그것 아니면 산 입에 거미줄 슬라구.' 하고 몇 번 맹서하면서도 이렇게 찾아가게 된다. 그의 절박한 생활과 그리고 어디라 없이 흐르는 그 사람의 친절한 맛이 그의 발을 무겁게나마 끌고야 말았다.

그 사람이라는 것은 물산 회사의 주임으로 있는 김관호인데 허준이와 같은 고향 사람이다. 그 두 사람은 어려서 소학교에를 같이 다녔고 같은 장난 친구로 정답게 지내었었다. 김은 고향서 착실하다고 귀염 받던 사람이다. 그가 소학교를 마치고 서울 와서 선린 상업에 입학하였던 것까지는 허준의 기억에 있으나, 그 뒤 팔 년간의 소식은 알지 못하였다. 그 동안에 허준이는 이리저리 떠돌아다니느라고 그가 몸을 던진 그 일 이외의 친구 소식은 들을 길도 없었거니와 들으려고도 하지 않았고 또 자기 소식을 전하려고도 하지 않았다. 이렇게 지내는 동안에 옛날 친구들의 기억은 점점 스러져서 어떤 이는 이름조차 잊어버렸다. 어쩌다 한 번씩 옛날 친구들의 그림자가 눈앞에 언뜻거리지 않는 바는 아니었으나 그것은 순간순간으로 그의 마음을 죄이도록까지 게

속은 되지 않았다.

그러다가 지난봄에 경성 역에서 김을 만났다. 부실부실 내리던 비가 겨우 개인 봄바람이었다. 허준이는 동경서 떠나오는 어떤 동무를 맞으려고 여러 동무와 같이 경성 역으로 나갔다. 유난히 빛나는 전기불 아래서 들레는 사람들 틈을 이리저리 저어 나가는데 눈에 힐끗 뜨이는 얼굴이 있었다. 얄팡얄팡한 뺨과 잔털이 나불거리던 이마만은 옛날의 면목이 스러졌으나 우선우선하는 가느다란 눈이며 날씬한 입술이며 가냘픈 몸은 의심 없는 김관호였다. 허준이는 입술을 움직이다가 나오는 소리를 침으로 막아 삼키면서 그대로 지나가려고 하였다. 반가운 품으로 말하면 "이게 웬일요?" 하면서 그 사람의 손을 잡고 싶었으나 말쑥한 양복에 중절모자를 신사답게 사뿐히 쓴 그 사람에게 몸에 어울리지도 않는ㅡ, 그거나마 어깨가 찢어지고 궁둥이가 드러나게 된 양복에 싸인 자기 그림자를 보인다는 것은 도리어 웃음만 살 것 같았다. 그는 자기의 약점이 폭로나 되는 듯이 은연중 몸을 송그리면서 돌아서 나가려는데,

"이게 누구요!"

하는 익은 목소리가 분명히 고막을 울리자마자 그 신사의 부드러운 손은 허준의 팔에 와 닿았다. 반가움에 흔들리는 소리와 같이 정다운 손이 와 닿을 때 허준의 가슴은 감격에 떨렸다.

"아, 관호 씨!"

하고 서로 잡은 두 사람의 손은 한참이나 풀리지 않았다. 허준이는 반가우면서도 그 사람의 눈이 조촐한 자기 몸을 슬쩍 훑는 것이 그리 유쾌한 일은 아니었다. 두 사람은 잠깐 이야기를 하다가 오늘은 피차에 볼 일이 있으니 일후에 만나자는 약속을 하고 갈라섰다. 그 사람은 돌아서다가 다시 돌아보면서,

"밤에는 언제든지 집에 있으니 꼭 오셔요. 회사에 전화를 걸고 오시는 것도 좋으니 꼭 오시오."

하고 회사의 전화번호가 적힌 명함까지 끄집어내 주면서 신신 부탁을 하였다. 허준이는 그 사람의 고정이 반가우면서도 그 사람의 눈에서 벗어나는 것이 어쩐지 자유로운 듯하였다.

허준이는 그 뒤에 김관호를 찾지 않았다. 처음 만나던 그때의 생각에는 그 이튿날 전화라도 걸까 하였으나 하룻밤을 자고 나니 그 생각은 엷어져 버렸다. 땟국이 꾀죄죄 흐르는 의관에 궁상이 그득한 낯 반대기를 빛나는 그 사람의 차림차림과 비기는 것이 어쩐지 재미가 없었다. 더구나 돈냥이나 만지고 밥술이나 편히 먹는 사람들 속의 한 사람일 김이 자기를 마음으로 대하여 줄 리는 없을 것이다. 명함을 주고 두세 번 오라고 하는 것은 사교에 익은 사람들의 행투일 것이다. 만일 자기의 정체를 알고 보면 김은 더욱 싫어할 것이다. 이렇게 생각하니 김과 자기와는 천척 장벽을 가운데 놓은 듯이 느껴졌다. 그러다가도 간혹 '그럴 리야 있을라구…… 그 사람의 태도와 표정이 진심 같은데…….' 하고 한번 찾아볼까 하는 생각도 없지 않았으나 기분은 그렇게 돌아서지 않고 멀어만 지는 것 같았다. '김을 찾아서 군졸한 것이나 면하도록 해볼까.' 어떤 때에는 이런 생각까지 떠올랐으나 그는 곧 자기의 어이없고 더러운 생각을 혼자 웃으면서 꾸짖어 버렸다. 그렇게 그렁저렁 한 달은 지나갔다.

어떤 흐릿한 날이었다. 그날 허준이는 후줄근한 옥양목 두루막을 입고 종로를 향하고 수표교 다리를 건너는데 저편으로 오는 가냘픈 신사가 있었다. 그는 그가 김인 것을 알았다. 그의 기분은 빚장이와 마주치는 듯이 흔들렸으나 어느새 맞다들게 되어서 피할 수도 없고 외면도 못 하게 되었다.

‘나도 못생긴 놈이야! 만나면 어때…… 이 꼴이 뭐 어때……’

그는 속으로 혼자 푸닥거리를 놓으면서 용기를 내었으나 역시 기분은 돌아서지 않았다.

“오래간만이올시다. 어디로 가시오.”

그는 조금도 어색한 태도를 보이지 않으려고 모자를 먼저 벗으면서 빙긋이 웃었으나 그것이 도리어 어색함을 느끼지 않을 수 없었다.

“참 오래간만인데요. 그런데 왜 한번도 오시지 않아요? 퍽 기다렸는데…… 주소가 어데지?” 하다가 그 사람은 다시 낯빛을 고치면서,

“그 뒤 주인은 어디로 정하셨어요? 나는 주인을 알아야 찾아나 가지요.”

그 사람은 대단 갑갑했다는 어조이었다. 그러나 그 어조는 퍽 다정스러웠다. 허준이는 대답에 궁하였다. 찾아 안 간 핑계는 무어라고 하며 주인은 어디라고 해야 좋을는지 망설이다가,

“그새 시골 갔다가 그저께 왔어요…… 주인은……, 저……, 하숙집은 아니고 어떤 친구 집에 있는데 낮에는 늘 청진동 상조회에 있습니다.” 하고 어물어물하면서도 확실한 하숙도 없이 다니는 것을 남에게 알리는 것이 퍽 부끄러웠다.

“네…… 오……, 저……. 이 윤 변호사 옆집 말이지요.”

상조회라는 말에 그 친구는 벌써 모든 것을 알아차리는 듯이 대답하더니,

“그래 지금 어디 가시우. 별일 없으시우?”
하고 허준이를 들여다본다.

“황금정에 댕겨가는 길입니다. 별일이 무슨 별일이 있겠어요.”

허준이는 심기가 좀 퍼진 웃음을 지었다.

“바쁘시지 않으시면 우리 한잔 합시다. 오래간만이니 그 어간 이야기

도 듣고 싶고……."

그 사람은 '어서 승락하고 나를 따라오시오.' 하는 눈으로 허준이를 보면서 도로 돌쳐서려고 한다.

"바쁘기야 바쁘진……, 않습니다마는……."

허준이는 뒤끝을 흐리머리 하여 버렸다. 그의 발은 무거우면서도 떨어졌다. 자기를 불쌍하게 보는 듯한 것이 고마운 듯하면서도 불유쾌하고 그렇게 따라가 먹는다는 것이 쑥스럽기도 하였다. 그러나 그처럼 하는데 거절하기도 안 되었고 먹는다는 힘에 끌리지 않을 수도 없었다. 왼 종일 점심은 둘째로 아침도 변변히 못 먹은 창자에서는 쪼르륵 꿀꿀 소리가 그치지 않았다.

"자 어서 갑시다. 볼일이 별로 없으신 담에야……. 오래간만에 이야기나 좀 합시다."

그 사람은 허준의 주저거리는 뜻을 벌써 알아차린 듯이 더욱 친절하게 끌었다. 두 사람은 종로로 나왔다. 흐릿한 일기는 석양이 되면서 더욱 흐릿하여서 모든 것은 어둑한 황혼 속에 잠긴 것 같았다. 철수로는 늦은 봄이나 아직도 일기는 산산한데 날이 흐리고 석양 바람이 일어나니 이른 봄처럼 쌀쌀하였다. 두 사람은 불어오는 바람에 몰려오는 먼지를 피하여 머리를 놀리면서 종로 큰길을 건너섰다. 큰길을 건너서서 몇 집 지나다가 어느 조그마한 중국 요리점으로 들어갔다. 검은 문장을 늘인 저편으로 흘러나오는 기름 냄새와 무엇을 지지는지 찌르륵찌르르 하는 소리는 허준의 비위를 슬근이 건드렸다. 두 사람은 깊숙하고 조용한 온돌방으로 인도되었다.

"우리가 못 만난 지 퍽 오래지요?"

식탁을 가운데 놓고 마주앉아서 담배를 피우는 두 사람 사이에는 이야기가 벌어졌다.

“퍽 되지요……”

하고 허준이는 손가락을 꼽더니,

“팔 년인데……, 관호 씨가 선린善隣에 입학하신 뒤부터이니까……”

하고 담배를 빨았다. 그의 어조라거나 태도는 김처럼 마음을 턱 놓은 것 같지 못하고 조심조심히 저편의 눈치만 살피는 듯이—어찌 보면 저편의 기분에 압박을 느끼는 듯이 어색한 것이 많이 보이는 것을 그 스스로도 느끼고야 말았다. 그것을 느끼고 몸가짐을 평범히 하려고 할수록 더욱 부자연하여 가는 것 같았다.

“참 그렇군……. 그때만 해두 지금보다는 철없는 때외다.”

하고 빙그레 웃으며 담배 끝에서 솟는 파란 연기를 보는 관호의 가느다란 눈은 옛날의 그림자를 보는 듯하였다.

“그런데 그새 어디 계셨소? 그 해 하기 방학에 내려가니까 그때 댁에서 들은 어디인지 이사를 하셨더군요!”

그는 다시 허준에게 시선을 주었다. 허준의 아버지는 고향에서 객주를 하다가 남의 돈냥이나 지게 되고 견딜 수 없이 되었다. 그때 어떤 항구에서 물산 객주를 크게 하는 사람이 있었는데 그는 허준의 아버지와 일찍부터 거래 관계로 정분이 두터웠다. 허준의 아버지는 그 사람의 도움으로 그 해(김관호가 선린 상업학교에 입학하던 해) 늦은 봄에 그 항구로 식솔을 데리고 가서 어떤 해산업자海産業者의 일을 보아 주고 허준이는 물산 객주에서 상심부름을 하였다. 그렇게 이사한 이듬해에 그의 어머니가 세상을 떠나게 되어서 가정을 헤치고 말았다. 그러자 이어 해산업하던 사람이 어찌어찌 파산의 비문에 빠지게 되니까 그의 아버지까지 그 물산 객주에 목을 매게 되었다. 부자가 다 같이 한 사람의 심부름을 하게 되니까 서로 보기가 안 된 일이 한두 가지가 아니었다. 아버지를 생각하는 자식의 정이나 자식을 생각하는 아버지의 정이나 틀릴 것이 없었다. 서로 쳐다보고 내려다보면서 시선과 시선으로 괴로운 처지를 위로도 하고 호소도 한 적이 한두 번이 아니었다. 그렇게 지내다가 이사한 지 삼 년 되던 해 허준이는 일본으로 건너갔다.

"네 생각대로 해라마는 부디 몸조심해라."

하고 그 아버지는 목메인 소리로 자식에게 부탁하면서 자식의 뜻을 꺾지 않았다. 그는 일본으로 건너가자마자 마침 어떤 탄광으로 가게 되었다.

"그 뒤로는 이렇게 정처없이 떠돌아다녔어요……. 그러다가 작년 여름에 서울로 왔어요."

하고 간단히 설명하면서도 사상 단체에 들어서 사상운동을 하는 이야기는 하지 않았다. 그것은 그 사람과 이야기하는 것은 부질없는 일같이 생각될 뿐더러 무슨 자랑이나 하는 것 같기도 하여서 그 이야기만은 피한 것이었다.

"그러면 춘부 어른께서는 지금도 그 객주에 계시겠지요?"

김은 초장을 접시에 따르면서 말하였다.

"네, 지금도 거기 계셔요."

"인제는 퍽 늙으셨겠네……."

하얀 손에 잡았던 장 그릇을 놓고 허준이를 건너다보다가 다시 창문을 내다보는 김의 눈은 백발이 성성한 어떤 늙은이의 그림자를 연상하는 듯하였다.

"늙으시구 말구……. 지금 육십이 가까우신데 고생까지 닥치나……."

하고 담배를 빨아 연기를 내뿜는 허준의 눈앞에는 아버지의 그림자가 스르르 지나갔다. 이때 술과 안주가 들어왔다. 허준의 비위를 흔드는 중국 요리의 걸쭉한 냄새와 억센 술 향내는 방안에 쓰르르 퍼졌다. 하얀 술이 찰찰 넘는 술잔은 저 손에서 이 손으로 이 손에서 저 손으로 건너게 되고 따라서 안주 접시도 젓가락의 침입을 받게 되었다. 따끈한 술이 두 사람의 창자를 축이면서부터 두 사람 사이에 흐르는 좀 서먹서먹한 기분은 스러지기 시작하였다. 서로 옛날이 그리워지고 옛날의 정분으로 돌아가지는 것 같았다. 서로 지금의 지나가는 형편 이야기도 하고 또 어려서 소학교 다닐 때 서로 싸우고 벌 받고는 그날 오후에 낚시질을 같이 갔던 이야기까지 하였다.

"그러나 생활이 그렇게 곤궁하시구셔야……."

하고 좀 머뭇거리던 김은,

"무슨 일이 되시겠소……. 하시는 운동이야 누가 비난을 하겠습니까……. 마땅한 일이지요마는 의식 문제에 쪼들리게 되면 언제 다른 생각을 할 여유가 있어야지요."

하면서 술잔을 들었다. 허준이도 따라서 술잔을 들면서,

"참말 그래요……. 하지만 무어 어떡하는 수가 있습니까? 그래도 목숨이 붙어 있는 날까지 애쓰고 애쓰노라면……, 허허허……."

허준이는 자기의 정색한 어조가 흐느러진 주석의 기분에 어울리지 않는 것을 느꼈던지 웃어 버렸다.

"어떻게 의식……, 넉넉지는 못하더라도 다소 의식 걱정은 없으셔야 하실 텐데……."

하고 김은 매우 걱정되는 듯한 표정을 지었다. 허준에게는 그것이 쓸데없는 걱정 같았다. 이날 이때까지 의식 문제의 해결을 연구하고 연구한 결과 지금의 환경 속에서는 도저히 될 수 없다는 것을 느낀 허준의 생각에는 김의 걱정이 헛된 걱정으로 느껴지지 않을 수 없었다.

"그게 어디 그렇게 쉽게 됩니까."

하고 허준이는 지나가는 말처럼 뇌어 버렸다.

"어디나 취직하실……. 물론 허준 씨의 운동에 거리낌 없을 만한 직

업이 있으면 혹 붙잡을 의향이 없으신지?"

김은 취중에도 저편의 의사를 상치나 않을까 하는 조심스런 어조로 물으면서 술에 흐린 눈으로 허준의 안색을 살폈다.

"글쎄요 어디 그런 자리가 있어야지……."

허준이는 혈관에 흐르는 술기운을 겨우 지탱하면서 흐리머리하게 대답하였다.

"가만 계셔요……. 어디 봅시다."

하면서 김은 뽀이를 불러서 요리 값을 치러 주었다. 조그마한 돈지갑에서 십 환짜리가 나오는 것이 허준의 마음을 흔들었다. 그 한 장이면 자기네는 한 달이나 살아갈 것이다. 배곯던 동무들을 뒤두고 혼자 잘 먹은 것이 미안도 하고 술을 주지 말고 돈으로 주었으면 얼마나 좋으랴 하는 생각도 일어났다. 이때 반짝하고 전등이 켜졌다. 허준이는 옆에 놓았던 모자를 집어쓰고 일어나려는데,

"여보, 형! 이렇게 드리는 것은 실례지마는……."

하면서 김은 십 환 지폐 한 장을 허준에게 건넨다.

"천만에……. 이건 너무나 미안합니다."

허준이는 그것 받기를 주저하였다. 욕심대로 말하면 더도 말할 것도 없지만 그 돈 십 환이 자기를 구속하고 자기를 불쌍히 보는 듯이 불쾌하기도 하였다.

"약소합니다마는 구급이나 하십시요. 차차 피도록 되시겠지요. 조금도 상심치 마세요."

하는 김의 취한 어조는 정답게 떨렸다.

"너무나 미안합니다. 참 잘 쓰겠습니다."

허준이는 여러 번 사양하다가 받았다. 그의 가슴은 김의 우정에 대한 감격과 자기의 처지에 대한 설움에 울렁거렸다. 돈의 구속을 모르

는 듯이 느껴지는 김이 어쩐지 자기보다 빛나 보이는 듯하였다. 자기의
존재는 너무도 미천한 것 같았다. 고르지 못한 모든 것이 새삼스럽게
원망스러웠다. 그는 이양의 흥분을 느끼면서 일어났다.

"내일은 내가 인천 다녀와야 하겠습니다. 모레 오후에 만납시다. 이
번은 꼭 오셔요. 저녁이나 같이 잡수면서 직업 이야기도 하고……."

안동 네거리에서 갈릴 때 김은 말하였다. 허준이는,

"네, 가지요……. 자 또 뵈옵겠습니다."

하고 청진동 편으로 취한 다리를 옮겨 놓았다. 그의 취한 생각은 오락
가락하였다. 스스로 우러나오는 계급 감정으로 김의 생활에 일종의 반
감도 일어나거니와 부러운 생각도 스르르 머리를 들었다. 소학교 시절
의 성적은 김보다 자기가 나았던 것이다. 자기도 파산의 비운에만 빠지
지 않고 김처럼 전문학교까지 마쳤더면 지금은 상당한 자리에서 상당
한 생활을 하였을 것이다. 이런 생각이 그의 머리를 흔드는 때 그의 눈
앞에는 어떤 중류 가정의 생활이 희미하게 떠올랐다.

"허허 미친놈이로군."

하고 그는 그 얼없는 생각을 웃어 버리려고 하였었다. 그런 생각이나
마 하는 것은 여러 동무를 배반하는 것같이 부끄러웠다. 자기 홀로 편
안한 생활을 하려는 것은 무슨 죄악같이 느껴졌다. 친하던 모든 친구
들을 차버리고 홀로 배나 부르면 무슨 소용이 있으랴? 자기 손에 돈만
들어온다면 처지를 같이한 천하 사람들과 나누고 싶었다. 여러 가지
생각에 골몰한 그의 발은

기계적으로 회관 문 앞까지 이르렀다. 그는 대문 안에 발을 들여놓
으려다가 호주머니 속에 있는 십 환짜리를 다시 만져 보았다. 그것은
여러 사람에게 들키는 날이면 그 자리에서 없어질 것이다. 그는 아까
운 생각이 스르르 들었다.

‘어떤 밥집에 맡겨 두고 혼자 다녀……’

하고 다시 돌아서려 하였으나 발이 떨어지지 않았다. 어깨가 축 처지고 낯빛이 해쓱한 동무들이 눈앞에서 알찐거렸다.

‘내 손에 돈만 들어와 봐라. 구차한 사람을 다 주지.’

하고 아까까지도 뇌이든 자기의 생각이 다시 떠올랐다. 그는 스스로 부끄러움을 금할 수 없었다. 여러 해 쪼들린 생활에 인색하여지는 자기의 마음이 미웁고도 슬펐다.

“여러분, 우리가 한 끼 굶더라도 이 돈은 박군의 여비로 씁시다. 박군을 돌려보내야 하겠으니 말이에요.”

허준이가 집어내 놓은 십 환짜리를 여러 동무가 서로 빼앗아 가면서 좋아라고 뛰는 때에 간부의 한 사람인 키가 자그마하고 얼굴이 비쩍 마른 사람이 썩 나서면서 말하였다. 그 말 한 마디에 방안은 물을 끼얹은 듯이 조용하였다. 빛나던 얼굴들은 모두 스르르 흐리는 듯하면서 일종의 긴장한 빛을 띠었다.

“그럽시다.”

하는 듯이 아무도 이의가 없었다. 일을 위하여 주림을 참는 그 모양들을 보는 허준이는 자기의 인색한 생각을 다시금 후회하였다. 이틀 뒤였다. 허준이는 오후 다섯 시에 김관호를 찾았다. 김의 집은 허준의 상상에 떠오르던 그러한 기와집은 아니었다. 땅에 꼭 들어붙은 듯한 초가집이었다. 허준이는 친히 나와 맞아 주는 주인의 인도로 건넌방으로 들어갔다. 마당 바른편 장독대에서는 무엇을 하고 있는 주인아씨의 눈에 조촐한 꼴을 보이는 것은 기운이 한풀 죽는 것 같았다. 주인아씨는 신여성인 듯싶었다. 트레머리 한 것이라거나 짧은 치마라거나 섬돌에 놓인 여자 구두를 보면 신여성임이 분명했다. 그가 신여성이거니 생각하매 그의 눈이 더욱 시렸다.

저녁상에는 반주가 있었다. 몇 잔 술에 얼근한 두 사람은 상을 물린 뒤에 밤 열시까지 이야기를 주고받았다. 처음에는 이런 이야기 저런 이야기로 시간을 보내다가 나중에는 허준의 취직할 이야기로 들어갔다.

"만일 의향이 계셔서 우리 회사로 오신다면 한 달에 육십 원—지금 있는 이는 오십 원이지만—은 드리도록 주선하겠습니다."

하고 검은 책상에 비스듬히 기대어서 허준의 의사를 다시 살핀다. 김의 말눈치를 보면 벌써 자기네끼리 이야기가 있은 모양 같다. 허준이는 겉으로는 반승낙이나 하여 놓고도 속으로는 이러기도 어렵고 저러기도 어려웠다. 몸이 어디 가 매이는 날이면 자기는 운동의 소임을 다할 수 없는 날이다. 그러나 굶고 앉아서 무엇을 할 수도 없는 일이다.

"우리는 직업을 붙잡을 수 있거든 붙잡읍시다. 그리고도 힘만 모으면 일을 할 수 있습니다."

하고 서로 말한 바도 없는 것은 아니나 직업을 붙잡는 날이면 어쩐지 그 기반을 벗어날 수 없는 것 같았었다. 그러나 월수입 육십 원이면 세 사람은 살 수 있는 것이다. 세 사람의 목숨을 지탱한다는 것은—세 사람의 힘을 우리 운동선에 보탠다는 것은 여간한 도움이 아니다. 그리고 그처럼 친절히 주선해 주는 김의 우정을 물리치는 것도 그로서는 괴로운 일이었다.

"그 일은 내 힘으로 할 수 있을까요?"

허준이는 광대뼈가 드러난 얼굴을 들었다. 우뚝한 콧날은 전등불에 빛났다.

"그걸 못 하셔요……. 넉넉하외다. 우리 회사 소유의 집이 많은데 모두 삯월세로 주었지요. 그 세전을 받아들이는 것이니까."

김은 그만한 일은 손쉬운 것이라는 듯이 말하였다.

"이때까지 그걸 받는 사람이 없었어요?"

"왜……, 있었지요. 한데 그 사람이 잘 받지 못해요……. 그리구 궐자는 어떤 것은 받고도 못 받았노라고 하고……. 그런 무정한 일이 있으니까 쫓아내야지요."

하고 담배 연기를 내뿜으면서 전등을 쳐다보는 김의 가느다란 눈은 교활하게—허준에게는 그렇게 보였다—빛났다.

"그러면 그 사람 대신 제가 들어가는 셈이외다 그려, 허허."

하고 허준이는 어색한 웃음으로 좀 떨리는 목소리를 감추려고 하였다.

"말하자면 그런 셈이지요."

"그러나 내가 살려고 남을 어떻게 쫓습니……."

허준이는 말끝을 흐리머리하였다. 그의 가슴은 묵직하여졌다.

"별걱정을 다 하시오……. 남의 걱정을 하시다가는 제가 죽는 것을 어떻게 합니까?"

"그렇지만 그건 좀 문제인데요."

"아무 상관없어요. 그 사람은 아무래도 나갈 사람이고 그 대신 허준 씨가 아니면 다른 이라도 쓰게 된 형편인데 무슨 거리낄 것이 있겠어요……. 아무 걱정도 마시오. 언제 남의 걱정을 다 하십니까?"

하고 허준이를 건너다보는 김의 눈은 경망스럽고도 교활하게 돌아갔다. 그 뒤에도 세 번이나 만났으나 문제는 낙착을 짓지 못하고 있다가 오는 일요일에는 가부간 확답을 하기로 하고 갈렸다. 허준이는 지금 그 약속대로 김을 찾아가는 것이다. 일은 다 된 일이다. 허준이가 오늘 가서 김에게 명확한 대답 한 마디만 하면 일은 다 된 일이다. 그러나 뒤가 몹시 켕긴다. 그도 없는 사람인데 없는 사람에게 가서 집세를 조른다는 것은 그로서 차마 할 수가 있을까. 그의 눈앞에는 그의 동무 되는 김이 집세에 쪼들리는 꼴이 떠올랐다.

'못 할 일이로군.'

그는 생각하면서 머리를 흔들었다. 그나 그것뿐인가. 아직도 두 눈이 띠룽거리는 사람을 쫓아내고 그 사람의 자리를 차지한다는 것은 더구나 못할 일이었다. 김의 말도 일리가 없는 것은 아니다. 그 사람은 허준이가 들어가려고 아무 허물도 없는 것을 쫓는 것은 아니다. 허준이가 들어가든 말든 어차피 쫓겨나는 사람이다. 그러나 그 사람이 어떤 사람인지는 모르나 속도 모르고 자기를 원망하기도 쉬운 일이다. 모든 조선은, 운동선상에 나선 사람으로서는 생각이 못 되는 것이라는 생각이 그의 머리를 무겁게 하였다.

"그 사람도 곤궁하니까 그랬을 테지……."

그나 그 사람의 처지를 동경은 하여 보았다. 사람들은 도적을 만들어 놓고 그 도적을 잡으려고 한다. 그 사람도 형편이 형편인가 보다. 작년 겨울에 어떤 동무가 감옥에 있는 동무의 밥값을 맡았다가 그 아내가 냉방에서 해산하게 되는 바람에 그만 집어쓰고 얼른 갚지 못한 까닭에 몇 동무의 비난과 모욕까지 받고 나중에는 그런 성의 없는 사람은 운동선에서 쫓아내라는 말까지 들은 것이 생각난다. 그때 그 동무의 핏기 없는 얼굴이 보이는 듯하다. 이 사람(물산 회사에서 집세 받는 사람)도 그렇게 절박한 사정이나 있었던 것이 아닌가…….

"엑, 그만두어라."

그는 결심하였다. 김을 만나는 즉석에서 그만 단념한다고 대답하려고 하였다. 그러나 김의 친절을 등지는 것은 어쩐지 괴로웠다. 그리고 육십 원—, 매삭 육십 원이라는 그 관념도 그의 마음의 한 귀를 잡고 놓지 않았다. 그는 어쩌면 좋을지 판단이 얼른 나서지 않았다. 어느새 김의 집 대문 밖에 이르렀다. 그의 가슴은 더욱 묵직하였다. 아까 이발소 유리창에 비취던 자기의 그림자가 땟국이 흐르는 두루막에 어깨가 축 처져 보이던 그 그림자가 눈앞을 지나갔다. 그런 꼴을 주인 부인에게 뜨이는 것은 이 집을 찾는 때마다 고통이었다. 깔보는 것 같고 뒷공론을 하는 것같이 생각되어서 견딜 수 없었다. 자기의 존재는 큰 모욕을 받는 듯하였다. 그는 스스로 용기를 애써 내면서,

"이리 오너라."

하고 불렀다.

"누구시오? 허준 씨요? 들오시지요……."

하는 것은 김의 부드러운 목소리였다. 그는 심기가 좀 펴서 마당에 들어섰다. 허준이가 방으로 들어가는데 그 방에 앉았다가 가는 사람이 있었다. 후줄근한 옥양목 두루막에 캡 쓴 사람이다. 검데데한 얼굴은 무슨 근심이 씌운 듯이 흐릿한데 정력 없이 보이는 눈은 모든 사람의 시선을 꺼리는 듯 무슨 죄를 짓고 사과 온 사람 같았다. 그것이 회사에서 쫓겨나는 그 김이란 사람이나 아닌가 하고 생각하니 허준의 가슴은 그로도 알 수 없는 압박을 느끼었다.

"손님이 오셨는데 미안합니다."

허준이는 마루에 나갔다 들어오는 김을 보면서 자리를 드티어 앉았다.

"괜찮아요……. 엑, 귀찮어서……."

김은 이마를 찡기면서 책상 앞에 앉았다.

"왜요? 누구예요?"

"그게 그 사람인데……. 세상이 그런 게야……. 제 허물은 모르고……."

김은 혼잣말같이 뇌어 버린다.

"뭐라고 해요……?"

허준에게는 김의 태도가 어쩐지 불쾌하게 느껴졌다.

"뭐……, 죽을죄를 지었느니 마니하고 그저 두어 달라고 벌써 몇 차

레나 와서 조르는데 견딜 수가 있어야지……."

하고 김은 귀찮은 듯이 이마를 찡그리다가 다시 웃음을 지으면서,

"그래 결정하셨소? 뭐 결정이고 말고 있소……. 내일부터 출근하시지요."

하고 허준이를 건너다보았다.

"그러지요."

하고 허준이는 대답하였다. 그는 그렇게 대답한 것을 곧 후회하였다. 그는 어째서 그런 대답을 하였는가? 공연히 끌리는 인정에 눌려서 그렇게 대답은 자기로도 모르게 하였으나 가슴이 묵직한 것이 유음이 그득 찬 것 같았다. 그렇다고 그 자리에서 그 대답을 취소할 용기도 나지 않았다.

"제일 의복을 바꾸셔야 할 터인데……. 이따……, 지금 내가 어디 다녀와야겠으니…… 이따 저녁 때……."

하고 김은 무엇을 생각하다가,

"내 의복을 며칠 입으시오……. 그리고 차차 지어 입도록 하시지요."

하고 김은 그 아내를 불러서 자기의 의복을 내왔다. 그것을 받는 때 허준의 마음은 기쁘면서도 부끄러웠다. 그는 의복을 들고 마루 아래 내려서는 때 뒤에서 누가 손가락질을 하면서 비웃는 것 같아서 줄달음을 치다시피 뛰어나왔다.

"그러면 내일 아침에 일찍 오시오, 아침은 집에 와서 잡수시게……."

김은 그에게 부탁하였다. 대문 밖에 나선 허준이는 지옥이나 벗어난 것 같았다. 그러나 몇 걸음 걸으려니까 창자가 텅 비고 다리가 허청거리기 시작하였다. 해는 낮이 좀 지났다. 그는 길가 호떡집으로 들어가서 호떡 한 개를 사먹고 나서 회관으로 가다가 무슨 생각을 하였는지 안국동 어떤 친구의 집으로 가려고 발을 돌리다가 보니까 물산 회사

에서 쫓겨난 사람(아침에 김의 집에서 만난 사람)이 저편에 서서 허준이를 보다가 허준이와 시선이 마주치니까 외면을 한다. 허준이는 다시 그 사람을 볼 용기가 나지 않았다. 무슨 크나큰 죄를 지은 사람이 형사에게나 들킨 듯싶었다. 그는 그만 재동 넘어가는 골목에 들어서서 소안동으로 내려왔다.

"여보서요."

안동 예배당 앞에 왔을 때 누군지 뒤에서 허준이를 불렀다. 그는 걸음을 멈추고 뒤를 돌아보았다. 허준이는 가슴이 뭉클하면서 두근거리기 시작하였다.

"미안합니다마는 잠깐만 여쭐 말씀이 있어서……"

그 사람은 기운 없는 목소리로 죄송스럽게 뇌이면서 허준의 얼굴을 쳐다보다가 머리를 숙인다.

"무슨 말씀?"

허준이는 의아한 눈으로 그 사람을 보았다.

"조용히 좀 여쭐 말씀이 있는데……"

하고 그 사람은 지나가는 사람들의 눈을 퍽 꺼리는 듯이 말하였다. 그 사람의 태도는 허준에게 풀기 어려운 수수께끼 같은 느낌을 주었다. 그 사람은 가슴에 무슨 생각을 품었는가? 어찌하여 그는 남의 눈을 기어가면서 말하려는가? 그의 자리를 빼앗았다고 그 분풀이를 왔는가? 그 힘없는 눈하며 몸을 가누지 못해 애쓰는 듯한 태도는 분풀이는 고사하고 누구에게 큰소리 한 마디 할 용기도 못 가진 듯하다. 그러면 그는 무슨 말을 하려는가? 무슨 소원이 있는가? 자기가 그의 대신 들어가지 말아 달라는 애원인가? 허준의 마음은 어쩐지 죄송스러웠다. 사람으로서는 차마 못할 일을 한 것 같았다.

'그러나 내가 쫓은 것은 아니다.'

이렇게 한번 속으로 변명도 하여 보았으나 그렇다고 묵직한 가슴은 풀리지 않았다. 한 개의 호떡이 그의 주리고 주린 창자를 충분히 눅이지 못한 탓도 되겠지만 어쩐지 온몸의 기운은 그 자리에서 아주 빠져 버리는 듯도 하였다.

"무슨 말씀인지 여기서 하시지요."

그는 떨리는 목소리로 외이면서 바른편에 끼었던 옷 보퉁이를 왼편에 끼었다.

"어디 조용한 데서 뵐 수 없을까요……."

그 사람의 목소리는 아까보다 용기를 다소 얻었다.

"글쎄요. 어디 조용한 데가 있어야죠……. 저, 걸어가면서……, 이야기합시다……."

허준이는 발을 옮겼다. 그 사람도 따라 발을 옮겨놓으면서,

"그러면……, 대단 미안합니다마는 저와 같이……."

하고 같이 어디로 가자는 뜻을 보인다. 허준이는,

"어디 조용한 데 있으면 갑시다."

하고 선선히 대답하였다. 대답을 하면서도 아무도 모를 조용한 데서 무슨 변이나 안 생길라나 하는 걱정도 슬며시 치밀었다. 두 사람은 별궁 담을 끼고 큰길로 나왔다. 그 사람은 허준의 앞에 서서 재동 쪽으로 몇 걸음 나가다가 왼편 길가에 있는 중국 요리 집으로 들어가려고 하였다. 허준이는 발을 멈추면서,

"여보셔요……, 다른 데로 갑시다."

하고 좌우를 돌아보았다. 그 사람을 따라 그리로 들어가는 것은 어쩐지 불유쾌하였다. 모든 눈이 잘 보는 듯싶었다. 그 사람은 저어한 낯빛으로 허준이를 보면서,

"하, 괜찮습니다……. 들어가시지요……, 잠깐만……."

죄송하다는 어조로 말한다.

"그럴 것 없이 다른 데로 갑시다……."

하고 허준이는 머리를 기웃하다가,

"우리 취운정으로 갑시다. 물도 먹고……."

하면서 재동 쪽으로 향하려 하였다.

"어째 그러십니까? …… 이리로 들어가시지요.……."

그 사람의 어조는 절망에 가까운 듯이 울렸다. 내리쬐이는 볕발은 온 누리를 녹일 것 같았다. 발이 듣지 않아서 자국 자국이 일어나는 먼지는 더위에 지친 사람을 더욱 괴롭게 굴었다. 수레를 끄는 말까지 온몸의 털이 땀에 젖어서 머리를 떨어뜨리고 기운을 못 쓰고 지나간다. 집집의 지붕에서는 금방 보이지 않는 불이 날 것만 같다. 허준이는 옷 보퉁이를 연해 이 손 저 손에 바꾸어 들면서 그 사람과 같이 취운정으로 들어갔다. 취운정도 역시 시원치 못하였다. 바람 한 점 없는 볕발에 사람들은 기운을 잃어버리고 발밑에 밟히는 푸른 풀은 시들고 눈을 가리도록 무성한 나무는 먼지투성이가 되어서 보기에 갑갑하였다. 비! 여기에 비가 한바탕 지나갔으면 얼마나 시원하랴. 얼마나 맑으랴? 하고 허준이는 생각하면서 아래 위를 돌아보았다.

약수터에는 매일과 같이 사람이 끓는다. 저편 나무그늘에서는 어떤 학생인지 책을 낯에 가리고 잠이 들었다. 두 사람은 약물터에 가서 오그그 끓던 사람들 사이를 비비고 들어갔다. 날이 더운 관계인지 사람들은 여느 때보다 사오 갑절이나 모여들었다. 어떤 이는 점잔을 부리노라고 자리 나기만 기다리고 어떤 이는 염치를 불구하고 밀고 당기고 하여 싸움까지 일으킨다. 부인들과 어린애들은 남이야 죽거나 살거나 물터를 둘러싸고 앉아서 흘러내리는 샘을 쪽박으로 퍼서는 병과 주전자와 물통에 붓는다.

"남은 먹지도 못하는데 가지고 간담."

이런 불평은 연방 일어난다. 허준이는 겨우 물 한 바가지를 얻어먹고 그 사람과 같이 물터 뒤로 올라갔다. 소나무 잎 사이로 흘러내리는 볕발은 푸른 물 위에 아롱아롱한 무늬를 놓았다. 사람들은 없는 데 없이 흩어져서 담배도 피우고 부채질도 하고 어떤 이들은 장기까지 두고 있다. 저편 사정에서는 오늘도 활을 쏘는 한가한 사람들이 떠들고 있다. 두 사람은 사람의 그림자가 잘 보이지 않는 나무그늘에 가서 자리를 잡았다. 허준이는 온몸의 기운이 다 빠진 듯하여 아무런 생각도 나지 않았다. 억지로 지탱하여 오던 다리를 잔디 위에 펴고 몸을 소나무에 턱 기대고 앉으니 온몸은 땅속으로 자지러져 들어가는 듯하면서도 그윽한 품에 안긴 듯이 흐뭇한 유쾌를 느끼었다. 그는 힘없는 눈으로 앞을 내다보았다. 쨍쨍한 볕발이 흐르는 서울의 지붕을 스쳐 아른거리는 남산 저편 먼 하늘을 바라보고 앉았으니 뭉치고 쪼들리던 마음은 그로도 모르게 풀리었다. 그는 모든 것을 잊었다. 자기가 지금 어디 있는지 자기 앞에 누가 있는지를 그는 깨닫지 못하였다.

"담배나 피시지요."

곁에 앉아서 허준의 동정만 흘금흘금 살피던 그 사람은 허준의 앞에 담배를 디밀었다. 허준이는 그리 반갑지 않다는 어조로,

"네……, 별로 생각 없는데."

하고 받으면서 몸을 앞으로 굽히는 듯하였다. 그 사람은 성냥을 그어 대었다. 이리하여 두 사람은 한참 동안이나 침묵 속에서 담배만 피었다.

"무슨 말씀인지 하시지요."

허준이는 그 사람을 슬쩍 보고 다시 먼 하늘을 바라보았다.

"다른 말씀이 아니라,"

하고 그 사람은 머리를 숙이면서 몸을 좀 움직이더니,

"그런데 참 누구십니까?"

"저는 김순구올시다."

하고 어려운 말을 내이는 듯이 말하였다. 이렇게 서로 성명을 통하고 나서 그 사람은,

"김관호 씨와 친하시지요."

하면서 허준이의 얼굴을 슬쩍 치어다본다.

"네."

그의 대답은 간단하였다.

"참 이렇게……."

하고 그 사람은 또 몸짓을 하더니,

"미안합니다마는……, 아무쪼록 허물치 마시고 들어 주시기를……."

하고 뒷말을 흐리머리하게 끊었다.

"천만의 말씀……, 무슨 말씀이든지 괜찮으니 하시지요."

허준이는 이렇게 말하면서도 그 사람의 뭉싯거리는 태도가 갑갑하고 불쾌하였다.

"다른 말씀이 아니라 형에게 수고를 끼치려고……."

"네……, 어서 하시지요."

"제 고향은 강원도올시다. 서울 온 지가 금년까지 꼭 칠 년이 되지요."

그의 말은 실마리가 풀어졌다. 처음에는 죄송스러운 듯이 기운을 못 펴던 그의 말은 점점 분명하게 기운 있게 울렸다. 따라서 그의 태도도 아까와는 딴판으로 파겁을 하고 침착하여졌다.

허준의 마음은 한 걸음 한 걸음 그의 이야기에 끌렸다.

김순구는 강원도 춘천 읍에서 생장한 사람이었다. 그가 다섯 살 때

에 그의 아버지가 함경도로 벌이를 가노라고 떠난 뒤로 지금까지 소식이 묘연하였다. 그의 어머니는 술장수와 밥장수로 그를 소학교 졸업까지 시키었으나 그밖에는 힘이 자라지 못하므로 그를 공부시키지 못하고 말았다. 그 때문에 그 번민도 컸던 것이다. 그가 소학교를 마친 것은 열다섯 때이었다. 그는 열다섯 살 때에 어떤 일본 사람의 상점에서 심부름을 하고 한 달에 십삼 원이란 돈을 받게 되었다. 십삼 원은 그네들 생활에 있어 크나큰 재산이 되었다. 그것은 그네들의 한 달 목숨을 보장하는 큰 조건이 되는 까닭이었다. 이렇게 지내는 때에 어려서 소학교를 같이 졸업한 친구들은 서울이니 일본이니 유학을 가서 중학교에 다니게 되었다. 그네들이 하기 방학이나 동기 방학에 돌아와서 동경 이야기와 서울 이야기를 하는 때마다 김순구의 어린 가슴은 찢어지는 것 같았다. 서울이 그립고 동경이 가고 싶었다. 자기도 하면 할 수 있는 사람으로서 돈 때문에 썩는구나 하는 것을 생각하고 분개한 적이 한두 번이 아니었다. 그의 어머니도 그 고통을 알았던 것이다. 그러나 점점 늙어가는 그의 어머니는 어찌하는 도리가 없었다.

이렇게 지내다가 그가 스물 셋 되는 해에 그가 있는 상점 주인의 소개로 서울 어떤 미곡상 하는 사람의 집으로 오게 되었다. 그는 한 달에 사십 원 받는 월급에서 어머니에게 이십 원을 부치고 이십 원으로 생활을 하게 되었다. 그러다가 그 미곡상 하던 사람이 일본으로 가게 되니까 지금까지 있던 물산 회사에 있게 된 것이었다……. 그는 이렇게 이야기를 하더니,

"그 물산 회사에 가게 된 것은 그때 그 회사의 전무 취체로 있던 현이란 사람하고 제가 있던 미곡상 주인하고 퍽 친한 관계로 그리로 소개해 주신 것입니다. 그때에도 저 김관호 씨가 있었지요. 그리로 가 현 전무 취체가 갈리고 지금 있는 박 씨가 대신 들오게 되었습니다. 그때

부터 제게 대하는 여러 사람들의 태도는 달라집디다. ……그것은 제가 그렇게 생각하니 그런지는 모르지만 어쩐지 이전 같지는 않아요……. 딴은……, 제가 죽을죄를 지었지만……."

하고 그는 말을 어물어물하여 뒤를 끈다.

"그건 무슨 일인데요?"

허준이는 그 사람을 쳐다보았다. 그는 무슨 깊은 생각에 잠긴 사람처럼 먼 하늘을 바라보더니 "그것도 너무도 뭣하니까……. 그리자 어머니가 올라오시고 또 제가 여기서 취처했지요……. 거기에 어린것까지 생기게 되고 하니 오십 원이란 돈으로는─어편네가 늘 병으로 드러눕게 되고……. 어떻게 살아갈 수가 없습니다. 너무도 졸리다 못 해서 집세 받은 돈을 일 원 이 원 집어쓴 것이 지금은 백여 원이나 됩니다마는……."

하고 한숨을 길게 쉬더니,

"그것도 그달 월급이 나면 꼭 갚는다고 혼자 맹서 맹서하면서도 그렇게 못 되었다가 일전에 영수증을 검열하는 바람에 그만 탄로가 되었지요. ……그것도 탄로되기 전에 관호 씨에게 말하려다가 못 하고 주저거리는데, 하루는 영수증을 검열하게 되니까 어쩔 수 없이 그리 되었습니다."

하는 그 사람의 나중 어조는 퍽 애처롭게 들렸다.

"그래서 어찌 되었어요?"

허준이는 먼 하늘에 주었던 눈을 그 사람에게로 돌렸다. 여윈 그 얼굴에는 검은 구름이 스르르 가리인 것 같다.

"그것이 쫓겨난 원인이 되었습니다. 백배 사죄를 하고 달달이 월급에서 갚기로 하였으나 그 말은 아무 소용도 없이 되었습니다."

하고 그는 힘없는 눈으로 허준이를 슬쩍 쳐다보면서 자리를 고쳐 앉는다.

"그러면 그 돈은 갚으란 말 안 해요."

"법대로 하면 상당한 처치를 하겠지만 전정이 있는 사람이니 용서하는 것이라 하고 전달 월급과 이 달 월급은 주지 않고 나오는 때에 삼십 원만 집어 줍디다."

하고 그는 말을 끊었다가,

"그러니 그렇다고 저야 무어라고 합니까……. 그래 마땅한 일이지만 이제부터 어떻게 살아갑니까? 혼자 몸과도 달라서……."

하고 한숨을 길게 쉰다. 허준의 가슴은 그로도 알 수 없이 묵직하였다. 그의 눈앞에는 보지도 못한 그 사람의 가족들의 그림자가—그가 항상 보는 그의 동무들의 가족들과 같이 영양 부족으로 제 빛을 잃어 버리고 밖에 나갔다 들어오는 주인의 손만 쳐다보는 듯한 그러한 그림자가 떠올랐다. 회사의 태도는 심하게 생각났다. 회사로서 본다면 으레 그럴 일이다. 그 사람의 개인으로 본다 하더라도 또한 부득이한 일이다. 그것은 악의에서 나온 행동이 아니요 목전에 닥쳐오는 부득이한 사정—월급은 적고 식구는 많고—을 누가 알아주랴? 그는 김관호까지 슬그머니 미웠다. 그렇다고 그 사람들이야 저 사람을 좀 보아 주지 못할 것이 무엇이랴? 그 돈은 받을 대로 받으면서도 한 개의 생명을 생명 같이 보지 않는 것을 생각하면 온몸의 피가 끓어오르지 않을 수 없었다. 허준이는 자기로도 모를 흥분에 주먹이 쥐어졌다.

"그러니 참 여쭙기 미안합니다마는, 선생께서 김관호 씨하고 친하신 듯하시니까 어떻게 말씀을 좀 해주십사고……."

하고 그는 어색한 웃음을 지었다.

"글쎄 말하기야 어려울 것 뭣 있겠습니까마는, 그놈들이 들어 주겠습니까."

"그래도 좀 말씀해 주서요……. 행여나."

"다 같은 놈들인데……."

허준의 눈앞에는 아침에,

"엑, 귀찮아서."

하고 이마를 찌푸리던 김관호의 그림자가 떠올랐다.

'그 사람이 아침에 김을 찾은 것도 회사에 다시 다니게 하여 달라는 청이었구나? 대문 밖에도 나가기 전에 이마를 찡기고 돌아서도 김에게 청하러 갔던 것이로구나……. 그것도 여의치 못하니까 나에게까지 청하는 것이다…….'

생각하는 허준이는 그 사람의 태도가 미웁기도 하였다. 끈끈하고 축축스럽게 그놈들에게 미움을 받아 가면서 빌붙는 그 태도가 더러웠다.

'그까짓 놈들을 주먹으로 해내고 말 일이지 빌붙어서는 뭣하나? 사내자식이 무슨 일이 없어서 그래…….'

하고 분개하던 허준의 가슴은 다시 스르르 풀리지 않을 수 없었다. 다른 데로 가면 어디로 가나? 골목골목이 직업을 눈이 붓도록 찾아다니는 이 세상에서 누가 그를 위해서 기다려 주랴? 거기에 혼자 몸도 아니다. 그의 손을 바라는 입들이 한둘만이 아니다. 이렇게 생각하니 그 사람에게 친분이 가지는 듯하고 그런 사람의 자리를 자기가 차지하려고 한 것이 죄송스럽고 부끄러웠다. 그 사람은 그런 줄 모르고 자기에게 그 자리 보증을 힘써 달라는 청을 왔다. 그것은 허준에게 "이놈!" 하는 위협보다도 더 괴로웠다.

허준이는 자기의 모든 사정을 그 사람에게 이야기하려고 하였다. 그러는 것이 무슨 무거운 짐을 벗는 것 같기도 하였다. 그러나 뜻과 같이 입이 떨어지지 않았다. 그의 이야기에 그 사람의 절망도 절망이려니와 허준 자신의 처지도 곤란하였다. 곤란하다기보다 부끄러웠다.

'그만 모든 것을 딱 거절하고 그만두어.'

그는 이렇게도 생각하여 보았다. 그러는 것이 자기로서도 어쩐지 무슨 빚을 갚는 것같이 생각났다. 자기의 처지로서 지금 이 노릇도 가당치 못한 일이거니와 그 사람의 자리에 그 사람의 애원이 있는 것도 모르는 척하고—실상은 허준의 허물은 아니지만—들앉는 것도 허준이로서는 할 수 없는 일이다. 그는 그 사람을 위하여 힘써 주기를 속으로 작정하였다. 그는 그 길로 김관호를 찾아서 모든 이야기를 하고 그 사람을 도로 써 주도록 힘쓰고 자기는 그만 손을 씻고 나앉으려고 하였다. 그러나 그 즉에서 그 말을 할 용기도 나지 않았고 김에게로 달려갈 기운도 없었다. 김을 만나서 그런 이야기가 입으로 흘러나올까. 그 사람의 인정을 배반하기는 괴로운 일이었다. 의복을 받고 돈을 얻어 쓰고 밥을 얻어먹고 또 승락까지 한 그 모든 것이 어떻든지 자기 몸을 친친 얽어서 한번 하여 놓은 약속을 그만 흐트러 버리기가 대단 어렵게 생각되었다.

"그러나 그런 데 거리낄 때가 아니다."

하고 그는 혼자 여러 번 결심하였다. 그는 그 사람을 건너다보면서,

"우리 내일 만납시다. 내가 오늘 밤에 관호 씨를 찾아보지요."

하고 일어섰다.

"미안합니다. 아무쪼록 말씀해 주서요."

그 사람도 따라 일어섰다. 해는 낮이 훨씬 기울었다. 볕발은 점점 소나무 사이에 빗겨 흐르기 시작하였다. 두 사람은 물터를 지나서 말없이 앞서거니 뒤서거니 내려왔다. 안동 네거리에서 김 씨와 갈린 허준이는 옷 보퉁이를 들고 청진동 회관으로 향하였다. 진종일 밖에 나와 놀다가 석양에 회관으로 들어가면 굶으나 먹으나 어쩐지 마음이 든든하

고 여러 동지를 대하면 기쁘던 것이 이 날은 그렇지 않았다. 솟을대문 앞에 다다르니 그 대문은 그를 비웃는 듯하였다. 그는 아까까지 가졌던 모든 권리와 의무는 다 잃어버린 듯하였다. 그는 옷 보퉁이를 물끄러미 보면서 무엇인지 한참 생각하는데,

"얘, 왜 얼빠진 놈처럼 이렇게 서 있니?"

하면서 어깨를 툭 치는 사람이 있다. 허준이는 깜짝 놀라서 돌아다보니 그는 항상 벙글벙글하는 박이었다.

"아냐! 무엇 좀."

하고 허준이는 말을 내다가 자기로도 자기 말의 서두가 싱거운 것을 열적게 여기지 않을 수 없었다.

"아니는 무에 아니야……. 들어가세."

그 친구는 벙글거리면서 대문 안에 들어섰다. 허준이도 기계적으로 문 안에 들어섰다. 그는 무거운 발길을 옮겨 놓으면서 흐트러진 생각을 수습하려고 하였으나 뜻대로 되지 않았다. 중문 안에 들어서니 회관은 조용하였다. 그는 조용한 것이 도리어 다행한 듯이 생각되었다. 마루에 올라서서 대청마루 의자에 걸터앉았다. 묵직한 머리는 더욱 묵직하여지고 사지에 기운은 한껏 빠지는 것 같았다. 창자 속도 허천거리다 못하여 감각을 잃은 듯하였다. 그러나 그는 그런 고통보다도 다른 큰 고통이 있다. 그것은 아까 김 씨에게서 받은 부탁이다. 자기는 그 부탁을 이행해야만 할 책임이 있는 듯이 느껴졌다. 그러나 그렇게 하려면 김관호의 비위를 건드려야 될 일이다. 그것도 괴로운 일이다. 괴로운 대로 일이 순조로 진행되어서 그 사람이 다시 그 자리를 차지하게 된다면 한번 적극적으로 나서 보겠지만, 아까까지 이마를 찌푸리고 김 씨를 못마땅히 여기던 김관호가 그 사람을 다시 써달라는 부탁을 들어 줄 리가 만무하다.

이렇게 생각하니 김관호가 미웠다. 그놈도 그런 놈들이나 다를 것 없구나. 그놈이 내게 친절부리는 것도 제 욕심이로구나 하는 생각까지 일어났다. 그는 그 자리에서 김관호를 찾아보고 한바탕 욕이나 톡톡히 하고 그만 모든 것을 사절해 버리고 싶었으나 다시 생각하니 용기가 나지 않았다. 돈푼이나 얻어 썼다는 것보다도 그 사람의 친절이 허준이 스스로도 알 수 없이 허준의 몸을 얽어서 웬만한 괴롬이 닥치더라도 차마 관호의 호의를 등질 수는 없는 듯하였다. 자기가 이제 집금원 노릇을 그만두겠소 하는 것은 관호와의 사이에 이때까지 쌓아 오던 친분을 산산이 밟아 버린 것이나 다름없는 것같이 느꼈다. 그것이 괴롬이었다.

그러나 처지를 같이한 아까 그 김 씨와의 약속이 있지 않은가? 그 사람에게 자기의 사정을 이야기한 것은 아니지만 그 사람을 위해서 모든 노력을 아끼지 않기로 약속하지 않았는가. 자기 본의는 아니라 하더라도 힘써준다고 약속한 자기가 그 사람의 자리에 들앉게 되고 그 사람은 여전히 실직대로 있다면 그 사람이 자기를 어떻게 알까? 자기의 신용은 자기 즉 해 준 한 사람의 신용 문제가 아니다. 또 그 사람의 부탁이 없더라도 자기는 그런 자리에 발을 넣지 않는 것이 옳은 일이 아닌가. 하루에 한 끼나 두 끼를 더 먹으려고 창해 같은 전정을 막는 동시에 운동선에 좋지 못한 영향을 줄 것이다. 그렇다. 정실에 끌릴 때가 아니다. 공사를 가릴 때이다.

허준이는 저녁 뒤에 김관호를 찾았다. 그는 김관호에게서 받은 옷 보퉁이를 들고 화동 골목을 헤쳐 올라가면서 별별 생각을 다하였다. 그 김 씨를 위하여는 이리이리 말할 것이요 나는 이리이리 사정을 이야기하고 용감하게 끊어 버리리라 하고 혼자 결심도 하고 만일 관호가 노엽게 생각한다거나 불쾌한 말을 하면 나는 당당한 톤 조로써 면박을 할 것이다. 이렇게 생각하니 그는 유쾌하였다. 모든 문제는 간단히 낙찰될 것 같았다. 그러나 다시 관호의 그림자가 눈앞에 떠오르고 그와 마주 앉을 것을 생각하니 자기의 입에서 과연 생각하는 바와 같은 그런 말이 쉽게 흐르겠느냐 하는 것이 의문이었다.

김관호의 집 대문 밖에 다다른 그는 다시 모든 기분이 밤비같이 흐리고 무거웠다 차마 대문 안에 들어설 수가 없었다. 자기는 김관호와 이때까지 좋던 정분을 끊으려고 온 못된 사람같이 생각되었다. 실상은 그 일을 하고 안 하는 데 친분이 오고 갈 이유는 조금도 없을 것이다. 자기가 만일 김관호와 처지가 바뀌었으면,

"생각대로 하시지요."

할 것이요. 조금도 불쾌할 것이 없을 것이다. 또 그만한 일로 그 김 씨를 내어쫓지도 않았을 것이다. 그러나 저편이 자기가 생각하듯이 생각해 줄 리는 없다. 저편은 자기에게 대해서 약점을 가질 것이다. 사실에 있어서 자기의 태도를 거듭 비판한다면 알랑알랑 알랑거리면서 일은 하기 싫고 돈 원이나 의복 벌이나 주는 것을 바라고 찾아다닌 듯하게 되었다. 그것을 생각하니 더욱 불쾌하였다. 지금 자기 수중에 그만한 돈이 있다면 들고 온 의복과 같이 턱 내놓으면서,

"자, 그간 돌려 주어서 고맙소이다."

하였으면 자기의 면목은 보아라는 듯이 설 것 같았다. 그러나 그것은 공상이었다. 이삼십 원 돈에 끌리는 자기 신세도 가이없었다.

"엑, 편지로 하리라."

그는 모든 것을 편지로 써 보내리라 결심하고 돌아섰다. 면대해 말하는 것보다 편지로 써 보내는 것이 하고 싶은 말도 더욱 자유로 할 것 같았다.

'그러나 김 씨의 부탁은 들어야 할 것이다. 되나 안 되나 내가 맡은

책임상 말이나 해보아야 할 것이다.'

그는 이렇게 생각하고 다시 돌쳐섰다. 그는 몇 번 주춤거리다가 대문 안에 들어서면서,

"이리 오너라."

하고 불렀다.

"누구세요."

안으로 울려나오는 소리는 부드러운 여성이었다.

"김관호 씨 계시요?"

허준의 소리와 같이 안방 미닫이 열리는 소리가 나면서,

"허 선생님이세요?"

하는 다정한 소리가 수줍게 들린다.

"네."

허준이는 컴컴한 마당에 들어서면서 머리를 숙였다.

"건넌방에 들오셔서 잠깐만 기다리라고 말씀하십니다. 지금 손님이 오셔서 함께 출입하셨는데요, 곧 오실 것입니다."

허준이는 그 부인의 어조가 퍽은 분명하다 생각하면서 건넌방으로 들어갔다. 허준이는 열한 시가 거의 되어서 그 집 대문 밖에 나섰다. 대문 밖에 나선 그는 무슨 함정이나 벗어난 듯이 시원스럽고도 할 일을 한 듯이 기뻤다. 그의 머릿속에는 조금 전의 그림자가 알씬알씬 돌고 있었다. 허준이가 건넌방에 들어앉아서 담배 한 대를 겨우 피웠을 때 김관호가 돌아왔다.

"오셨어요! 미안하게 되었습니다."

김관호는 다정한 눈웃음을 치면서 말하였다. 그 모양을 보는 허준의 마음은 더욱 울렁거렸다.

"일은 조금도 바쁠 것이 없습니다. 매일 다니는 것이 아니요 공휴일

에는 놀고 그저 정직히만……. 물론 허준 씨는 잘 보아 주시겠으니 더 말씀할 것도 없습니다마는……."

김관호는 허준이가 바로 그 자리에 입사된 듯이 장래 방침이며 문부 처리는 어떻게 해야 한다는 이야기까지 하였다. 허준이는 괴로웠다. 그는 무어라 대답하면 좋을는지 갈피를 잡을 수 없었다. 그의 결심은 괴롭게, 괴롭게 스러져 버린다. 그는 그저 어색한 웃음을 지으면서,

"네! 그래요? 글쎄요."

하고 흐리머리 대답하면서 아까 하였던 그 결심을 단단히 몽굴리려고 애썼으나 되지 않았다. 이제나 저제나 하고 관호의 말이 끝나기를 기다리다가도 정작 관호의 말이 잠깐 중단이 되면 크나큰 힘이 입을 막는 것 같아서 입이 열리지를 못하였다. 입이 열리지 않을수록 가슴에 유음이 들어차는 것같이 불쾌하였다. 그럭저럭하는 사이에 아홉 시가 넘었다.

'엑, 어서 말해 버려야.'

허준이는 속으로 이렇게 다시 결심하면서 말을 내려다 말고 기침을 칵 깃고 말았다. 이러다가 그는,

"그런데 미안하게 된 일이 있습니다."

하고 겨우 말을 끄집어 내었다.

"무슨 일?"

관호는 의심스러운 눈으로 허준이를 바라보았다. 허준이는 그의 시선을 피하면서 자기는 그 일을 거절한다는 뜻을 말하였다. 한 번 입이 떨어지니 그 스스로도 놀랄 만치 대담하게 침착하게 이야기가 흘렀다. 그리고 그는,

"참 주제넘은 말씀 같습니다마는 그 김 씨를 다시 쓰시는 것이 어떻습니까."

하고 김관호의 안색을 다시 힐끔 살폈다. 김관호는 전등을 한참 쳐다보더니 어색한 어조로,

"그거야 하는 수 없지요, 싫으시면 하는 수 없지만 나는 그렇세 허준 씨가 좀 편할까고…… 하고. 김 씨는 이제 다시는 쓰지 않을 것입니다."

김관호의 태도는 예상 밖으로 침착하였다. 두 사람 사이에는 어색한 침묵이 한동안 흘렀다.

허준이는 여러 번 망설이다가 일어서 나왔다.

"저 의복은 드린 것이니 가지고 가시지요!"

하고 김관호가 여러 번 권하는 것도 듣지 않고 그는 대문 밖으로 뛰어 나왔다. 그는 크나큰 짐을 벗은 듯이 시원하였다. 그러면서도 섭섭하였다. 한편으로 생각하면 섭섭하기도 하였다. 눈앞에 닥쳐오려는 복을 밀어 버린 듯도 하였다.

'참말 더러운 놈이다.'

그는 자기의 비열한 생각을 다시 뉘우치었다. 그렇게 한편으로는 섭섭한 듯하면서도 말할 수 없이 상쾌하였다. 그는 컴컴한 골목을 헤저어서 안동 네거리로 나왔다. 아까와는 딴판으로 기운이 나는 듯하였다. 그는 약속한 때에 그 김 씨를 만나면 자기의 모든 것을 고백하고 그도 자기의 동무를 삼으려고 하였다. 그는 알 수 없는 기쁨에 떠서 회관으로 달려갔다. 그 뒤로부터 상조회에는 회원 하나가 더 늘었다. 그것은 더 말할 것도 없이 허준이의 소개로 들어온 김 씨였다.

인정 人情

　새벽부터 음산한 일기는 눈이 내릴 듯하더니 생각하던 눈은 내리지 않고 오후부터 빗발이 듣기 시작하였다. 때 아닌 비도 분수가 있지 한겨울인 음력 세밑에 비가 내리는 것은 내년에 흉년 들 조짐이라고 여관집 주인은 걱정하였다. 저녁 뒤에는 일과와 같이 밖에 나가서 돌아다니다가 들어오는 승현이의 정성도 이 비에는 움츠러져 들어가고 말았다. 그래도 가슴속이 굼실거리어서,

　'가까운 데 있는 김군이나 찾아볼까?'

하고 벽에 걸린 양산을 벗겨 쥐었다가 덧신도 없는 구두가 흙투성이 될 것과 바지 아랫도리가 물망태 될 것을 생각하고 그만 주저앉았다. 밤들면서 빗소리는 더욱 요란하였다. 여름 한장마 때 빗발같이 내리들이는 빗소리는 그로도 알 수 없는 불안을 그의 가슴에 슬며시 주었다. 그 엷고 가벼운 불안과 같이 옛날의 먼 길을 더듬는 듯한 그윽한 정회도 떠올랐다. 이따금 지나가는 바람에 불리는 빗발은 서편 들창을 몹시 치었다. 빗발이 창을 두드리는 때마다 그리웁던 누가 온 것도 같고 어깨를 누르던 지근한 침묵이 몰려가는 듯이 시원하기도 하였다.

　책상에 비스듬히 기대었던 승현이는 목침을 베고 뜨뜻한 아랫목에 누웠다. 일기가 풀린 까닭도 되겠지만 구들과 화롯불에서 오르는 화기에 방안은 봄날 같았다. 그는 신문을 읽으려고 들었으나 눈은 글자를

좋지 않았다. 따분한 정서는 실실 풀리어서 빗소리를 타고 끝없이 가는 것 같았다. 그는 들었던 신문을 그로도 모르게 떨어뜨리면서 잠이 들어 버리었다.

"요새 세밑이 돼서 도적놈이 다니니 들창 덧문 같은 것도 단단히 걸고 주무십시오."

하고 일전에 여관집 주인이 부탁한 뒤로부터 반드시 닫아걸던 서편 들창 덧문 닫을 생각도 못 하고 잠이 들었다. 항상 지키던 규율을 깨뜨린 것이—자리도 깔지 않고 옷 입은 채로 드러누운 것이 잠들 때 꺼림하였던지 깊은 잠을 못 들었다. 말하자면 무의식중에 무슨 의식이 움직이고 있었다. 잠들었던 그는 무슨 꿈을 꾸었는지 귓가에 들리는 무슨 소리에 눈을 번쩍 떴다. 방안에는 전등 불빛이 잠자던 눈에 부시도록 흐르고 있다. 창 밖에서는 그저 빗소리가 수선스럽게 들린다. 그밖에는 아무 소리도 들리지 않았다. 밤은 깊었는가?

'일어나 바루 누워야…….'

그는 속으로 생각하면서 눈을 다시 스르르 감다가 눈길에 띄는 무엇에 다시 눈을 떴다. 서편 들창 미닫이가 열린 것이 그의 눈에 띄었다. 그것은 분명히 닫아 두었는데 열리었다. 잠에 취하였던 그의 눈은 커졌다. 그는 일어나려고 머리를 들다가 무슨 생각을 하고 다시 고요히 누워 있었다.

열린 들창으로 흘러드는 바람은 음습하다. 그의 따분하던 기분은 흐트러지었다. 가슴속은 벌써부터 군성거리기 시작하였다. 이때 전깃불이 흘러나가는 들창 밖에는 유령 같은 그림자가 슬그머니 치밀었다. 그는 겁결에 목구멍까지 나오는 소리를 침으로 막아 삼키고 끝까지 그 그림자의 동정을 살피려고 하였으나 본능적으로 흠칫하는 전신의 동작은 걷잡을 수 없었다. 나타나던 그림자는 승현의 몸이 흠칫하는 때에 지나가는 그림자처럼 스러져 버리었다. 그이 가슴은 몹시 군성거렸다. 온몸의 피가 얼어드는 듯이 덜덜 떨리었다. 일 분간은 되었을 것이다.

승현이가 소리를 지를까 말까하고 생각하는데 그 그림자는 또 나타났다. 승현이는 얼어드는 듯한 몸을 가까스로 진정하면서 누워 있었다. 책상 그림자가 그의 코까지 가려서 최활[1]을 뻗친 듯이 깜작 않고 내다보는 눈은 저편에 띄지 않나 보다.

그 그림자는 낡아빠진 목출모目出帽를 내리 써서 눈과 코만 보인다. 밤송이 같은 눈썹 아래 좀 꺼져 들어간 세모눈은 서릿발같이 빛나고 아무렇게나 빚어 붙인 듯이 넓적한 코는 음흉스럽게 벌룩거린다. 전깃불에 서릿발같이 빛나는 눈으로 흐르는 시선은 승현의 발치 벽과 책상 그림자에 코까지 가리운 승현의 얼굴을 번갈아가면서 쏘고 있다. 그 시선이 승현의 몸을 건드릴 때마다 그의 살가죽은 예리한 칼날로 오리는 것 같았다. 자기의 눈은 어둠에 들었으니 보이지 않으리라 하면서도 그 그림자의 시선과 맞부딪치는 때마다 눈을 감지 않을 수 없었다. 그러나 눈을 감으면 더 무서웠다. 시퍼런 칼……, 반짝거리는 권총……, 무지한 몽둥이……, 하는 생각이 그의 머릿속을 그 꼬리가 그 꼬리를 물고 지나간다. 그 모든 흉기에 참살된 시체의 그림자—언제던가 교당에서 누가 칼에 찔려서 피투성이가 되어 자빠졌던 그 그림자가 다시 보이었다. 그러면서도 그는,

'옳다. 옷 도적놈이다(양복이 걸린 발치 벽을 노리는 것을 보니!). 이놈 혼 좀 나보아라……. 붙잡을 필요는 없고 질겁을 하도록 맨들어야 할 텐데…….'

하는 생각은 잊지 않았다. 그 생각은 그놈을 징계하려는 것보다도 그로도 알 수 없이 발작하는 호기심이 만족을 얻으려는 편에 가까왔다.

그는 이런 생각을 하다가 도적놈이 눈이 뒤집히어서 질겁을 하고 달아
나는 그림자를 생각하고 속으로 웃었다. 웃음이 나면서도 겁은 겁대
로 났다. 어쩐지 그놈의 흉기에 자기가 피를 흘릴 것만 같았다. 그 그림
자는 머리를 돌려서 빗소리 요란한 뒤를 돌아보더니 다시 머리를 돌이
키면서 기단 작대기를 방안으로 들이민다. 그 작대기가 금방 자기 가
슴에 푹 박히는 듯이 승현의 전신의 피는 왈칵 끓어올랐다. 가슴은 뭉
클하면서 호흡이 막히는 듯하였다. 그는 덜덜 떨리는 이빨을 악물고
그대로 누워서 견디었다. 그 그림자는 작대기 잡은 팔을 겨드랑이 보
이도록 디밀었다. 작대기 끝에 처맨 쇠갈고리에 외투 깃이 걸릴 듯 말
듯할 때 승현의 떨리는 가슴은 조마조마하였다.

'의복이라고는 단 한 벌이다!'

그것도 전당에 들어갔던 것을 겨우 찾아 입은 것이다. 그것이 저 갈
고리에만 걸리는 날이면 쫄딱 망하는 판이다. 그놈을 놀래려다가 제가
망하는 판이나 아닌가 하고 생각하는데 갈고리가 의걸이에 걸리면서
의걸이가 삐걱 하고 외투가 걸린 채 발치에 털썩 떨어졌다. 외투가 털
썩 떨어지자 그 그림자는 흠칫하고 창 밑에 숨는데 모자 꼭대기가 보
일락 말락 하게 드러나고

작대기 끝은 문턱에 걸놓이었다.

도적은 방안의 동정을 엿듣는가? 떨어지는 외투가 작대기에 걸리어
서 나가는 듯해서 벌떡 일어나 앉는 승현의 손에는 그로도 모르게 목
침(베었던 짓)이 쥐어졌다. 그는 창문턱 너머 아른거리는 모자 꼭대기를
보더니 아까 밖으로 나가려다 말고 구석에 세워 놓았던 양산을 목침
과 바꾸어 잡고 들창 밑으로 기어갔다. 들창 밑으로 기어간 그는 한편
으로 붙어서면서 바른손에 잡은 양산대 끝은 문턱 바로 밑에 대고 밖
을 노리고 있다. 그 동안은 순간의 순간이었다.

“이놈!”

밖을 노리고 섰던 승현이는 창밖의 그림자가 다시 얼른 나타나자 잡았던 양산대로 냅다 찌르면서 소리를 질렀다.

“악!”

뼈에 사무치도록 지르는 급한 소리와 같이 철썩하고 진창에 떨어지는 육중한 소리는 빗소리 속에 처량히 울리었다. 그는 그로도 알 수 없는 쾌감을 느끼면서 내려다보려고 들창 문턱을 잡고 몸솟음을 쳤다. 먼 불빛에 어스름한 골목, 내리들이는 빗발 속에 쓰러진 검은 그림자가 희미하게 보이었다. 그는 그 문턱에서 떨어지면서 대청마루로 나왔다. 안방에서 자던 주인이 속옷만 입은 채 미닫이를 방긋이 열고 내다보면서,

“지금 그게 무슨 소리예요?”

하고 기운 없이 묻는다.

“도적놈 왔어요, 도적놈……. 저기 자빠졌어요…….”

승현이는 황황히 마당에 내려섰다. 퍼붓는 빗발에 온몸이 으쓱한 것도 불계하고 그는 대문간을 뛰어나가서 빗장을 뽑았다. 처마 밑으로 달음질쳐서 건넌방 들창 밖으로 오니 진창에 쓰러진 그 그림자는 그저 있다. 그의 가슴은 공연히 두근거리었다.

“아이구……, 응……, 으윽……, 헤구……, 응윽…….”

그 그림자는 괴로운 신음 소리를 지르면서 진창에 쓰러진 대로 몸을 비비 틀기도 하고 일어나려다가는 다시 쓰러지는데 두 손으로 얼굴을 붙잡았다. 사정없이 빗발은 그의 몸 위에 물 퍼붓듯 쏟아진다.

“웬 사람이여…….”

승현의 뒤를 따라 나온 주인은 반말을 뇌었다. 그러나 그 사람은 그 대답은 하려고도 하지 않고,

"아이구…… 웅…… 으……."

하고 이를 빡빡 갈면서 몸을 뒤틀었다. 그것을 보는 승현의 가슴은 몹시 굴렀다. 무슨 큰일이나 저질러 놓은 듯하였다. 그러면서도 어쩐지 마음 한편에서는 그것을 변명할 여지가 있는 듯이 느긋하였다.

"웅, 웬 사람이여……."

주인은 뇌면서 성냥을 득 그었다.

"아이구……, 나리……, 사……, 살려……, 아이구!"

바람결에 그물거리는 성냥 불빛 속에서 신음하는 그 사람의 얼굴과 그 얼굴을 가린 손은 피투성이가 되었다.

"웅!"

승현이는 스스로도 모르게 소리를 지르면서 그 사람의 앞에 다가들었다. 성냥불은 꺼지었다. 다시 어둠이 몰리었던 주위는 빗소리에 요란하다.

"저거 웬일이여……."

다시 성냥을 그어 든 주인도 눈이 둥그래서 그 사람의 얼굴을 들이어다 본다. 승현이는 일어나 앉은 그 사람의 얼굴을 가린 손을 잡아떼었다. 왼편 눈으로 흘러내리는 피는 흙투성이 된 목출모와 의복을 질퍽히 적시었다. 승현의 가슴은 찌르르하였다. 벼락이 금방 내릴 것 같았다. 그는 비를 맞으면서 그 사람의 손을 잡은 채 멀거니 서서 어쩔 줄을 몰랐다. 주인도 성냥을 다시 그잡을 생각까지 잊은 듯이 침묵을 지키었다. 컴컴한 골목 쏟아지는 빗속에 들리는 것은 사람의 신음 소리뿐이었다.

"자, 집으로 들어갑시다."

승현이는 그 사람을 일으키었다.

"아이……, 웅……, 나리 마님 살려 줍시오……."

괴롭게 떨리는 그 목소리는 애원하는 것 같았다.

"걱정 말고 들어갑시다. 얼마나 다쳤는지 병원에라도 가야지……"

하고 그를 끌었다. 그는 얼른 일어나지 않았다. 그저 살려만 달라고 빌었다. 그러다가 일어서더니 저편에 자빠진 지게를 집어 끌면서 마당으로 들어왔다. 대청 툇마루에 그를 앉히어 놓고 주인은 안방 전등을 마루로 내걸었다. 전등 불빛이 비추이는 그 사람의 정체는 더욱 볼 수 없었다. 흙투성이와 물투성이 된 온몸은 피투성이가 되어서 가죽을 벗겨 놓은 짐승 같았다. 그는 마루에 엎드러서 눈을 붙잡고 괴롭게 신음하고 있다. 내다보던 주인아씨는,

"에그머니!"

하고 머리를 끌어들이었다. 물을 떠가지고 온 행랑어멈도 이마를 찡그리면서 머리를 돌리었다. 누구나 그 사람을 잡고 그 사람의 괴롬을 같이 괴로워하는 이는 없었다. 승현이는 그 사람의 옷을 벗기고 주인의 헌 옷을 얻어 입히고 얼굴의 피를 말끔히 닦아서 자기 방에 눕게 하였다. 여전히 피가 흐르는 왼편 눈에 솜을 붙이고 헝겊으로 싸매었으나 흐르는 피는 솜과 헝겊을 새까맣게 물들이었다. 그는 신음을 하면서 돌아가려고 하였다.

"나리 마님 살려 줍시요……. 할 일은 없고 어린 자식들은 밥을 달라고 하고……. 살려 줍시요……. 이놈의 눈깔뿐 아니라 목이 떨어져도 죽을, 죽을죄를……. 살려 줍시요……"

그는 괴롬과 울음이 섞인 목소리로 뇌었다. 그는 승현의 마음을 의심하는 것이었다. 그저 보내지 않고 감옥으로 보내지나 않을까 하고 의심하는 어조요, 태도였다. 승현의 가슴은 더욱 찌르르 저리었다. 그 사람의 말은 마디마디 창해같이 양양한 자기의 전정을 애는 듯하였다. 그 양산대가 남의 눈을 빼리라고까지는 생각지 않았던 것이다. 한때의

호기심 비슷한 충동이 그에게 무서운 결과를 주리라고는 뜻도 하지 않았던 것이다. 불과 기십 환짜리의 외투로 천금 같은 눈을 잃고 대문 밖으로 나가는 그 그림자를 보는 때 그의 가슴은 더욱 묵직하였다. 그 즉석에서 자기의 몸 위에도 그보다 더한 참혹이 내리는 것 같았다. 그는 지게를 끌고 대문 밖에 나선 그 사람을 잠깐 기다리라 하고 안으로 뛰어 들어와서 외투를 들고 나갔다. 자기의 재산은 그것뿐이다. 그것을 주어 보내는 것이 어쩐지 유쾌하게 생각났다.

승현이가 다시 대문 밖에 나서니 그 그림자는 어디론지 스러지고 말았다. 그날 밤 그의 꿈은 몹시 뒤숭숭하였다. 승현이는 이튿날 아침에 회사에 출근하려고 대문 밖으로 나서는데 누군지

저편으로 돌아나가면서,

"엑, 웬 피가 저런구……. 엑……, 숭해……."

하면서 침을 뱉는다. 그 소리는 그에게 청천벽력같이 들리었다. 어젯밤 그 광경이 눈앞에 올라서 그는 몸서리를 치면서 외투를 다시 보았다.

---

1) 최활 : 베를 짤 때 폭이 좁아지지 않도록 버티는 가는 나무오리.

서막序幕

서천에 기우는 쌀쌀한 초가을 볕은 ○ 잡지사 이층 편집실 유리창으로 불그레 흘러들었다.

"오늘은 끝을 내야지……. 오늘도 끝을 안 내주면 어떡한단 말이오?"

몸집이 호리호리하고 얼굴이 길죽한 김은 불도 피우지 않은 난로 앞에 서서 가는 눈을 심술궂게 굴렸다.

"글쎄 어째 대답이 없소?"

저편 남창 앞에 놓인 의자에 비스듬히 걸터앉아서 담배를 피우는 최는 김의 말을 부축하는 듯이 퉁명스럽게 말하면서 동창 아래 책상에 기대여 앉은 주간을 건너다보았다. 뚱뚱한 몸집에 어울리지 않는 작은 키를 가진 주간은 아무 말도 없이 담배를 피우면서 거리를 내려다보고 있다.

"여보 주간 영감!"

퉁명스러운 굵은 소리로 부르는 것은 입술이 두터운 강이란 사람이었다. 그 소리에 주간은 슬그머니 머리를 돌려서 강을 건너다보았다. 김이 서 있는 난로 앞 의자에 앉아서 신문을 보고 있던 강은 신문 축을 저편 책상 위에 홱 집어던지면서,

"그래, 우리 소리는 개소리오? 왜 대답이 없소?"

하고 주간을 뚫어지게 건너다보았다.

“입이 붙었어요?”

가는 눈으로 강과 같이 주간을 건너다보는 김의 소리는 빈정대는 듯하였다.

“하하하.”

주간은 기가 막힌다는 듯이 입을 커다랗게 벌려서 웃었다.

“입은 안 붙었군! 웃는 걸 보니 힝.”

하고 김이 빈정대는 바람에 최와 강도 벙긋하였다. 그러나 주간의 두 눈은 실룩하여졌다.

“그렇게 웃으면 만사가 편할 줄 아시오? 당신은 배가 부르니 웃음이 나지만…….”

최의 말이 끝나기도 전에 강은 주간의 앞으로 의자를 끌면서,

“그래, 어떻게 작정인지 어서 요정을 내야지 인제는 우리도 더 참을 수가 없는데요!”

하는 소리는 좀 순탄하였다.

“글쎄 나만 조르면 어떡하오.”

주간은 저편 북편 벽 석고 옆에 놓인 책상 앞 의자에 말없이 머리를 떨어뜨리고 앉아 있는 회계를 흘끔 건너다보면서 뇌었다.

“그러면 누구 보고 말하랍니까? 아하, 우리는 주간의 지휘를 받았으니 주간에게 말해야지 그럼 회계보고요.”

김의 말,

“글쎄 여러분 생각해 보시구려―. 내가 돈을 가졌으면야 여러분의 월급을 안 드릴 리 있습니까?”

주간의 소리는 한 고삐 늦추는 수작이었다.

“회계 선생은 왜 저러구만 계시우?”

주간의 말이 떨어지자마자 최는 회계를 건너다보았다. 회계는 머리

를 겨우 들어서 이편을 보면서 어색히 웃을 따름이었다. 회계는 사장의 심복지인으로 있는 사람이었다.

"그런데 아마도 무슨 일이 단단히 있는 게야? 왜 주간은 회계나 사장을 보고 말 한 마디 못 하오?"

최가 부르짖는 바람에 김은 머리를 끄덕거리면서 회계와 주간을 번갈아 건너다보았다. 이때 회계와 주간은 시선을 언뜻 마주치더니 피차 외면을 하는 낯에는 무슨 고민의 빛이 흘렀다.

"주간과 영업부장(회계)이 배가 맞아가지고 저희끼리는 월급을 먹은 게지?"

김은 속을 다 안다는 듯이 주간을 보았다.

"아, 그건 참 애매한 소리오! 여보 나도 쌀이 없어서 쩔쩔매는 판인데……. 하하 참 기막힌 소린데……."

주간은 변명, 변명을 하면서 기가 막혀 웃는다.

"뭘 쌀이 없어? 쌀 없는 사람이 술만 잘 먹더라! 그럼 당신네가 배 맞은 줄 우리가 모르는 줄 아오."

강은 신이 나서 소리를 높였다.

"어떻게 배가 맞았단 말이오? 배가 맞다는 것이 어떤 것이오?"

주간의 언성도 높았다.

"그럼 배 안 맞은 게 무언구? 둘이 밤낮 기생집 술집으로 돌아다니면서……. 남은 밥을 굶기고 제 혼자들만 술을 처먹으니 배 안 맞은 게 무에요?"

강은 펄쩍 뛰는 듯이 의자에서 일어섰다.

"누가 기생집 술집이오? 어디서 보았소?"

주간은 눈에 핏발이 서도록 악을 썼다.

"으응, 알았다. 인제 알았다. 네놈들 속을 인제 알았다. 어젯밤에 ○○

란 사람하고 ○○ 신문사에 있는 ○○하고 명월관에 가서 한 턱 한 것
은 누군데?"

강은 호령이나 하는 듯이 끝소리를 길게 뽑으면서 주간을 노려보
았다.

"응 그런가? 자네는 주간을 졸르게. 나는 회계와 말함세! 두 달 월급
이나 지불치 않고 저희는 술을 먹어? 좋다. 여보, 회계 우리도 한턱 주
구려!"

최는 한 걸음 회계 편으로 다가섰다. 회계는 말없이 돌아앉아서 장
부를 뒤지고 있다.

"하하, 그건 ○○가 낸 턱이지 어디 내가 낸 턱이오?"

주간은 순스럽게 대답하면서 강을 처다보았다. 그때 이편에서는 최
가 회계를 졸랐다.

"여보, 영업부장! 이렇게 우리도 좋은 낯으로 말할 때 해결을 지어야
지 그렇지 않아서는 재미가 적을 걸……."

이렇게 최가 회계를 조르는데 강은 주간을 보면서,

"뭐 오늘 아침에 ○○를 만났는데……."

"자, 예서 이래서는 소용이 없으니 우리 사장을 찾아가세……. 가서
모가지를 분질러 버려야지……."

가운데 잠잠히 섰던 김의 소리에 최와 강은 약속이나 한 듯이,

"그래!"

하면서 층계가 있는 편을 향하고 나가려 하였다.

"글쎄 사장한테 가면 무엇 하오?"

주간은 딱한 듯이 물었다.

"하긴 뭘 해! 월급 달라지!"

"그러지 말고 며칠 더 참아 봅시다."

주간은 아무쪼록 가지 말아 달라는 표정이었다.

"글쎄 그 양반도 지금 돈이 융통이 되지 못해서 하시는 판인데……. 좀 참으시면……."

회계는 의자에서 일어나 여러 사람들 앞으로 오면서 어색한 웃음을 지었다.

"응, 돈이 없어서 안 주면 달란 말도 안 해!"

최는 퉁명스럽게 말하면서 뒤에 섰다가 앞으로 나아갔다.

"그런 소리 저런 소리 할 것 있나? 가보고 안 주면 가마라도 뽑아 오지!"

가운데 섰던 김은 어느새 층계 어구에 갔다.

"그래, 안 주면 가마는? 모가지를 도려 놓지!"

세 사람은 다 같이 층계로 내려가려고 하였다.

"글쎄 내 말씀 잠깐 들으오!"

주간은 달려 나오면서 여러 사람의 앞을 가로막아 섰다.

"며칠만 좀 참아요! 가도 그렇게 가면 무슨 수가 있소? 사장도 돈이 있어야지 또 지금 가도 못 만날 터인데……."

주간은 딱하다는 듯이 말하면서 여러 사람의 낯을 번갈아 처다보았다.

"자 그럽시요! 제가 오늘 사장 댁에 가겠어요!"

따라 나온 회계도 애걸하듯이 말하였다.

"이건 가는 사람을 못 가게 할 텐가?"

"가는 자유까지 막나?"

"물러나! 나는 가서 결정을 지어야지! 그 전에는 안 돼……."

세 사람은 서로 볼 부은 소리를 하면서 주간을 밀치고 내려가려고 하였다.

“아따, 이 사람들 장하다!”

밀치어 나서는 주간은 빈정대는 소리로 뇌였다.

“뭐?”

층계를 내려디디는 강은 주간을 쳐다보았다.

“무어 어찌구 어째?”

“이게 주간인가 편집국장인가?”

최와 김도 강과 같이 주간을 뚫어지게 건너다보았다.

“그런데 반말은 웬 반말이야?”

주간의 소리는 열이 잔뜩 올랐다.

“반말? 그래 반말하면 어때.”

강의 말.

“받을 돈 받으면 그만이지 이렇게 어수선은 웬 어수선이야?”

주간은 버티는 수작이었다.

“이게 왜 이리서요? 그만두서요.”

곁에 서 있던 회계는 낯빛이 질려서 싸움을 말린다.

“그럼 받을 돈 받으면 그만이지……. 그래, 어서 줄 돈 주어야지?”

최가 달려들었다.

“하, 이 사람이 미쳤나!”

“아따, 요놈 별소리 다하네!”

최는 주간의 멱살을 잡았다.

“이놈이 미쳤나? 뉘 멱살을 잡니?”

주간은 발악을 하면서 최의 멱살을 잡았다. 이때 곁에 서 있던 회계
는 최와 주간의 손을 잡으면서,

“글쎄 왜들 이리서요? 좀 참으서요. 최 선생! 저를 보시구 제발 이리
지 마서요…….”

하고 애걸복걸을 한다. 그 바람에 최는 손을 놓고 성난 소처럼 씩씩하면서 주간을 건너다본다.

“자 가세!”

여러 사람들은 다시 층계를 내려왔다.

“망할 놈들 가면 갔지.”

층계를 한 절반이나 내려왔을 때 위에서 중얼거리는 소리가 세 사람의 귀에 들렸다.

“저놈의 자식 아직도 혼이 덜 난 게로군!”

가운데 섰던 강이 성난 소리로 끙얼거리면서 올리닫는 바람에 두 사람도 도로 올라왔다.

“여보 주간! 무에 어째?”

입술이 두툼한 강은 눈을 부릅뜨고 주간의 앞에 달려들어,

“이놈이 아직도 뜨끔한 맛을 못 봤구나! 월급을 달라는데 무에 어찌구 어째? 그래 우리가 그렇게 만만하더냐? 네놈의 배만 채우면 가만있을 줄 알았니?”

하고 멱살을 잡아서 끌었다. 싸움이 터졌다. 주간과 강은 서로 밀치고 밀치면서 멱살을 잡고 차고 때린다.

“이놈아 가자! 이놈! 네놈을 앞에 세워 놓고 받아내야 하겠다. 이놈이 무슨 작죄가 있는 게지 사장이 네 애비냐 네 할애비냐?”

강은 주간의 다리를 드립다 찼다. 꽝 하고 널판 위에 쓰러지는 주간은

“엑, 아이구 이놈이 사람 죽이오!”

하고 슬프게 부르짖었다.

“아이구, 이것 그만두셔요.”

회계는 울듯이 달려들어서 강의 팔목을 잡았다.

“가만히 있어. 이놈들 두 놈을 한 매에 때려서……”

강은 벌떡 일어서더니 의자를 둘러메었다.

“아이쿠.”

회계는 낯빛이 질려서 저편으로 뛰어가고 몸집이 뚱뚱한 주간은 얼른 일어나지 못하고 팔과 다리로 저항이나 하는 듯이 들었다.

“여보게, 이리 말게.”

곁에 서서 빙그레하던 최와 김은 달려들어서 일변 강이 잡은 의자를 빼앗았다. 강은 그래도 못 참겠다는 듯이,

“이놈을 그저 둬? 오늘은 요정을 내야 한다. 자네들 가서 사장 놈을 좀 잡아오게! 세 놈을 한데 모아놓고 어디 모가지를 도리세.”

하면서 주간을 그저 뚫어지게 본다. 주간은 무색한 듯이 엉금엉금 일어나더니 모자를 집어썼다.

“가긴 어디로?”

강은 툭 쏘면서 주간의 앞으로 대어들었다. 그러나 주간은 아무 대답도 없이 그저 나가려고 하는지라 강은 주간의 팔을 잡아서 홱 뒤로 끌어 제치면서,

“야가 아직도 이리 뻣뻣하냐? 요정을 내야지!”

하는 바람에 주간은 아무 말도 없이 의자에 털썩 주저앉았다.

“여보, 회계! 장부 좀 봅시다.”

김은 회계의 곁으로 가면서 크게 소리를 쳤다.

“네……?”

회계는 놀라운 듯이 김을 쳐다보았다.

“네라니, 그렇게 큰 소리를 못 들었소! 우리와는 상관없는 일이지만 장부를 좀 보여주서요!”

하면서 김은 저편에 놓인 회계의 책상 앞에 가서 장부에 손을 대었다.

“장부는 보시면 뭘 하서요?”

회계는 어느새 김의 앞에 와서 섰다.

“이건 왜 이래, 좀 보면 어떻소?”

하고 커단 장부를 뽑아서 뒤적거리다가 곁에 세워놓은 초일기도 빼어서 뒤진다.

“자—, 이게 웬 돈이야? 자, 이래도 아니라고 앙탈을 할까?”

장부를 뒤지던 김이 무슨 수나 난 듯이 떠들어 놓는 바람에 최와 강은 그리로 갔다.

“어디 무어야? 응 박영선朴榮善—(주간) 꺼로 팔십 원! 무어야, 시월 수당?”

이렇게 강이 또 떠들었다. 회계는 머리를 숙이고 주간은 또 벌떡 일어섰다.

“애, 주간! ……잠깐 섰게……. 주간인지 개다린지 오늘은 그저 둘 수 없는데……. 나는 그래도 오늘까지 저를 믿었지!”

이때까지 별로 떠들지 않던 김은 나가려는 주간을 잡았다. 이쪽에서는 이렇게 손객이를 하는데 저쪽에서는 강이 회계를 깔고 앉아서,

“이놈아, 바로 말해라! 어떻게 된 셈이냐?”

하고 조른다. 소 같은 강에게 깔려서 낄낄 하는 회계는 최를 쳐다보면서,

“아이구, 최 선생 이것 좀 보시요.”

하였다. 이러는 판에 어디로 심부름 갔던 하인이 층계를 탕탕 구르고 올라와서 이 광경을 보더니 눈을 둥글해서,

“이게 웬 일입니까?”

“너는 어디 가서 그리 오래 있니? 이런 놈 좀 때려죽이지! 너도 월급을 못 받았지? 이놈을 죽여라.”

하고 최는 주간의 귀빼기를 보기 좋게 올렸다.

"아이구! 이놈!"

주간은 소리를 지르더니 그 자리에 거꾸러졌다.

"아이구! 선생님 이것 그만둡시요."

하인은 눈이 둥그래서 말린다.

"이놈 같으니, 이 천참만육[1]을 할 놈들 같으니. 응, 일은 우리가 죽게 하고 배는 너희가 채우고? 그리고도 큰 소리를 한담! 이 때려죽일 놈 같으니라구!"

최는 쓰러진 주간을 꿍꿍 밟고 차더니 독살이 잔뜩 오른 눈으로 하인을 보면서,

"너 사장 집에 가서 사장 놈 오라구 해라! 어서 얼른!"

하였다.

"아 왜 이러서요? 강 선생님 그만두서요."

하인은 황송한 듯이 허리를 굽실하면서 벙긋하였다.

"왜 이러다니, 이 민숭어놈 같으니 너는 월급이 싫으냐?"

최는 뚫어지게 하인을 보면서 언성을 높였다. 그 바람에 하인은 어쩔 줄을 모르고 엉거주춤하였다.

"왜 이러구 섰어? 갔다 오면 갔다 오는 것이지? 그래야 너도 돈이 생긴다."

"어서 갔다 와!"

저편에 서 있는 김까지 최와 같이 하인을 책망하는 바람에 하인은 허리를 굽실하면서 나가려고 하였다.

"여보게, 여보게, 날 좀 보게."

회계를 깔고 앉았던 강은 하인을 부르더니,

"사장 집에 가서 사장을 보고 우리가 오라더란 말을 말고 회계 선생

님과 주간 선생님이 곧 좀 오시라고 하십디다고 말하고 여기 일은 말 말게. 여기 눈치를 보여서는 그 구렁이 같은 놈이 오겠나?"

하였다. 하인은 나갔다. 짧은 겨울 해가 차츰 장안 행길에서 빛을 거둘 때에 사장은 하인과 같이 층계를 구르고 편집실로 올라왔다. 키가 커 닿고 얼굴이 얽은 사장은 층계로 올라와서 방안을 보더니 의아한 낯빛 으로 이 사람 저 사람을 본다. 이때는 분주하던 실내가 고요하여지고 여러 사람은 각각 의자에 앉아서 이마를 찡그리고 담배를 피웠다.

"오십니까?"

회계가 먼저 일어서서 어색한 소리로 사장을 보면서 허리를 굽실하 는데 주간도 따라 일어나서면서,

"어서 오서요."

하였다. 그러나 김, 최, 강은 뻣뻣이 거만스럽게 앉아서 사장을 바라보 고 회계와 주간을 보면서 입을 비쭉하였다.

"무슨 일에 불렀소?"

사장은 사장석에 앉으면서 주간을 건너다보았다.

"네! 사장을 오시라고 한 것은 저희들이올시다."

주간의 대답이 나오기 전에 강은 트집 잡는 어조로 내쏘면서 사장 을 보았다. 사장은 너무도 의외의 일에 강을 의아한 눈초리로 바라보 았다.

"오시라구 한 것은 다름이 아니라 월급을 지불해 줍시사고 한 일입 니다."

강은 가장 공손한 듯이 말하였다.

"어떻게 변통을 해주서야 하겠습니다."

최도 공손하게 말하였다.

"그래, 부르셨소!"

사장은 불쾌한 안색으로 강을 대하였다.

"네!"

김, 최, 강의 세 사람은 약속이나 한 듯이 대답하였다.

"그만 일은 여기 주간이 계시니 주간하고 말씀하시지 나까지 부를 게 무엇 있소?"

사장의 어조는 아니꼽게 나왔다.

"그렇게 오라 하신 게 허물될 게야 무엇이 있습니까?"

하고 최가 먼저 비꼬는데 강은 주간을 보면서 사장에게,

"어디 주간이 안다구 합니까? 주간은 모른다구만 하니 어찌합니까?"

하였다.

"주간, 왜 모른다구 했소?"

하고 사장은 노염 있는 눈으로 주간을 건너다보는데, 그 노염은 거짓 노염 같아서 위엄 없이 보였다.

"허허 제가 언제 모른다구……."

주간은 외면을 하면서 코웃음을 쳤다.

"이놈들을 그저 두어서는 늘 그 꼴이 되겠으니 주먹맛을 좀 보여주어야 하겠군!"

하고 강은 사장의 앞으로 가더니,

"그래 월급을 못 주겠어? 응 어떤 놈은 주고 어떤 놈은 따돌리나?"

하면서 멱살이나 잡을 듯이 달려들었다.

"이게 무슨 해거요? 내가 돈을 두고 안 주우?"

사장은 강을 노려보았다.

"그래 네가 돈이 없어서 못 주니? 이놈아!"

어느 겨를에 사장의 멱살은 강에게 잡히었다.

"이놈 이 후레 아들놈 같으니 점잖지 못하게!"

사장은 멱살을 잡혀서 발악을 하였다.

"무어 어쩌구 어째? 우리는 체면도 없다. 그래 돈을 못 줄 테냐?"

"돈? 돈이 없다. 없어……."

주간과 회계가 달려들어서 말리는 것을 김과 최가 달려들어서 막는다.

"이놈 내가 모르는 줄 아니? 이놈 회계와 주간의 월급은 선불을 하고 우리는 그래 못 주겠니?"

강은 사장을 깔고 앉아서 죽으라고 때렸다.

"아이구! 나는 돈 없다. 이놈 주간 놈인지 회겐지 한 놈들이 너의 월급만 주면 관계치 않다 했지?"

사장은 소리를 슬프게 질렀다. 그 바람에 김은 회계를 최는 주간을 붙잡고,

"옳지, 너만 먹으면 관계치 않으냐?"

조르는데 사장을 깔고 앉았던 강이 벌떡 일어나더니 하인을 보면서

"얘, 이 방에 있는! 의자며 책상 할 것 없이 말끔 집어내라! 팔아먹고 볼 일이다."

하더니 자기부터 벽에 걸린 시계를 떼고 책상을 둘러메려고 한다.

"이놈아 왜 가만히 있니?"

강은 하인을 보고 소리를 질르더니 그 다음에는 전화를 뗀다.

"이것저것 팔아도 우리 월급이 못 된다!"

맘대로 하라는 듯이 뻣뻣이 서 있던 사장도 전화를 떼는 데는 가만있지 않고 달아오면서,

"돈을 주면 그만이지 남의 전화는 왜 떼?"

하고 소리를 질렀다.

"그럼 내라. 지금 내라."

강은 그저 전화통을 잡고 서서 소리를 질렀다.

"여보, 회계!"

사장은 황급하게 회계를 불렀다. 그 바람에 방안은 잠잠하였다.

"네!"

회계는 대답하면서 사장을 보았다.

"모두 얼만지 회계를 밝히오? 엑! 흉한 놈들."

사장은 끝말을 흐려 버렸다.

"모두 두 달치니 삼칠 이십일, 세 분의 것이 두 달치니 사백이십 원하고 저 하인의 것이 사십 원 하니 사백육십 원이야요!"

"응, 소절수 떼게."

사장은 말하면서 도장을 건넸다. 사백육십 원의 소절수는 사장의 손을 거쳐서 강의 손으로 들어갔다.

"어따 갖다 잘 먹어라!"

사장은 톡 쏘면서 소절수를 던졌다.

"응, 받는다. 확실히 받았다. 잘 먹고 말구! 너 이놈의 근성이 이렇다. 왜 줄 돈을 벌써 주었으면 피차 생색이지 발악 발악을 하다가 준단 말이냐? 응! 이건 서막이나 이제 더한 불덩어리가 너의 머리에 떨어져야."

하는 강과 같이 여러 사람은 모자를 집어썼다. 방안은 어수선하였다.

---

1) 천참만륙(千斬萬戮) : 수없이 동강 내어 끔찍하게 죽임

물벼락

십자교十字橋를 건너가려다 눈에 뜨이는 그림자가 있기에 바라보았
다. 먼 불빛에 얼굴은 잘 보이지 않으나 미끈한 몸에 얼리는 소복으로
신바닥에 흙이 묻을세라 사뿐사뿐 걸어오는 그림자는 그의 가슴을 간
지르지 않을 수 없었다. 그는 여자의 치마폭 여민 팔꿈치를 슬쩍 건드
려 보았다. 여자는 돌려다보는 듯 마는 듯 태연히 걸어간다. 그는 서너
걸음이나 나오다가 다시 돌아다보았다. 서너 걸음이나 나가면 여자도
다시 돌아다본다. 여자의 시선은 어떻게 흔들렸는지? 어두움에 흐러서
보이지 않는 그것이 그에게는 도리어 은근한 맛이 있었다.

"대서? 대서 볼까?"

개천을 왼편에 끼고 간동으로 너댓 집이나 지나 올라가던 여자는
또 슬쩍 돌아다본다. 길옆 집 문등 빛에 갸름한 얼굴이 반짝 보였다.
아까보다 빨리 걸어가던 여자는 컴컴한 골목에 돌아지더니 쓰러져 가
는 초가집 대문 안으로 들어간다. 대문 안에 몸을 숨긴 여자는 문 밖
에 대어선 사내를 방긋이 내다보면서 손짓과 몸짓으로 군호를 주는
듯하고 스러져 버렸다. 그는 그것을, '잠깐만 기다리세요! 안에 가보고
나올게…… 누가 알면 큰일 납니다.' 하는 암시로 해석하였다. 그의 몸
은 부르르 떨렸다. 붉은 입술, 부드러운 곡선미, 향긋한 살 냄새—, 벌
써부터 그의 머리에 떠오르는 무엇은 초초분분 무르녹아 들어간다.

단꿈에 째릿한 가슴은 엷은 공포에 스르르 흐리기도 하였다.

'지금 나오나? 아니다. 저건 문소리다.'

그는 피 뛰는 소리에 멍멍한 귀를 기울여서 안으로부터 흘러나오는 소리를 엿들으려고 하였다. 나온다! 신 소리가 들린다. 일각이 삼추 같은 그의 귀에 가까워오는 여자의 발자취는 그에게 큰 쇼크를 주었다. 부드러운 살 향기가 서리인 이불 속에 온몸이 푸근히 싸이는 것 같았다. 대문이 삐―꺽 열린다. 그는 성공의 기쁨에 떨리는 가슴을 억제하면서 나오는 그림자를 끌어안을 듯이 거의 본능적으로 팔을 벌렸다.

"배라먹을 녀석! 버르쟁이를 가르쳐야……."

빽 쏘는 소리가 도리어 늦다 할 이만치 끼얹는 차디찬 물은 폭포와 같이 사내의 전신에 내리질렸다. 몸을 움찔하던 사내는 꿀 먹은 벙어리가 되어서 몸을 돌쳐 뛰려다가 건너편 담벼락에 이마가 부딪쳐 펄썩 주저앉자마자 물벼락이 나오던 대문 안으로부터 세숫대야가 튀어나오면서 그의 뒤통수를 후려갈기고 땅바닥에 뎅그렁 떵 떨어졌다. 대야 벼락까지 떨어지자 물투성이 된 몸에도 열 이 남았던지熱 두 눈에서 불이 번쩍 일어났다. 그는 모자가 벗어진 줄도 모르고 발足 아! 나 살려라! 내뛰었다. 천방지방 달음질을 쳤다.

조용한 골목에 돌아진 그는 비로소 발을 멈추었다. 가슴에서는 맞방망이질을 하고 두 어깨는 급한 물결을 친다. 숨을 돌려 가면서 모든 것은 꿈같기도 하면서 꿈 아닌 것이 원수 같았다. 벗어진 머리를 만지면서 말갛게 개인 날에 물투성이 흙투성이 된 꼬락서니를 굽어보니 무어라고 형언할 수 없는 생각에 가슴이 뻐근하였다. 그것은 호소할 데 없는 분이요, 슬픔이다. 제일

집에는 어떻게 가며, 큰길에는 어떻게 나서랴? 똥그란 아내의 눈도 얼찐 보이고 행순 순사의 그림자도 어디로선지 나타나는 듯하였다.

‘꿈이나 되었으면.’

길가의 돌까지 비웃는 듯한 느낌에 으슥한 그늘에 들어서는 그는 혼자 뇌이면서 또 한 번 머리를 만지고 의복을 보았다. 이른 봄밤은 물투성이 된 그에게 겨울밤같이 찼다. 흥분이 스러진 그는 냉수 벼락 여독에 덜덜 떨었다. 도수가 좀 더 떨어지면 불이 번쩍 나던 대야 벼락이 그리울는지도 모를 것이다.

박돌의 죽음

1

밤은 자정이 훨씬 넘었다. 이웃의 닭소리는 검푸른 새벽빛 속에 맑게 흐른다. 높고 푸른 하늘에 야광주를 뿌려 놓은 듯이 반짝이는 별들은 고요한 대지를 향하여 무슨 묵시를 주고 있다. 나뭇잎에서는 이슬 듣는 소리가 고요하다. 여름밤이건만 새벽녘이 되니 부드럽고도 쌀쌀한 기운이 추근하게 만상萬象을 소리 없이 싸고돈다. 남자인지 여자인지, 어둠 속에 잘 분간할 수 없는 히슥한 그림자가 동계사무소洞契事務所 앞 좁은 골목으로 허둥허둥 뛰어나온다.

고요한 새벽이슬에 추근한 땅을 울리면서 나오는 발자취는 퍽 산란하다. 쿵쿵 하는 음향音響은 여러 집 울타리를 넘고 지붕을 건너서 어둠 속으로 규칙 없이 퍼져 나갔다. 어느 집 개가 몹시 짖는다. 또 다른 집 개도 컹컹 짖는다. 캥캥한 발바리 소리도 난다. 뛰어나오는 그림자는 정직상점正直商店 뒷골목으로 휙 돌아서 내려간다. 쿵쿵쿵…….

서너 집 내려와서 어둠 속에 잿빛같이 보이는 커단 대문 앞에 딱 섰다. 헐떡이는 숨소리는 고요한 공기를 미미히 울린다. 그 그림자는 대문에 탁 실린다. 빗장과 대문이 맞찍혀서 삐걱 하고는 열리지 않았다.

“문으 좀 벗겨 주오!”

　무엇에 쫓긴 듯이 황겁한 소리는 대문 안 마당의 어둠을 뚫고 저편 푸른 하늘 아래 용마루선線이 죽 그인 기와집에 부딪혔다.

　"문으 좀 열어 주오!"

　이번에는 대문을 두드리고 밀면서 고함을 친다. 소리는 퍽 황겁하나 가늘고 챙챙한 것이 여자다 하는 것을 직각게 한다.

　"에구 어찌겠는구? 이 집에서 자음메? 문으 빨리 벗겨 주오!"

　절망한 듯이 애처로운 소리를 치면서 문을 쿵쿵 치다가는 삐걱삐걱 밀기도 하고, 땅에다가 배를 붙이고 대문 밑으로 기어 들어가려고도 애를 쓴다. 대문 울리는 소리는 주위의 공기를 흔들었다. 이웃집 개들은 그저 몹시 짖는다. 닭은 홰를 치고 꼬끼요, 한다.

　"그게 뉘기요?"

　안에서 선잠 깬 여편네 소리가 들린다.

　"에구, 깼구먼!"

　엎드려서 배밀이하던 여인은 벌떡 일어나면서,

　"내요, 문으 좀 벗겨 주오!"

한다. 그 소리는 아까보다 좀 나직하다.

　"내라는 게 뉘기요? 어째 왔소?"

　안에서는 문을 벌컥 열었다. 열린 문이 벽에 부딪히는 소리가 탁 하고 울타리에 반향하였다.

　"초시初試 있소? 급한 병이 있어 그럽메."

　컴컴하던 집 안에 성냥불빛이 가물가물하다가 힘없이 스러지는 것이 대문 틈으로 보였다. 다시 성냥불빛이 번득하더니 당그랑쟁랑 하는 램프 유리의 부딪치는 소리와 같이 환한 불빛이 문으로 흘러나와 검은 땅을 스쳐 대문에 비치었다. '에헴!' 하는 사내의 기침 소리가 들렸다. 칙칙거리는 어린애 울음소리가 난다. 불빛이 번뜻하면서 문으로 여인이 선잠 깬 하품 소리를 '으앙' 하며 맨발로 저벅저벅 나와서 대문 빗장을 뽑았다.

"뉘기요?"

들어오는 사람을 기웃이 본다.

"내요."

밖에 섰던 여인은 대문 안으로 들어섰다.

"나는 또 뉘기라구? 어째서 남 자는 밤에 이 야단이오?"

안에서 나온 여인은 입을 씰룩하였다.

"에구 박돌朴乭이 앓아서 그럽메! 초시 있소?"

밖에서 들어온 여인은 떨리는 목소리로 아첨 비슷하게, 불빛에 오른쪽 볼이 붉은 주인 여편네를 건너다본다.

"있기는 있소."

주인 여편네는 휙 돌아서서 안으로 들어가더니,

"저두에 파충댁이로구마! 의원이구 약국이구 걷어치우오! 잠두 못 자게 하구!"

소리를 지른다. 캥캥한 소리는 몹시 쌀쌀하였다. 지금 온 여인은 툇마루 아래에 서서 머리를 숙였다 들면서 한숨을 휴 쉬었다. 정주鼎廚에서 한참 동안이나 부시럭부시럭하는 소리가 나더니 사잇문 소리가 덜컥 하면서 툇마루 놓인 방문 창에 불빛이 가득 찼다.

"에헴, 들오!"

다 쉬어 빠진 호박통을 두드리는 듯한 사내의 소리가 들린다. 밖에 섰던 여인은 툇마루에 올라섰다. 문을 열었다. 방에서 흘러나오는 불빛은 마루에 떨어졌다. 약 냄새는 코를 쿡 찌른다.

2

"하, 그거 안됐군. 그러나 나는 갈 수 없는데……."

몸집이 뚱뚱하고 얼굴에 기름이 번질번질한 의사(김 초시)는 창문 정면에 놓인 약장에 기대앉았다.

"에구 초시사, 그래 쓰겠소? 어서 가 봐주오."

문 앞에 황공스럽게 쭈그리고 앉은 여인의 사들사들한 낯에는 어색한 웃음이 떠올랐다.

"글쎄 웬만하문사 그럴 리 있겠소마는, 어제부터 아파서 출입이라군 못 하고 있소. 에헴, 에헴, 악……."

의사는 입에 물었던 담뱃대를 뽑아 들더니 안 나오는 기침을 억지로 끄집어내어 가래를 타구에 뱉는다.

"그게(박돌) 애비 없이 불쌍히 자란 게 죽어서 쓰겠소? 거저 초시게 목숨이 달렸으니 살려 주오."

의사는 땟국이 꾀죄한 여인을 힐끗 보더니,

"별말을 다 하오. 내 염라대왕이니 목숨을 쥐고 있겠소. 글쎄 하늘이 무너진대도 못 가겠소."

하며 담배 연기를 휙 내뿜고 이마를 찡기면서 천장을 쳐다본다. 흰 연기는 구름발같이 휘휘 돌아서 까맣게 그을은 약봉지를 데룽데룽 달아 놓은 천장으로 기어올라서는 다시 죽 퍼져서 방 안에 찼다. 오줌 냄새, 약 냄새에 여지없는 방 안의 공기는 캐----한 연기와 어울려서 코가 저리도록 불쾌하였다.

"제발 살려 줍시오, 네? 그 은혜는 뼈를 갈아서라도 갚아 드리오리! 네? 어서 가 봐주오."

"글쎄 못 가겠는 거 어찌겠소? 이제 바람을 쏘이고 걷고 나면 죽게 않겠으니, 남을 살리자다가 제 죽겠소."

"가기는 어디로 간단 말이오? 어제해르, 그래, 또 밤새끈 알쿠서리."

의사의 말 뒤를 이어 정주에서 주인 여펀네가 캥캥거린다. 여인은 머리를 푹 숙이고 앉았더니,

"그러문 약이라도 멧 첩 지어 주오."

한다.

"약종이 부족해서 약을 못 짓는데."

의사는 몸을 비틀면서 유들유들한 목을 천천히 돌려서 약장을 슬그머니 돌아본다.

"약값 염려는 조금도 말고 좀 지어 주오."

"아, 글쎄 약종이 없는 것을 어떻게 짓는단 말이오? 자, 이거 보오!"

하더니 빈 약서랍 하나를 뽑아서 땅바닥에 덜컥 놓는다.

"집에 돼지새끼 하나 있으니 그거 모레 장에 팔아 드릴게 좀 지어 주오."

"하, 이 앞집 김 주사도 어제 약 지러 왔다가 못 지어 갔소."

의사는 어이없다는 듯이 입을 벌린다.

"그래, 못 지어 주겠소?"

푹 꺼진 여인의 눈은 이상스럽게 의사의 낯을 쏘았다.

의사는,

"글쎄 어떻게 짓겠소?"

하면서 여인이 보내는 시선을 피하려는 듯이 미닫이 두껍집에 붙인 산수화山水畵를 본다.

"에구, 내 박돌이는 죽는구나! 한심한 세상두 있는게?"

여인의 소리는 애참하게 울음에 젖었다. 때가 지덕지덕한 뺨을 스쳐 흐르는 눈물은 누더기 같은 치마에 떨어졌다.

"에, 곤하군. 아------함, 어서 가보오."

의사는 하품과 기지개를 치면서 일어섰다. 여인은 눈물을 쑥쑥 씻더니 벌떡 일어섰다.

"너무 한심하구먼! 돈이 없다구 너무 업시비 보지 마오. 죽는 사람을 살려 주문 어떠오? 혼자 잘사오."

여인의 눈에는 이상한 불빛이 섬뜩하였다. 그 목소리는 싹 에는 듯이 아츠럽게 들렸다. 의사는 가슴이 끔뜰하였다.

3

여인은 갔다. 한 집 건너 두 집 건너 닭 우는 소리가 요란하다. 이웃에서 개 짖는 소리도 들렸다. 포플러 잎에서는 이슬 듣는 소리가 은은하다.

"별게 다 와서 성화를 시키네!"

여인이 간 뒤에 의사는 대문을 채우고 안으로 들어오면서 중얼거렸다.

"그까짓 거렁뱅들께 약을 주구 언제 돈을 받겠소? 아예 주지 마오."

주인 여편네는 뽀로통해서 양양거린다.

"흥, 그리게 뉘기 주나!"

의사는 방문을 닫으면서 승리나 한 듯이 콧소리를 친다.

"약만 주어 보오? 그놈의 약장, 도끼로 바사 놓게."

의사의 내외는 다시 불을 끄고 자리에 누웠으나 두루 뒤숭숭하여 졸음이 오지 않았다.

“에구, 제마(어머니)! 에구 배야!”

박돌이는 이를 갈고 두 손으로 배를 웅크려 잡으면서 몸을 비비 틀기도 하고 벌떡 일어앉았다가는 다시 눕고, 누웠다가는 엎드리고 하며 몸 거접할[1] 곳을 모른다.

“에구, 내 죽겠소! 왝, 왝.”

시큼하고 넌들넌들한 검푸른 액液을 코와 입으로 토한다. 토할 때마다 그는 소름을 치고 가슴을 뜯는다. 뱃속에서는 꾸르르꿀 꾸르르꿀 하는 물소리가 쉬일 새 없다. 물소리가 몹시 나다가 좀 멎는다 할 때면 쏴------- 뿌드득 뿌드득 쏴------- 하고 설사를 한다. 마대 조각으로 되는 대로 기워서 입은 누덕바지는 벌써 똥물에 죽이 되었다.

“에구, 어찌겠니? 의원醫員놈도 안 봐주니……. 글쎄 이게 무슨 갑작병인구?”

어머니는 토하는 박돌의 이마를 잡고 등을 친다.

“에구, 이거 어찌겠는구? 배 아프냐?”

어머니는 핏발이 울울한 박돌의 눈을 들여다보았다. 눈이 휘둥그래서 급한 호흡을 치는 박돌이는 턱 드러누우면서 머리만 끄덕인다. 어머니는 박돌의 배를 이리저리 누르면서,

“여기냐? 어디 여기는 아니 아프냐? 응, 여기두 아프냐?”

두서없이 거듭거듭 묻는다.

“골은 아니 아프냐? 골두 아프지?”

그는 빤한 기름불 속에 열이 끓어서 검붉게 보이는 박돌의 이마를 짚었다. 박돌이는 ‘으흐 으흐’ 하면서 머리를 꼬드기려다가 또 왝 하면서 모로 누웠다. 입과 코에서는 넌들넌들한 건물이 울꺽 주루룩 흘렀다.

“에구! 제마! 에구, 내 죽겠소! 헤구!”

박돌이는 또 쏜다. 그의 바지는 벗겼다. 꺼끌꺼끌한 거적자리 위에 누운 그의 배는 등에 착 달라붙었다. 그는 가슴을 치고 쥐어뜯고, 목을 늘였다 쪼그리면서 신음한다.

“니 죽겠구나, 응! 박돌아, 박돌아! 야, 정신을 차려라. 에구, 약 한 첩 못 써보고 마는구나! 침鍼이래도 맞혀 봤으면 좋겠구나!”

박돌이는 낯빛이 검푸르면서 도끼눈을 떴다. 목에서는 담 끓는 소리가 퍽 괴롭게 들렸다.

“에구, 뒷집 생원(서방님)은 어째 아니 오는지, 박돌아!”

박돌이는 눈을 떴다. 호흡은 급하고 높았다.

“제마! 주橘를 먹었으문!”

“줄으? 에구, 줄이 어디 있니?”

어머니는 한숨을 쉬면서 등불을 쳐다본다. 그 눈에는 눈물이 괴었다.

“그러문 냉쉬冷水를 좀 주오!”

“에구, 찬물을 자꾸 먹구 어찌겠니?”

“애고고고……”

박돌이는 외마디 소리를 치더니 도끼눈을 뜨면서 이를 빡 간다. 뒷집에 있는 젊은 주인이 나왔다. 어둑 충충한 등불 속에서 무겁게 흐르는 께저분한 공기는 새로 들어온 사람에게 몰려들었다. 젊은 주인은 부엌에 선 대로 구들을 올려다보면서 이마를 찡그렸다. 찢기고 뚫어지고 흙투성이 된 거적자리 위에서 신음하는 박돌이 모자의 그림자는 혼탁한 공기와 빤한 불빛 속에 유령같이 보였다.

“어째 의원은 아니 보입메?”

젊은 주인은 책망 비슷하게 내뿜었다.

“김 초시더러 봐달라니 안 옵데. 돈 없는 사람이라구 봐주겠소? 약

두 아니 져주던데!"

　박돌 어미의 소리는 소박을 맞아 가는 젊은 여자의 한탄같이 무엇을 저주하는 듯 떨렸다.

　"뜸이나 떠보지비?"

　"그래 볼까? 어디를 어떻게 뜨믄 좋은지? 생원이 좀 떠주겠소? 떠주오. 쑥은 얻어 올게."

　"아, 그것두 뜰 줄 모릅네? 숫구녕에 쑥을 비벼 놓고 불을 달믄 되지! 그런 것두 모르구 어떻게 사오?"

　"떠봤을세 알지, 내 어떻게 알겠소!"

　박돌 어미는 어색한 웃음을 지으면서 젊은 주인을 쳐다보았다.

　"체하잖았소?"

　"글쎄 어쨌는둥?"

　박돌 어미는 박돌이를 본다.

　"어젯밤에 무스거 먹었소?"

　"갱게(감자)를 삶아 먹구……, 그리구 너무두 먹구 싶어하기에 뒷집에서 버린 고등어 대가리를 삶아 먹구서는 먹은 게 없는데."

　"응, 그게루군. 문傷 고등어 대가리를 먹으문 죽는대두! 그거는 무에라구 축축스럽게 줏어 먹소?"

　젊은 주인은 입을 실룩하였다.

　"에구, 그게(고등어) 그런가? 나는 몰랐지! 에구, 너무두 먹구 싶어서 먹었더니 그렇구마. 그래서 나도 골과 배가 아팠던 게로군! 그러나 나는 이내 거워 버렸더니 일없구먼."

　박돌 어머니는 매를 든 노한 상전 앞에 선 어린 종같이 젊은 주인을 쳐다본다.

　"우리 집에 쑥이 있으니 갖다 뜸이나 떠주오. 에익, 축축하게 썩은 고기 대가리를 먹다니?"

젊은 주인은 뒤도 안 돌아보고 나가 버린다.

"에구, 한심한 세상도 있는게! 의원만 그런 줄 알았더니 모두 그렇구나!"

박돌 어미의 눈에는 또 눈물이 괴었다. 가슴은 빠지지하다. 어쩌면 좋을지 앞뒤가 캄캄할 뿐이다. 온 세상의 불행은 혼자 안고 옴짝달싹할 수 없이 밑도 끝도 없는 어둑한 함정으로 점점 밀려들어가는 듯하였다. 쫑그리고 무릎 위에 손을 꽂고 불을 빤히 쳐다보는 그의 눈은 유리를 박은 듯이 까딱하지 않는다. 때가 까만 코 아래 파랗게 질린 입술은 뜨거운 불기운을 받은 가지茄子처럼 초들초들하다. 그의 눈에는 등불이 큰 물 항아리같이 보였다가는 작은 술잔같이도 보이고 두 셋이나 되었다가는 햇발같이 아래위 좌우로 씰룩씰룩 퍼지기도 한다.

"응, 내 이게 잊었구나! ……쑥을 가져와야지."

박돌의 괴로운 고함 소리에 비로소 자기를 의식한 박돌 어미는 번쩍 일어섰다.

5

이웃집 닭은 세 홰나 운 지 이슥하다. 먼지와 그을음에 거뭇한 창문은 푸름하더니 흰하여졌다. 벽에 걸어 놓은 등불 빛은 있는가 없는가 하리만치 희미하여지고, 새벽빛이 어둑하던 방 안을 점점 점령한다. 박돌의 호흡은 점점 미미하여진다. 느른하던 수족은 점점 꿋꿋하며 차다. 피부를 들먹거리던 맥박은 식어 가는 열과 같이 점점 사라져 버렸다. 이제는 구토도 멎고 설사도 멎었다. 몹시 붉던 낯은 창백하여졌다.

"으응 끽!"

숫구멍에 놓은 뜸쑥이 타들어서 머리카락과 살 타는 소리가 뿌지직 뿌지직할 때마다 꼼짝 않고 늘어졌던 박돌이는 힘없이 감았던 눈을 떠서 애원스럽게 어머니를 쳐다보면서 괴로운 신음 소리를 친다. 그때마다 목에서 몹시 끓던 담 소리는 잠깐 그쳤다가 다시 그르렁그르렁한다. 박돌의 호흡은 각일각 미미하다. 따라서 목에서 끓는 담 소리도 점점 가늘어진다.

“껄.”

박돌이는 폐기 한 번을 하였다. 따라서 목에서 뚝 하는 소리가 났다. 박돌이는 소리 없이 눈을 휙 홉떴다. 두 눈의 검은자위는 곤줄을 서고 흰자위만 보였다. 그의 낯빛은 핼끔하고 푸르다.

“바, 바…… 박돌아! 야……, 박돌아! 에구, 박돌아!”

어머니는 박돌의 낯을 들여다보면서 싸늘한 박돌의 가슴을 흔들었다.

“야, 박돌아, 박돌아, 박돌아! 이게 어쩐 일이냐, 으응? 흑흑, 껄껄.”

박돌 어미는 울면서 박돌의 가슴에 쓰러졌다. 밖에서 가고 오는 사람의 자취가 들린다. 개 짖는 소리, 닭 우는 소리, 새의 지절거리는 소리가 요란하다.

6

붉은 아침볕은 뚫어지고 찢기고 그을은 창문에 따뜻이 비치었다. 서까래가 보이는 천장에는 까맣게 그을은 거미줄이 얼키설키 서리고 넌들넌들 달렸다. 떨어지고, 오리이고, 손가락 자리, 빈대 피에 장식된 벽에는 누더기가 힘없이 축 걸렸다. 앵앵하는 파리 떼는 그 누더기에 몰려들어서 무엇을 부지런히 빨고 있다. 문으로 들어서서 바로 보이는 벽에는 노끈으로 얽어 달아 매놓은 시렁이 있다. 시렁 위에는 금난 사기 사발과 이 빠진 질대접 몇 개가 놓였다. 거기도 파리 떼가 웅성거린다. 부엌에는 마른 쇠똥, 짚 부스러기, 흙구덩이에서 주워 온 듯한 나뭇가지가 지저분하다. 뚜껑 없는 솥에는 국인지 죽인지 글어서[2] 누릿한 위에 파리 떼가 어찌 욱실거리는지 물 담아 놓은 파리통 같다.

먼지가 풀썩풀썩 이는 구들, 거적자리 위에 박돌이는 고요히 누웠다. 쥐마당같이 때가 지덕지덕한 그 낯은 무쇠 빛같이 검푸르다. 감은 두 눈은 푹 꺼졌다. 삐쭉하게 벌어진 입술 속에 꼭 악문 누릿한 이빨이 보인다. 그의 몸에는 누더기가 걸치었다. 곁에 앉은 그 어머니는 가슴을 치면서 큰 소리 없이 꺽꺽 흑흑 느껴 울다가도 박돌의 낯에 뺨을 대고는 울고, 가슴에 손을 넣어 보고 한다. 그러나 박돌이는 고요히 누워 있다.

"흑흑 바……, 바……, 박돌아! 에구, 내 박돌아! 너는 죽었구나! 약 한 첩 침 한 대 못 맞아 보고 너는 죽었구나! 에구, 하누님도 무정하지. 원통해서……, 꺽꺽 흑흑……, 글쎄 무슨 명이 그리두 짜르냐? 에구!"

그는 박돌의 가슴에 푹 엎드렸다. 박돌의 몸과 그의 머리에 모여 앉았던 파리 떼는 우아 하고 날아가다가 다시 모여 앉는다.

"애비 없이 온갖 설움을 다 맡아 가지고 자라다가 열두 살이나 먹구서……, 에구!"

머리를 들고 박돌의 푸른 낯을 들여다보며,

"박돌아, 야 박돌아!"

부르다가 다시 쓰러지면서,

"먹고 싶은 것도 못 먹고 입고 싶은 것도 못 입고 항상 배를 곯다가……, 좋은 세상 못 보고 죽다니? 휴! 제마! 제마! 나도 핵교를 갔으문 하는 것도 이놈의 입이 원쉬 돼서 못 보내고! 흑흑."

그는 벌떡 일어앉았다.

"에구 하누님도 무정하지! 내 박돌이를, 내 외독자를 왜 벌써 잡아갔누? 나는 남에게 못 할 짓 한 일도 없건마는."

그는 또 박돌이를 본다.

"박돌아! 에구, 줄을 먹었으면 하는 것도 못 멕였구나. 이렇게 될 줄 알았으면 돼지새끼 하나 있는 거라도 주고 먹고 싶다는 거나 갖다 줄 걸. 공연히 부들부들 떨었구나! 애비 어미를 잘못 만나서 그렇게 됐구나!"

어제까지 눈앞에 서물거리던 아들이 죽다니! 거짓말 같기도 하고 꿈속 같기도 하다. '제마!' 부르면서 툭툭 털고 일어나는 듯하다. 그는 기다리던 사람의 발자취를 들은 듯이 머리를 번쩍 들었다. 그러나 그 눈앞에는 아무도 없고 다만 애석히 죽어 누운 박돌이가 보일 뿐이다.

"박돌아!"

그는 자는 애를 부르듯이 소리쳤다. 박돌이는 고요하다. 아아, 참말이다. 죽었다. 저것을 흙 속에 넣어? ……이렇게 다시 생각할 때 또 눈물이 쏟아지고 천지가 아득하였다. 자기가 발붙이고 잡았던 모든 희망의 줄은 툭 끊어졌다. 더 바랄 것 없다 하였다. 그는 박돌의 뺨에 뺨을 비비면서 박돌의 가슴을 안고 쓰러졌다. 그의 가슴에는 엉클겅클한 연 덩어리가 꾹꾹 쑤심질하는 듯하고 목구멍에서는 겻불내가 팽팽 돈다. 소리를 버럭버럭 가슴이 툭 터지도록 지르면서 물이든지 불이든지 헤아리지 않고 엄벙덤벙 날뛰었으면 속이 시원할 것 같다. 목구멍을 먼지가 풀썩풀썩하는 흙덩어리로 콱콱 틀어막아서 숨 쉴 틈 없는 통 속에다가 온몸을 집어넣고 꽉 누르는 듯이 안타깝고 갑갑하여 울려야 소리가 나지 않는다. 가슴이 뭉클하고 뿌지지하더니 목구멍에서 비린 냄새가 왈칵 코를 찌를 때, 그는 왝 하면서 어깨를 으쓱하였다. 그의 입에서는 검붉은 선지피가 울컥 나왔다. 그는 쇠말뚝을 꽉 겯는 듯한 가슴을 부둥키고 까무라쳤다. 문구멍으로 흘러드는 붉은 볕은 두 사람의 몸 위에 동그란 인을 쳤다. 뿌연 먼지가 누런 햇발 속에 서리서리 떠오른다. 파리 떼는 더욱 웅성거린다.

7

"제마! 에고-------, 아야! 내 제마!"

하는 소리에 박돌 어머니는 머리를 번쩍 들었다. 문을 내다보는 그의 두 눈은 유난히 번득였다. 이때 그의 눈 속에는 보이는 것이 있었다. 낮인가? 밤인가? 밤 같기는 한데 어둡지는 않고 낮 같기는 한데 볕이 없는 음침한 곳이다. 바람은 분다 하나 나뭇가지는 떨리지 않고 비는 온다 하나 빗소리는커녕 빗발도 보이지 않는 흐리머리한 빗속이다. 살이 피둥피둥하고 얼굴이 검붉은 자가 박돌의 목을 매어 끌고 험한 가시밭 속으로 달아난다.

"에고! 에고, 제……, 제마! 제마!"

박돌의 몸은 돌에 부딪히고 가시에 찢겨서 온몸이 피투성이 되었다. 피투성이 속으로 울려 나오는 박돌의 신음 소리는 째릿째릿하게 들렸다.

"으응."

박돌 어미는 몸을 부르르 떨었다. 그는 머리를 번쩍 들었다. 모들뜬 두 눈에서는 이상스러운 빛이 창문을 냅다 쏜다. 그는 돼지를 보고 으르는 개처럼 이를 악물고 번쩍 일어서더니 창문을 냅다 차고 밖으로 뛰어나갔다. 먼지가 뿌연 그의 머리카락은 터부룩하여 머리를 흔드는 대로 산산이 흩날린다. 입과 코에는 피 흘린 흔적이 임리하고 저고리와 치마 앞은 피투성이가 되었다.

"야, 이놈아, 내 박돌이를 내놔라! 에구 박돌아! 박돌아! 야, 이느므새끼야, 우리 박돌이를 내놔라!"

그는 무엇을 뚫어지도록 눈이 퀭해 보면서 허둥지둥 뛰어간다.

"야, 이놈아! 저놈이 저기를 가는구나!"

그는 동계사무소 앞 골목으로 내뛰더니 바른편으로 획 돌아 정직상점 뒷골목으로 내리뛰면서 손뼉을 짝짝 친다. 산산한 머리카락은 휘휘 날린다.

"에구, 저게 웬일이야?"

"박돌 어미가 미쳤네!"

"저게 웬 에미넨구!"

길에 있던 사람들은 눈이 둥그래 피하면서 한마디씩 뇌인다. 웬 개 한 마리는 짖으면서 박돌 어미 뒤를 쫓아간다.

"이놈아! 저놈이 내 박돌이를 끌고 어디를 가니? 웅, 이놈아!"

뛰어가는 박돌 어미는 소리를 치면서 이를 간다. 도끼눈을 뜨는 두 눈에는 이상스런 빛이 허공을 쏘았다. 그 모양을 보는 사람은 누구나 소름을 치고 물러선다.

"이놈아! 이놈아! 거기 놔라! 저놈이 내 박돌이를 불 속에 집어넣네……. 에구구……, 끔찍도 해라. 에구, 박돌아!"

"웅, 박돌아, 그 돌石을 줴라! 꼭 붙들어라!"

박돌 어머니는 이를 빡빡 갈면서 서너 집 지나 내려오다가 커단 대문 단 기와집으로 쑥 들이뛴다. 그 대문에는 김병원 진찰소金丙元診察所라는 팔분八分3)으로 쓴 간판이 붙었다.

"저놈이……, 저 방으로 들어가지? 이놈! 네 죽어 봐라, 가문 어디로

가겠니! 이놈아, 내 박돌이를 어쨌니? 내놔라! 내 박돌이를 내놔라! 글
쎄 내 박돌이를 어쨌니?"

두 눈에 불이 휑한 박돌 어머니는 툇마루 놓인 방 미닫이를 차고 뛰
어 들어가서 그 집 주인 김 초시의 멱살을 잡았다. 멱살을 잡힌 김 초
시는 눈이 둥그래서,

"이……, 이……, 이게……, 무슨 일이야?"

하며 황겁하여 윗방으로 들이 뛰려고 한다.

"이놈아! 네가 시방 우리 박돌이를 끌어다가 불 속에 넣었지? 박돌이
를 내놔라! 박돌아!"

날카롭고 처량한 그 소리에 주위의 공기는 싹싹 에어지는 듯하였다.

"아……, 아……, 박돌이를 내 가졌느냐? 웬일이냐?"

박돌이란 소리에 김 초시 가슴은 뜨끔하였다. 김 초시는 벌벌 떨면
서 박돌 어미 손에서 몸을 빼려고 애를 쓴다. 두 몸은 이리 밀리며 저
리 쓰러져서 서투른 씨름꾼의 씨름 같다. 약장은 넘어지고 요강은 엎
질러졌다. 우시시한 초약과 넌들넌들한 가래며 오줌이 한데 범벅이 되
어서 돗자리에 흩어졌다.

"야, 이년아! 이 더러운 년아! 남의 집에 왜 와서 이 야단이냐?"

얼굴에 독살이 잔뜩 나서 박돌 어미에게로 달려들던 주인 여편네는
피 흔적이 임리한[4] 박돌 어미의 입과 퀭한 그 눈을 보더니,

"에구, 저 에미네 미쳤는가?"

하면서 뒤로 주춤한다. 김 초시의 멱살을 잔뜩 부여잡은 박돌 어미는
이를 야금야금하면서 주인 여편네를 노려본다. 주인 여편네는 뛰어다니
면서 구원을 청하였다. 김 초시 집 마당에는 어린애 어른 할 것 없이 모
여들었다. 그러나 모두 박돌 어미의 꼴을 보고는 얼른 대들지 못한다.

"응, 이놈아!"

박돌 어미는 김 초시의 상투를 휘어잡으며 그의 낯에 입을 대었다.

"에구! 사람이 죽소!"

방바닥에 덜컥 자빠지면서 부르짖는 김 초시의 소리는 처량히 울렸다. 사내 몇 사람은 방으로 뛰어 들어간다.

"이놈아! 내 박돌이를 불에 넣었으니 네 고기를 내가 씹겠다."

박돌 어미는 김 초시의 가슴을 타고 앉아서 그의 낯을 물어뜯는다. 코, 입, 귀⋯⋯, 검붉은 피는 두 사람의 온몸에 발리었다.

"어째 저렇메?"

"모르겠소!"

밖에 선 사람들은 서로 의아해서 묻는다. 모든 사람은 일종 엷은 공포에 떨었다.

"그까짓 놈(김 초시), 죽어도 싸지! 못 할 짓도 하더니⋯⋯."

이렇게 혼잣말처럼 뇌는 사람도 있다.

출전 : 『조선문단』 8 (1925.5)

---

1) 거접하다 : 잠시 의탁하여 거주하다.

2) 글다 : '그을다'의 준말.

3) 팔분(八分) : 한자의 여섯 가지 서체의 하나. 예서(隷書)에 장식적인 요소를 더하여 전자(篆字) 팔분(八分)과 예서 이분(二分)의 비율로 섞어 만들었다고 함.

4) 임리(淋漓)하다 : 피, 땀, 물 따위가 흥건하게 흐르거나 뚝뚝 떨어지는 모양.

큰물 진 뒤

닭은 두 해째 울었다 모진 비바람 속에 울려오는 그 소리는 별다른 세상의 소리 같았다. 비는 그저 몹시 퍼붓는다. 급하여 가는 빗소리와 같이 천장에서 새어 내리는 빗방울은 뚝뚝, 뚝뚝 먼지 구덩이 된 자리 위에 떨어진다. 그을음과 빈대 피에 얼룩덜룩한 벽은 새어 내리는 비에 젖어서 어스름한 하늘에 피어오르는 구름발 같다. 우우하고 불어오는 바람에 몰리는 빗발은 간간이 쏴------, 하고 서창을 들이쳤다.

"아이구, 배야! 익힝, 응, 아구, 나 죽겠소!"

윤호의 아내는 몸부림을 치면서 이를 빡빡 갈았다. 닭 울 때부터 신음하는 그의 고통은 점점 심하여졌다. 두 손으로 아랫배를 누르고 비비다가도 그만 엎드러져 깔아 놓은 짚과 삿자리를 박박거리고 뜯는다. 그의 손가락 끝은 터져서 새빨간 피가 삿자리에 수를 놓았다.

"에고고! 내 엄마! 응읏, 아이구 여보!"

그는 몸을 벌꺽 일어서 윤호의 허리를 꺼안았다. 윤호는 두 무릎으로 아내의 가슴을 받치고 두 팔에 힘을 주어서 아내의 겨드랑이를 추켜 안았다. 윤호에게는 이것이 첫 경험이었다. 어머니며 늙은 부인들께서 말로는 들은 법하나 첨으로 당하는 윤호의 가슴은 알 수 없는 두려움이 두근두근하였다. 미구에 새 생명을 얻으리라는 기쁨은 이 찰나에 싹도 볼 수 없었다.

"여보! 내가 가서 귀둥녀 할미를 데려오리다, 응."

"아니 여보! 아이구!"

아내는 윤호의 허리가 끊어지도록 안았다. 그의 낯은 새파랗게 질렸다. 아내의 괴로움만큼 윤호도 괴로웠다. 아내가 악을 쓸 때면 윤호도 따라 힘을 썼다. 아내가 몸부림을 하고 자기의 허리를 꽉 껴안을 때면 윤호도 꽉 껴안았다. 윤호는 누울 때 지나서부터 몹시 괴로워하는 아내를 보고 옛적 산파로 경험이 많은 귀둥 할미를 불러오려고 하였다. 그러나 아내의 고통은 각일각 괴로워 가는데 보아 줄 사람은 하나도 없고, 게다가 비바람이 어떻게 뿌리는지 촌보[1]를 나아갈 수 없어서 주저하였다. 윤호는 아내의 생명이 끊기고야 말 것같이 생각하였다. 어수선한 짚자리 위에 뻐둑뻐둑하다가 어린 목숨을 낳다 말고 두 어미 새끼가 돼지는 환상이 보였다. 따라서 해산으로 죽은 여러 사람의 기억이 떠올랐다. 그는 몸을 부르르 떨면서 아내를 더욱 꽉 껴안았다. 마음대로 하는 수 있다면 아내의 고통을 나누고 싶었다. 괴로운 신음 소리와 같이 몸부림을 탕탕 하는 것은 자기의 뼈와 고기를 싹싹 에어내는 듯해서 차마 볼 수 없었다.

"끽! 응! 으응! 윽! 아이구! 억억."

아내는 더 소리를 못 지른다. 모들뜬 두 눈은 무엇을 노려보는 듯이 똥그랗게 되었다. 숨도 못 내쉬고 이를 꼭 깨물고 힘을 썼다.

"으아!"

퀴지근한 비린 냄새가 흐르는 누런 불빛 속에 울리는 새 생명의 소리! 어둔 밤 비바람 소리 속의 그 소리! 윤호는 뵈지 않는 큰 물결에 싸이는 듯하였다.

"무에요?"

신음 소리를 그치고 짚자리 위에 누웠던 아내는 머리를 갸우드름하여 사내를 치어다보았다. 새빨간 핏방울을 번질번질 쏟친 볏짚 위에 떨어진 어린 생명은 꼼지락꼼지락하면서 빽빽 소리를 질렀다. 윤호는 전에 들어 두었던 기억대로 푸른 헝겊으로 탯줄을 싸서 물어 끊었다.

"응! 자지가 있네------, 히히히."

윤호는 때 오른 적삼에 어린것을 싸면서 웃었다.

"홍, 호호!"

아내는 웃으면서 허리를 구부정하여 어린것을 보았다. 이 찰나, 침통과 우울과 공포가 흐르던 이 방안에는 평화와 침묵이 흘렀다. 윤호는 무엇을 끓이려고 내려갔다.

우우 쏴------, 빗발이 서창을 쳤다. 젖은 벽에서는 흙점이 철썩철썩 떨어진다. 어디서 급한 물소리와 같이 수수거리는 소리가 들렸다. 그 소리는 봄비 속에 개구리 소리같이 점점 높이 들렸다. 윤호는 눈을 둥 그렇게 뜨면서 귀를 귀울였다.

"윤호! 윤호! 제방堤防이 터지니 어서 나오!"

그 소리는 윤호에게 청천의 벽력이었다. 그는 뛰어나갔다. 이 순간 그의 눈앞에는 퍼런 논판이 떠올랐다. 그밖에 아무것도 생각나지 않았다. 그는 마당 앞으로 몰려 지나가는 무리에 뛰어들었다. 어디가 하늘! 어디가 땅! 창살같이 들이는 비! 몰려오는 바람! 발을 잠그는 진창! 그속에서 고함을 치고 어물거리는 그림자는 으슥한 수천만의 도깨비가 횡행하는 것이다. 모든 사람들은 침침 어둔 빗속을 헤저어서 마을 뒤 방축으로 나아갔다. 더듬더듬 방축으로 기어올랐다. 물은 보이지 않았다. 손과 발로 물 형세를 짐작할 뿐이었다. 꽐꽐 철썩 출렁, 꽐꽐하는 물소리는 태산을 삼키고 대지를 깨칠 듯하다.

"이거 큰일 났구나!"

"암만해두 넘겠는데!"

이 입 저 입으로 흘러나왔다. 그 소리는 위대한 자연의 힘 앞에 인력의 박약을 탄식하는 듯하였다.

"자! 이러구만 있겠소? 그 버들을 찍어라! 찍어서 여기다가 눕히자!"

우렁찬 목소리가 들렸다.

"가만 있자! 한 짝에는 섬[2)]에다가 돌을 넣어다 여기다가 막읍시다."

탁, 탁------, 나무 찍는 도끼 소리가 났다. 한편에서는 섬을 메어 올렸다. 윤호는 찍은 나무를 끌어다가 가장 위태로운 곳에 뉘었다. 빗소리 물소리 바람 소리……, 어둠 속에서 흥분된 모든 사람들은 죽기로써 힘을 썼다. 이 방축에 이 마을의 운명이 달렸다. 이 방축 안에 있는 논과 밭으로 이백이 넘는 이 마을 집이 견디어 간다. 그런 까닭에 해마다 가을봄으로 이 마을 사람들은 이 방축에 품을 들여서 천만 년 가도 허물어지지 않게 애를 써왔다. 그뿐만 아니라 이리로 바로 쏠리는 물길을 방축 건너편 산 아래로 돌리기까지 하였다.

이렇게 쌓은 공이 하루아침에 무너졌다. 작년 봄에 이 마을 밖으로 철도가 났다. 그 때문에 저편 산 아래로 돌려놓은 물은 철교를 지나서 이 마을 뒷 방축을 향하고 바로 흐르게 되었다. 이 때문에 촌민들은 군청, 도청, 철도국에 방축을 더 굳게 쌓아 주든지, 철교를 좀 비스듬히 놓아서 물길이 돌게 하여 달라고 진정서를 여러 번이나 들였으나 조금의 효과도 얻지 못하였다. 작년 여름 물에 이 방축이 좀 터졌으나 호소할 곳이 없었다. 그 뒤로 비만 내리면 촌민들은 잠을 못 자고 방축을 지켰다.

"이------, 이 이게, 어찐 일이냐? 응!"

"터지는구나! 이키 여기는 벌써 터졌네!"

"힘을 써라! 힘을 써라! 이게 터지면 우리는 죽는다. 못 산다!"

초초분분 불어 가는 물은 콸콸 소리를 치면서 방축을 넘었다. 바람이 우우 몰려왔다. 비는 여러 사람의 낯을 쳤다. 모두 흑흑 느끼면서 낯을 가리고 물을 뿜었다. 쏴------, 콸콸콸.

"여기도 또 터졌구나!"

모두 그리로 몰렸다. 아래를 막으면 위가 터지고 위를 막으면 아래가 터진다. 터지는 것보다 넘치는 물이 더 무서웠다.

"이키, 여기 발써 물이 길丈이나 섰구나."

거무칙칙하여 보이지 않는 논판에서 누가 부르짖었다. 이제는 누구나 물을 막으려는 사람은 없다. 어둠 속에 희슥한 그림자들은 창살 같은 빗발을 받고 가만히 서 있다. 모진 바람이 한바탕 지나갔다. 모든 사람들은 굳센 물결이 무릎을 잠그고 궁둥이를 잠글 때 부르르 떨었다. 윤호도 방축을 넘는 물속에 박은 듯이 서 있었다. 꺼먼 그의 눈앞에는 물속에 들어가는 논이 보였다. 떠내려가는 집들이 보였다. 아우성치는 사람이 보였다.

------이 환상을 볼 때 그는 으응 부르짖으면서 방축에서 내려뛰었다. 방축 아래 내려서니 살같이 흐르는 물이 겨드랑이를 잠근다. 그는 돌인지 물인지 길인지 밭인지 빠지고 거꾸러지면서 집 마을을 향하고 뛰었다. 이 모퉁이에서 물을 헤저어 나가는 아우성 소리가 빗소리와 같이 요란하건만 그에게는 들리지 않았다. 그의 눈앞에는 물 한 모금 못 먹고 짚자리 위에 쓰러진 두 생령의 환상이 보일 뿐이다 그는 환상을 보고 떨 뿐이다. 그 환상은 누런 진흙물 속에 쓰러진 집에 치어서 킥킥 버둥질치는 형으로도 나타났다. 그는 주먹을 부르쥐고 이를 악물었다.

윤호는 자기 집 마당에 다다랐다. 불빛이 희미한 창속에서 어린애 울음이 들렸다. 창에 비친 불빛에 누릿한 물은 흙마루를 지나 문턱을 넘었다. 윤호는 방으로 뛰어 들어갔다. 방에는 물이 홍건히 들었다. 아

내는 물속에서 애를 안고 어쩔 줄을 몰라 한다. 물은 방안에 점점 들어온다. 어디서 쏴------, 소리가 들렸다. 돌아보니 뒷벽이 뚫어져서 물이 디미는 소리였다. 윤호는 아내를 둘러업고 애기를 안았다. 이때 초인간적 굳센 힘이 그를 지배하였다. 그는 문을 차고 밖으로 뛰어나왔다. 어느새 물은 허리에 잠겼다. 물살이 어떻게 센지 소 같은 장사들도 견디기 어려울 지경이었다. 그는 쓰러졌다가는 일어서고 일어섰다가는 쓰러지면서 물속을 헤저어 나갔다. 팔에 안은 것이 무엇이며 등에 업은 것이 누구라는 것까지 이 찰나에 의식치 못하였다. 의식적으로 업고 안은 것이 이제는 기계적으로 놓지 않게 되었다.

동이 텄다. 사방은 차츰 훤하여졌다. 거무칙칙하던 구름이 풀리면서 퍼붓는 듯하던 비가 실비로 변하더니 이제는 안개비가 되었다. 바람도 잔다. 마을 사람들은 거지반 마을 앞 조그마한 산에 몰렸다. 밝아 가는 새벽빛 속에 최최해서 어물거리는 사람들은 갈 바를 몰라 한다. 누구를 부르는 소리, 울음소리, 신음하는 소리에 수라장을 이루었다. 윤호는 후줄근한 풀 위에 아내를 뉘었다. 어린것도 내려놓았다. 참담한 속에서 고고성을 지른 붉은 생령은 참담한 속에서 소리 없이 목숨이 끊겼다. 찬비와 억센 물에 쥐어짠 듯이 된 윤호 아내는 싸늘한 어린것을 안고 흑흑 느낀다. 윤호는 아무 소리 없이 붙안고 우는 어미 새끼를 물끄러미 보았다. 그의 가슴은 저리다 못해 무엇이 뭉킷 누르는 듯하고, 머리는 떵한 것이 눈물도 나지 않고 말도 나오지 않았다.

날은 다 밝았다. 눈앞에 뵈는 것은 우뚝우뚝한 산을 남겨 놓고는 망망한 물판이다. 어디가 논? 어디가 밭? 어디가 집? 어디가 내? 누런 물이 세력을 자랑하는 듯이 쫄쫄------, 흐른다. 널쪽, 궤짝, 짚가리, 나뭇단, 널따란 초가지붕--------온갖 것이 둥둥 물결을 따라 흘러내린다. 저편 버드나무 속으로 흘러나오는 집 위에는 계집 같기도 하고 사내

같기도 한 사람 서넛이 이편을 보고 고함을 치는지 손을 내두르고 발을 구른다. 갠지 돼지인지 자맥질 쳐서 이리로 나온다. 사람 실은 지붕은 슬슬 내리다가 물속에 쑥 들어가더니 다시 떠오를 때에는 여러 조각이 났다. 그 위의 사람의 그림자는 다시 볼 수 없었다. 그 저편에서도 두엇이나 탄 지붕인지 짚가리인지 흘러갔다. 그러나 누구 하나 그것을 건지려는 사람은 없다. 윤호의 곁에 있는 한 오십 되어 뵈는 늙은 부인은,

"에구, 끔찍해라! 에구, 내 돌쇠야! 흑흑."

하면서 가슴을 치고 땅을 친다. 어떤 젊은 부인은 어린것을 업고 흑흑 울기만 한다. 사내들도 통곡하는 사람이 있다. 밥 달라고 우는 어린것들도 있다. 어떤 사람은 멍하니 서서 질펀한 들판을 얼없이 보기도 하고, 어떤 사람은 지르르한 풀판에 앉아서 담배만 풀썩풀썩 피기도 한다. 풀렸다가는 엉키고 엉켰다가는 풀리는 구름 사이로 푸른 하늘이 보이면서 둔탁한 굵은 볕이 누른 무지개 모양으로 비치었다. 안개비도 개었다.

"여보! 울면 뭘 하우, 그까짓 죽은 것 생각할 게 있소? 자------, 울지 마오, 산 사람은 살아야 안 쓰겠소?"

이렇게 아내를 위로하나 그도 슬펐다. 물 한 모금 못 먹인 아내를 생각하든지 제 명에 못 죽은 아들! 현재도 현재려니와 이제 어디를 가랴? 일 년 내 피와 땀을 짜 받아서 지은 밭이 하룻밤 물에 형적조차 남기지 않았으니 이 앞일을 어찌하랴? 그는 생각하면 생각할수록 슬펐다. 슬픔에 슬픔을 쌓은 그 슬픔은 겉으로 눈물을 보내지 않고 속으로 피를 짰다. 그는 어린 주검을 소나무 아래 갖다 놓고 솔잎으로 덮어 놓았다. 그 주검을 뒤에 두고 나오니 알 수 없이 발이 무거웠다. 이른 아침 때가 되어서부터 윤호의 아내는,

“아이구, 배야! 배야!”

하고 구른다. 어물어물하는 사람은 없건만 모두 제 설움에 겨워서 남의 괴로움을 돌볼 새가 없다.

“허허, 이것 안 되었군! 산후에 찬 물을 건네구 사람이 살 수 있겠소! 별수 없으니 어서 업구서 넘엇마을로 가보.”

웬 늙은이가 곁에 와서 구르는 아내를 붙잡아 주면서 걱정한다. 윤호는 아내를 업었다. 새벽에는 아내를 업고 애를 안고 그 모진 물속을 헤저어 나왔건만, 인제는 일마장도 갈 것 같지 못하다. 더구나, “아이구 배야!” 하면서 두 어깨를 꽉 끌어당기면서 몸을 비비 틀면 허리가 휘전휘전하고 다리가 휘우뚱거려서 어쩔 수 없다. 그는 땀을 흘리면서 조그마한 고개를 넘어왔다. 거기는 십여 호나 되는 조그마한 동리가 있다. 벌써 물에 쫓긴 사람들은 집집이 몰려들었다. 윤호는 어느 집 방을 겨우 얻어 아내를 뉘어 놓았다. 누가 미음을 쑤어다 주는 것을 먹였으나 아내는 한 모금 못 먹고 그저 신음한다. 의원을 데려다가 침, 뜸, 약------, 힘자라는 데까지 손을 써 보았으나 소용이 없었다. 낮부터 비는 또 쏴------르륵 내렸다.

괴로운 사흘은 지나갔다. 집을 잃고 밭을 잃고 부모를 잃고 처자를 잃은 무리들은 거기서 삼십 리나 되는 읍으로 나갔다. 윤호도 그 중의 한 사람이었다. 그네들은 읍에 나가서 정거장의

노동자, 물지게꾼, 흙질꾼, 구들 고치는 사람------, 이렇게 그날그날을 보내었다. 어떤 자는 이 집 저 집으로 돌아다니면서 밥을 빌어먹었다. 윤호는 집짓는 데 돌아다니면서 흙을 져 날랐다. 그의 아내의 병은 나날이 심하였다. 바싹 말랐던 사람이 통통 부어서 멀겋게 되었다. 그런 우중 눅눅한 풀막 속에서 변변히 먹지도 못하고 간병하는 손도 없으니 그 병의 회복을 어찌 속히 바라랴!

윤호가 하루는 아내의 병구완으로 한잠도 못 자고 밤새껏 애쓰다가 아침을 굶고 일터로 나갔다. 하루 오십 전을 받는 일이언만 해뜨기 전에 나와서 어두워야 돌아간다. 그날 아침에는 흙을 파서 담는데 지겟다리가 부러져서 그 때문에 한 시간 동안이나 흙을 못 날랐다. 그새에 다른 사람은 세 짐이나 더 지었다.

"이놈은 눈깔이 판득판득해서 꾀만 부리는구나!"

양복 입은 감독은 늦게 온 윤호를 보고 눈을 굴렸다. 윤호는 아무 대답 없이 흙을 부어 놓고 돌아서 나왔다. 나오려고 하는데 감독이 쫓아오더니 앞을 딱 막아서면서,

"왜 늦게 댕겨!"

하고 꺼드럭꺼드럭하는 서울말로 툭 쏘았다.

"네, 지겟다리가 부러져서 그거 고치느라구 늦었습니다."

"뭘 어쩌구 어째? 남은 세 지게나 졌는데 어디 가 낮잠을 잤어……? 그놈 핑계는 바루!"

"정말이외다. 다른 날 언제 늦게 옵네까? 늘 남 먼저 오잖었소……."

"이놈아, 대답은 웬 말대답이냐? 응 다른 날은 다른 날이요 오늘은 오늘이지! 돈이 흔해서 너 같은 놈을 주는 줄 아니?"

하더니 윤호의 여윈 뺨을 갈겼다. 윤호는 뺨을 붙잡고 가만히 서 있었다.

"이놈아, 너 같은 놈은 일없다. 가거라!"

하더니 주먹으로 윤호의 미간을 박으면서 발을 들어 배를 찼다.

"아이구! 으응응 흑흑."

윤호는 울면서 지게 진 채 땅에 거꾸러졌다. 그의 코에서는 시뻘건 선지피가 콸콸 흘렀다. 일꾼들은 모두 이편을 보았다. 같은 지게꾼들은 모두 이편을 보았다. 같은 지게꾼들은 무슨 승수나 난 듯이 더 분

주하게 져 나른다.

"이놈아, 가! 가거라!"

감독은 독살이 잔뜩 엉긴 눈으로 윤호를 보더니 사방을 돌아보면서,

"뭘 봐? 어서 일들 해! 도오모 죠센징와 다메다! 쯔루꾸데 다메다![3]"

하는 바람에 일꾼들은 조심조심히 일에 손을 대었다. 눅눅한 검은 땅을 붉고 뜨거운 코피로 물들인 윤호는 일어섰다. 코에서는 걸디 건 피가 그저 뚝뚝 흘렀다. 그의 흙투성이 된 옷섶은 피투성이가 되었다. 그는 머리를 숙이고 한참이나 서서 무엇을 생각하더니 빈 지게를 지고 어청어청 아내가 누웠는 풀막으로 돌아갔다. 윤호는 지게를 벗어서 팔매를 치고 막 안으로 들어갔다. 어둑한 막 안에서 신음하던 아내는 눈을 비죽이 떠서 윤호를 보더니 목구멍 겨우,

"여보, 어째 그러오? 그게 어쩐 피요?"

하고 묻는다. 윤호는 아무 대답 없이 아내의 곁에 드러누웠다. 모두 귀찮았다. 세상만사가 다 귀찮았다. 세상 밖에 나와서 비로소 가장 사랑하던 아내까지도 귀찮았다. 죽는다 해도 꿈만 하였다.

"네? 어째 그러오?"

그러나 재처 묻는 부드러운 아내의 소리에 대답 안 할 수가 없었다.

"응, 넘어져서 피가 터졌소!"

윤호의 소리가 그치자 아내는 훌쩍훌쩍 운다. 윤호의 가슴은 칼로다 빡빡 찢는 듯하였다. 그는 알 수 없는 커단 것에 눌리는 듯하였다. 무엇이 코와 입을 꽉 막는 듯이 호흡조차 가빴다. 그는 온몸에 급히 힘을 주면서 눈을 번쩍 떴다. 아무것도 없었다. 그저 으스름한 속에 넌들넌들 드리운 풀포기가 있을 뿐이다. 그는 눈을 다시 감았다. 모든 지나온 일이 눈앞과 머릿속에 방울이 져서 떠올라서는 툭 터져 버리곤 한다. 자기는 이때까지 남에게 애틋한 일, 포악한 일을 한 적이 없

었다. 싸움이면 남에게 졌고, 일이면 남보다 더 많이 하였다. 자기가 어려서 아버지 돌아갈 때에 밭뙈기나 있는 것을 삼촌더러 잘 관리하였다가 자기가 크거든 주라고 한 것을 삼촌은 그대로 빼앗고 말았다. 그러나 자기는 가만히 있었다.

동리 심부름이라는 심부름은 자기와 아내가 도맡아 하여 왔다. 그래도 잘못한 일이 있으면 자기와 아내가 홀로 책망과 욕을 들었다. 선한 일을 하면 복을 받는다, 부지런하면 부자가 된다, 남이 욕하든지 때리든지 가만히 있어라------, 이러한 것을 자기는 조금도 어기지 않고 지켜 왔다. 그러나 이때까지 자기에게 남은 것은 풀막------그것도 제 손으로 지은 것------병, 굶주림, 모욕밖에 남은 것이 없다. 집을 바치고 힘을 바치고 귀중한 피까지 바치면서도 가만히 순종하였건만 누구 하나 이렇다 하는 이가 없었다. 오히려 이때까지 자기가 본 경험으로 말하면 욕심 많고, 우락부락하고, 못된 짓 잘하는 무리들은 잘 입고, 잘 먹고, 잘 쓴다. 자기에게 남은 것은 실낱같은 목숨뿐이다. 아내뿐이다. 그러나 그것도 이렇게 되고서는 몇 달을 보증하랴! 까딱하면 목숨까지 버릴 것이다. 목숨까지 바쳐? 이 목숨------, 여기까지 생각하고 그는 몸을 부르르 떨면서 주먹을 쥐었다.

"응! 그는 못 해!"

그는 혼잣소리같이 뇌면서 머리를 흔들었다. 사실이다. 목숨까지 바치기는 너무도 억울하다. 자기가 왜 고생을 했나? 목숨이다! 이 목숨을 아껴서 무슨 고생이든지 하였다. 목숨을 바치면 죽는 것이다. 죽고도 무엇을 구할까? 그러나 그저 이대로 있어서는 살 수 없다. 병으로 살 수 없고 배고파 살 수 없고------, 결국 목숨을 바치게 된다. 이때 그의 머리에는 떠오르는 것이 있었다. 눈앞에 보이는 환상이 있었다. 그의 해쓱한 낯에는 엄연한 빛이 어리고 다정스럽던 두 눈에는 독기가 돌았다. 그는 다시 입술을 깨물고 주먹을 쥐었다.

초승달이 재를 넘은 지 벌써 오래되었다. 훤히 갠 하늘에 별빛은 푸근히 보였다. 사면은 고요하다. 이슬에 눅눅한 대지 위에 우뚝이 솟은 건물들은 잠잠한 물 위에 뜬 듯이 고요하다. 멀리 뭉긋이 보이는 산들이 하늘 아래 굵은 곡선을 그었다. 세상이 모두 잠자는 이때 집 마을에서 좀 떠나 으슥한 수수밭 머리에 풀포기를 모아 얽어 놓은 조그만 막 속에서 나오는 그림자가 있다. 그 그림자는 막 앞에 나서서 한참 주저거리더니 수수밭 머리에 훤히 누워 있는 큰길을 건너서 조와 콩이 우거진 밭 속으로 몸을 감추었다.

사면은 쥐 하나 어른거리지 않는다. 스르륵스르륵 서로 부닥치는 줏대 소리는 귀담아듣는 이나 들을 것이다. 먼 데서 울려오는 개 짖는 소리는 딴 세상의 소리 같다. 한참 만에 집 마을 가까운 조밭 속으로 살근살근------, 그러나 민활하게 이 집 저 집, 이 골목 저 골목으로 지나간다. 가다가는 한참이나 서서 주저거리다가는 또 간다. 기단 골목의 여러 집을 지나서 나오는 그림자는 현등이 드문드문 걸린 거리에 이르더니 썩 나서지 못하고 어떤 집 옆에 서서 앞뒤를 보고 아래 위를 본다. 거리는 고요하다. 집집이 문을 채웠다. 저 아래편에 아득히 보이는 파출소까지 잠잠하였다. 한참 주저거리던 그림자는 얼른얼른 뛰어 건너서 맞은편 어둑한 골목으로 들어섰다. 그를 본 사람은 하나도 없었다. 그러나 거리의 말없는 현등만은 그가 누군 것을 알았다. 그는 윤호였다.

윤호는 몇 걸음 걷다가는 헝겊에 뚤뚤 감아서 허리 밑에 지른 것을 만져 보았다. 만질 때마다 반짝 서릿발 같은 그 빛을 생각하고 몸을 떨면서 발을 멈추었다. 뒤따라 새빨간 피, 째각째각 칼 소리를 치고 모여드는 붉은 눈? 잔뜩 얽히는 자기 몸을 생각지 않을 수 없었다. 그보다도 칼 밑에 구슬피 부르짖고 쓰러지는 생령을 생각하면 가슴이 뭉킷하고 온 신경이 째릿째릿하였다.

"아, 못 할 일이다! 참말 못 할 일이다! 내가 살자고 남을 죽여!"

그는 입안으로 중얼거리면서 발끝을 돌렸다. 그러다가도 자기의 절박한 처지라거나 자기가 목표삼고 나가는 대상들의 하는 것들을 생각할 때면 그 생각이 뒤집혔다.

"아니다. 남을 안 죽이면 내가 죽는다. 아내는 죽는다. 응, 소용없다. 선한 일! 죽어서 천당보다 악한 짓이라도 해야 살아서 잘 먹지! 그놈들도 다 못된 짓 하고 모은 것이다. 예까지 왔다가 가다니?"

이렇게 생각하면 풀렸던 사지가 다시 긴장되었다. 그는 다시 앞으로 걸었다. 집에서 떠나면서부터 이리하여 주저한 것이 오륙 차나 되었다. 윤호는 키단 솟을대문 앞에 다다랐다. 그는 급한 숨을 죽여 가면서 대문을 뒤두고 저편 높다란 싸리 울타리 밑으로 갔다. 그의 가슴은 두근두근하고 사지는 떨렸다. 귀밑 맥이 툭탁툭탁하면서 이가 덜덜 솟긴다.

"에라 그만둬라. 사람으로서 차마!"

그는 가슴을 누르고 한참 앉았다. 한참 만에 그는 우뚝 일어섰다. 두 팔을 쭉 폈다. 몸을 부적 솟는 때에 싸리가 부서지는 소리, 우쩍하자 그 몸은 울타리 위에 올라갔다. 마루 아래서 으응------, 하고 으릉대는 개가 울타리 안에 그림자가 어른하는 것을 보더니 으르렁 엉웡웡하면서 내닫는다.

"으흥! 이 개!"

방에서 우렁찬 사내 소리가 들렸다. 윤호는 얼른 고기를 꿰어 가지고 온 낚시를 집어던졌다. 개는 집어 먹었다. 낚시에 걸린 개는 낚시 줄을 잡아당기는 대로 꼼짝 소리를 못 지르고 느른히 쫓아다닌다. 낚시 줄을 울타리 말뚝에 잡아맨 윤호는 살금살금 마루로 갔다. 그리 몹시 두근거리는 그의 가슴은 끓고 난 뒤의 물같이 잠잠하였다. 두 눈에서 흐르는 이상한 빛은 어둠 속에서 번쩍하였다. 그는 마루 앞에 앉더니 허리끈에 지른 것을 빼어서 슬근슬근 풀었다. 널찍한 헝겊이 다 풀리자 환한 별빛 아래 번쩍하는 것이 그의 무릎에 놓였다. 그는 그 헝겊으로 눈만 내놓고는 머리, 이마, 귀, 입, 코 할 것 없이 싸고 무릎에 놓인 것을 잡더니 마루 위에 살짝 올라섰다. 이때 방 안에서,

"무어는 무어야? 개가 그러는 게지."

사내의 소리가 나더니 삭스르럭 성냥 긋는 소리가 들렸다. 윤호는 주춤하다가 빳빳이 다시 섰다. 낮이면 돈을 만지고 밤이면 계집을 어르는 것으로 한없는 쾌락을 삼는 이 주사는 어쩐지 오늘밤 따라 마음이 뒤숭숭하여 졸음이 오지 않았다. 끼고 누웠던 진주 집을 깨워서 술을 데워 서너 잔이나 마시었으나 역시 잠들 수 없었다. 눈을 감으면 무엇이 와 덮치는 것 같기도 하고 눈을 뜨면 마루에서 무슨 소리가 들리는 듯도 하였다. 머리맡에 켜놓은 촛불의 거물거물하는 시뻘건 눈알이 노려보는 듯해서 꺼버렸다.

"여보, 잡시다. 왜 잠 못 드우?"

"글쎄, 졸음이 안 오는구려."

이 주사는 진주 집 말에 대답은 하였으나 자기 입으로 자기 넋으로 나오는 소리 같지가 않았다. 그는 눈 감았다 뜰 때에 벽에 해쓱한 그림자가 서 있는 것을 보고 여러 번 가슴이 꿈틀꿈틀하였다. 그러다가도 그 그림자가 의복이라고 생각하면 좀 맘이 패였다. 그렇게 생각하고 그 그림자에 여러 번 속았다. 그는 여러 번 베개 너머로 손을 자리에 넣었다. 큼직한 것이 손에 만지우면 그는 큰 숨을 화-------, 쉬었다. 그는 이렇게 애쓰다가 삼경이 지나서 겨우 잠이 소르르 들자마자 무슨 소리에 놀라 깨었다. 진주집도 이 주사가 와뜰 놀라는 바람에 깨었다.

그 소리는 마루 아래 개가 으르릉웡 짓는 소리였다. 이 주사는 가슴에서 녁장이 뚝 떨어졌다.

"으흥! 이 개!"

그는 겁결에 소리를 쳤으나 뛰노는 가슴을 진정할 수 없었다. 더욱 왈칵 내닫는 개가 깜짝 소리 없는 것이 의심스러웠다. 그러나 마루가 우찍 하는 것이 무에 단박 들이미는 것 같았다.

"마루에서 무엔구!"

진주 집은 초에다가 불을 켰다.

"무에는 무에야 개가 그리는 게지."

이 주사의 소리는 떨렸다. 그는 얼른 자리맡에 넣었던 뭉치를 끄집어 내어서 꼭 쥐었다.

"어디 내가 내다보구!"

진주 집은 미닫이를 열더니 덧문을 덜컥 벗겨서 열었다. 문 열던 진주 집! 뒤에서 내다보던 이 주사! 벌거벗은 두 남녀는 "으악," 들이긋는 소리와 같이 그만 푹 주저앉았다. 열린 문으로는 낯을 가린 뻣뻣한 장정이 서리 같은 칼을 들고 나타났다. 장정은 미닫이를 천천히 닫더니,

"목숨을 아끼거든 꼼짝 마라!"

명령을 내렸다. 그 소리는 그리 높지 않으나 시멘트 판에 쇳덩어리를 굴리는 듯하였다. 벌거벗은 남녀는 거들거리는 촛불 속에 수긋이 앉았다. 두 사람의 낯은 새파랗게 질렸으나 아름다운 살빛! 예쁜 곡선은 여윈 사람에게서는 도저히 볼 수 없는 것이었다.

"이근춘이, 네 들어라. 얼마든지 있는 대로 내놔야지 그렇잖으면 네 혼백은 이 칼끝에 달아날 것이다."

장정은 칼끝으로 이 주사를 견주며 노려보았다. 평화와 안락과 춘정이 무르녹았던 방엔 긴장한 공포의 침묵이 흘렀다.

“왜 말이 없니?”

“네, 모다 저금하고 집에는 한 푼도 어, 없습니다. 일후에 오시면……”

이 주사는 꿇어앉아서 부들부들 떤다. 장정은 이 주사를 한참 노려보더니 허허허 웃으면서,

“이놈이 무에 어쩌구 어째? 일후에 오라구? 고사를 지내 봐라, 일후에 오나! 어서 내라……. 이놈이 칼 맛을 보아야 하겠군!”

하더니 유들유들한 이 주사의 목을 잡아끌었다. 이 주사는 끌리면서도 꼭 모은 다리를 펴지 않았다.

“이놈아, 그래 못 줄 테냐?”

서리 같은 칼끝은 이 주사의 목에 닿았다.

“끽끽! 칙칙!”

여자는 낯을 가리고 부들부들 떨면서 속으로 운다.

“아……, 아, 안 그래……. 제발 살려줍시요.”

이 주사는 두 다리 새에 끼었던 커단 뭉치를 끄집어내면서,

“모두 여기 있습니다. 제발 살려 줍쇼!”

하고 말도 바로 못 한다. 장정은 이 주사의 목을 놓고 그 뭉치를 받더니 싼 것을 벗기고 속을 보았다.

“인제는 갈 테니 네 손으로 대문 벗겨라!”

장정은 명령을 내렸다. 이 주사는 부들부들 떨며 대문을 벗겼다. 대문 밖에 나선 장정은 홱 돌아서 이 주사를 보더니,

“흥, 낸들 이 노릇이 좋아서 하는 줄 아니? 나도 양심이 있다. 양심이 아픈 줄 알면서도 이 짓을 한다. 이래야 주니까 말이다. 잘 있거라!”

하고 장정은 어둠 속에 그림자를 감추었다. 대문턱에 벌거벗고 선 이 주사는 오지도 가지도 않고 멀거니 섰다가 몸을 부들부들 떨면서 눅

눅한 땅에 거꾸러졌다. 사면은 고요하였다. 높고 넓은 하늘에 총총한
별만이 하계의 모든 것을 때룩때룩 엿보았다.

---

1) 촌보(寸步) : 몇 발자국의 걸음.
2) 섬(叺) : 짚으로 엮어 만든 곡식 담는 그릇, 멱서리.
3) 도오모 죠센징와 다메다! 쯔루꾸데 다메다 : '조선인은 안 된다. 얍삽하고 교활해서 안 된
   다.' 라는 뜻.

저류低流

　집 앞 강으로 불어오는 서늘한 바람은 이따금 뜰 가 수수밭을 우수수 스쳐간다. 마당 가운데서 구름발같이 무럭무럭 오르는 모깃불 연기는 우수수 바람이 지날 때마다 이러 저리 흩어져서 초열흘 푸른 달빛과 조화되는 것 같다. 벌써 여러 늙은이들은 모깃불 가에 민상투 바람으로 모여 앉아 담배를 피우면서 끝없는 이야기를 시작하였다. 주인 김 서방은 모깃불 곁에 신틀을 놓고 신을 삼는다. 김 서방의 아들 윤길이는 모깃불의 감자를 굽는다. 어른이나 어린이나 가물과 장마를 걱정하고 이른 새벽 풀끝 이슬에 베잠방이를 적시면서 밭에 나갔다가 어두워서 돌아와 조밥과 된장찌개에 배를 불리고 황혼 달 모깃불 가에 앉아서 이야기하는 것이 그네에게는 한 쾌락이다.

　"날이 낼두 비 안 오겠는데."

　수염이 터부룩하고 이마가 훨렁 벗어진 늙은이가 하늘을 치어다보면서 걱정하였다.

　"글쎄, 지냑편에는 금시 비올 것 같더니 또 벳기는데……."

　서너 살 되었을 어린애를 안고 앉아서 김 서방의 신 삼는 것을 보던 등이 굽은 늙은이는 맞장구를 치면서 하늘을 보았다. 퍼렇게 갠 하늘에는 조각달이 걸리었고 군데군데 별이 가물거렸다.

　"보리마당질 할 생각하면 비 안 오는 것두 좋지마는 조이와 콩 다 말라 죽으니……. 참 한심해서."

하는 이마 벗어진 늙은이의 소리는 타 들어가는 곡식이 안타까운지 풀기 없었다.

"오늘 쇠치네(작은 물고기) 잡으러 가니까 저 웃소沼에 물이 싸 말라서 괴기들이 통 죽었습데……."

거멓게 탄 감자를 집어내 놓고 손과 입에 거멍이 칠을 하면서 발라 먹는 윤길이는 어른들 말에 한몫 끼었다

"하여간 이게 싱구럽지(상서롭지) 못한 일이야……. 김 도감두 아지마는(어린애 안은 늙은이를 보면서) 웃소 물이 좀 많은 물이오?……."

머리 벗어진 영감은 큰 변이 났다는 듯이 가래를 턱 뱉고 담배를 뻑뻑 빤다.

"하였든 큰일 났군! 우리 아버지 때에두 그 물이 마르더니 흉년이 들어서 모두 자식이 다 잡아먹었더니……."

하면서 무릎에서 꼬물거리는 어린애를 다시 치켜 안는다.

"그 물 때문에……."

신 삼던 김 서방은 첫머리를 내다가 뚝 그쳤다. 그는 신날을 틀에 걸고 힘을 끙끙 쓰면서 죄었다. 여러 늙은이들은 그것을 보면서 김 서방이 말하기를 초조히 기다렸다.

"그 물 때문에 나래는(뒤에는) 원 세상이 다 죽더라두 시장 저 박 관청朴官聽 너 논은 다 말랐는데두……. 흥!"

그는 너무도 어이없다는 듯이 저편에 말없이 앉아서 하늘만 보는 키 작은 늙은이를 보았다.

"아, 실루 올에 논을 푸렀다너 어찌 됐소?"

말 좋아하는 이마 벗어진 최 도감은 박 관청을 보았다. 기막힌 듯이 먹먹히 앉았다가,

"올에 이밥(쌀밥)만 먹다나문 볼일 다 보겠소!"

"하하하."

박 관청이 빈정거리는 바람에 모두 웃는다.

"관청은 저래 쓸구는(빈정대는) 바람에 걱정이야……, 흐흐……."

김 서방은 혼잣말처럼 외면서 신바닥을 신틀 귀에 놓고 방망이로 땅 땅 두드렸다. 잠깐 침묵……. 강물 소리가 철철 들린다. 어디서 두견새 소리가 은은히 흘러 왔다. 이슬이 내려서 축축한 밭에 달빛이 푸른 안 개처럼 흘렀다. 우수수……, 소리가 나더니 바람이 몰아와서 무럭무럭 오르는 연기를 동쪽으로 몰아갔다.

"엑, 에헤, 에헴."

바람에 날리는 연기가 코에 들어간 박 관청은 기침을 콜콜 하면서 서편 쪽으로 옮겨 앉았다. 입때껏 그저 말없이 앉았다가 기침을 콜콜 하면서 홀짝 뛰어가 앉는 것은 원숭이 같았다. 동리 어린애들은 박 관 청을 잔내비(원숭이) 영감이라고 부른다.

"일은 거저 일이 아니야……. 이래서 달달 볶아 죽이자는 게지?"

김 서방은 침묵을 깨쳤다.

"세상이 이렇구서야 바루 되겠소? 두만강에 떡이 돋구 당목이 똥숫 개(뙤지) 되문 세상이 망한다더니."

그 이마 벗어진 늙은이는 눈을 끔벅하면서 큰일이나 난 듯이 말하 였다.

"망해두 어서 망하구 흥해도 어서 흥해야지, 이거 이러구서야 어디 건디겠소……. 글쎄, 술두 맘대루 못 해먹구 담배두 맘대루 못 저먹는 세상에 살아서는 뭘 하겠소……. 참 우리야 쉬 죽겠으니 또 모르겠소 마는 이것들이 불쌍해서……."

김 도감이란 영감이 악 절반 한탄 절반으로 뇌면서 무릎에 앉은 손자를 내려다본다. 꼼지락거리던 어린 것은 푸른 달빛을 받고 고요히 잠들었다.

"허 유사너처리 저 간도루 멀찍하니 ○○ 가는 게 해롭지 않지……. (한참 끊었다가) 어서 빨리 ○○이 뒤집히구 ○○이 나야 하지……."

김 서방은 신틀과 삼던 신을 밀어 놓고 담뱃대를 털면서 모깃불 차에 다가앉았다.

"괜히 시방 젊은 아이들은 철은 모르고 덤비지만 세상이 바루 돼두 때 있는 게지 어디 그렇게 됨메?"

박 관청은 혀를 툭 채었다.

"아, 더 이를 말이오. 시방 우리 늠아두 공부를 함메 하구 성화를 대구 서울 가서 댕기더니 젠년前年에 만센지 떡센지 부르고 시방 징역을 하지만 어디 그렇게 되겠소! 다 운이 있는 건데……. 아 홍길동이며 소대성이 같은 장쉬將帥두 때를 기다렸는데……."

이마 벗어진 영감은 제 뜻은 이러한데 세상이 모른다는 듯이 푸닥거리를 놓았다. 이때 김 서방은 집안으로 머리를 돌리고,

"야 체예處女……. 거기 보리감지甘酒를 좀 내와너라."

한다. 여러 늙은이들은 그 소리에 말을 잠깐 끊었다가 못 들은 체하고 그대로 이야기를 하였다.

"시방두 충청도 계룡산에는 피난 가는 사람이 많다는데……. 정 도령이가 언제 나오나?"

김 도감은 한 손으로 어린애를 안고 한 손으로 모깃불에 담뱃불을 붙인다. 그네들은 그네의 힘으로 저항치 못하는 자연의 위력을 생각하는 때마다 알 수 없는 공포를 느끼고, 그 공포를 느낄 때마다 분요하고 괴로운 세상을 한탄한다. 그 한탄 끝에는 무슨 힘—, 자기네를 안아 줄 무슨 힘을 무의식적으로 바란다. 이것의 그네의 신앙이다. 이 신앙

이 은연중 그네에게 용기를 준다.

"갑산서두 날개 돋은 장쉬 났다는데?"

이마 벗어진 영감은 신기한 것이나 말하는 듯이 눈을 크게 떴다. 이 때 저편에서 득득 하더니 쿵쿵 하는 소리가 들렸다. 여러 사람은 그리로 눈을 주었다. 처마 그늘로 달빛이 반이나 밑둥에만 비친 외양간으로 나오는 소리다. 그것은 말이 여물을 달라고 구르는 소리다.

"야, 윤길아, 네 가서 쇠牛를 깔을 쥐라."

김 서방은 감자를 구워 먹다가 맨땅에 팔을 베고 누운 윤길이를 보았다. 윤길이는 웃방 앞 뒷줏간 옆에 세워놓았던 꼴단을 집어 들고 어둑한 외양간으로 들어갔다. 윤길이가 들거나 부엌문(복도는 외양이 부엌과 서로 이어 있다. 소여물을 주려면 부엌으로 들어가야 된다)으로 머리 터부룩한 큰 처녀가 조그마한 감주甘酒 항아리를 들고 맨발로 나왔다. 김 서방은 항아리 속에 띄워 놓은 바가지로 감주를 떠 여러 늙은이에게 권하였다. 늙은이들은 꿀꺽꿀꺽 마시고 수염을 씻으면서,

"엑, 시원하구나."

한다. 맨 나중 김 서방이 감주 바가지를 입에 대는데 어디서,

"에구."

하는 소리가 났다. 모두 그리로 눈을 주었다. 외양간에 들어갔던 윤길이는 달아나오면서,

"에구, 아배(아버지)! 쇠 눈깔에 퍼런 불이 있소!"

하고 무서운지 뒤를 슬금슬금 돌아본다.

"엑, 시레손이(바보) 같은 늠아야, 나도 또 큰일이나 있다구! 짐승의 눈이 밤에 보문 그렇지 어째, 하하."

이마 벗어진 늙은이는 책망을 하다가 웃었다. 부른 배를 만지면서 달을 쳐다보던 박 관청도 빙그레 하였다.

“글쎄, 장쉬 나문 어찌겠소?”

중간이 끊어졌던 말은 김 서방의 입으로 다시 이어졌다.

“어째?······”

“아 그 ○○놈들이 장쉬 나는 곳마다 쇠말뚝을 박아서 못 나오게 하는데······. 저 설봉산에서두 땅속에서 장쉬 나거라구 밤마다 쿵쿵 소리 나더라오. 그런 거 ○○놈들이 말뚝을 박았다 빼니 피 묻었더라는데······.”

말하는 김 서방은 모기가 등에 붙었는지 잔등을 툭툭 친다.

“흥, 그런 게 무슨 일이 되겠소.”

김 서방의 말이 끝나자 모든 늙은이들은 탄식하면서 달을 치어다보았다. 난데없는 흰 구름 조각이 서천에 기운 달을 가리었다. 환하던 강산은 어슥하여졌다. 빛나던 밭들은 수목을 풀어 친 것 같다. 흐린 달을 치어다보는 여러 늙은이의 눈에는 근심이 그득한 것이 장차 올 세상을 보는 것도 같고, 하늘에서 무엇이 내려와 안아 주기를 기다리는 것 같기도 하였다.

“시방두 어디 제갈량 같은 성인이 있기는 있으련마는 소식이 없어······.”

원숭이 같은 김 도감은 담배를 빨다가 말했다. 그 목소리는 어디든지 무엇이 있으리라고 믿는 어조였다.

“있다뿐이오. 제갈량이며 장비며 이순신 같은 이가 다 있지만, 그렇게 쉽사리 나서겠소?”

이마 벗어진 영감은 대를 옆에 놓고 무릎을 안았다.

“있구 말구······. 우리두 목도한 일인데······.”

하고 김 서방은 벌겋게 타드는 모깃불을 편히 들여다보다가 다시 말을 이어서,

“우리 선돌 있을 때에 우리 이웃에 무산 간도서 나온 한 사십 되는 영감 노친(노파)이 있었는데, 그 영감의 성이 김가가 돼서 늘 김 영감 하는데, 자식이 없었단 말이오! 그래 늘 절에두 댕기구 뒤왠(뒤우란)에 칠성단을 묻고 밤이믄 정화수井華水를 떠놓고 삼 년인지 사 년인지 자식을 빌었소, 에구……”

하고 김 서방은 애쓰던 것이 눈앞에 뵈는 듯이 이마를 찡기며 툭 혀를 차고 다시,

“그때 그 영감 노친이 자식 때문에 애도 쓰더니……. 그 덕인지 저 덕인지 노친이 잉태가 있겠지요! 그런데 폐릅은(이상한) 것은 열 넉 달이 돼두 아이를 안 낳겠지……”

“그게 실후 장쉰 게지.”

이마 벗어진 영감은 알아맞혔다는 듯이 소리쳤다. 김 서방은 잠깐 끊었던 말을 다시 이어,

“글쎄, 들어 보오. 그런데 며츨 어간이나 영감 노친이 꾹 배겨 있다가 나오는데 보니까 노친은 뚱뚱하던 배가 쑥 꺼졌겠지!”

하고 김 서방은 불 꺼진 담배에 다시 불을 붙여서 뻑뻑 빨았다.

“아아니, 아이를 낳는 소리두 없이 배가 그렇게 꺼졌단 말이오?”

박 관청은 이상하다는 듯이 물었다.

“아 낳는 소리 있을 께문 폐릅(이상)다구 하겠소……”

김 서방은 말을 이어서,

“그래 우리가 모두 암만 물어 봐아 그저 웃기만 하구 대답을 해야지! 그래, 여편네들은 그 노친을 벗기고까지 보니 젖이 다 뿔구 뱃가죽이 다 텄더랍메!”

하고 눈을 번득하였다.

“그래서는 아이는 아니로구만!”

어린애 안았던 김 도감이 말하는 바람에 김 서방은 말을 끊었다가 다시 이었다.

"그런데 그 노친은 동생이 있는데 그 앙깐(여편네)의 말을 들으니……."

"그 앙깐은 어떻게 알더란 말이오?"

이마 벗어진 영감은 신기한 듯이 물었다.

"냇재(에이구)! 영감두 가만 있소……. 어디 들어 보게……."

김 서방의 말이 토막토막 끊이는 것이 안타까운지 박 관청은 이마 벗어진 영감을 핀잔주었다. 그 바람에 모두 조용하였다. 김 서방은 담 배를 빽빽 빨다가,

"그 동생 되는 앙깐은 그날 밤에 거기서(그 영감 노친의 집) 자다가 봤단 말이지……. 밤중이 되니깐 노친 자던 방에 푸른 안개가 자욱이 돌고 지붕에 흰 무지개가 서더라오. 그러더니 한쪽 볼(뺨)에 별이 돋고 한쪽 볼에 달 돋은 선녀 둘이 소리 없이 방에 들어와서 서는데, 상香내가 코 를 소르르 지르더라오."

김 서방은 바로 향내가 코에나 들어가는 듯이 어깨를 으쓱하고 코 를 쭝긋 하였다.

"그게 참 장쉬 나는 게로군!"

이마 벗어진 영감은 핀잔 받은 것을 그새 잊었는지 또 감탄하였다. 김 서방의 말이 이에 미치니 모두 취한 듯이 김 서방만 치어다본다. 땅 에 자빠졌던 윤길이까지 일어앉아서 정신없이 듣고 있었다. 모든 사람 의 눈은 무엇을 보는 듯하였다. 김 서방은 담배를 빨면서 무엇을 생각 하는 듯하더니 비밀한 말이나 하는 듯이 어성을 나직나직이 하여,

"그러더니만 선녀가 하나는 노친의 왼팔 아래 자댕(겨드랑이)에 손을 대니까 왼자댕이가 툭 터지면서 애기가 스르르 나오더라지!(이때 모든 사 람은 빙그레 재밌게 웃었다.) 애기가 금방 나자 노친의 자댕이는 그만 터졌던

둥 말았던 둥 하게 아물고 애기는 이내(곧) 향탕에 목욕을 시키더라오. 애기는 말이 애기지 키가 알아므 살 먹은 아이만치 크고 눈은 찍 째진 것이 왕방울 같고 귀는 이렇게 크고(손을 펴서 자기 귀에 대고 눈을 크게 떠서 그 흉내를 내면서) 팔다리 손 할 것 없이 참 철골로 생겼는데, 말을 다 하더라는데……."

참말 신기한 일이라는 듯이 눈을 끔벅하는 김 서방의 목소리는 더욱 힘 있었다. 그는 담뱃대를 땅에 놓고 기침을 하더니 말을 이었다.

"내려왔던 선녀는……."

하는데 곁에 앉았던 윤길이가 뛰어나가면서,

"개똥(반딧불)! 저 개똥불!"

한다. 모두 그쪽을 보았다. 김 서방도 말을 끊고 그리를 보았다. 뒤줏간 뒤 콩밭 위를 파란 반딧불이 가물가물 지나간다.

개똥! 개똥!

저 개똥불!

우리 애기

초롱(등롱) 삼자!

개똥! 개똥!

윤길이는 부르면서 콩밭으로 뛰어간다. 그것을 보던 김 서방은 어성을 높여서,

"그래……."

하는 바람에 늙은이들은 모두 머리를 돌렸다.

"그 내려왔던 두 선녀는 애기에게 비단옷을 입히구 이내 무지개를 타고 하늘로 올라가더라오. 그리구 새벽이 되니까 애기가 벌떡 일어나서, '아버지 어머니, 저는 떠납니다' 하더라오."

"어디루 갈까."

여러 늙은이는 약속이나 한 듯이 물었다. 그네들은 함께 김 서방의 이야기를 기뻐하였다 걱정하였다 하였다. 김 서방은 그 대답은 하지 않고 제 말만 하였다.

"그리구 부모에게 절하더라오. 그러니 그 어머니가 울면서, '에구, 내 만득자야, 네 어디로 가니, 나두 가자.' 하고 일어나려니까 그 애기는 말하기를, '나는 이제 선생을 따라 ○○산으로 갑니다. 이제 오래지 않아 세상에 ○○가 나서 백성이 ○○에 들겠으니, 저는 ○○산에 가서 공부를 해가지고 그때에 나와서 ○○을 평정케 하겠습니다. 그러나 몇 달 동안은 집으로 젖먹으로 새벽마다 오겠으니 어머니 우시지 마시오.' 하고 두 팔을 쭉 펴니 커단 날개가 쭉 벌어지더라오."

여기까지 말한 김 서방은 숨이 차는지 휘 쉬었다. 여러 늙은이들은 김 서방의 한숨까지 재미있다는 듯이 모두 얼굴에 웃음을 띠고 소리 없이 김 서방의 입을 쳐다보았다.

밤은 깊었다. 마당에는 이슬이 추근히 내렸다. 밤이 깊을수록 달은 밝고 물소리는 컸다. 강으로 오르는 바람은 뜰 앞 밭을 스치어서 어둑한 집을 지나 뒷산으로 우수수 올리닫는다. 모깃불 놓은 겨는 다 타서 검은 재가 남고 실 같은 연기가 솔솔 오른다.

"우리 클아배(할아버지) 때에두,"

하고 이마 벗어진 영감이 말을 끄집어내려고 하니까 김 서방은 말하려고 쫑긋거리던 입을 닫치고 박 관청은 혀를 찍 갈기면서,

"가만있소. 날래(어서) 김 서방이 이야기를 끝내오."

툭 쏘았다. 그러나 이마 벗어진 영감은,

"가만, 가만 있소. 내가 먼저 얼른 할께……."

하고 말을 내려고 하였다.

"에구, 영감두 주새두 없는 게(주책없다는 뜻)! 그래 얼른 짖밨소! 호호."

“에, 짖다니? 양반을 모르고, 하하하.”

하고 이마 벗어진 영감이 웃는 바람에,

“하하하.”

모두 웃었다. 웃음이 끝나자 이마 벗어진 영감은 입을 열었다.

“우리 클아배 때두 날개 있는 장쉬가 나서 그 아버지가 윤디(인두)루 다 지져 놔서 그만 죽었다오! 그래 어서 하오. 내 말은 이뿐이오.”

하고 김 서방을 보았다.

“에구, 영감두 싱겁다. 그, 소금을 가지고 댕기오.”

하고 박 관청은 이마 벗어진 늙은이를 보고 다시 김 서방을 보면서,

“그래, 그 뒤에두 오더라오?”

하고 물었다.

“그래……”

김 서방은 말을 시작하였다.

“그래, 날개를 펴고 마당에 나서더니 온데 간데 없더라오! 그리구 그 이튿날부터 새벽마다 닭 울 때면 젖 먹으러 오더라오.”

“얼마나 젖 먹으러 오래 댕기더랍데?”

김 도감은 물었다. 김 서방은 머리를 좌우로 흔들면서,

“아니……. 그런데 그런 장쉬가 났다는 말을 하지 말라구 골백 번이나 당비한 것두 듣지 않구서리 그 장쉬를 나흘째 본 앙깐이 이야기를 해놔서 그 고을 원님이 그 말을 들었겠지……”

“저런 망할 년……”

말질한 여편네가 곁에 있으면 담박 때려죽일 듯이 박 관청은 이를 악물었다.

“그래 휴.”

김 서방은 한숨을 태산같이 쉬고 나서,

"원님은 나라에 역적이 생긴다구 장쉬를 잡아 쥑이라구 했단 말이오. 그래 사령에게 윤디를 주면서, 장쉬 젖 먹을 때에 그 날개를 지지라구 했단 말이야……."

예까지 말한 김 서방은 입을 다물었다. 그 낯에는 처연한 빛이 들었다.

"그래서 인재서(才)하는 인재는 다 죽이고……. 이늠의 나라이 안 망하구 어찌겠음메 글쎄!"

박 관청은 화나는지 가래침을 뱉었다. 말없이 하회를 기다리는 김 도감과 이마 벗어진 영감의 낯에는 긴장한 빛이 푸른 달빛에 어른거렸다.

"빨리빨리 하오!"

박 관청도 궁금한지 김 서방을 재촉하였다.

"그래 그 사령이 윤디를 벌겋게 달궈 가지고 그 집 부숫개(부엌 아궁이) 앞에서 기다리는데 새벽이 돼서 마당에서 쾅쾅 하고 발 구르는 소리가 나더니, '어머니!'하고 부르는 소리가 난단 말이야! 그래 그 어머니는 '오오, 우리 장군님이 왔소!' 하고 문을 열어 보니까 그 장쉬는 마당에 섰는데, 큰 칼을 짚고 투구 갑옷을 입었더라오. '빨리 들어와서 젖을 먹어라' 하니까 장쉬는 '어머니, 저는 이제는 집으로 못 오겠습니다. 우리 집에는 저를 잡으려고 사령 놈이 윤디를 가지고 있어서 나는 집으로 못 오겠습니다.' 하더라오. 그 소리에 사령놈은 똥물을 싸구 자빠졌더라오."

"사령 온 줄을 어떻게 알까?"

"흥, 그러게 장쉬라지!"

박 관청과 이마 벗어진 영감은 한마디씩 뇌었다.

"그리구서 대문 밖으로 나가다가 들어와서, '어머니, 저는 이제 ○○산에 들어가 있다가 십 년 후에 나오겠으니 그때에 와서 어머니 아버지를 뵙겠습니다.' 하고는 그만 온 데 간 데 없더라오. 그런데 그 원님이란 작자는 가만히 있었으면 일 없겠는 걸, 그 이튿날 그 장쉬 아버지와 어머니를 붙들어다가 때리구 옥에 가두었단 말이오. 그랬더니 그날 밤에 관가 마당에서 큰 소리가 나면서 원님은 피를 물고 죽고 옥문은 깨지고 그 장쉬 어미 아비는 간 곳이 없었는데, 그 뒤에는 지금까지 소식이 없단 말이오.”

이야기를 끝낸 김 서방은 담뱃대에 담배를 담았다. 달을 치어다보고 빙그레 하던 김 도감은,

“그늠, 그 원님늠 잘 되었군! 그치 벌(앙화)을 받은 게지! 그 영감 노친은 아들(장수)이 데려간 게지?”

한다.

“그런 장쉬들이 다 어디 가서 있을까? 그런 사람 낳은 사람은 전생에 좋은 일은 많이 한 게야.”

박 관청은 말했다.

“여부 있소! 다 덕을 닦아 그런 아들을 낳는 게지……. 그리구 그런 장쉬더러 백두산이나 계룡산 같은 데야 있겠지만 때가 안 되구사 나오겠소?”

김 서방은 모든 것을 자기 혼자나 아는 듯이 말했다.

“나오기는 어느 때든지 나올 걸? 에구, 어서 나와서…….”

이마 벗어진 영감은 말끝을 뚝 끊어 버린다.

“나오구 말구! 하지마는 다 때가 있는 건데……. 시방 시속 사람들은 괜히 위야하고 우리네 ○○이나 가져가믄 소용이 있어야지……. 다 때가 돼서 장쉬가 나야지!”

김 도감은 무릎에서 자는 어린것을 내려다보고 달을 치어다보면서 시속을 한탄하고 새 ○○을 기다린다는 듯이 말하였다.

“이제 보오마는 때는 꼭 있을 게요!”

미래를 보는 듯이 힘있게 말하고 달을 쳐다보는 김 서방의 눈은 빛났다. 다른 늙은이들도 신비로운 꿈에 싸인 듯이 멀거니 앉아서 달을 쳐다보았다. 그 눈은—, 달빛 받은 그 늙은 눈은 다 같이 달 속에서와 하늘 위에서 무엇을 찾고 그윽히 믿는 듯이 빛나고 위엄 있게 보였다. 푸르고 높고 넓은 하늘은 의연히 대지를 덮었다. 그 서쪽에 걸린 달도 의연히 신비롭게 비치었다. 뒷산과 앞 펄에 살근히 흐르는 안개는 철철철 소리치는 강 위로 몰렸다. 높은 하늘 푸른 달 아래 엉긴 안개 속에는 무슨 큰 거령巨靈이 그윽히 숨은 듯이 보였다. 뜰 앞 밭을 우수수 스쳐오는 바람결에 산새 소리가 두어 마디 들렸다. 늙은이들은 여전히 돌아갈 것을 잊고 말없이 앉아서 강 안개와 푸른 달을 본다. 그 모양은 달과 하늘에 말없는 기도를 드리는 것같이 침묵한 속에 그윽한 위엄이 흘렀다.

궁핍의 한가운데서

누이동생을 따라 | 매화梅花 옛 등걸 | 면회사절面會謝絶

미덥지 못한 마음 | 잡담雜談 | 성동도城東途 | 봄을 맞는다

입춘을 맞으며 | 담요 | 동대문東大門 | 천재天才와 범재凡才

신록新綠과 나 | 의문疑問의 그 여자 | K 화상和尙의 눈 | 수박

해운대 | 병우病友 조운曹雲 | 혈흔血痕 | 그리운 어린 때

여름과 물 | 달리소 | 가을의 마음 | 가을을 맞으며 |

어느 곳 풍경 | 조선의 특수성 | 누가 망하나? | 만두 | 8개월個月

소연蕭然한 우성雨聲 | 노농대중勞農大衆과 문예운동文藝運動

누이동생을 따라

사 년 전 여름이었다. 나는 김군과 해운대에 갔다가 이 얘기의 주인공을 만났다. 그것도 그때에 비가 오지 않아서 예정과 같이 떠났다면 나는 이 얘기의 주인공과 만날 기회가 없었을 것이다. 해운대에서 이틀 밤만 자고 떠나 동래 온천으로 가려던 우리는 비 때문에 하루를 연기하였다. 김군과 나는 여관 이층 방에서 비에 잠긴 바다를 바라보면서 오전 중은 바둑으로 보내었다. 오정이 지나서 우중충하던 천기가 훤해지며 빗발이 걷히었다. 구름 사이로 굵은 빗발이 군데군데 흘렀다. 조각조각이 서로 겹쳐 흐르던 구름은 석양에 이르러서는 한 조각도 남기지 않고 맑게 걷히었다.

나는 김군과 같이 온천에 갔다가 붉은 빗발이 푸른 벌판에서 자취를 한 걸음 두 걸음 감추일 때 온천을 나섰다. 오랜 가뭄이 남겨 주었던 텁텁한 기운은 비에 씻겨 버렸다. 석양은 눈이 부시게 맑았다. 먼지를 뒤집어쓰고 시들시들히 늘어졌던 아카시아 잎들은 어린애 눈동자처럼 반짝거렸다. 푸른 잔디와 흰 모래 깔린 저편에 굼실거리는 바다를 스쳐 오는 바람은 여느 때보다 더욱 경쾌한 맛이 있었다. 나는 석양을 안고 여관으로 향하였다.

유까다에 수건을 걸친 김군도 나의 뒤를 따라 섰다. 아까부터 들리는 단소 소리는 점점 가까이 들렸다. 길고 짧고 높고 낮게 흘러오는 그 소리는 발을 감추는 석양볕을 따라 머나먼 바다 저편 하늘가로 흘러 갔다. 우리는 단소 소리가 나는 저편 나무 그늘로 갔다. 단소 부는 사 람 앞에 오륙 인이 반달같이 벌려 서서 고요히 듣고 있다. 가슴에 석양 을 받고 앉은 단소 부는 사람은 사람이 가고 오는 데는 아무 상관없 다는 태도이었다. 깎은 지 오랜 머리는 두 귀를 덮었다. 가락을 뜯는 쇠갈고리 같은 손가락하며 땀과 먼지가 엉긴 시커먼 낯빛하며 둥긋한 이마 아래 조는 듯이 감은 눈은 푹 꺼져 들어서 험상궂게 생겼다. 한 다리는 거두고 한 다리는 뻗고 앉아서 정신없이 단소를 불던 입술에 서 스르르 떼었다.

그는 눈을 떠서 돌아선 사람을 바라보았다. 눈뜨는 것을 보고 비로 소 그가 애꾸눈인 것을 알았다. 그는 한숨을 휴 쉬더니 곁에 벗어 놓 았던 군데군데 뚫어진 검은 사아지 양복저고리를 집어 들고 일어섰다. 흙투성이 된 누런 양복바지는 무릎이 뚫어졌다. 그는 서산에 뉘엿뉘엿 넘어가는 볕을 바라보더니 저편을 향하고 발을 떼었다. 그는 애꾸눈만 이 아니었다. 왼편 다리까지 절었다. 나는 어디서 본 사람같이 느껴지 면서도 얼른 생각이 나지 않았다. 나로도 알 수 없는 째릿한 감정으로 절름절름 걸어가는 그의 뒷그림자를 바라보았다.

"여보게, 우리두 가세 인젠……."

나는 김군이 부르는 소리에 발을 떼어 놓았다. 나는 여관에 돌아와 머릿속을 언뜻 지나가는 기억에 '옳지.' 하고 큰 발견이나 한 듯이 앞에 올라가는 김군에게,

"인제 생각나네!"

말하였다.

"지난 봄 종로 야시장에서 지금 단소 불던 작자를 보았군!"

하고 나는 돌아다보는 김군에게 말하였다.

"그 단소 잘 부는데!"

김군은 내 말에는 별로 흥미 없다는 듯이 말하였다.

"야시에서 들을 때엔 모르겠더니 에서 들으니 그럴 듯한데."

나는 난간에 서서 석양에 잠긴 아른한 먼 바다를 바라보면서 말하였다. 저녁 뒤에 김군은 달빛을 본다고 전등을 껐다. 이층 난간에 나 앉으면 바다와 산과 달 바라보는 맛은 옛날 한시를 읽는 맛이다. 서산에 넘어가는 해를 기다리고 있는 듯이 바다 저편 동쪽 산 위에 높이 솟은 달은 물 같은 빛발을 바다와 육지에 던졌다. 저녁연기에 흐렸던 바다는 달빛에 잠겨서 전면에 은빛이 굽실거렸다. 그 위로 미끄러져 나가는 두어 개의 돛도 달지 않은 어선은 수묵을 찍은 것 같다. 두어 개의 어화가 해운대 아래 희미하였다. 바닷가에 어른대는 것은 사람의 그림자인가? 간간이 웃음과 노래가 흘렀다. 달이 높이 걸림을 따라 사면은 바닷 소리와 바람 소리와 달빛에 고요히 잠기었다.

"낮에 불던 그 사람인가 보이!"

김군은 드러누워서 모기를 날리다가 벌떡 일어난다. 단소 소리가 달빛을 타고 들려온다.

"그걸세……. 그 사람이야.'

달빛이 흐르는 바다를 고요히 바라보고 앉았던 나의 가슴은 흘러오는 단소 소리에 아른아른 흔들렸다. 그 소리는 낮에 듣는 것보다 한껏 처량하였다 이어지는 듯 끊어지는 듯 굵고 가늘게 흘러오는 그 소리는 밝은 달빛과 조화되어 달이 단소 빛 소린지 단소 소리가 달빛인지, 바다와 산을 스쳐 먼 하늘가를 흐르는 그 소리는 때로 여울 소리같이 격하고 때로 먼 하늘의 기러기 소리같이 처량하였다. 나는 세상을 떠나 달빛을 타고 하늘로 오르는 듯이 표연한 맛을 느끼면서도 인간의 애틋한 심정을 벗을 수 없었다. 우상같이 앉아 바다를 바라보는 나의 머리에는 어제 들은 그 얘기가 떠올랐다.

'자살! 젊은 여자의 자살.'

젊은 여자로 물에 몸을 던졌다는 것도 그것이 보통 여자가 아니었다는 것은 역시 젊은 나의 가슴에 애틋한 그림자를 긋는다. 그가 죽었다는 곳은 지금 바로 내다보이는 저 아래편 해운대 앞바다였다.

"바로 열흘 전입니다."

우리가 있는 웃방에 한 달 전부터 와 있는 마산 친구가 어제 우리와 같이 바닷가에서 거닐다가 말하였다.

"그날 나는 저편에서 미역 감다가 사람 죽었다는 소리에 여러 사람과 같이 이리로 왔더니 에익 끔찍도 헙디다."

하고 그는 그때의 광경이 눈앞에 떠오르는 듯이 이마를 찌푸렸다.

"팅팅 불은 계집이겠지요! 머리는 흐트러지고 치마는 찢겼습니다 그려……. 그런 것을 낚시질하던 웬 늙은이가 '제기 꿈자리가 사납더니,' 어쩌고 투덜거리면서 옷을 벗고 들어가더니 저 바위 사이에서 물결을 따라 오르락내리락하는 송장을 끄집어 내왔는데……."

그는 바닷가를 가리키면서,

"바로 저기로군……. 저기다 내다 놓은 것을 보고는 나는 어떤 친구가 동래서 올 시간이 되었기에 여관으로 돌아갔지요. 그래 뒤에 들으니……."

하고 그는 그 죽은 여자의 내력을 들은 대로 얘기를 하였다. 그 여자는 부산 어떤 유곽의 창기였었다. 그는 몹시 더운 어떤 날 해운대에 나타났다. 포주의 학대에 못 이겨 도망한 거라고도 하고 어떤 놈과 배가 맞았다고도 하나 이리로는 혼자 왔었다. 그는 여관에 들어 하룻밤 자고 이튿날 새벽에 나가서 해가 낮이 되도록 돌아오지 않았다. 여관에서는 온천으로 찾아가 보았으나 없었다.

"그래, 여관에서는 퍽 궁금히 여기다가 그 소문을 듣고 와 보니 그 여자더라는데, 부산서 포주가 와서 어딘지 묻었답니다."

하고 마산 친구는 창망한 바다를 바라보았다. 지금 나의 눈앞에는 보지도 못한 그 여자의 그림자가 창백한 얼굴로 떠오른다. 흘러오는 단소 소리는 그 그림자의 원한을 하소연하는 듯이도 들리었다.

아홉 시가 친 뒤 이슥해서 나는 김군과 같이 바닷가로 나갔다. 그때는 단소 소리가 그친 뒤였다. 바람 소리와 물소리가 어우러져서 들을 지나 산으로 올라가는 맛은 한여름의 괴로움을 씻고도 남음이 있었다. 온몸에 달빛을 받고 시원한 맑은 바람을 쐬면서 달 아래 이슬에 빛나는 잔디를 밟고 바닷가에 나서니 흰 모래판은 은가루를 뿌린 것 같았다. 하늘과 땅에 찬 것은 달빛과 바닷소리와 바람 소리였다. 그 속에 흘러오는 사람의 소리는 먼 세상에 떨어져 있는 사람의 소리같이 들렸다. 나는 아무 말도 없이 물결이 들어왔다가 밀리고 밀렸다가는 들어오는 바닷가로 올라갔다. 고기 후리를 늘이는 어선 두 척이 구물거리는 물 위를 미끄러져 나간다.

"여보게."

하고 부르는 김군의 소리에 나는 발을 멈추고 머리를 돌렸다. 김군은 저편에 빈 배를 의지하여 쳐놓은 모기장 앞에서 누구와 얘기를 하고 있었다.

"응, 게서 뭘 하나?⋯⋯"

나는 술놀음이 벌어졌구나 생각하면서 말하였다.

"이리 오게. 여기 마산 이 선생이 계시네."

김군은 말을 마치며 무슨 뜻인지 허허 웃었다.

"이리 오셔요. 같이 좀 놀 수 없을까요? 허허."

"참 명창인데, 명창이야⋯⋯."

저편에 드러누웠던 키 작은 친구는 그저 술이 취한 목소리였다.

"이 자식 명창이라니? 하하하 명창?……"

하고 얽은 친구가 웃는 바람에 모두 한바탕 웃었다. 밤은 깊었다. 달은 바다를 지나 육지에 높이 솟았다. 물같이 맑은 빛은 아까보다 좀 찼었다.

"에야차 에야."

후리[1] 당기는 소리가 저편 아래서 들렸다. 바다 저편에 수묵을 찍은 듯하던 어선은 점점 후리 소리 나는 편으로 가까워진다.

"단소는 언제 배웠소?"

얽은 친구가 달빛이 넘실거리는 술잔을 들면서 그 사람을 치어다보았다.

"어려서 장난으로 불었지요! 별로 배우지는 않았습니다."

묻는 사람은 신기하게 물었으나 대답하는 사람은 극히 평범하였다.

"여보! 언젠가 내가 서울 야시에서 뵌 듯한데……"

나는 그를 건너다보았다.

"네……, 서울 있었습니다. 이곳 온 지 며칠 안 됩니다. 이런 놈의 신세가 어디를 가면 값이 있겠어요? 허허."

술에 젖은 그의 목소리는 아까보다 기운 있게 흘렀다.

"천만에, 그 팔자가 도리어 편할는지도 모르지요!"

김군은 무엇을 생각하는 어조였다.

"편해요?…… 허허."

그는 어이없다는 듯이 웃었다.

"고향은 어디에요?"

누가 묻는 말에 그는,

"고향이라고 할 것두 없지요. 이 팔자에……. 나기는 평안도 영변서

났습니다."

하고 한숨을 쉬었다. 그는 지나간 기억을 밟는 듯이 왼쪽 눈을 먼 하늘에 주었다.

"부모처자가 다 있어요?"

"아무도 없습니다. 부모처자가 있으면 이 꼴이겠습니까. 벌써 송장된 지 오랜 사람이지만…… 허허."

그는 무슨 말을 하려다 말고 코를 벌룩이며 웃음으로 말끝을 막았다. 여러 사람은 약속이나 한 듯이 그 사람의 얼굴만 쳐다보았다. 잠깐 침묵이 흘렀다. 달빛은 더욱 밝았다. 후리 당기는 소리가 들려왔다.

술이 한 순백 지나갔다. 우리는 어찌어찌하다가 단소 불던 사람의 내력을 그에게 들었다. 그는 술 한 잔을 마시고 안주를 집으면서,

"말씀한대야 변변치도 못한 것입니다."

하고 눈가에 그윽한 웃음을 띠었다.

여러 사람은 두툼하고 검푸른 그의 입술만 치어다보았다.

"사람의 일생이란 생각할수록 맹랑하지요……. 나도 병신 되기 전에는 지금에다 대었겠습니까마는, 이 꼴이 된 뒤부터는…… 허허……, 그래도 죽지 않고 살아 있으니……, 어찌 생각하면 더럽지요……."

그는 탄식 비슷이 뇌었다. 그 탄식은 무슨 철이나 머금은 듯이 구수하게 들렸다.

"그런 거지요! 죽으려면 파리 목숨만도 못하지만 끌면 쇠심 같은 것이 목숨이지요."

김군 맞은편에 앉았던 얽은 친구가 맞장구를 쳤다.

"참말 그래요……. (하고 그는 말을 잠깐 끊었다가) 내 고향은 아까도 말씀드렸지만 평안도 영변이에요. 나는 사남매지만 어머니에게는 남매뿐이외다. 우리 어머니에게는 나와 내 아래로 누이동생이 있고……. 그리고

내 위로 남매가 있다는데, 그들은 다 그들 어머니에게 외딸 외아들로
지금 어디 가 있는지 살았는지도 모르지요……."

"그러면 어머니가 셋이게? 하……."

김군은 의아한 눈으로 그 사람을 바라보았다. 그 사람은 김군의 말
이 끝나자 곧,

"말하자면 그렇지요……. 허허…… 우리 아버지가 천하 난봉이던가
봐요……. 어머니의 말씀을 들으면 평양 관찰사 누구와도 친하고 또
무슨 벼슬도 지낸 잘난 어른이라고 합디다만, 그랬는지 저랬는지 나는
모릅니다. 내 기억에 남은 것은 아버지와 어머니가 밤낮 싸우는 것밖
에는 없습니다."
하고 그는 잠깐 말을 그쳤다. 그의 어조는 내가 상상하던 바와는 딴판
으로 퍽 점잖고 기품이 있었다.

"내가 열한 살 때에 어머니가 돌아가셨습니다. 그때에 내 누이동생
은 여섯 살이었지요. 본디 우리 아버지는 전라도 사람으로 영변 갔다
가 우리 어머니와 만나서 우리 오뉘를 낳았는데, 전실에서 낳은 아들
이 전라도 어딘가 있다고 들었습니다. 그리고 전라도서 떠나 송도 가
계시던 때에 또 어떤 기생에게서 딸 하나를 낳았답니다. 그러다가 영
변까지 불려가서 우리 어머니와 만난 것이 그럭저럭 세상이 이렇게 되
고 더 뛸 길은 없고 하여 그대로 주저앉아서 장사를 하였습니다 그려."
하고 그는 혼잣말하는 것이 싱거운 듯이 말을 끊었다가,

"자, 술이나 잡수시면서."
하는 마산 친구의 말을 따라 술을 마시고 말을 이었다.

"어머니가 돌아가시니 기가 막힙디다. 어린 마음에도 그때 어머니
는……, 마흔셋이고 아버지는 예순둘이었는데, 아버지는 그때에도 첩
을 얻어 가지고(말하자면 우리 어머니도 첩이지만) 딴살림을 하면서 며칠에 한

번씩 집에 오셔서는, '이건 왜 이 모양이냐? 저건 왜 저 모양이냐? 집에
는 밥 귀신들만 모였느냐?' 하시고 기를 못 펴게 야단을 쳤습니다. 그
러면 우리 오누인 호랑이나 만난 듯이 큰 숨도 못 쉬고 어머니는, 괜히
'집에 들면 야단이야……. 그년이 그러라고 시킵디까?' 하고 싸움을 시
작하였습니다. 그렇게 아버지가 돌아나가시면 집안은 폭풍우가 지나
간 뒤같이 어수선하였습니다. 그러나 아버지가 돌아나가신 뒷면, '이리
오너라, 괜찮다……. 빌어먹을 년놈, 어린것들까지 기를 못 펴게…….'
하시면서 나와 골짝골짝 우는 누이동생 용녀를 달래었습니다. 지금도
그러시는 어머니의 얼굴이 보이는 것 같습니다. 그러므로 우리는 아버
지의 애정이라구는 요만큼도(그는 손가락 끝을 보이면서) 없습니다. 어머니 생
각은 지금도 가슴에 그득하지만……. 휴……."

그는 한숨을 쉬었다. 잠깐 흐르는 침묵 속을 사람의 소리가 지나
갔다.

"암, 때가 지내보니 아버지가 야단만 치시구 성가시게 구니까 미웁기
만 해."

마산 친구가 동감이라는 듯이 말하였다.

"그래, 우리 형님이 망발이로군……. 그것 버릇 좀 가르쳐야……, 허
허허."

얼굴 기름한 사람이 마산 친구 보고 농을 치다가 웃는 바람에 모두
따라 웃었다.

"이놈의 버릇없는 놈 같으니라구, 흐흐."
하고 마산 친구가 웃음을 내는데,

"그 입들 좀 닫쳐라……. 엑, 인두루다 지져야겠다……."
하고 얼른 친구가 제지하면서 벙긋하였다. 주거니 받거니 하는 여러
사람의 말에 입을 닫쳤던 그는 다시 입을 열었다.

"그러던 집안에서 우리 오뉘가 하늘인가 땅인가 믿던 어머니가 돌아 가셨으니 우리 꼴이야 더 말할 것도 없지요. 어머니가 그렇게 병환으로 근 한 달이나 누워 계셔도 아버지는 잘 들어오시지 않았습니다. 간혹 오시더라도 화만 내시고 나가 버렸습니다. 그때 김덕대라고 금점에 돌아다니던 늙은이가 우리 아버지와 친하였는데, 그이가 아버지를 못 견디게 졸라서 의사도 부르고 약도 썼습니다. 그리고 이웃에 사는 이모가 항상 와서 밥을 지어 주었습니다. 지금도 잊혀지지 않습니다마는, 어느 날 어머니가 냉면이 잡숫고 싶다고 하시기에 돈은 없고 어쩝니까? 김덕대를 찾아갔더니 그 영감도 없겠지요……. '엑 죽어 봐, 죽으랴.' 어린 가슴에 결심하고 아버지 전방으로 찾아갔습니다. 그때까지도 가게라고 벌이기는 하였으나 속이 빈 때였더랍니다. 전방으로 찾아가니 아버지는 안 계시고 서모가 저편 방에서 나오시면서, '왜 왔니?' 하기에 나는 머뭇머뭇하다가 그냥 돌쳐서려다가 저리로 올라오시는 아버지를 만났습니다. '어째 왔니? 응.' 아버지는 벌써 눈살이 꼿꼿하셔서 나를 보십니다. 나는 기가 질려서 머뭇머뭇하다가 겨우 말을 끄집어냈습니다. '냉면? 앓아 뒈질 지경에 냉면?' 하시면서, '가라! 보기 싫다.' 하시기에 그만 돌쳐섰습니다. 어떻게 분한지 돌아서서 눈물을 씻고 집으로 돌아갔습니다. 해골만 남은 어머니가 나를 보시더니, '네가 왜 울었니?' 하고 끓어 올라오는 가래를 억제하십디다. 나는 어머니를 보니 더욱 서러워서 아무 대답도 하지 않고 흑흑 느껴 울었습니다. 어머니는 괴롭게 지내시다가도 정신만 좀 차리시면, '내가 죽으면 너희들을 누가…….' 하시고는 목이 메어서 더 말씀을 못 하셨습니다. 돌아가시는 때에도, '용녀야—순남아.' 모기 소리만큼 뇌이셨습니다."

그의 목소리는 아까보다 격하였다. 그는 목이 메이는지 침을 삼키고 한숨을 쉬면서 달을 쳐다보았다. 달빛이 이상히 빛나는 그의 왼쪽 눈은 눈물이 스르르 젖었다. 그는 다시 말을 이었다.

"그러던 어머니가 돌아가신 뒤에 우리 오누이는 아버지에게 끌려서 거리에 있는 서모의 집으로 갔었습니다. 우리가 살던 집은 그 뒤 일본 사람이 들어 있었습니다. 서모의 집으로 간 날부터 우리 오누이는 설움이었습니다. 생아자도 부모요, 양아자도 부모라고, 나로서 서모의 말씀을 하는 것은 불효막심한 일이지만, 그때 그 서모는 참말 지독하였지요……. 그는 강계 기생이었는데 그때 나이 서른셋인가 되었으나 퍽 젊게 보였습니다. 그의 독살이 오른 눈과 안으로 옥은 이빨은 지금도 눈앞에 보이는 것 같습니다. 우리 오누이는 편히 앉아 보지도 못하고 배불리 못 먹었습니다.

'오늘 ○○장에 갔다 오너라. 사내자식이 밥만 처지르지 말고 일도 해야지……. 나이 열한 살에 저 꼴이냐?' 아버지가 하루는 들어오시더니 부엌에서 솔개비를 때기 좋게 자귀로 찍고 있는 나에게 편지를 주십디다. 장에 가서 황 주사를 '○○ 찾아 전하고 주는 것이 있을 터이니 가지고 오너라.' 하시기에 나는 서모가 주시는 찬밥을 먹고 떠났습니다. 그때가 지금으로 치는 아홉시는 되었겠습니다. ○○장은 삼십 리였습니다. 두루마기도 없이 땟국이 흐르는 엷은 옷을 입고 나섰더니 눈 위에 스쳐오는 바람은 살을 에이는 것 같았습니다. '어머니가 계셨으면…….' 나는 겨울이면 바지저고리에 솜을 통통 놓고도 두루마기까지 지어 주시던 어머니 생각을 하고 눈물을 흘렸습니다. 나는 눈길에 찬 바람을 쐬이면서 울었습니다.

오정이 지나서 ○○장에 이르러 그 사람에게 찾아가 그 편지를 주었습니다. '응, 알았다.' '춘데 욕봤다. 배가 고프겠구나.' 그는 나를 방으로 불러들이더니 국수장국을 사다 줍디다. 나는 어떻게 고마운지 세상에는 친아버지보다도 나은 사람이 있고나 생각하니 눈물이 납디다. 그리고 국수를 먹으려니까 늘 배를 주리는 누이동생의 그림자가 눈앞에 선해서 목에 넘어가지 않았습니다. 나는 그 황 주사가 어디로 나갔으면 하고 은근히 기다렸습니다. 그가 만일 없었으면 그 국수를 좀 건져서 감추었다가 용녀에게로 갖다 싶었습니다. 그러나 그는 어디로 나가지 않았습니다.

내가 국수를 다 먹고 나니 그는, '네가 저것을 지고 어떻게 가겠니!' 그는 웃방에서 커다란 자루를 내다 줍디다. 그것은 녹말 가루였습니다. 촌 말 한 말은 되는 것 같았습니다. 그가 새끼로 짊어져 주기에 등에 지니 허리가 휘청합디다. 길에 나서 몇 걸음 걸으니 그 추운 날에도 땀이 흐릅디다. 땀을 흘리면서 찬바람을 받으니 더욱 견딜 수 없었습니다. 나는 그날 컴컴한 때 집으로 돌아갔습니다.

'요 배라먹을 자식……. 어디 가서 낮잠 자다 지금 오니? 응? 집에선 애가 타도록 기다렸는데……' 서모가 나오더니 짐 지고 마루에 올라서는 나를 사정없이 밀치겠지요. 그러지 않아도 기운 없이 허덕이던 나는 그만 모로 쓰러져 마루 아래 떨어졌습니다. 마루 아래 떨어지자 눈에서 불이 번쩍 나더니 이 눈(먼 눈을 가리키면서)이 들이 제리는데, 온몸이 송그러들고 이가 빠각거렸습니다. 그래 눈을 붙잡고 몸을 일으키려니까 짐이 등을 꽉 잡아당겨서 그대로 몸을 틀면서, '아이구, 악 , 아이구.' 하고 이를 갈았습니다. 언제 어디서 왔는지 용녀의 울음소리가 귓가에 들렸습니다. '또 엄살이지, 어서 못 일어나겠니?' 서모의 악쓰는 소리가 들렸습니다. '에그, 이게 웬 피여? 응, 눈 다쳤구나.' 가게 심부름을 다니는 김 서방이 나를 일으키다가 깜짝 놀라 치는 소리에 서모도 겁이 났던지, '피가 무슨 피……. 저런 못 생긴 자식.' 하는 목소리는 아까보다 누그러졌습디다.”

그는 말을 마치고 기침을 두어 번이나 기쳤다. 나는 머리끝이 옴싹

하고 가슴이 찌르르하여 전기를 받은 것 같았다.

"엑, 끔찍하군!"

마산 친구가 말하였다. 당시의 기억을 끌어내는 듯이 바다를 한참 내다보던 그는 천천히 입을 열어,

"이 눈은……."

하고 멀은 눈을 손으로 가리키면서,

"으흠……, 이 눈은 그때의 잃은 눈입니다. 이것도 내 팔자가 그리 되었겠지만, 생각하면 생각할수록 분하고 원통합니다. 하긴 그보다도 더 큰 설움이 있지만……."

"팔자가 무슨 팔자요……. 그렇게 지독한 계집두 있담……."

읽은 친구는 그 사람의 말을 가로막으며 흥분한 어조로 말하였다. 그는 아무 대답도 없이,

"흥."

하고 자기 신세를 비웃는 듯한 코웃음을 쳤다. 나는 그를 다시금 쳐다보았다. 그 사람과 나 사이에 가로놓였던 장벽은 점점 물러가고 점점 친하여지는 듯하였다. 달은 한 공중에 높이 솟았다. 어디선지 물새의 울음이 파도 소리에 들렸다. 후리 당기는 소리와 멀리 울려오는 발전기 소리가 은근히 들리었다. 밤은 점점 깊었다. 그는 그저 말을 이었다.

"그것은……, 내가 이 눈을 다치던 것은 열세 살 때이었습니다. 나는 그 뒤로 이 눈을 넉 달이나 앓다가 그 이듬해 봄에야 겨우 나았어요. 그 해 여름에 아버지가 술 잡숫고 며칠 앓다가 돌아가셨습니다. 아버지는 돌아가시는 때에 무슨 생각이 나셨는지 보시기만 해도 이맛살 찌푸리시던 우리 오뉘를, '순남아! 용녀야!' 하시며 불러들이시더니 두 눈에 눈물이 핑그르 돕니다. '나는 아마 죽나 보다! 너의 모와 너희 오뉘한테 내가 못 할 짓을 했다.' 하시고는 목이 메어서 다시 말씀을 못 하

시는데, 두 눈에서 눈물이 흘러내리는 것은 지금도 잊혀지지 않습니다. 나는 그때 어떻게 서러운지 목놓아 울었습니다. 아홉 살 된 용녀도 영영 울었습니다. 나는 아버지의 따뜻한 사랑을 그때에 느꼈습니다.

아버지가 돌아가시던 해 초겨울에 서모는 집을 팔아 가지고 자기 고향인 강계로 갔습니다. 나는 하는 수 없이 이모의 집으로 가고 용녀는 읍에서 오십 리 되는 촌에 민며느리로 보냈습니다. 기구한 우리 오뉘는 이렇게 갈렸습니다. 이모의 남편 되는 사람은 그때 사십이 넘었는데, 사람이 퍽 얌전하고 동리에서도 인심을 괴이고 지내었으나 집은 넉넉치 못했습니다. 나는 그때 다시 학교를 다녔습니다. 옛날 어머니 계신 때에 학교에 다니다가 중도에서 서모를 모시게 되면서 못 다니던 학교를 사 년 만에 애꾸눈이 돼 가지고 가니, 반가와하는 사람은 없고 놀려 주는 사람만이 있었습니다. 그때 학교란 우스웠지요. 이십이 넘은 이는 고사하고 사십 되는 사람이 학교에 다녔습니다. 그때 황해도 살다가 이사 온 사람이 하나 있었는데 그는 나보다 일곱 살인가 여섯 살 위로 나를 퍽 귀애하였습니다. 그런데 그 사람이 단소를 잘 불었습니다. 나는 그때 불어 본 단소를 인제는 한평생 불다 죽을 것 같습니다.

내가 고향을 떠난 것은 열일곱 살 되는 해 여름이었으니 학교를 졸업하던 이듬해였습니다. 평양 나가서 공부한다는 것이 처음 목적이었습니다.

'어디 가든지 편지 자주 해라! 그리고 가 보아서 고생 되거든 오너라. 죽식간에 집에서 지내게.'

이모부는 십 리나 바래다주면서 신신부탁을 하였습니다. 나는 그날 용녀를 찾아보고 이튿날 떠났습니다. 그때 열 두살 된 용녀는 서모 밑에 있을 때보다 별로 나은 것 같지 않았습니다. 그는 나를 만나 갈리

는 때까지 울기만 하였고, 내가 떠나는 때 어디서 얻었는지 엽전 여덟
닢을 내다줍디다. 나오는 눈물을 억제하던 나도 울지 않을 수 없었습
니다.

'용녀야 아무쪼록 괴로움을 참고 잘 있거라, 응? 내가 가서 공부해
가지고 올게, 응?'
하고 우리는 갈렸습니다. 그것이 영영 갈리는 것이라고는 용녀도 몰랐
을 것입니다. 평양으로 나갔으나 이런 놈의 신세에 무엇이 변변히 되겠
습니까? 더구나 애꾸눈이 되고 보니 병신이라고 누가 돌아도 보지 않
았습니다. 하는 수 없이 어떤 국수집 심부름꾼으로 들어갔습니다. 그
것도 객주 집에서 친한 친구가 소개하여서 들어가게 되었지요. 그럭저
럭 그 해도 지나고 그 이듬해도 지나갔습니다.

삼 년 되던 해에 나는 평양을 떠났습니다. 다시 영변을 들러서 이모
댁과 용녀를 찾아본다는 것이 바빠서 그렇게 못 되었습니다. 어떤 친
구가 진남포에 벌이가 좋다고 끄는 바람에 솔깃하여 진남포로 나갔습
니다. 그러나 진남포에 가서 나는 재미를 못 보았습니다. 다만 국수집
한 모퉁이를 차지하였을 때보다 좀 넓은 세상, 분주한 세상을 하나 더
보았습니다. 진남포서 겨울을 지나 이듬해 목포로 내려갔습니다. 목포
가서 일 년 동안은 비교적 편히 지냈습니다. 어떤 운송부에서 짐을 취
급하였는데, 그때 주인 되는 일본 사람이 처음에는 '가다메상 가다메
상,' 하기에 어떻게 골이 나는지 두어 번 화를 냈더니 그는 허허 웃고
맙디다.

그런데 이상한 것은 그는 내가 화낸 것도 개의치 않는다는 듯이 얼
마 뒤부터는 나를 퍽 신임하였습니다. 무슨 일이 있어도, '박 서방, 박
서방!' 하고 어디 긴요한 심부름이 있어도, '박 서방, 박 서방!' 하고 나
를 찾았습니다. 나도 그 사람이 시키는 일은 성심껏 하였습니다. 나는

목포에서 일 년을 지내고 이듬해에 그 운송점의 지점 일을 맡아 가지고 원산으로 갔었다가 다시 곤경에 들었습니다. 그것은 그때 그 운송점 본점 주인이 갈린 탓도 있었습니다만 내가 어떤 색시한테 반해서 마음이 들뜨게 된 탓이었습니다. 나는 운송점을 나온 뒤에 한산인부[2]로 투족[3]하였습니다. 낮이면 괴롭게 일하다가도 저녁에 돌아와서 젊은 아내를 대하는 기쁨은…… 참……, 허허허……."

하고는 그는 말하기 뭣하다는 듯이 웃었다.

"암, 그 맛 꿀보다 더 좋지……, 하하하."

마산 친구가 웃는 바람에 모두 흥흥 하고 웃었다.

"그러나 그 색시와도 오래 못 살았습니다. 그는 술장사하던 계집이었는데 꽤 이뻤지요……."

하고 그는 벙긋하더니,

"한산인부로 지낼 때의 생활은 운송점에 있을 때보다도 형편없었습니다. 그 계집이 나를 배반한 것은 그 까닭도 되겠지만, 또 생각하면 누가 이(그는 멀은 눈을 가리키며) 꼴에 좋다겠습니까? 하하하하."

하고 그는 좌중을 돌아보며 웃었다. 우리들도 웃었다. 한공중에 떴던 달은 서쪽으로 기울었다. 나는 아까보다 좀 찬 기운을 느끼었다.

"나는 그때부터 술을 먹었습니다. 그전에도 좀 먹기는 하였으나 그때처럼은 많이 먹지 않았습니다. 돈푼 있으면 술 먹고 없으면 단소나……. 그때에도 단소는 차고 다녔지요. 사람이란 이상한 것이 처음에는 고향 생각과 누이동생 생각이 간절하더니 차츰 세월이 가고 멀어지니 애즐자즐하던 생각은 좀 엷어집디다. 그때까지도 편지 왕래가 있었으나 그 뒤로는 그것조차 없었습니다. 몇 번 편지하였으나 회답이 없기에 나도 그만두었지요. 그러나 때때로 조용한 때면 용녀 생각에 가슴이 찢겼습니다. 내가 회령 가 있을 때에 어떤 고향 사람에게서 소식을 들으니 용녀는 성례까지 하고 잘 지낸다고 하였습니다.

나는 그 뒤로 어디 가 오래 있지 않았습니다. 내가 회령 있다가 부산 내려갔다 대구로 가보았습니다. 그렇게 다니는 사이는 일도 별일을 다 해 보았습니다. 치도판[4]으로, 항구판으로, 탄광으로 돌아다니는 사이에 술과 계집도 자연 가까와졌습니다. 그렇게 이리저리 흘러 다니면서도 고향에는 못 가보았습니다. 이렇게 말씀하고 내가 용녀를 못 잊는다면 거짓말 같지만 실상은 빈주먹만 들고 고향이라고 찾아가기가 뭣해서 못 간 것입니다. 그렇게 굴러다니다가 부산까지 가게 되었지요……. 그것은 내가 스물여섯 된 때이었습니다. 아니 스물일곱……."

그는 말 끊고 손가락을 꼽더니,

"옳군, 스물여섯이 맞습니다. 그 해 여름에 청진서 벌이가 없으니 항구판에서 같이 일하던 친구들과 나와 셋이 주인집에 밥값도 못 갚고 떠나서 부산으로 갔었지요. 그 해 여름은 어떻게 더웠는지 참말 몹시도 더웠습니다. 처음 그리로 가기는 여름창 뗏목일이 좋다고 해서 갔으나 그해따라 어떻게 가물던지, 물이 불어야 뗘도 몰지요. 그런데 뗘에는 모두 경험이 없는 작자들이니까 뗘청에서 받아 주지 않습디다. 그래 하는 수 없이 감자밭, 조밭 김도 매고 꼴도 베어다 주면서 밥을 얼어먹고 그 해 여름은 그럭저럭 지냈습니다.

도끼 톱을 들고 산에 가서는 몇 아름씩 되는 나무를 찍어 넘어뜨렸습니다. 그 크나큰 나무가 우지직하고 콩 쓰러지는 때면 좁은 골이 떠는가는 것 같습니다. 도끼질과 톱질에 괴롭던 마음도 큰 나무가 벼락같이 쓰러지는 것을 보면 유쾌하기 그지없습니다. 그렇게 쓰러진 나무를 다시 도끼와 톱으로 자르고 가지를 쳐서 산 아래로 내리칩니다. 나무와 나무가 빼곡한 사이 눈길에 '두장'을 대어서 머리를 돌려놓으면 그 큰 나무통이 내리 쓸리는 것은 무어라 할 수 없지요. 그렇게 나무를 넘어뜨릴 때나 골에 내리칠 때에 아차 잘못하면 몸이 가루가 되지요……."

하고 그는 뻗치고 앉은 다리를 내려다보면서,

"이 다리도 그렇게 상한 것입니다."

말하였다. 좌중의 눈은 그 사람의 얼굴에서 다리로 옮겼다. 나는 알 수 없이 온몸에 소름이 끼쳤다. 넘어가는 나무와 내리질리는 나무통이 눈앞에 보이는 것 같았다.

"하루는……."

그는 천천히 입을 열었다.

"도끼를 들고 산으로 올라갔습니다. 어쩐 일인지 그날 아침에는 몸이 찌긋찌긋하고 어젯밤 뒤숭숭하던 꿈자리가 생각나 하루 쉴까 하고 망설이다가 그날이 삯전 주는 간조 날이니까 말하자면 돈 욕심이 나서 일터로 나갔습니다. 그러지 않아도 돈은 주지만 간조하는 날 안 가면 감독 녀석의 잔소리가 더욱 심하니까 나갔던 것입니다……. 둘째 번 나무를 베어서 다듬어 놓고 두 장을 내다가 쓸리는 나무통에 치어 넘어졌습니다.

'엑, 큰일 났다!'

하는 사람의 고함 소리가 귓가에 들리자마자 나는 그만 정신을 잃었습니다. 나무가 이만저만할쎄 내려가는 것을 잡지, 그렇게 큰 나무는 내리 쓸리게 되면 항우 같은 장사라도 걷잡지 못할 것입니다. 나는 얼마 뒤에 정신을 차리니까 후끈후끈한 방에 누웠는데,

'정신차리게, 어떤가?'

하고 같이 일하던 친구가 모여 앉았다가 묻습디다. 나는 처음에는 어리둥절한 것이 어쩐 줄을 몰랐었으나, 차츰 이 다리가 저리고 무겁고 가슴 팔 할 것 없이 아프지 않은 데가 없었습니다. 들으니 이 무릎 보

시오, 지금도 이렇게(그는 옆으로 툭 비어진 무릎을 걷어 올리고) 불거졌습니다만,
그때에는 심하였습니다. 이렇게 무릎을 삐고 넓적다리가 부러진 것을
모두 다리고 맞추어 놓고 나무를 대어 처맸습니다. 그때 서 서방이란
강원도 친구는 그 즉석에서 머리가 부서지고 갈빗대가 부러져 죽었습
니다.

'그만하기 하늘이 도왔지…….'

친구들은 나의 목숨 붙은 것만 다행이라고 이렇게 말하였습니다. 그
러나 병신 되고 살아갈 것을 생각하니 기가 막힙디다. 그러나 하는 수
없었습니다. 나는 여러 달을 자리에서 일어나지 못하였습니다. 나를
낳은 아버지까지 돌보지 않는 세상에서 그와 같은 친구의 도움을 받
는 때 나는 무어라 할 수 없었습니다. 나는 그 뒤로 친구의 고마움을
느꼈고 한 번 사귄 친구는 소홀히 여기지 않았습니다. 이듬해 봄부터
는 막대를 짚고 걸어 다니게 되었으나 이 다리를 가지고 무슨 일을 하
겠습니까? 평생에 배운 재주라고는 막벌이밖에 없는데, 그것을 못 하
게 되니 굶는 수밖에 무슨 수가 있겠습니까? 나는 얼마 동안 더 조심
을 하다가 친구들이 한 푼 두 푼 모아 주는 돈을 받아 가지고, '고향에
나 가지.' 하고 떠났습니다.

말은 좋게 고향으로 간다고 하였으나 돈 한 푼 없이, 더구나 병신까
지 되어 가지고 무슨 면목에 고향으로 갑니까? 청진으로 배 타러 나가
다가 중로에서 길을 변경하였지요. 별로 정처도 없이 떠나 촌촌이 들
러 밤을 지내었습니다. 늦은 봄이라 길에 나서면 몸이 노그라지는 듯
하고 어떤 촌집을 찾아 들면 저녁을 먹고 봉당에 나 앉아 황혼 빛에
잠긴 산과 들을 바라보면 무어라 할 수 없는 애틋한 생각에 가슴이 찢
겼습니다. 나는 가슴에 서린 정을 단소로 하소연하였습니다. 단소 소
리가 나면 온 동네가 모여 들어서 들었습니다. 어떤 늙은이는 자기 집

으로 끌고 가서 술도 받아 주고 밥도 먹이고 어떤 사람은 돈푼씩 줍디다. 처음에는 사양하였으나, 차츰 궁하니까 사양하던 마음은 딴판으로 돈 주기를 원하였습니다. 그때부터 나는 단소로 밥을 먹었고, 밥이 떨어지면 단소를 불었지요. 나로 생각해도 내 소위가 더럽기 측량없습니다.”

하고 그는 한숨을 쉬었다.

“산천은 고금동이요 인심은 조석변이라는 말과 같이 알지 못할 것은 사람의 마음인 줄 압니다. 몸이 성하고 주먹이 든든해서 어디를 가나 두려울 것이 없을 때에는 고향 생각이 나고 용녀 생각이 나도 빈주먹에 어찌 가랴 하여, ‘어느 때든지 돈벌어 가지고……’ 하고 어느 때든지 돈 벌 날이 있으리라는 것을 믿었으나, 이렇게 병신 된 뒤로는 그런 희망은 끊어졌습니다. ‘인제야 언제 돈 벌어 가지고……’ 하는 생각이 앞서서 용녀와 이모 생각을 하다가도 혼자 탄식하였습니다. 그리고 이렇게 병신이 되어서 어디를 가든지 별로 돌보는 사람도 없이 되니까 더욱 고적하고 옛날의 어머니와 이모 내외와 용녀가 생각납디다.

작년……, 아니 재작년이었습니다. 나는 어찌어찌 영변 근방까지 갔다가 부끄러움을 무릅쓰고 영변 읍으로 들어갔습니다. 그러니 고향을 떠난 지 열세 해 만에 고향 땅을 밟게 되었지요. 옛날 면목이 있으면서도 생소한 것이 마치 꿈에 본 산촌 같았습니다. 길에서 옛날 면목이 있는 사람을 만났으나 나는 그의 눈에 띄는 것이 싫어서 슬슬 피하여 갔습니다. 그렇게 이 골목 저 골목 돌아다니다 옛날에 내가 있던 이모의 집 골목에 들어서서 한참 가다가 나는 놀라지 않을 수 없었습니다. 이모의 오막살이가 있어야 할 터에는 커단 기와집이 놓였겠지요. ‘우리 이모가 갑자기 부자가 되었나?’ 하고 나는 문패를 들여다보니 그것은 딴 사람이었습니다. 거리에 나오면서 누구 보고 물어 볼까 하다가 나의 꼴이 이 꼴이 되다 보니 차마 묻지 못하였습니다.

그러나 그저 돌아서기는 너무도 섭섭하여, '어떻게 찾노?' 하고 계책을 생각하다가 저편으로 점점 가까이 오는 사람을 보고 놀라지 않을 수 없었습니다. 그 사람은 나에게 단소를 가르쳐 주던 소학교 시대 친구였습니다. 나는 머뭇거리다가 지나가려는 그의 이름을 불렀습니다.

'이게 웬일이오? 응?'

그는 나를 돌아다보고 의아해하더니 차츰 눈이 둥그래져 내 손목을 잡았습니다.

'이렇게 만나기는 참 뜻밖인데?'

나는 그 사람이 반가우면서도 사람의 시선이 몸을 스치는 것이 싫었습니다.

'자, 우리 집으로 갑시다.'

그 사람은 싫다는 나를 짓궂게 끌었습니다. 그는 옛날 집대로 있었으나 모든 것이 옛날만 못하였습니다. 그도 변모가 퍽 되었습니다.

'차츰 얘기하지.'

내가 모든 것을 물으니 그는 이렇게 대답하였습니다. 나는 저녁때에 그의 얘기를 들었습니다.

그의 말을 듣는 나는 무어라 형용할 수 없는 감정에 어쩔 줄 몰랐습니다. 이모 내외는 삼사 년 전에 북간도로 갔다는데 소식이 없었습니다. 늙은이가 간도 간다고 나으리마는, 낯익은 곳에서 남에게 창피하니까 갔나 보더군요. 그리고 용녀는 참말 기막힌 일이지요……."

그는 차마 말할 수 없다는 듯이 한참이나 머뭇거리다가,

"용녀는 신세를 망쳤습니다. 내가 떠난 뒤에 성례하여 그럭저럭 살았으나, 그 남편 되는 사람이 아편장이가 되었더랍니다. 본래 없는 형세에 그 꼴이 되니 집안은 더 말할 수 없이 되고 용녀의 괴로움은 컸던

가 봅니다. 그것도 시어머니와 시아버지가 있었더면 괜찮았겠는데, 그들이 구물하고 남편이 그 꼴이니 얼마나 괴로왔겠습니까? 그 뒤 그들은 평양 가까운 곳으로 이사하였다가 그 남편은 용녀를 어떤 유곽에 팔아먹고 도망하였습니다. 그 뒤 용녀는 안동 현 어떤 유곽에 있다고도 하고 대련 어떤 유곽에 있다고도 하는데, 잘 알 수 없다고 하였습니다.

나는 그 말을 듣고 그날 밤을 일각이 삼추같이 지냈습니다. 이튿날 떠나 절름절름하면서 안동 현으로 향하였습니다. 안동현과 대련의 유곽 밖으로 돌아다니면서 찾아보았습니다. 나는 용녀라고 불렀으나 용녀를 아는 사람은 없었습니다. 나는 단소를 불며 다녔습니다. 단소 소리에 머리를 내미는 분 바른 여자의 얼굴은 마른 내 가슴에 이상한 물결을 쳤습니다. 나는 그 속에

서 용녀 비슷한 얼굴만 보면 가까이 가서 들여다보았더니, '애, 너한테 반했나 보다.' '아이, 별꼴 다 보겠네.' 하고 저희들끼리 농도 하고 욕도 합디다.

그러나 근 일 년이나 그렇게 다니면서 물어 보았더니 나는 대련 창기들과는 거의 면목이 익어지고 또 용녀란 이름은 이 입 건너 저 입 건너 그들이 대개 알게 되었습니다. 첨에는 그들이 용녀를 감추고 가르쳐 주지 않는 것같이 생각이 되었으나, 그 뒤에는, 참말로 거기에는 용녀가 없다고 믿었습니다. 그래 나는 떠나려고 하였습니다. 그러다가 하루는 어떤 키 작고 예쁘장하게 생긴 색시가,

'그것이 아마 계월인가 봐! 그래 옳아. 영변이 고향이라던가? 한데 키가 크고 눈이 작은……. 저 어른 말과 같이 생긴 애야요……. 참, 그 오빠가 있는데 애꾸눈이래.'

하고 나를 보더니,

'서울 신마찌 ○○루에 가 찾으세요.'

하고 가르쳐 줍디다. 나는 어떻게 반가운지 미칠 것 같습디다. 이튿날 그곳을 떠났습니다. 도보로 근 한 달이나 걸려서 서울로 갔습니다. 서울 가서 그런 색시를 찾았더니 얼마 전에 군산 유곽으로 갔다고 역시 어떤 색시가 가르쳐 줍디다. 나는 그만 어깨가 축 늘어지고 가슴이 덜렁 내려앉았습니다. 여러 가지 사정으로 서울서 봄을 지나 군산으로 내려갔습니다. 돈이나 있어서 차를 타고 다녔으면 무슨 걱정이겠습니까마는, 이 다리를 가지고 도보로 다니니 그 고생은 무어라 할 수 없이 컸습니다……

그렇게 군산으로 간 것은 작년 여름이었습니다. 군산 가서 한 달이나 찾았습니다. 그들은 내 꼴이 이 모양이니 잘 가르쳐 주지 않습디다. 그런 것도 귀찮게 돌아다니면서 단소를 불다가는 물어 보았더니 그런 색시가―서울서 온 평안도 색시 계월이가―얼마 전에 부산으로 내려갔다고 합디다. 나는 다시 부산으로 떠나 내려가다가 중로에서 절도 혐의로 경찰서에 잡혔지요……. 가도록 심산이라더니 나 두고 한 말인가 봐요……. 그래 얼마 신고하다 전에 부산 가서 군산서 가르쳐 주던 그 유곽으로 찾아갔더니……, 참……."

그는 기가 막힌 듯이 머리를 들어 하늘을 쳐다보았다. 나의 머릿속에는 아까부터 떠오르는 생각이 있었다. 먼 촌에서 닭 우는 소리가 들렸다.

"이곳 와서……."

하고 그는 입을 열었다.

"용녀는 열흘 전에 이곳 와서 물에 빠져 죽었답니다. 나는 마지막으로 예까지 찾아왔습니다마는……. 조금만 일찌기 왔더면 그가 죽지 않았을는지……."

이때 곁에 앉았던 친구가,

"웅, 전번에 그 송장이로군!"

하고 말하였습니다. 그는 말을 하고 그 사람을 바라보더니,

"나도 이곳을 인제는 떠나겠습니다."

하고 고요히 말하였다. 나는 이튿날 아침차로 김군과 같이 동래 온천으로 갔었다. 그 이튿날 해운대에서 온 사람의 편에,

'그 단소 불던 사람도 어제 낮에 물에 빠져 죽었다.'

는 마산 친구의 편지를 받았다. 그도 누의동생의 뒤를 따랐는가?

---

1) 후리 : 후릿그물. 자루 양 끝에 긴 줄이 달린 그물. 강이나 바다에 둘러쳐 두었다가 두 끝을
　당겨 고기를 잡음.
2) 한산인부 : 일정한 일자리가 없이 날품을 파는 인부.
3) 투족하다 : 어느 사회나 직장에 발을 들여 놓음.
4) 치도판 : 도로를 새로 내거나 관리하는 공사 현장.

매화梅花 옛 등걸

— 새봄을 맞으면서 —

매화梅花 옛 등걸에 춘절春節이 돌아오니

예 피던 가지에 피염직도 하다마는

춘설春雪이 난분분亂紛紛하니 필똥 말똥 하여라.

이 시조는 평양 기생 매화의 읊은 것이라고도 하고 송도삼절松都三絶에 드는 황진이의 읊은 것이라고도 전한다. 그러나 나는 여기서 읊은 이가 누구라는 것을 알아내려고는 하지 않는다. 그것은 아무러한 문제도 되는 것이 아니다. 그것을 읊은 이가 보통의 인간이 아니라는 것이 우리의 주의를 끌게 되는 것이다. 다시 말하면 그 이름이 문제가 아니라 그 사람이 문제이다.

나는 이 시조를 생각하는 때마다 기생인 그 작자를 생각지 않을 수 없이 된다. 나는 그를 모른다. 그와 나는 시대가 멀다. 다행히 동시대라 하였더라도 동서에 멀리 갈리었으니 어찌 보았으리라고 꼭 보증을 하랴. 나는 그의 얼굴을 모른다. 나는 다만 그가 남기고 간 이 시조 한 장을 통하여 그의 가슴속을 그윽히 들여다보게 되는 것이다. 몇 줄 되지 않는 이 글을 쏟아 놓던 그 가슴속이 어쩐지 나에게 알 수 없는 느낌을 주어 마지 않는다.

이 시조는 그가 분분이 쏟아지는 춘설에 덮인 창전한매窓前寒梅의 즉경即景을 읊은 것이 아니라 그 자신을 읊은 것이라고 믿는다. 그가 어쩌다 춘설에 덮여서 피지 못하는 매화 봉오리를 보고 읊었다 하더라도 그것은 자기 신세를 거기서 느끼고 읊은 것이라고 믿는다. 그렇지 않으면 이 시가 그처럼 사람의 가슴을 찌를 리가 없을 것이다.

인간의 설움 가운데서 가장 큰 설움이 있다 하면 그것은 자기를 발휘 못 하는 설움일 것이다. 같은 사람으로서 하면 할 수 있는 역량을 드러내지 못하고 세상의 모욕과 천대 가운데서 청춘을 값없이 보내는 것같이 슬프고도 원통한 일은 없을 것이다. 스스로 인도에 어그러지고 용납지 못할 죄를 지어 차마 세상에 얼굴을 드러내지 못하게 된 사람으로서도 그러한 슬픔을 가지는 일이 있거든 하물며 부앙천지俯仰天地에 부끄럼 없는 몸을 가지고서 자기를 드러내지 못한다면 그의 가슴이 어떠하랴! 드러내지만 못 할 뿐 아니라 도리어 한 걸음 들어가서 일생을 모욕과 천대 속에서 보낸다면 그의 가슴이야말로 고苦니 통痛이니 분憤이니 원冤이니 하는 따위의 형용사로써는 삼분의 만족도 못 느낄 것이다. 여기에 사람의 슬픔이 있는 것이다. 크나큰 슬픔이 있는 것이다.

어찌 매화나 진이眞伊의 슬픔만이 되랴. 그것은 때 아닌 춘설에 피지 못하는 일만 봉오리의 슬픔이 될 것이다. 내가 구원九原에 그의 가슴을 엿보고 엿보려고 하고 또 엿보여지도록 되는 것도 오로지 이럼으로써이다. 이 시조를 쏟아 놓은 가슴은 벌써 진토塵土가 되었다. 그러나 그 가슴은 살았다. 때 아닌 춘설이 이 인간에게 뿌리는 날까지 그 가슴은 만인의 가슴이 될 것이다.

새봄을 맞는 내 가슴은 몹시 슬프다. 나로도 형언할 수 없이 슬프다.

면회사절面會謝絶

모 잡지사에 있을 때이었다.

편집 기일이 넘도록 나는 내가 맡은 원고를 쓰지 못하였다. 그것 하나뿐이면 그럭저럭 기일 전에 에누리 없이 들이대었을는지도 모르나, 원고 수집에 시일을 보내고 나니 내 일은 용발容髮의 여유도 없이 되었다. 그러나 밥줄이 왔다 갔다 하는 판이라 울면서 겨자 먹는 격으로 무슨 짓을 해서든지 2, 3일 내로 맡은 원고를 쓰지 아니치 못하게 되었다. 오두미五斗米[1]에 절요折腰[2]한 것을 탄식하고 인철印綴을 끌러 놓던 도처사陶處士가 부럽지 않은 바는 아니건만, 목전에 절박한 실생활의 실성實成은 그런 것을 본받기에는 너무도 굳세게 내 몸을 얽어 놓았다. 나는 두통으로 출근할 수 없다는 편지를 자자구구까지 두통을 느낄 이만치 써서 사社에 보낸 뒤 아침을 굶고 방에 들어앉았다. 이렇게 되면 면회 사절은 물론이요 조금이라도 소란히 굴 만한 것은 깡그리 경외방축境外放逐[3]이다.

평시에는 일시도 떠나게 못 하던 시계까지도 이때에는 그 방축放逐의 분자 속에 들게 된다. 나는 무엇을 쓰게 되면 이렇게 두 가지의 못된 버릇이 발작한다. 한 가지는 밥을 굶는 것이고 또 한 가지는 한적閑寂을 구하는 것이다. 위가 팅팅 불러 놓으면 운동의 부족으로 연래의 위병도 심히 발작하는 동시에 그 압박으로 말미암아 상想도 잘 놀지 못

하게 되고, 또 주위가 소란하면 잡념이 정념正念을 흔들어서 결과는 애꿎은 원고지만 찢게 된다. 이 두 가지 습관은 언제부터 자라났는지 자세히는 알 수 없으나 내게 있어서는 그것이 큰 고통이다. 그것도 그 습성을 용납할 만한 처지 같으면 문제도 될 것이 없지만, 그렇지 못하니 문제의 문제가 되는 것이다.

그 중에서도 가장 문제가 되는 것은 밥 굶는 것이다. 밥을 굶는다니까 일주일이고 이주일이고 원고 쓰는 동안은 아주 안 먹느냐 하면 그런 것도 아니다. 낮에는 점심을, 밤에는 밤참 비슷하게 밤낮 두어 끼만 먹으면 알맞은데, 그것은 소화하기 쉽고도 영양이 좋은 것을 요하나 언제 내 팔자에 그런 호강을 하고 있으랴? 좋으나 궂으나 밥인데 아침 저녁은 굶고 점심만을 평시의 반분半分쯤 먹는 것이 상례이다.

이 날도 늘 하는 버릇으로 아침을 굶고 들어앉아서 안 나오는 눈물 짜내듯이 글을 짜내었다. 수필首筆은 무택필無擇筆이라는 말과 같이 원체 든 것이 많고 노숙한 솜씨면야 시時나 장소場所의 구속이 없겠지만, 얼마 안 되는 재목을 가지고 그래도 눈은 높아서 상등의 것을 만들려니까 될 노릇이랴. 그것은 참말 마음에 없는 거짓 눈물 내기보다도 더 어려운 일이다. 그 두 어간에 들어서 애꿎은 곤욕을 받게 되는 것은 원고지와 펜과 잉크이다.

이런 것 저런 것을 생각하면 한심한 일이다. 어찌하여 빈 항아리를 긁기 전에 항아리를 채울 공부부터 하지 않는가? 어찌하여 그렇게 없는 것을 박박 긁어가면서 가면서까지라도 쓰지 아니치 못하는가? 생각하면 누가 그것을 한심치 않게 생각할 수 있을까. 그러나 나로서는 또한 어찌할 수 없는 일이다. 일전에 절박한 현실은 그렇게라도 하지 않으면 나의 생生을 용납지 않는다. 나도 또 생을 용납하려면 배운 무기가 그뿐이라 그밖에는 더 도리가 없는 까닭이다. 나는 근자에 와서 무엇을 쓸 때마다 이런 생각이 부끄럽고도 쓰린 가슴을 만진다. 노루獐 때린 몽둥이를 삼 년간이나 우려먹는다는 속담이 있다. 그 모양으로 같은 제재를 가지고 천편일률적으로 써먹는 것을 생각하면 부끄럽기가 그지없고, 그런 줄 알면서도 그렇지 아니치 못할 환경에서 방황하게 되는 것을 생각하면 가슴이 저리었다.

이 날도 처음부터 이런 생각에 공연히 뒤숭숭하는 마음을 겨우 진압하면서 한 줄 두 줄 끄적거렸다. 오정이 가까와서 거칠었던 상想이 겨우 기름기가 돌아 붓끝이 어느 정도까지 미끄러지게 된 때이었다.

"ㅇㅇ!"

하고 누가 나를 찾는다.

"안 계십니다."

하는 것은 아내의 목소리였다.

"안녕하십니까? 어디 가셨어요?"

하면서 그 사람은 안으로 들어오는 자취가 들리기에 뜰아래 방에 있던 나는 미닫이를 닫았다. 그는 원산서 2, 3일 전에 올라온 원군元君이었다. 고향 친구인데 어제 사社에서 그를 만나 오늘 정오에 우리 사에서 다시 만나자고 약속하였던 것을 나는 언뜻 생각하고 그만 미닫이를 열려다가 아내가 없다고 대답한 것을 생각하고 주춤하였다. 나는 미안한 마음을 금치 못하는 일편으로 그가 행여나 내가 있는 눈치나 채지 않을까 하는 조마조마한 마음에 숨도 크게 못 쉬었다. 원고는 물론 쓰지 못하였다. 그는 더운지 부채질을 하면서 닫아 놓은 미닫이 앞 툇마루에 앉는다. 나는 마음이 뭉클하면서 얼굴에 모닥불을 끼얹는 것 같았다. 숫제 창을 열고 전후 이야기를 하여 버릴까 하였으나 그를 대할 때의 무안할 것을 생각하니 그럴 용기가 나지 않았다.

복중伏中에 문까지 닫아 놓고 앉아서 숨도 크게 못 쉬게 되니 이야말로 자승자박이다 . 나는 혼자 분개도 하고 그 친구를 원망도 하였으나 그것도 내 혼자 긁는 노릇이었다. 조금 있다가 그 친구는 갔다. 나는 다시 문을 열어놓고 펜을 잡았으나 흐트러진 상은 수습하기 어려웠다. 이미 써놓은 것을 읽기도 하고 담배도 피면서 억지로 그것을 잇대어 쓰려는데 그 친구는 또 뛰어들었다. 나는 또 미닫이를 닫지 아니치 못하였다.

"사에다가 또 전화 걸었더니 오늘은 몸이 아파서 집에 드러누웠다고 그럽디다! 그래 집에도 없다고 하였더니 그러면 어디 갔을까요, 사에서도 의심스럽게 대답하던데요! 도망했나 봅니다! 하하 저녁에 또 오지요."

그 소리를 들은 나는 이마를 찡그리지 않을 수 없었다. 사에다 거짓말 편지한 것은 여지없이 폭로되었다. 자자구구까지 두통을 앓을 만치 써보내었는데 그 친구는 내가 집에 없다고 전화를 걸었으니, 그처럼 열심으로 찾아준 것은 고마우나 그 때문에 거짓말이 폭로된 것을 생각하면 참말 두통거리다. 내일 사에 가서 무어라고 하누? 하면 이건 거짓말 두통이 참말 두통이 되었다.

그렇거든 원고나 끝이 났으면 그 때문이라고 호언장담이라도 하겠는데 그것도 인제는 글렀다. 이것저것 못 하고 땀만 흘리고 들어앉아서 하루해를 다 보낸 것을 생각하니 가슴속에서 슬그머니 화가 치밀었다. 나는 그만 쓰던 원고를 찍찍 찢어서 버리고 취운정翠雲亭으로 올라갔다. 맑은 하늘 흰 구름 푸른 그늘 서늘한 송풍松風! 이런 것도 자유로 못 찾고 더운 방에 들어앉아서 애쓰는 내 그림자를 생각하니 가긍스러웠다.

---

1) 오두미(五斗米) : 닷 말의 쌀. 얼마 안 되는 봉급.
2) 절요(折腰) : 허리를 굽혀 남에게 머리를 숙임. 절개를 굽히고 남에게 굽실거림.
3) 경외방축(境外放逐) : 지경 밖으로 쫓아냄.

미덥지 못한 마음

그 어느 때 일이었다. 어떤 친구가 혼인에 쓸 밤 한 말을 갖다 주면서 며칠간 두었다 달라고 하기에 벽장에 넣어 두었다. 그렇게 자루에 넣어서 두었던 밤을 이틀 뒤에는 뚜껑도 없는 석유 상자에 바꾸어 넣어 두었다. 그것은 자루가 쓸 일이 있었던 까닭이었다. 일은 여기서부터 벌어졌다. 벽장에서 무엇을 끄집어내거나 또는 벽장에 무엇을 넣을 일이 있어서 벽장문을 열게 되는 때마다 아내는 나를 보고 벙긋 웃으면서 밤을 한 알씩 집어먹었다.

"여보 남의 것을 맡아 놓고 먹어서야 되겠소!"

그럴 때마다 나는 이렇게 아내를 경계하였다. 그러나 나도 절개가 굳지는 않았다. 때로는 나도 집어먹었다.

"나보고 먹지 말라면서 당신은!"

아내도 이렇게 가만히 있지는 않았다. 그런데 밤을 집을 때마다 손만 올려 밀어서 밤 궤에 손만 넣었지 키가 모자라서 들여다보지는 못하였다.

며칠 뒤였다. 밤 맡겨 둔 친구에게서 편지가 오기를 나는 바빠서 또 어디로 가는 터이니 그 밤은 아무 여관 아무 이에게 전하라 하였다. 편지 받은 나는 끙끙하면서 밤 궤짝을 집어 내렸다. 집어내린 밤 궤 속을 들여다보던 아내와 나의 눈은 의심이 가득하여 서로 쳐다보았다.

"이게 웬일이오?"

"글쎄 이렇게……."

우리는 또 밤 궤를 들여다보았다. 밤을 맡아 둔 지가 나흘이라 우리가 하루에 한 되씩 먹었더라도 여섯 되는 남아 있어야 할 일인데 하루 불과 2, 3개에서 더 집어내지 않은 밤이 겨우 두 되 가량이나 남았으니 어인 일인가? 나를 보는 아내의 눈에는 근심, 미안, 의심의 빛이 흘렀다. 그때 내 눈에도 그러한 빛이 흘렀으리라. 내 마음이 그리하였으니…….

"응 쥐장난인가 보구려!"

아내는 무슨 수수께끼나 풀은 듯이 말하였다.

"오오, 그놈의 장난인 게로군!"

나는 그 자리로서 벽장을 뒤졌다. 아니나 다를까? 쥐란 놈이 상자 뒤에 밤을 집어다가 수북이 쌓아 놓았다.

"여기 있소! 하하하."

나는 비로소 웃었다.

"글쎄 그럴 테지! 나는 어떻게 안쓰러운지 마치 내가 먹은 것 같애서."

아내의 눈에 어렸던 그 불쾌한 빛은 스러졌다. 그 소리에 나는 나의 미덥지 못한 마음을 스스로 부끄러워하였다. 아내의 말에 무어라 변명이 나올 수 없었다.

잡담 雜談

쓰기 싫은 글을 억지로 쓰는 것도 못 할 일이지만, 쓰고 싶은 글을 억지로 잘라 가면서 쓰는 것은 더구나 못 할 일이다. 작년 가을까지도 쓰고 싶은 글을 쓰고 싶은 때에 씌어지는 대로 써보았지만, 금년 봄부터는 쓰고 싶지 않은 글을 억지로 써서 쓰기도 하고 삼십 장이나 사십 장이라야 될 글을 억지로 이십 장이나 삼십 장에 줄여도 써보았다. 작가의 세계는 창작에 있다고 하여도 과언이 아닐 이만치 그처럼 전 생명을 부어 가면서 쓰는 창작이나마 구속을 받게 되는 것을 생각하면 미상불 가슴이 아픈 일이다.

그러나 작년은 나의 생활을 다른 방면이 보장하여 주었지만 금년에는 나의 생활 보장을 나의 '작품'이 하게 된 까닭이었다. 이렇게 생활 보장문제도 있거니와 정실 관계도 없지 않아 있는 일이다. 눈을 붉히고 와서 조르고 조르는 때면 그것은 무어라 하여 모면하면 좋을지 알 수 없다. 그래도 이것은 친하다는 위세나 있고 하는 일이니 울면서 겨자 먹기로 만부득이 하지만, '원고료'라는 위세를 믿고 와서 조르는 데는 미상불 이마를 찡그리지 않을 수 없는 일이다. 물론 돈 때문에 허락하고 쓰는 일이다. 돈을 주어야 할 일인데 돈을 준다는 말은 바로 크게 하고 한번 원고를 가져만 가면 '네까짓 놈 상관없다' 하는 태도를 취하니 쓰는 사람으로서는 그처럼 불쾌한 일이 없다. 마치

외상으로 얻어 갈 때에는 '아저씨, 아저씨' 하다가 한번 가져가면 '내 아들 내 아들' 하는 격이 되니 이쪽에서도 안심하고 원고라는 상품을 줄 수 없다.

성동도 城東途

성동城東 가는 길이었다. 우리는 농업학교 앞을 지나 산허리 길을 더듬더듬 올라갔다. 신작로를 보던 눈에는 초라한 촌길이나 그래도 옛날에는 호남 대로이었었다. 교통 기관이 없었던 그때이오 봉건 제도의 주종 관계가 심하였던 그때이라 이리로 내려오는 벼슬아치들은 사인교四人轎로 저 들길을 지나고 이 산길을 넘었었다. 나는 이러한 이야기를 듣고 알지 못할 옛날의 꿈을 마음속에 꾸면서 바른편 골을 내려다보고 더듬더듬 걸어올라 산허리 길가에 앉았다.

시골의 봄빛은 꿈같다.

북국北國에는 그저 눈이 펄펄 날릴 터인데 여기는 어느새 보리가 두세 치나 자라서 녹색이 돋은 논판으로 스쳐오는 실바람에 두어 살 된 어린애 머리카락같이 날리고 있다. 동편으로 옥녀봉玉女峰 아랫골에 벌어진 논 뺨들은 지형을 따라 수평을 위하여 뺨뺨이 엇이은 것은 신화나 전설에 나오는 신비로운 궁전의 층게 돌 같다. 뺨마다 녹색이 푸르고 간밤 스친 비에 유들유들하니 그것은 유창한 비취 축대라 할까? 보리가 푸른 앞 언덕을 스치어서 멀리 내다보이는 높고 낮은 산 물결들은 아른한 엷푸른 안개에 윤곽만이 희미히 떠올랐다. 바로 서남편으로 일 마장 가까이 내려다보이는 성내城內의 공기도 아른한 하늘 아래 따분한 저녁 빛 속에서 조는 것 같다.

청춘을 위하여 쉬어 주지 않는 볕은 점점 서산에 가까왔다. 그가 하루의 소임을 다하고 마지막 운명의 길을 들게 되니 그는 온몸의 힘과 열과 광光을 다하여 온 누리를 더욱 눈부시게, 더욱 붉게 물들였다. 이 웅장한 태양의 최후 일막의 여영餘影에 들은 산이며 들이며 그새에서 움직거리는 생물들까지도 최후 일 막을 연출하는 꿈속의 꿈같이 내 눈에 비치었다. 어느 때에 저렇게 붉어져서 몇 억 몇 천의 세기를 스쳐 왔는지 가물다물 하는 밤하늘 뉘 별들이나 알까? 나로서는 추측도 못 할 옥녀봉 푸른, 높고 높은 봉우리도 아침 햇발에 보여 주던 위관偉觀 은 스러지고 그윽히 머리를 숙여서 마지막 넘어가는 저 햇발의 만가를 꿈꾸는 듯하였다.

어느새 석연夕煙이 이 마을 저 마을에서 붉은 석양 속에 푸른 장막 을 펼치었다. 먼 산은 더욱 흐리고 가까운 언덕과 들에 보이는 농군 들의 동작은 그 빛 그 기운에 더욱 아른히 싸여서 천지는 더욱 꿈속 이다. 길가 속잎 나는 잔디 판에 앉아서 그 모든 것을 보던 나도 꿈을 꾸는 것 같았다. 곁에 앉은 동무들도 꿈을 꾸는가?

그러나 봄은 꿈이다. 그는 꿈같이 와서 꿈같이 허리를 싸고돈다. 그 러나 그 꿈은 옛날의 죽은 벗들을 생각하는 늙은이의 꿈은 아니다. 미 래를 향하여 뛰고 발육을 위하여 동動하는 젊은이의 꿈이다. 교태를 머금은 처녀의 눈동자같이 속에는 끝없는 생명과 불타는 열정을 품은 것이다. 이 모든 것을 보고 앉았으니 시들어 가는 이 청춘의 가슴에도 한 줄기의 실비가 스치는 듯하다.

"애, 저기 봐라, 저 탁발승을 봐라."

석양을 옆으로 받고 황홀히 앉았던 우리들은 김군의 손가락 끝을 스쳐 옥녀봉 나지막한 산에 시선을 보내었다. 허리를 한 경계로 위는 송림이오 아래는 보리가 실바람에 하늘거리는 그 산 비탈길에 언제 올라왔는지 바랑을 지고 송락을 쓴 탁발승의 그림자가 나타났다. 그는 붉은 볕을 모로 받고 올라가다가 석장錫杖1)을 돌려 석양을 등지고 보리밭가 속잎 나는 잔디 판으로 송림을 향하여 올라간다. 그도 봄꿈에 취하였던가? 아니면 속잎 나는 잔디를 밟기가 발바닥이 간지러웠는가! 70 된 노老 박이 아니면 2, 3세 된 어린애와 같이 석장에 의지하여 발랑발랑 올라갔다. 그대여! 산이 그리도 그립던가? 아니 가든 못 할손가? 그대의 혀舌가 오미五味를 잃기 전에는 그대는 사바娑婆와 인연을 끊지 못하리라.

탁발승의 그림자가 먼 하늘의 저녁 빛같이 송림에 스러지자마자 처음 그 승僧이 올라가던 그 비탈길로 말쑥한 춘복春服에 말을 몰아 마을로 내려오는 행객行客이 있다. 석양이 비낀 길에 말을 채치는 그 그림자를 보니 옛날의 당시唐詩를 읽는 듯도 하고 수묵水墨으로 그어 놓은 그윽한 고전서를 보는 듯도 하였다. 하나는 사바娑婆가 귀치 않아 산으로 가는데, 하나는 산을 버리고 사바로 향한다. 이것이 사람의 생활인가? 나는 그윽히 가슴을 만지면서 여럿을 따라서 다시 올라갔다.

---

1) 석장(錫杖) : 중이 들고 다니는 지팡이. 머리 부분에 큰 고리가 있고 거기에 작은 고리가 끼워져 있어 흔들면 소리가 난다.

봄을 맞는다

"봄을 맞는다."

말로만 들어도 좋은 것이다. 그러나 사람이 봄을 맞는지 봄이 사람을 맞는지 분간하기 어려운 일이다. 내 생각 같아서는 아직도 혈관에서 붉은 피가 소용돌이를 치니까 봄을 맞는다는 말이 나오나 보다. 하지만 사람이라는 것도 죽기만 하는 것은 아니다. 나고 죽고 나서 "중생은 무궁무진한 것이니라." 한 부처님의 말씀이 아니라도 우리는 우리의 경험으로써 사람의 끈이란 억천만대의 꿰어 놓은 한 구슬 꾸러미인 것을 알 수 있다. 가고 오고, 오고 가는 봄의 생명이 별다를 것 없다. 이렇고 보면 봄 맞는다는 말은 사람이 봄을 맞는지 봄이 사람을 맞는지 더욱 분간하기 어렵게 된다.

그러나 그것은 우리에게 큰 문제는 아니다. 봄이 사람을 맞든지 사람이 봄을 맞든지 그것은 아무렇든지 상관없는 일이다. 봄은 시절의 젊은이라는 것이 우리에게 큰 충동을 준다. 우리는 젊었다. 젊은 우리는 우리를 싸고 흐르는 시절의 젊은이와 마주치는 때마다 가슴에 잠겼던 마음이 흔들리는 것을 느끼지 않을 수 없다.

흔들리는 그 마음은 지향 없는 어지러운 물결은 아니다. 젊은 그 마음의 움직임은 새싹과 같은 움직임이다. 그것은 장차 바위라도 뚫고 푸른 하늘, 빛나는 햇발을 향하여 솟아오르고야 말 것이다.

"봄은 단술과 같이 사람을 취하게 한다."

그렇다. 봄은 우리를 취케 한다. 그러나 그것은 술맛은 아니다. 우리의 뇌를 마비시키는 그런 것은 아니다. 우리는 봄에 취함으로써 한 치한 치 자라간다. 한 걸음 두 걸음 앞을 그리워한다. 겨울 나뭇가지 같은 앙상그런 신경에 기름이 돌고 간히었던 마음에 싹이 튼다. 미래를 향하여 싹트는 마음은 새로운 것이다. 앞길을 생각하고 조리는 마음은 옛날을 생각하고 조리는 마음과는 같이 말할 것이 아니다.

우리는 봄을 맞자. 봄은 우리를 맞으라. 우리는 그대를 맞으려고 한다. '봄―.' 얼마나 좋은 소식이냐. 우리는 그를 그렸거니와 그도 우리를 그렸을 것이다. 젊은이가 젊은이를 그렸을 것이다. 그리던 그 봄이거니 그리던 그를 어찌 기쁨으로써 맞지 않으랴.

입춘을 맞으며

소한이 지나고 대한도 지나갔다. 이제 이틀 밤만 자면 입춘이다. 대·소한을 앞에 두고는 태산 너머 아득하게 보이던 입춘도 이제는 내일 모레다. 입춘이 가까왔다고 생각하니까 그런 것이 아니라 어쩐지 마음 한 귀퉁이는 겨울의 위협에서 벗어난 것처럼 느긋하여졌다. 입춘을 지나더라도 앞에 찬 기운을 머금은 절기가 없는 것이 아니로되 입춘만 지나면 따스한 볕발이 늘 흐를 것 같다. 봄은 마음에 먼저 왔는가?

얼마 동안 풀렸던 날이 어제 오늘은 도로 추워졌다. 마지막 위세를 보이는 입춘 추위인지는 몰라도 그렇게 소홀히 볼 추위가 아니다. 아침에 일어나니 책상머리의 잉크가 얼었다. 나는 몹시 추운 날이라는 것을 생각하면서도 그 추위에 대하는 마음은 긴장되지 않았다. 힘 빠진 독부毒婦의 눈처럼 매서운 맛이 없는 추위이다.

서리가 뿌옇게 지나간 앞집 초가지붕에 흐르는 맑은 별을 보라. 그 저편에 개인 하늘을 떠이고 얼크러진 앙상한 나뭇가지를 보라. 어디라 없이 봄뜻이 흐른다. 그것은 어떻다고 부족한 나의 말로는 표현할 수 없는 봄뜻이다. 어디서 언제 날아왔는지 무너진 담 머리에 지절거리는 두어 마리 참새 등에도 윤기가 흐른다. 눈에 비취는 모든 것은—그것을 보는 나의 마음까지도 앵두 빛 같은 어린애의 입술에 흘러드는 어머니의 젖에 젖은 것 같다.

천지는 이렇게 한 걸음 두 걸음 만물을 키우는 어머니의 품으로 옮기고 있다. 옮기는 소리는 없어도 옮기는 자취는 어제가 다르고 오늘이 다르다. 이렇게 날이 갈수록 확연히 달라질 것이다. 실개천가에 실버들이 늘어지고 먼 산에 아지랭이 흐를 때가 오래지 않았다. 온갖 것에 기름이 흐르고 온갖 것이 늘어나서 따스한 햇발 아래 스쳐가는 실바람에 방실거릴 것이다. 그런 천지 사이에 하나로서 그러한 혜택에 젖지 못하는 것은 사람뿐일 것이다. 빛나는 햇발을 보라. 어찌하여 그 혜택을 사람마다 받을 수 없는가? 이 입춘 뒤에는 어떠한 햇발이 비취일는지? 그러나 눈은 작년처럼 녹고 싹은 작년처럼 틀 것이다.

어머니의 품도 하후하박何厚何薄이 있던가?

---

1) 하후하박(何厚何薄) : 한쪽은 후하게 하고 한쪽은 박하게 함. 곧 차별대우를 함.

담 요

나는 이 글을 쓰려고 종이를 펴놓고 붓을 들 때까지 '담요'란 생각은 털끝만치도 하지 않았다. '꽃' 이야기를 써볼까, 요새 이내 살림살이 꼴을 적어 볼까. 이렇게 뒤숭숭한 생각을 거두지 못하다가 일전에 누가 보내준 어떤 여자의 일기에서 몇 절 뽑아 적으려고 하였다. 그래 그 일기를 찾아서 뒤적거려 보고 책상을 마주 앉아서 펜을 들었다. 'OO과 OO'라는 제목을 붙이어 놓고 몇 줄 내려쓰노라니, 딴딴한 장판에 복사뼈가 어떻게 배기는지 몸을 움직일 때마다 그놈이 따끔따끔해서 견딜 수 없고, 또 겨우 빨아 입은 흰옷이 꺼먼 장판에 뭉개져 걸레가 되는 것이 마음에 켱겼다.

따스한 봄볕이 비추고 사지는 나른하여 졸음이 오는데 이런 생각 저런 생각 신경이 들먹거리고 게다가 복사뼈까지 따끔거리니 쓰려던 글도 씌어지지 않고 그대로 앉아 있을 수도 없었다. 그러나 기일이 급한 글을 맡아 놓고 그저 있을 수 없는 일이다. 나는 한 계책을 생각하였다. 그것은 별 계책이 아니라 담요를 깔고 앉아서 쓰려고 한 것이다. 담요래야 그리 훌륭한 것도 아니요, 깨끗한 것도 아니지만, 그래도 그것이나마 깔고 앉으면 복사뼈도 따끔거리지 않을 것이요, 또 의복도 장판에서 덜 검을 것이라고 생각한 까닭이었다.

이불 위에 접어서 깔고 보니 너무 넓고 엷어서 마음에 들지 않았다.

다시 펴서 길이로 세 번 접고 옆으로 세 번 접었다. 이렇게 죽 펴서 여섯 번 접을 때 내 머리에 언뜻 떠오르는 생각과 같이 내 눈앞을 슬쩍 지나가는 그림자가 있다. 나는 담요 접던 손으로 찌르르한 가슴을 부둥켜안았다. 이렇게 멍하니 앉은 내 마음은 때라는 층계를 밟아 멀리 멀리 옛적으로 달아났다. 나는 끝없이 달아나는 이 마음을 그대로 살라 버리기는 너무도 아쉬워서 그대로 여기에 쓴다. 이것이 지금 '담요'라는 제목을 붙이게 된 동기다.

삼 년 전, 내가 집 떠나던 해 겨울에 나는 어떤 깊숙한 큰 절에 있었다. 홑 고의적삼을 입고 이 절 큰방 구석에서 우두커니 쭈그리고 지낼 때에 고향에 계신 늙은 어머니가 보내 주신 것이 지금 이 글 제목으로 붙인 담요였다. 그 담요가 오늘까지 나를 싸주고 덮어 주고 받혀 주고 하여 한시도 내 몸을 떠나지 않고 있다. 나는 때때로 이 담요를 만질 때마다 느끼는 것이 있으니, 그것이 즉 이 글에 나타나는 감정이다. 집 떠나던 안 해였다. 나는 국경 어떤 정거장에서 일하고 있었다. 그때는 그 일이 괴로웠지만, 지금 생각하면 그것이 오히려 사람다운 일이었을지 모른다. 어머니와 아내가 있었고 어린 딸년까지 있어서 허나 성하나 철찾아 깨끗이 빨아 주는 옷을 입었고 새벽부터 밤까지 일자리에서 껄덕거리다가는 내 집에서 지은 밥에 배를 불리고 편안히 쉬던 그때가 바람에 불리는 갈꽃 같은 오늘에 비기면 얼마나 행복일까 하고 생각해 보는 때도 많다. 더구나 어린 딸년이 아침저녁 일자리에 따라와서 방긋방긋 웃어 주던 기억은 지금도 새롭다.

그러나 그때에는 풍족한 생활은 못 되었다. 그날 먹는 생활이었고, 그리 되고 보니 하루만 병으로 쉬게 되면 그 하루 양식 값은 빚이 되었다. 따라서 잘 입지도 못하였다. 아내는 어디 나가려면 딸년 싸 업을 포대기조차 변변한 것이 없었다.

그때 우리와 같이 이웃에 셋집을 얻어 가지고 있는 K란 사람이 있었다. 그 사람도 나같이 정거장에서 일하고 있었는데 그 부인은 우리 집에 늘 놀러왔다. K의 부인이 오면 우리 집은 어린애 싸움과 울음이 진동했다. 그것은 내 딸년과 K의 아들과 싸우고 우는 것이었다. 그 싸움과 울음의 실마리는 K의 아들을 싸업고 온 '붉은 담요'로부터 풀리게 되었다. K의 부인이 와서 그 담요를 끄르고 어린 것을 내려놓으면, 내 딸년은 어미 무릎에서 젖을 먹다가 텀벅텀벅 달려가서 그 붉은 담요를 끄집어 오면서,

"엄마, 곱다! 곱다!"

하고 방긋방긋 웃었다. 그 웃음은 그 담요가 부럽다, 가지고 싶다, 나도 하나 사다고, 하는 듯하였다. 그러면 K의 아들은,

'이놈아, 남의 것을 왜 가저가니?'

하는 듯이 내게 찡그리고 달려들어서 그 담요를 빼앗았다. 그러나 내 딸년은 순순히 빼앗기지 않고 이를 꼭 악물고 힘써서 잡아당긴다. 이렇게 서로 잡아당기고 밀치다가는 나중에 서로 때리고 싸우게 되었다. 처음 어린것들이 담요를 밀고 당기게 되면 어른들은 서로 마주 보고 웃게 된다. 그러나 어머니, 아내, 나―, 이 세 사람의 웃음 속에는 알 수 없는 어색한 빛이 흘러서 극히 부자연스런 웃음이었다. K의 아내만이 상글상글 재미있게 웃었다. 담요를 서로 잡아당길 때에 내 딸년이 끌리게 되면 얼굴이 발개서 어른들을 보면서 비죽비죽 울려고 하는 것은 후원을 청하는 것이다. 이것은 K의 아들도 끌리게 되면 하는 표정이었다. 그러다가 서로 어우러져 싸우게 되면 어른들 낯에 웃음이 스러진다.

"이 계집애 남의 애를 왜 때리느냐?"

K의 아내는 낯빛이 파래서 아들과 담요를 끄집어다가 싸 업는다. 그

러면 내 아내도 낯빛이 푸르러서,

"우지 마라, 우지 마라. 이 담에 아버지가 담요를 사다 준다."

하고 내 딸년을 끄집어다가 젖을 물린다. 딸년의 울음은 좀처럼 그치지 않았다.

"아니, 응, 훙!"

하고 발버둥을 치면서 K의 아내가 어린것을 싸 업은 담요를 가리키면서 설게 눈물을 흘린다. 이렇게 되면 나는 차마 그것을 볼 수 없었다. 같은 처지에 있건만 K의 아내나 아들의 낯에는 우월감이 흐르는 것 같고 우리는 그 가운데 접질리는 것 같은 것도 불쾌하지만, 어린것이 서너 살 나도록 포대기 하나 변변히 못 지어 주는 것을 생각하면 너무도 못생긴 느낌도 없지 않았다. 그리고 그 어린 것이 말은 할 줄도 모르고 그 담요를 손가락질하면서 우는 양은 차마 눈으로 볼 수 없었다.

그 며칠 뒤에 나는 일 삯전을 받아 가지고 집으로 가니 아내가 수건으로 머리를 싼 딸년을 안고 앉아서 쪽쪽 울고 있다. 어머니는 그 옆에서 아무 말 없이 담배만 피우시고……. 나는 웬일이냐고 눈이 둥그래서 물었다.

"○○(딸년 이름)가 머리가 터졌다."

어머니는 거우 목구멍으로 우러나오는 소리로 말씀하셨다.

"네? 머리가 터지다니요?"

"K의 아들애가 담요를 만졌다고 인두로 때려……."

이번엔 아내가 울면서 말했다.

"응! 인두로."

나는 나도 알 수 없는 힘에 문밖으로 나갔다. 어머니가 쫓아 나오시면서,

"애, 철없는 어린것들 싸움인데 그것을 타 가지고 어른 싸움이 될라!"

하고 나를 붙잡았다. 나는 그만 오도 가도 못 하고 가만히 서 있었다. 그때 나는 분한지 슬픈지 그 멍멍한 것이 얼빠진 사람 같았다. 모든 감정이 점점 가라앉고 비로소 내 의식에 돌아왔을 제 내 눈물에 흐리고 가슴이 메어지는 것 같았다. 나는 그 길로 거리에 달려가서, 붉은 줄, 누런 줄, 푸른 줄 간 담요를 사 원 오십 전이나 주고 사 왔다. 무슨 힘으로 그렇게 달려가 샀던지 사가지고 돌아설 때 양식 살 돈 없어진 것을 생각하고 이마를 찡그리는 동시에 "흥!" 하고 냉소도 하였다. 내가 지금 깔고 앉아서 이 글을 쓰는 이 담요는 그래서 산 것이었다.

담요를 사들고 집에 들어서니 어미 무릎에 앉아서,

"엄마, 아파! 여기 아파."

하고 머리를 가리키면서 울던 딸년이 허둥허둥 와서 담요를 끌어안았다.

"엄마, 헤헤, 엄마, 곱다."

하면서 뚝뚝 뛸 듯이 좋아라고 웃는다. 그것을 보고 웃는 우리 셋―어머니, 아내, 나―은 눈물을 씻으면서 서로 쳐다보고 고개를 돌렸다. 아! 그때 찢기던 그 가슴! 지금도 그렇게 찢겼다.

그 뒤에 얼마 안 되어 몹쓸 비바람은 우리 집을 치었다. 우리는 동에서 서로 갈리게 되었다. 어머니는 내 딸년을 데리고 고향으로 가시고, 아내는 평안도로 가고, 나는 양주 어떤 절로 들어갔다. 내가 종적을 감추고 다니다가 절에 들어가서 어머니께 편지하였더니,

'추운 겨울을 어찌 지내느냐. 담요를 덮고 자거라. ○○(딸년)가 담요를 밤낮 이쁘다고 남은 만지게도 못 하더니, "아버지께 보낸다."고 하니, "한머리, 이거 아버지 덮니?" 하면서 소리 없이 내어놓는다. 어서 뜻을 이루어서 돌아오기를 바란다.'

하는 편지와 같이 담요를 보내 주셨다. 그것이 벌써 삼 년 전 일이다.

그새에 담요의 주인공인 내 딸년은 땅속에 묻힌 혼이 되고, 늙은 어머니는 의지가지없이 뒤쪽 나라 눈 속에서 헤매시고, 이 몸이 또한 푸른 생각을 안고 끝없이 흐르니 언제나 어머니 슬하에 뵈일까. 봄뜻이 깊은 이때에 유래가 깊은 담요를 손수 집어 덮고 앉으니 무량한 감개가 가슴에 복받쳐서 풀 길이 망연하다.

동대문 東大門

—헛물켜던 이야기

　헛물켜던 이야기나 하여 볼까 한다. 내가 동대문 밖 어떤 문에 잡지사에 있을 때였다. 늦은 봄 어느 날 용산에 갔다가 저녁때에 사로 돌아갔다. 사는 그때 그 잡지를 주관하던 D군의 집인데, 건넌방은 사무실로 쓰고 나도 거기서 먹고 자고 하였다. 따스한 봄볕에 포근이 취한 나는 마루에 힘없이 걸터앉아서 구두끈을 끄르는데 부엌에서 무얼 하던 D군의 부인이 나오면서,

　“선생님, 낮에 전화가 왔어요.”

한다.

　“어서 왔어요?”

　나는 마루로 올라가면서 D군의 부인을 보았다.

　“채영숙이라 아세요?”

　“채영숙이?”

　나는 도로 물었다. 이때 그것은 계집의 이름 같다 하고 나는 생각하였다.

　“네, 채영숙이라는 이가 전화를 걸었어요!”

　D군 부인은 그저 나를 의심스럽게 본다. 나는 암만 생각해도 기억이 나지 않았다.

"모르겠는데!"

하고 나는 이맛살을 찌푸리다가 암만해도 믿어지지 않아서,

"또 무슨 거짓 말씀을 하하!"

하고 웃어 버렸다.

"아니요. 참말이에요! 가만 어디……."

하더니 D군의 부인은 마루에 올라서서 건넌방을 들여다보면서,

"글쎄 저것 보셔요. 너무나 채영숙이 옳은데……. 하하."

기가 막힌다는 듯이 웃었다. 나도 그이를 보았다. 마루에서 바라보이는 벽에 걸린 전화 위에 칠판을 달았는데 거기 '채영숙'이라고 썼다. 나는 머리를 숙이고 앉아서 내 기억에 있는 여자란 여자는 다 끄집어내었다. 친구들의 부인까지―. 그래야 채가도 없거니와 영숙이라는 이름도 없었다. 나는 꼭 거짓말 같았다.

"또 둘리오지 않나! 하하."

나는 혼잣말처럼 뇌이면서 D군의 부인을 보았다.

"못 미더우면 하는 수 없지요. 허허."

D군의 부인도 웃으면서 안방으로 들어간다. 나는 건넌방으로 들어가서 모아 놓은 원고를 정리했다. 그러나 마음이 싱숭거렸다. 참을 수 없었다.

"그래 전화를 뭐라구 해요!"

나는 앉은 채 소리를 크게 질렀다.

"하하, 저 선생님의 등 다셨군! 마음이 조이지요? 하하."

D군의 부인은 딴전을 친다. 나는 그 소리가 그리 싫지 않았다.

"아니, 이건 알지도 못하는 사람을 보시고……. 허허 그래 뭐라고 해요?"

나는 정색으로 묻기는 어째 마음이 간지러워서 아주 그렇지 않다는

어조로 물었다.

"그래, 꼭 아시고 싶어요. 홍……."

"글쎄 그러지 마시고 말씀하세요."

"아니요……. 선생님이 원하시는데……. K 선생님 계시냐고 묻더니 없다고 하니 언제나 오시느냐 하고는 끊어요."

K 선생님이라는 것은 물론 나다.

"그래 여자예요?"

나는 그게 여자냐고 물을 때 안 된 생각이 떠올랐다. 마치 여자라 하면 수족을 못 쓰는 사내의 약점이 드러나는 것 같았다.

"그럼 여자가 아니고 사내겠어요? 또 모르는 척하시지!"

"참 몰라요!"

"모르면 그만두세요."

나는 더 묻지 못했다. 미주알이 고주알이 알고 싶었고 또 여자라는 데 호기심이 바싹 났지만, 연애라면 겉으로 픽픽 코웃음치고 비웃던 나로서는 더 입을 열 수 없었다. 저녁 뒤에 나는 D군과 같이 마루에 나와 앉아서 흐릿흐릿해 가는 황혼 빛을 보고 있었다.

"저 K 선생님은 오늘 못 주무실 걸. 호호……."

D군 부인은 고요한 침묵을 깨쳤다. 나는 그것을 직각적으로 깨닫고도,

"왜요?"

하고 모르는 체하였다.

"채영숙 씨가 생각나서요……."

"채영숙 씨라니?"

곁에 앉았던 D군은 빙그레 하면서 부인을 본다.

"몰라요. 저 선생님더러 물어 보세요……. 호호."

D군의 부인은 웃었다.

"누구요?"

D군은 나를 돌아보았다.

"글쎄 누군지 내 아오? 부인께 하문하시우 하하."

나도 웃었다.

"이게 어쩐 수작인지 굉장하구려, 흐흐."

D군은 빙긋 웃더니 부인을 돌아보면서,

"무슨 일이요?"

하였다.

"호호 이 양반은 왜 이리 애를 쓰시우 호호……. 그런 게 아니라 저 선생님께 애인의 전화가 왔단 말이오. 호호호……."

"흐흐 좋겠구려!"

D군도 웃으면서 나를 돌아본다.

"글쎄 알고야 좋아도 좋지……."

"하하하!"

세 사람은 나와 함께 웃었다. 나는 그것이 거짓말이거니 믿으면서도 공연히 좋았다. 그리 싫지 않았다. 그럭저럭 밤은 깊었다. 열 시를 땅땅 울렸다. 달 없는 하늘 아래 모든 것들은 어둠에 싸여서 고요히 잠들었다. 이따금 집 앞을 지나는 전차 소리가 요란히 들리고 어둠을 스쳐서 먼 산 날이 하늘 아래 레이스 끝처럼 보였다.

"따르르! 따르륵!"

이때 건넌방에서 전화가 요란히 울렸다. D군 부인은,

"에쿠 K 선생을 부르는 게로군! 어디 내가 받아 봐야."

하면서 뛰어간다. 나는 그것이 물론 다른 전화거니 생각하면서도, 또 채영숙이는 거짓말이다 믿으면서도 행여나 하는 희망도 없지 않는 동시에 그런 전화가 왔으면 하는 마음도 없지 않았다.

"네! 네. 그렇습니다. 네, 계세요……."

이때 옆에 앉았던 D군은 전등을 켰다. 어득하던 마루는 갑자기 환하여졌다.

"네……, 잠깐 기다리세요……. 아……, 저 당신은 누구시예요……. 네, 채영숙 씨……. 네, 잠깐 기다리세요."

나는 그 소리를 들을 때에 공연히 가슴이 두근두근하면서 나도 모르게 빙긋 웃었다. 건넌방 전등을 켜놓고 빙글빙글 웃으면서 나오는 D군 부인은,

"선생님 보세요……. 제가 거짓말이지요. 하하, 어서 받으세요……."

하면서 놀리는 듯이 빙긋 웃었다.

"나는 모르겠는데……."

어쩐지 그저 일어서기가 싱겁게 생각난 나는 군소리를 하면서 마지못하는 태도로 전화 앞에 가서 수화기를 귀에 대었다.

"네, 여보세요."

나는 부르면서 뒤를 돌아보았다. D군 내외는 나를 보면서 빙긋 웃었다.

"여보세요……. 누구세요……. K 선생님이세요?"

아나나 다를까. 수화기 청을 울리고 내 귀로 들어오는 소리는 비단을 찢는 듯이 쟁쟁하고도 부드러운 여자의 목소리! 내 가슴을 울렁거렸다. 여자를 별로 접하여 보지 못하고 또 만날 기회가 있더라도 공연히 수줍고 가슴이 떨려서 낯도 바로 못 쳐드는 나는 전화로 울려오는 소리에까지 온몸이 피가 찌르르 하였다. 그러면서도 그것이 부드럽고 놓기가 어려웠다.

"네, 제가 K예요!"

나는 대답하였다.

"네, 헤헤헤 제—가……."

D군이 내 대답을 흉내 내고 웃더니,

"떨기는 왜 춘향 본 이 도령처럼 하하하!"

웃으면서 나를 본다. 내 소리는 과연 떨렸는가? 나는 그쪽에는 눈도 안 주는 체하면서 아주 점잖게 말을 하였다.

"저는요, 채영숙이에요……."

저쪽 소리는 한층 안존하게 들렸다.

"채영숙이?"

"네……. 왜 모르세요?"

"글쎄 얼른 기억이 안 나는데요."

나는 기억이 나지 않았다. 기억이 나지 않을수록 내 마음은 초조하였다.

"저—, 지금 틈이 있어요?"

여자의 소리는 퍽 침착하게 다정하게 울렸다.

"왜요?"

나는 어디까지든지 자존을 잃지 않으리라는 어조였다. 이러는 나의 소리와 태도가 D군이나 그 부인께는 퍽 부자연하게 보였을 것이다. 나는 몰라도…….

"글쎄 왜 저를 모르세요!"

여자는 퍽 답답해하는 어조였다.

"글쎄 누구신지?"

나는 말끝을 흐리마리해 버렸다. 이제는 울렁거리던 가슴이 좀 가라앉았다.

"보시면 아시겠어요! 지금 새이 계시면 동대문까지 나와 주시겠지요?

네! 꼭 뵈여야 할 텐데요!"

한 마디 두 마디 이어가는 그의 소리는 나와 퍽 친분 있는 소리였다.

"글세……, 여까지 오실 수 없어요?"

나는 빨리 뛰어가고도 싶었으나 그래도 배짱을 퉁겼다.

"거기까지는 갈 수 없고……. 좀 비밀히 뵙고 여쭐 말씀이 있는데 지금 좀 나오세요……. 여기는 동대문이니 바로 전차에서 내리는 데서 만납시다."

"글쎄요……."

"그러지 마시고 꼭 오세요. 네, 기다리겠습니다."

"네, 가지요."

하고 나는 전화를 끊었다. 그러나 나는 얼른 가고 싶지 않았다. 끌리지 않는 바는 아니지만 의심도 났던 까닭이었다.

"선생님! 뭐래요?"

D군 부인은 호기심이 바싹 나서 묻는다.

"글쎄 동대문에서 지금 만나자고 하는데."

나는 트릿한 수작으로 대답하였다.

"그러면 어서 가보세요."

웃던 D군의 부인은 정색으로 권한다.

"아니, 글쎄 가본다는 것도 무턱대고 가겠어요? 알지 못하고……."

나는 가고도 싶었으나 그저 속이는 것도 같고 또 D군 내외가 무슨 짓을 해놓고 놀리는 것도 같았다. 후에 알고 보니 D군 내외는 히야까시일 따름이었고 나를 권한 것은 참말이었는데, 그 당시의 나에게는 모두 의심스러웠고 나의 약점이나 드러나는 듯하였다.

"그래서는 어떤 아씨가 가다고이(짝사랑)를 하는 게지. 야 좋아라! 호호."

하고 D군은 웃는다.

"가다고인? 발간 놈에게 누가……. 하하하."

나는 그럴 듯이도 생각하였으나 역시 배짱을 튕기면서 마루에 앉았다. 그러나 눈앞에 동대문이 떠오르고 어스름한 속에 낯모를 계집의 방긋하는 낯이 떠올라서 마음이 들먹거렸다.

"왜 그러고 앉았어요? 가보세요!"

D군 부인은 독촉이 성화같다.

"무얼 그런 데까지 가요."

나는 짜증 비슷하게 말했다.

"아주 또 마음은 좋아 가지고도……. 우리가 있으니……. 호호."

D군은 웃었다. 나는 가고 싶었다. 가고 싶은 마음이 점점 났다. 그러나 금방 안 간다고 하고 간다 하기는 뭐하였다. 어서 가보라는 재촉이 더욱 더 해줬으면 하고 나는 바랬었다.

"그래도 가봐."

"안 가보세요?"

D군 내외는 재미있는지 그저 웃었다.

"가볼까?"

나는 일어서서 두루막과 모자를 쓰고 구두를 신었다. D군의 내외가 나의 뱃속이나 들여다보는 듯해서 퍽 불쾌하기도 하고, 채영숙이가 이리로 찾아왔으면 영광스러울 것 같기도 하였다.

대문을 나서니 함정에서나 빠져나온 듯이 내 마음은 활로였다. 나는 아무도 안 보는 것이 퍽 마음에 들었다. 허둥허둥 달아 나와서 동대문 가는 전차를 탔다. 전차에 앉은 내 머리에는 별별 생각이 다 떠올랐다. 누군가? 채영숙! 채영숙! 채영숙이가 누군가? 어째서 조용히 만나려고 하는가? 나를 은근히 사모하고 사랑하는가? 그러나 내게 무엇을 볼 것이 있나? 내가 인물이 잘 났나 돈이 있나? 나는 이렇게 생각하면서 전차 거울 위에다 나를 슬쩍 비춰 보았다. 면도를 하지 않아서 수염이 더부룩한 게 마음에 꺼림하였다. 나는 나도 모르게 턱을 만지다가 누가 보지나 않나 하고 돌아보았다. 차 속에 앉은 사람은 모두 나를 주의하고 뱃속을 들여다보는 듯해서 부끄러웠다.

그러나 또 내 머릿속에는 여러 가지 생각이 떠돌았다. 무엇을 보았나? 오오 내가 글줄이나 쓰니 거기에 반했나? 그럴 리가 없다. 아마 다른 일로 보자는 게지……. 이렇게 생각은 하나 연애란 생각은 걷잡을 수 없이 치밀어 오르고 또 그렇기를 은근히 바랐다.

'선생님, 나는 선생님을 사랑.'

하면서 그가 내 손을 쥔다면 나는 무어라 할까? 이렇게 생각하는 내 눈앞에는 동대문이 보였다. 오락가락하는 전차가 보였다. 파출소가 보였다. 전등이 보였다. 전차에서 내리고 오르는 사람이 보였다. 그 사람들 가운데 싸여 있는 어떤 여자의 그림자―, 흰 저고리 검정 치마에 크도 작도 않은 키! 쑥 부푼 이마! 큼직한 눈! 전등불 아래 교소를 머금어서 불그레한 두 뺨! 흰 이빨 쌔근거리는 숨! 나는 불식간에 그의 손을 잡았다.

"아아, 사랑하는 그대여!"

내 소리는 입 밖에 나왔다. 나는 깜작 놀라서 눈을 뜨면서 차 안을 돌아보았다. 눈앞에 보이는 그림자는 다 스러지고 붉은 불빛과 너덧이나 되는 사람 내―건너편에 앉은 사람은 혼자 빙그레 웃는다. 그 웃음은 나의 태도를 알아차린 듯하다. 나는 얼굴에 모닥불을 끼얹는 듯하였다. 그러면서도 속으로는 기쁘고 그 모든 사람들보다 행복스럽게 생각났다.

전차에서 내린 나는 어쩔 줄을 몰랐다. 그가 어디 와서 기다리는가!

아직 오지 않았나? 하고 컴컴한 문간도 들여다보고 파출소 그늘도 엿보고 저쪽 동대문 부인병원 아래로도 가보았다. 그리고 다시 전차 정류장에도 가보았다. 하여튼 여자라는 여자는 다 빼지 않고 보았다. 그 가운데에서도 이쁜 이면 더 유심히 보았다. 그것이 채영숙이나 아닌가 하는 의심이 나는 까닭이었다. 암만 찾아도 알 수 없었다. 어디 숨었나? 수줍고 부끄러운 생각에 못 나서는가? 거절을 당할까 보아서 주저거리나? 거절? 내야 거절을 한들 몹시 할 거 없는데……. 와서 기다리다가 갔나? 가만 있자 내가 전화 받고……, 주저거리고……, 또 전차를 한참이나 기다렸고……. 그래서는 그새에 기다리다가 간 게로구나! 아니 그렇게 갔을려고……. 집에 또 전화가 가지 않았는지? 어디 전화를 하여 볼까? 이렇게 생각한 나는 자동 전화실로 향하였다.

파출소 옆에서 발을 떼려는데 저쪽 광화문으로 오는 차가 전차 회사 문 앞에 서더니 그리로써 흰 저고리에 검정 치마 입은 여자가 내린다. 나는 그만 옮기던 발길을 멈추었다. 전차에서 내린 여자는 급히 동대문 쪽으로 오면서 사면을 살핀다. 누구를 찾는가? 나는 그의 일동일정을 빼지 않고 주의하였다. 그 여자는 동대문 앞에 와 서더니 사방을 휘휘 들러보다가 나를 유심히 보고는 어둑한 동대문 통을 들여다보면서 주저거린다. 그러더니 동대문 통으로 들어갈까 말까 하다가 다시 나를 본다. 그 태도가 나를 그리로 오라는 것 같았다. 나는 가슴이 울렁거렸다. 나는 그이를 향하고 두어 걸음이나 발을 떼어 놓았다. 그 여자는 한참 주저거리고 나더니 문간 안으로 쑥 들어갔다. 내가 그리로 향하는 것을 보고 안심하고 누가 볼까 꺼리는 듯이 들어가는 태도이다. 나도 사면을 돌아보았다. 저쪽에 서 있는 순사가 수상히 보는 듯해서 얼른 그 여자를 따라가지 못하고 주저거리다가 그 순사가 달려오는 전차를 볼 때 쓸쩍 동대문 문각에 들어섰다.

컴컴한 문간으로 쏠려드는 바람은 찼다. 나는 울렁거리는 가슴을 진정하면서 슬금슬금 걸음을 옮겨서 문간을 다 지나 저쪽에 나서다가 딱 섰다. 컴컴한 문 그림자 속에 쪼그리고 앉았는 여자는 나를 보더니 깜짝 놀라서 일어서면서 치마를 내리면서 뛰어나간다. 그는 오줌을 누다가 놀라서 뛴다. 그는 채영숙이가 아니요. 오줌이 바빠서 들어왔던가 생각할 때 나는 그만 웃지 않을 수 없었다. 허리가 부러지게 뱃살을 잡고 웃는 나는 그만 단념하고 도로 나와서 집으로 나가려고 전차를 기다렸다. 나는 서운하였다. 닭 쫓는 개가 지붕 쳐다보던 격으로 무엇을 잃은 듯도 하고 아까 전차에서 혼자 그리던 공상이 생각나서 불쾌하기도 하며 D군 내외를 볼 일이 부끄럽기도 하였다. 그러나 마음 한 구석에는 그저 무엇을 바라지 아니치 못하였다.

일주일 뒤에 나는 영도사로 놀러 갔다. 그것은 영도사에서 전춘회餞春會라는 놀음이 벌어진 까닭이었다. 거기는 D군도 갔고 B군 E군 T군도 갔으며 기생도 셋이나 있었다. 그 중에서도 금선이라는 기생은 나와 친면이 있는 사이였다. 술이 한 순배 돌아서 이야기가 벌어진 판이었다. 장난 좋아하는 B군은 나를 보면서,

"자네 접때 동대문 속에는 왜 들어갔다 나왔다 했나?"
하고 묻는다.

"언제?"

나는 채영숙이를 쫓아갔던 일이 번개같이 머리를 치는 동시에 의심이 왈칵 났다.

"언제라니? 에……, 한 육칠 일 되겠네!"

"어떻게 보았나?"

"응, 그날 밤이 그게 퍽 늦어서 나는 어떤 친구의 부인이 부인병원에 입원하게 되어 인력거를 타고 광화문 쪽으로 오다 봤지! 왜 거긴 있었나?"

"채영숙이를 따라갔지!"

D군은 맞장구를 치면서 웃었다. 옆에 앉았던 금선이는 나오는 웃음을 못 참는다는 듯이 수건으로 입을 막는다. 나는 부끄러웠다.

"실없는 소리!"

나는 제발 그 말을 말아 달라는 듯이 D군을 보았다.

"그래, 만나 봤나?"

B군은 그리 웃지도 않았다. 그 바람에 금선이는 데굴데굴 굴듯이 웃는다. 저쪽에 앉은 T군도 죽자고 웃는다.

"자—, 채영숙이 내 보여 줌세……. 금선이 자네 이리 나앉게……. 하하."

B군도 못 참는 듯이 웃었다. 방안은 웃음판이 되었다.

"오오, 자네들이 K군을 헛물 키웠네……. 하하"

하고 D군은 금선이와 E군이며 T군을 본다. 그제야 해혹이 풀린 나는 그만 얼굴에 모닥불을 끼얹는 듯하고, 한편으로 인격의 유린을 받는 듯도 하며, 한편으로는 나의 못난이가 눈앞에 뵈는 듯이 불쾌하였다.

지금도 동대문을 볼 때면 그것이 생각나서 나는 혼자 웃고 이마를 찡그린다. 사내의 얼없는 생각이 떠오르고 내 자신도 그러한 생각의 소유자인 사내인 것을 속일 수 없는 까닭이다.

천재天才와 범재凡才

　—사랑하는 아우에게

　전 주 목요일에 군의 글은 받았다. 그 뒤로 별로 하는 일 없이 어찌 어찌하여 이제야 붓을 들게 되었다. 이 형의 글을 얼마나 기다렸니? 일찍이 어머니를 여의고 두 형제가 서로 의지하였더니, 거기도 조물의 시기가 있었던지 군은 북으로, 나는 남으로 갈리게 되었구나! 별한이수別恨離愁가 언제나 우리의 가슴에서 스러지랴? 창에 드는 달빛과 재 넘는 구름을 볼 때마다 군을 생각하는 정이 심하여진다.

　어젯밤이었다. 차디찬 새벽달에 기러기 소리가 어찌 처량한지 잠을 못 이루었다. 더구나 그 기러기가 군이 있는 북방으로 오는 것을 생각하니 형의 가슴은 공연히 뿌지지하였다. 군의 창에도 그 달과 그 소리가 응당 있었으리니 형을 얼마나 그렸느냐? 둘이 함께 있을 제는 어머니 아버지가 그립더니 오늘날 와서는 군이 몹시 그립구나! 그리운 생각을 끊으려 하나 끊을수록 더 치밀어서 더 괴롭다. 그대로 버려 두어 그릴 대로 그려 보려 한다. 형이 돼서 아우를, 그리고 아우가 되어 형을 그리는 것은 자연한 일이니 막아서 무엇 하랴? 군도 형이 그립거든 실컷 그리어라.

　눈물이 흐르거든 실컷 흘려라. 사람은 정의 결정이라 눈물이 없을 수 없는 일이다. 다만 조심할 것은 그 정으로 이성을 흐리지 말며 그 눈물에 견부見負치 말아야 할 것이다. 한때의 끓는 정과 흐르는 눈물로 말미암아 만리전정萬里前程을 그르친다는 것은 뜻있는 이의 할 일이 아니다. 만난이 닥칠수록 우리의 기상과 의지는 천지를 삼킬 듯이 굳세고 커야 할 것이다.

내가 내 몸을 사랑하고 군이 군의 몸을 사랑함은 나는 나, 군은 군의 한 개인을 위하여 할 것이 아니라 우리는 우리를 낳아 주고 우리를 길러준 사회를 위하여 그리해야 될 것이다. 우리의 몸은 우리의 것이 아니다. 우리의 몸은 이 사회의 것이다. 사회는 우리를 먹이고 입혀서 길렀으니 우리는 마땅히 거기 갚는 바가 있어야 하겠다.

그런 까닭에 우리의 짐은 크다. 밤중에 손을 가슴에 대고 가만히 생각해 보면 우리의 어깨에 놓인 짐은 우리의 힘에 너무도 지나친다는 것을 느끼게 될 것이다. 외적으로나 내적으로나 많은 의무를 짊어진 우리는 하루 한시라도 게으를 수 없는 일이며 조금이라도 이 한 몸을 허수룹게 가지지 못할 것이다. 내가 군에게 늘 말하는 '성근誠勤'이 별다른 것 아니라 위에 말한 짐을 잘 지고 나아갈 비결이라. 게으르고 거짓된 사람에게는 성공이 없는 것이다. 도리어 자기 일신을 망치고 전 사회에 큰 해독을 주는 것이다. 그러므로 사람은 늘 참되고 부지런해야 되는 것이다. 내가 늘 부러워할 것은 부지런하고 참된 사람이다. 천하가 모두 욕을 하고 배척하더라도 부지런하고 참되면 적까지 감복하는 때가 있을 것이요, 천하가 모두 추앙하고 옹호하더라도 거짓되고 게으르면 기필코 동지에게까지 물릴 때가 있을 것이다. 일전 군의 글 가운데 물은바 천재와 범재의 구별도 성근誠勤 여부로써 되는 것이다.

군은 문학에 취미를 두고 오로지 거기에 힘을 쓰려고 하는데 천재가 있는지 없는지 의심스럽다고 하였지만, 나는 그것부터 우스운 소리로 생각한다. 어떤 학술에 취미가 붙어서 그로써 일생의 업을 삼으려거든 전 생명을 거기에 걸고 힘써야 할 것이다. 천재라도 인忍치 못하면 인하는 범재에 견부見負한다는 것은 군도 '노력론努力論'에서 읽었지만, 꼭 그런 것이다. 하여서 못 될 일이 어디 있겠니?

"나를 천재라 하면 나를 모르는 사람이다. 나를 노력한 사람이라 하면 나를 아는 사람이다."

한 것은 태서泰西[1] 어떤 문호의 말이다. 천재라고 가만히 앉아 있으면 되는 것이 아니다. 그 재조를 닦아야 하는 것이다. 일필휘지성문장一筆揮之成文章이라고 하지만 그것도 다 된 뒤에, 즉 성근을 쌓아서 성공된 뒤의 말이지, 천생으로 그런 법은 고금동서에 그 예가 없는 것이다. 소동파의 적벽부는 문장으로 유명한 것이다. 그것을 읽는 이는 적벽강에서 뱃놀이를 하면서 즉석 음吟으로 생각하는[2] 이가 많다. 또 소동파도 즉석 음이라고 자랑하였다는 말까지 있다. 그러나 뒤에 그 짧은 적벽부赤壁賦 한 편을 초草하는 데 첨산添刪에 첨산添刪을 더하여 버린 종이가 두 상자인가[3] 세 상자나 되었다 하니 그것은 참일 것이다. 톨스토이가 『전쟁과 평화』를 일곱 번이나 개작하였고, 이백李白 같은 천재로도 노부老婦의 마부위침磨斧爲針에 감하여 노력을 쌓았다 하니, 천재의 노력도 작은 것이 아니다. 아니, 도리어 범재의 노력보다 컸다. 그런지라 공功이 있은 것이다.

산 거름을 주고 물을 뽑아서 되지 않을 곡식이 있을 리 없다. 오직 부지런이다. 그러나 거짓 부지런은 일시 남의 눈을 미혹케 하더라도 속이 없는 것이니 참된 부지런이라야 될 것이다. 그래서 우리는 우리에게도 있는 바 천재를 붙들어야 할 것이다. 그러나 붙들던 천재라도 천재를 위한 천재가 되어서는 낭패다. 그것은 도리어 범인만 못할 뿐이다. 때로는 범인 이상의 해독을 사회에 준다. 우리의 바라는 천재는 사회를 위한 천재, 인생을 위한 천재라야 하겠다.

말이 너무 길었다. 이만 그치련다. 추풍은 나날이 높아서 벌써 삼각
산으로 내려오는 바람은 차다. 아침저녁으로 겹옷 생각이 간절하다.
여기가 그러니 북국에는 서리가 내렸을 것이다. 요사이 무엇을 먹으며
무엇을 입고 지내는지 종이를 대하여 붓을 드니 뒤숭숭한 정을 금할
수 없다.

---

1) 태서(泰西) : 서양.

2) 첨산(添刪) : 덧붙이고 깎음. 첨삭.

3) 마부위침(磨斧爲針) : '도끼를 갈아 바늘을 만든다.' 는 뜻으로, 아무리 힘들어도 끊임없는
   노력과 끈기 있는 인내로 성공하고야 만다는 뜻.

신록新綠과 나

　우리 집은 선의궁 앞 큰길 건너편이외다. 대문을 나서면 고양이 이마빡만 한 배추밭이 있습니다. 그 밭을 왼편으로 끼고 이삼 간 나오면 실개천이 있습니다. 그것은 바로 선의궁 앞 큰길가인데, 인왕산에서 흐르는 물과 우리 동리에서 먹는 우물물이 서로 어울려서 졸졸졸 흐르고 있습니다. 그 개천가에는 늙은 버드나무가 드문드문 실같이 늘어진 가지를 떠이고 서 있습니다.

　실같이 늘어진 그 가지가 연두 빛으로 물들어 봄바람에 하늘거리는 것을 이제야 비로소 보았습니다. 아침에 어린애가 밥 짓는 아내를 하도 조르기에 안고 큰길로 나갔다가 보았습니다. 이것은 거짓말 같은 참말입니다. 내가 이 동리로 이사한 지가 하루 이틀이 아니요, 그 버드나무 가지가 푸른 것이 또한 하루 이틀이 아니었을 터인데, 내 눈에 뜨인 것은 어제 아침이었습니다. 마음이 허울의 수고를 받으니 그런지? 또는 내가 너무도 무심하여서 그런지는 모르나, 하여튼 바로 집 앞에 우거져 가는 버들잎을 어제 비로소 볼 때 나는 어쩐지 나라는 존재를 너무도 어이없이 느끼지 않을 수 없었습니다.

　아른한 아침 연기 속을 고요히, 그리고도 정답게 흘러내리는 아침볕을 받고 서서 어린애 뺨같이 부드러운 싹에 실실이 푸른 그 가지를 보는 내 가슴은 까닭 모를 애틋한 느낌에 흔들리었습니다. 북악의 푸른

빛과 인왕산 머리의 아지랭이도 모두 처음 보는 것 같았습니다. 천지
는 이렇게 푸르렀습니다. 늙은 나무에까지 움이 텄습니다. 그래도 나
는 몰랐습니다. 한 사래의 밭도 없는 내가 철은 알아 무엇하리이까마
는, 생각하면 철을 모르는 인간같이 미미한 존재는 세상에서 또 없을
것입니다. 무엇이 나의 귀를 막고 무엇이 나의 눈을 가리었던고? 나는
가슴에 안겨서 철없이 방긋거리는 어린것의 뺨을 문지르며 따스한 햇
발이 흐르는 신록의 천지를 다시 보았습니다. 저 빛이야 철을 잃으리
까마는 이것들 장래는 어찌 될는지?

의문疑問의 그 여자

어떤 몹시 더운 날이었다. 나는 종로 사정목에서 의주통 가는 전차를 갈아탔다. 쿠션은 더 앉을 여지가 없었으나 쥘끈 잡고 서 있는 사람들 사이는 헤저어 나가고 들어오기에 넉넉할 만치 만원은 아니었다. 그것은 빠고다 공원 앞 정류장이라고 기억된다. 전차가 떠나려고 하는 때 앞으로 움직이는 차체의 동요에 뒤로 주춤거리면서 분주히 올라탄 젊은 여자가 있었다. 금방 바늘을 뽑은 듯한 당항라 적삼에 긴 세모시 치마를 슬쩍 돌려다 치켜 잡은 그 모양은 단아하면서도 어디라 없이 한 멋 들어 보였다.

운전대를 지나 차실에 들어선 그는 오를 때와는 딴판이었다. 퍽 침착한 보조로 여러 사람 사이를 이리저리 지나 중간 빈틈에 와서 끼이었다. 여러 사람의 시선은 그리로 몰렸다가는 흩어지고 흩어졌다가는 몰렸다. 내 자신은 내 꼴을 못 보니 깨닫지 못하지만, 누가 볼세라 은근히 여자의 몸 위에 흘리는 사나이들의 시선은 우습고도 흥미가 있었다. 그처럼 여러 사람의 시선을 끄는 주인공은 쥘끈을 잡고 치맛자락을 여며 쥔 채 누가 뭐라고 하든지 자기와는 아무 상관없다는 태도로 더위에 이글이글한 창밖을 내다보고 가만히 서 있었다. 그 거만스러운 태도가 더욱 그의 품격을 돋우는 것 같았다.

분살이 피어서 뽀얀 얼굴은 그저 스물너댓밖에 되지 않은 듯하면서도, 당긋한 콧날 좌우로 아쓱히 드러나려다 숨은 광대뼈하며 좀 빠진 두 뺨하며 실귀에 눈여겨보면 보이는 실주름은 암만하여도 서른 안쪽 여자는 아니었다. 물빛 비취호두잠 봉오리와 가슴에 반짝이는 연실 금 단추가 유난스럽게 시선을 끌었다. 사람과 사람의 몸을 흘러내리는 뀌지근한 냄새…… 창으로 흘러드는 먼지 실은 화끈화끈한 바람에 틉틉하고 무덥던 차속은 그 여자의 그림자와 같이 맑은 바람이 스르르 서리는 것 같았다.

"오오! 홍로지옥의 구세주!"

나는 나로도 모를 유쾌를 느끼면서도 얼없는 사나이들의 가슴을 빤히 들여다보는 것 같아서 자모 비슷한 웃음을 웃지 않을 수 없었다.

"기쁘……. 너가 이마쑤……. 표 삽시요……."

한 정류장을 지나서 차장은 외치며 지나갔다. 차장의 외치는 소리가 나자 그 여자는 쥘끈 잡았던 손을 가슴에 넣었다 다시 몸을 이리저리 만지면서 눈을 크게 뜨고 머리를 갸웃하였다. 그러던 그는 앞뒤를 돌아보고 발을 주춤 옮기려다 말고 다시 아까처럼 서 있었다. 좀 빠진 뺨은 긴장하여졌다. 나는 직각적으로 그 여자의 마음을 느끼었다. 내 가슴은 공연히 안쓰러웠다. 하회가 어찌 되나? 나는 불안스럽게 생각하면서도 연재소설의 뒤나 기다리는 듯한 호기심으로 최종 막을 상상하면서 일종의 쾌감을 느끼었다. 숨길 수 없는 인간의 잔인성이라 할까?

종로 네거리를 지났다. 사람들은 많이 내려서 차속은 휑하였다. 그와 나는 공교롭게도 마주 앉게 되었다. 차가 샌전 정류장에서 걸음을 낼 때이었다. 그는 좌우를 슬쩍 돌아보더니 태연스럽게 내 앞으로 걸어왔다.

"표 한 장만 사주서요……"

그의 눈은 고요한 웃음에 잠깐 떨렸다. 나는 그래, 나의 추측이 틀릴라구? 생각하면서 아무 말 없이 회수권 한 장을 끊어 주었다. 그것을 받던 갸름한 손은 지금도 눈앞에 보이는 것 같다. 표를 받은 그는 아무 말도 없이 머리도 까딱하는 일 없이 운전대로 나가더니 뒤도 돌아보지 않고 광화문 정류장에 내렸다. 나는 도깨비에게 홀린 사람처럼 떠나는 차창으로 멀리 무교정 쪽에 스러지는 그를 보다가 여러 사람의 시선이 내 얼굴에 흐르는 것을 깨닫고 얼굴을 돌렸다. 그 뒤 이태나 되도록 그 여자의 그림자를 다시는 못 보았다. 나는 그 여자를 생각하는 때마다,

"오늘 지갑 잊어버리고 전차에서 망신당할 뻔하다가 어떤 쑥스런 사나이 만나 무사했단다……."

하는 소리가 귓가에 들린 듯하여서 남모를 모욕을 받는 것 같다. 그러면서도 호기심에 머리가 기울어진다. 그는 어떤 여자인지?

K 화상和尚의 눈

나는 어젯밤 꿈에 K 화상和尚을 만났다. 장소가 어딘지는 자세히 모르나 K 화상은 옛날에 보던 그 모양으로 보였다. 푸른 장삼, 붉은 가사, 손때에 반질반질 윤나는 염주는 옛날이나 조금도 다르지 않았다.

그런데 이상한 것은 내가 제일 좋아하는 그의 눈을 똑똑히 보지 못한 것이다. 그의 눈은 나에게 가장 인상이 깊은 눈이다. 나는 그를 생각하는 때마다 먼저 그 눈을 생각한다. 그 눈은 나에게 한없는 평화와 교훈을 주는 눈이었다. 만일 범인凡人으로서 그러한 눈을 가지었다면 그 눈은 기필코 사람을 죽였을 것이다. 침침칠야에도 빛이 날 그 눈에는 칼날 같은 독기가 보였다. 그 눈이 이욕利慾의 불길에 타오른다면 그 앞에는 귀여운 목숨도 없었을 것이다. 그러나 그 눈은 이욕의 불길에 타지 않고 자비의 불길에 오랜 세례를 받았다.

잠을 깬 나는 역시 그의 눈을 생각하였다. 평시에는 그를 생각하면 먼저 떠오르던 그 눈이 어찌하여 꿈에는 그것이 보이지를 않았는가. 꿈을 믿을 것은 아니로되 꿈에 보이는 그림자는 평시에 마음으로 그리던 그림자보다 더욱 반갑게 생각되는 것이다. 미덥게 생각되는 것이다. 그런데 그 그림자는 보여도 그림자의 보고 싶은 것을 보지 못한 것은 그가 나를 버렸는가 아니면 내가 그를 잊었는가. 아무리 생각하여도 그는 나를 버릴 리 없다. 내가 그를 잊었나 보다. 내가 그를 잊었다는 것은 내 마음에 이끼가 앉은 것이 아닐까? 나는 그것을 슬퍼한다.

수박

"싸구려, 싸구려! 수박이 싸구려! 한 개에 오 전이요 두 개에 십 전이구료! 막 싸구려 막 파는구료……."

수박 장수가 집 앞으로 지나간다. 터덜털거리는 수박 구루마[1] 바퀴 소리와 조화가 되어서 벌겋게 달은 석양 공기를 흔드는 그 외치는 소리는 땀에 젖은 듯이 흐뭇하면서도 이양異樣[2]의 활기를 띠었다. 구루마 바퀴 소리는 우리 집 앞에 와서 뚝 그치면서,

"싸구려, 수박이 싸구려! 오전에 한 개 십전에 두 개씩이오! 막 싸구려!"

하고 외치는 소리가 아까보다는 더 높이 들렸다. 그는 살 사람을 기다리는가. 여름이 다 가고 가을 기운이 들도록 수박 맛을 보지 못한 나는 밖으로 나갔다. 불같은 석양고열夕陽苦熱에 비지땀투성이가 된 나의 마음은 그 청피홍심靑皮紅心[3]을 상상하는 때 일종의 방향芳香이 어린 량미凉味를 느끼었던 것이다.

어른 어린애 할 것 없이 수박 구루마에 모여 섰다. 십전을 던지고 두 개를 받아든 나는 들어오듯 마듯 하여 꼭지를 돌렸다. 좀 큰 놈은 속이 불그데데하고 작은 놈은 새빨갛게 익어서 미각을 몹시 자아낸다. 우리는 그것으로 풍미 있게 먹어 보려고 제일 잘 익은 놈의 속에 사탕과 소주를 부어넣고 다시 제 꼭지를 꼭 덮어서 물 항아리 속에 집어넣었다. 물 항아리에 집어넣으려니까 중심이 바르지 못한 수박통은 이리

궁글 저리 궁글 해서 똑바로 뜨지 않는다. 양책良策을 생각한 우리는 바가지에 얼음을 담고 그 속에 수박을 실어서 물 항아리 속에 띄웠다. 아까까지 염양炎陽 하에서 이 사람 저 사람의 혜고惠顧[4]를 기다리고 초조히 지내던 수박은 인제야 이렇게 고요한 항아리 호상湖上에서 세상은 꿈도 못 꾸는 빙선氷船 타고 만곡萬斛 량미凉味를 맛보게 되었다.

　이렇게 띄워 놓은 우리는 덜 익은 놈으로 해갈을 하고 마루에 드러누워서 땀을 들이다가 그만 낮잠이 들어서 눈을 붙였다 뜨니 어느새 석양은 마당에서 자취를 감추고, 아까는 없던 서늘한 바람이 스쳐 와서 맑은 정신이 차츰 돌기 시작하였다. 이렇게 낮잠을 자고 나서 서늘한 석양 바람을 받는 우리는 항아리에 채여 놓은 수박은 깜빡 잊었다가 저녁을 지으려고 부엌으로 들어갔던 아내가 먼저 잊었던 기억을 불러일으키었다. 그러나 모든 것은 파의破矣다. 일엽방주一葉氷舟에 갖은 정성을 다 들여서 실어 놓았던 수박은 의외의 풍랑에 참몰慘沒이 되어서 꼭지와 몸통이 각각 떠돌게 되고 바가지도 엎어져 버렸다. 항아리 속에 물이 그득 찬 것을 보니까 물장수가 저녁 물을 길어 온 것이 분명하다. 그는 우리가 자는 사이에 들어와서 무심코 부어 놓았던 것이다.

　쏟아져 내리는 굵은 물줄기에 그 수박 배가 어찌 견디었으랴? 인제는 수박도 버렸고 물도 버렸다. 항아리 앞에 서서 들여다보던 나는 미구에 미각을 찌를 향긋하고도 달 량미凉味를 상상하고 은근히 침을 삼키던 아까의 내 그림자가 눈앞에 떠올라서 한바탕의 웃음을 마지않았다. 동시에 운명의 불가역도不可逆睹를 다시금 느끼지 않을 수 없었다.

---

1) 구루마 : 리어카.

2) 이양(異樣) : 색다른.

3) 청피홍심(靑皮紅心) : 껍데기는 푸르나, 열매 속은 붉다.

4) 혜고(惠顧) : 상대방을 높여 '그가 자기를 찾아줌' 을 이르는 말.

해운대 海雲臺

　자동차에서 내린 나는 해운루海雲樓 문전에서 한참 망설이다가 해안을 향하고 발을 옮겼다. 때는 오후 5시 반, 여섯시 반에 해운루 문전에서 만나기로 약속한 김군은 자전차로 벌써 와서 해안으로 통한 길 옆 어떤 일본 집에서 기다리고 있다. 나는 김군이 기다리는 곳을 돌아보면서 그가 인도하는 대로 따라 나갔다. 온천이든지 놀이처의 시설은 별로 보잘것없으나 청산과 바다 소리는 시들은 마음을 살린다.

　푸른 논판을 지나 백사장에 나섰다. 일기가 흐리고 바람이 고약하여 물결은 한껏 거치르다. 따라서 해수욕하는 손들도 볼 수 없이 쓸쓸하다. 그러나 물결이 물결을 밀고 들어와 흰 거품을 지우고 사서沙緖에 죽 퍼졌다가는 도로 밀려들어가는 것이 바닷가에 나서 바닷가에서 이십 년이나 자라난 나에게는 그리 신기롭게 보일 것은 없으나, 망망 수평에 눈을 던질 때 상쾌한 맛은 걷잡을 수 없다. 해운대 끝에 흐트러진 오륙도를 바라보고 멀리 수평선 끝으로 그림같이 떠 있는 고범孤帆[1]을 볼 때 성진城津의 망양정望洋亭이 생각난다.

　산천도 인물과 틀림없다. 시대와 환경을 잘 만나야 그 이름이 사람들의 이야깃거리가 되는 것이다. 우리가 동정호洞庭湖와 아미산蛾眉山을 대동강이나 금강산보다 더 동경하던 것이 이 까닭이다. 성진의 자랑이요 승지勝地인 망양정도 교통이 좋은 곳에 놓였더면 해운대보다 나으면 나았지 못하지 않았을 것이다. 암만 보아도 내 눈에 비치는 해운대는 망양정에 비길 수 없다. 그러나 오래 두고 동경하던 곳을 처음으로 밟게 되고 타관에 유리하여 팔칠 년이나 멀어졌던 바다를 보니 자연 가슴에 넘치는 흥감을 이길 수 없다. 백사장에 옷을 훨훨 벗어 버리고 창랑에 첨부덩 뛰어들어 발로 밀고 팔로 끌어당기면서 이 몸을 물 위에 범범泛泛히 띄웠으면 얼마나 좋으랴만, 일기가 쌀쌀한 데다가 병 몸이 되니 그것도 자유가 없다.

모래 위에 늘어 놓은 어망과 후릿배 사이를 지나 해운대 아래에 산재한 바위 위에 궁둥이를 붙였다. 온천장에서 바로 남쪽 바닷가에 머리를 바다에 잠그고 붕긋이 솟아 있는 조그마한 뫼가 있다. 청초靑草에 온몸을 싸고 군데군데 어린 솔이 어설궂게 자라서 그리 기관奇觀할 것 없으나 빠진 데 없이 복스럽게는 보인다. 이 뫼가 이름 높은 해운대다. 옛적 최해운崔海雲이 이곳에 대를 짓고 자기의 아호로 대臺를 명명한 것이 지금은 이곳의 명사名詞가 되었다고 전한다.

대臺의 남편으로 멀리 보이는 바다 가운데 책상머리에 집어다가 놓기 좋을이만큼 보이는 작은 섬 여섯이 있다. 그것이 부산서 보면 다섯이 뵈이고 여기서 보면 여섯이 뵈이며, 또는 어떤 때는 운무에 그 중 작은 섬이 묻히면 다섯만 뵈는 까닭에 그 이름이 오륙도라 한다.

남이야 죽든가 살든가 산수 간에 잠겨 홀로 시주詩酒로 세월을 보낸 해운海雲의 생애가 어찌 생각하면 게으르고 미웁기도 하나, 온천에 몸을 씻고 청풍에 옷소매를 날리면서 앞으로 연파묘망煙波渺茫2)한 바다를 바라보고 뒤로 청산을 우러러 마음껏 맛보던 그 청악淸樂이 부럽기도 하다.

김군에게서 들으니 연전에 어떤 일본 남녀가 동래온정東萊溫井에서 며칠 묵고 이곳 와서 우리가 지금 앉았는 해운대 앞바다에서 정사를 하였다. 과연 그것이 정사던지, 그렇다 하면 그 동기가 나변에 있는 것을 구태여 알려고 애쓸 바가 아니건만, 어쩐지 그 사실이 내 가슴을 꾹꾹 찌른다. 정열에 타오르는 두 청춘이 뜨거운 가슴을 맞부둥켜안고 양양한 푸른 물에 풍덩실 몸을 던질 때 그 가슴속이 어떠하였을까. 바위에 부딪히고 바위 새에 밀려들어 흰 꽃을 이루는 이 물결은 그때에도 있었으련만 이금而今에 말없이 들락날락하니 그 비밀을 알 사람이 뉘 있으랴.

우리는 저녁을 먹으려고 집 마을로 돌아들었다. 흐렸던 일기가 서천이 방긋이 개었다. 서산에 뉘엿뉘엿 넘는 해는 바다와 청산에 붉은 빛을 던졌다. 사양에 빗겨 흐르는 어촌의 밥 짓는 연기는 정산의 밑둥을 살짝 가리고 멀리 수평선 안개 위에 꿈같이 떠 있는 고범孤帆은 오륙도 새에 돌아든다. '만산풍광일범중'滿山風光一帆中은 바로 이런 경景을 읊은 시던가. 해면에 흐르던 안개는 오륙도의 허리를 잠그고 다시 슬금슬금 기어오르더니 해운대의 밑둥을 싸고 흐른다. 해는 넘어갔다. 흐린 하늘에 두서너의 별만 가물가물할 뿐 바다와 섬과 산들은 황혼 빛 속에 잠겼다. 고요한 어촌의 한두 개 어화漁火가 반짝거리는데, 옷소매를 날리는 바람 소리와 은은한 바다 소리만 의연하다. 해운대의 진경은 청랑한 달밤에 있다 하나 나는 그것을 볼 행운을 못 가졌다. 오늘 구 7월 17일, 정히 달 보기 좋은 때다. 그러나 날이 흐려서 맑은 달빛은 볼 수 없었다.

저녁 후 온천에 몸을 씻고 서늘한 해풍을 받으면서 컴컴한 길을 더듬어 해변으로 나오니 상쾌하기 그지없다. 동래서 해수욕 온 일파가 해변에 천막을 치고 노영露營을 한다. 김군의 소개와 그이들 후의로 우리도 그 천막에서 밤을 새기로 하였다. 그러나 모기가 어떻게 심한지 앉아 견딜 수 없다. 각각 거적자리를 끌고 불빛을 피하여 사서沙緖에 나갔으나 거기도 모기가 달라붙는다. 모기장 밖에서 앵앵거리는 모기 소리에는 신경이 딱금딱금하는 나는 견딜 수 없었다. 김군과 함께 물에 밀려나온 마른 해초를 집어다가 불을 살라 연기를 피었으나 그것도 소용없다. 홧김에 일어서 돌아다니면서 밤을 새우기로 하였다. 모기 덕분에 잠을 못 자니 해운대의 밤 경景은 싫도록 보게 되었구나 하고 김군과 둘이 크게 웃었다.

달이 솟는다. 등 바다 위에 험한 산같이 척 가린 검은 구름 봉오리 넘어서 달은 우리를 방긋이 넘겨다본다. 아담한 소녀가 무대의 장막을 방긋이 열고 나타나듯이 구름이 점점 밀림을 따라 달은 뚜렷이 나타났다. 좋다―, 소리와 같이 장단 소리 청아한 여창女唱이 해변에서 일어났다. 거무칙칙하던 바다에는 굵은 은파가 일렁거린다. 바로 우리 앉은 앞으로부터 저편 달 아래 바다까지 수정렴水晶簾이나 늘인 듯이 일자一字로 아글자글 끓는 물결! 엷은 밤안개에 잠긴 청산! 모두 그럴 듯한 맛이 있다. 내게 만일 시재詩才가 있었던들 이 좋은 미경을 어찌 그저 두었으랴. 이때를 당하여 시 쓰는 벗들이 간절히 생각난다. 흐르는 구름에 달은 자태를 다시 감추었다. 강산은 다시 으슥한 속에 잠겼다. 구름이 지나 달이 다시 나타날 때면 청산과 바다는 의연히 빛난다. 그러나 밤이 깊어서는 구름이 온 하늘을 차지하여 달 몸은 볼 수 없었다.

후리를 놓는 삼사의 어선은 수묵을 풀어 놓은 듯한 저편 해운대 앞 바다에서 꿈같이 움직인다. 어부들이 당기는 후리를 당겨 주고 고기를 얻어다가 회치고 국 끓이고 밥과 술을 마시는 풍미는 더욱 좋다. 김군은 벌써 여러 번이라 후리 당기는 법이 묘하다. 나는 별에 그을고 물에 연단鍊鍛되어 검고 굳은 어부의 벗은 몸이 부러웠다. 나도 언제 그러한 건강을 얻었으면.

그럭저럭 오전 네 시가 지났다. 모기는 그저 심하다. 모두 주기酒氣가 몽롱하여 꿈이 무르녹는데 혼자 밤을 새려니 괴롭다. 밝아가는 새벽빛에 사면은 푸르스름하다. 바다 낮에는 안개가 한 벌 죽, 가리었다. 우두커니 물소리에 귀를 기울이고 섰으니 알 수 없는 애수가 가슴을 찌른다. 따라서 정든 벗들과 고향이 생각난다. 나는 나로도 모르게 북천北天으로 머리를 돌렸다. 역시 눈에 뵈는 것은 흐릿한 하늘과 으스름한 청산뿐.

나는 너무도 피곤하여 김군의 곁에 누웠다. 그새에 잠들었던가. 김군이 깨우는 바람에 눈을 뜨니 여섯 시가 넘었다. "나는 먼저 가니 오전 차로 동래東萊 오라."는 김군의 말을 얼프름이 들으면서 나는 졸음이 그득한 눈을 다시 감았다. 다시 눈 떴을 때는 일곱 시 반이 지났다. 모래 위에 이리저리 누웠던 사람들은 어느새 천막 속에 모여서 곤수困睡가 무르녹았다.

오늘도 일기는 개이지 않았다. 잿빛 하늘 아래 감벽紺碧3)한 바다에는 벌써 바람을 배인 돛들이 이리저리 떠 있다. 수변水邊에 물새들은 물결을 따라 드나들고 해운대와 오륙도 밑둥을 싸고 흐르는 안개는 그 저편 청산골로 소리 없이 올리닫는다. 밤잠을 변변히 못 잔 나는 피곤한 다리를 집 마을을 향하고 떼어 놓았다. 장산萇山 머리에 쉬어 넘는 검은 구름은 암만해도 무엇이 올 것 같다. 만일 오늘에 쾌청만 얻었으면 멀리 수평선 위에 솟은 찬란한 조일朝日에 타오르는 장미 빛 구름과 끓어 넘치는 금파金波를 보았을 것인데, 날이 흐려서 음울한 해경海景만 보게 된 것은 퍽 섭섭하다. 그러나 흐린 해운대는 흐린 특색을 갖추었다. 나는 그로써 만족하련다.

---

1) 고범(孤帆) : 외롭게 떠 있는 배. 고주(孤舟).
2) 연파묘망(煙波渺茫) : 아지랑이 낀 수면이 넓고 아득함.
3) 감벽(紺碧)한 : 약간 검은 빛을 띤 청색.

병우病友 조운曹雲

조운曹雲이 병들었다. 가을바람은 나날이 높아간다. 정열에 타는 가슴을 부둥켜안고 신음하는 조운曹雲의 병석에도 이 바람이 스칠 것이다.

지난 초가을 내가 호남에 갔을 때였다. 법성포에서 그와 작별하고 한양으로 온 뒤에 그는 곧 선운사의 가을비를 찾아갔다. 이것은 김金의 편지로 알았다. 그 뒤에 나는 그에게 두어 번이나 글을 부쳤으나 회답이 없었다. 그러나 나는 그가 그저 선운사에서 돌아오지 않은 줄로만 믿고 회답을 기다리지 않았다.

달 밝은 추석날 밤이었다. 나는 늦도록 무엇을 써놓고 자리에 누워서 창문에 환히 비치인 달빛을 보고 전에 어떤 절에서 중노릇 할 때 밤마다 자지 못하던 것을 회상하다가 언뜻 선운사에 간 조운曹雲을 생각하였다. 선운사에도 이 달빛이 흐를 것이다. 단풍도 아름답고 물소리도 맑을 것이다. ―나는 이렇게 생각하면서 법당 뜰에 외로이 서 있는 조운曹雲을 눈앞에 그려보고 나도 그런 데로 가고 싶었다. 뜻 맞는 벗과 옛 절 난간에 비켜서서 이 달을 맘껏 보고 싶었다. 나는 벌거벗은 채 일어서서 종이와 붓을 찾아,

'벗아, 옛 절 가을달이 얼마나 아름다우냐?'

하는 편지를 써놓고 드러누웠다. 그 뒤 사흘이 지나 내가 조선문단사

朝鮮文壇社를 나오던 날이었다. 나는 조曹에게서, "조운曹雲이 병들었다. 그는 선운사에서 병이 나서 지금은 구름다리 본댁에 돌아와서 치료한다." 하는 편지를 받았다. 그러나 그 편지는 퍽 모호하였다. 그가 어느 날 어떻게 병들어서 어느 날 어떻게 돌아왔다는 말은 쓰이지 않았다. 나는 무슨 병이냐, 요사인 어떠냐, 하는 편지를 곧 써서 부치고 그날 밤에 공교로이 유柳를 만나서 그의 병증을 자세히 들었다. 듣고 그병의 위중한 것과 심상치 않은 것을 알았다. 나는 그날 밤새껏 조운曹雲의 병을 생각하였다. 천 날 만 날을 생각한들 의사가 아닌 내게서 처방이 나올 리는 만무하고 설령 처방이 나온대야 제 입에 풀칠하기도 어려운 녀석이 약 한 첩이나마 어떻게 보내 주랴. 그저 나로도 억제할 수 없는 걱정이 그의 병을 생각하였고 평시에 내가 생각하던 그의 정신 상태가 그의 건강에 어떠한 영향을 미쳤을까 하는 것을 생각하면서 마음을 조였다.

이튿날 아침에 나는 또 헛된 편지만 써서 조운曹雲의 병석에 부치고는 평소와 같이 분주히 돌아다녔다. 그러나 마음은 여전히 뭉클한 것이 마치 위에 가득 찬 담음痰飲[1]이 내리지 않은 것 같았다. 우리들의 처지로 병석에 눕게 되면 세 가지로 앓게 된다. 첫째 병으로 앓게 되고, 둘째 돈으로 앓게 되고, 셋째 걱정으로 앓게 된다. 그런 까닭에 우리들 병은 속히 회춘하기가 어려운 것이다. 조운曹雲이도 이 세 가지로 앓을 것이다.

지난 초이렛날이었다. 방춘해方春海가 받아서 전하는 조운曹雲의 편지를 나는 받은 그 자리에서 뜯었다. 급히 뜯노라고 첨에는 몰랐으나 읽고 보니, 사연은 그의 뜻이나 글씨는 남의 솜씨였다. 나는 더욱 놀랐다. 그의 괴로운 호흡이 나에게까지 서린 것 같아서 내 가슴은 더욱 갑갑하였다. 이처럼 그의 병이 심한가? 그의 병이 위중한 줄은 짐작하였으나 두어 줄 편지까지 남의 손을 빌도록 되었으리라고는 나의 상상이 미치지 않았던 바다. 그때에 나는 별별 생각을 다 해보았다. 그의 몸 위에 떠 흐르는 애처롭고 참담한 역사를 회상도 하여 보고 현재 구름다리 달마 지방에 쓸쓸히 누웠을 그의 여윈 그림자를 눈앞에 그려도 보았다. 어떤 때는 차마 말로 표시할 수 없는 무서운 상상을 하고 나로도 알 수 없이 주먹을 부르쥐고 가슴을 친 것이 한두 번이 아니었다. 나중에 나는 이것저것 다 집어치우고 하루바삐 그의 곁으로 가서 말벗이 되려고 별별 애를 다 써보았지만 얽힌 자기를 쉽게 벗어날 수 없었다. 공연히 마음만 졸였을 뿐이었고 찬 달빛에 무심한 꿈만 호남 하늘에 달렸을 뿐이다.

열 이튿날 아침이었다. 어찌 추운지 동창에 해가 들도록 이불 속에서 궁굴궁굴하는데 배달부가 편지를 던지고 간다. 그것은 조趙의 편지였다. 끝에 가서 조운曹雲의 병은 좀 차도가 있다고 극히 간단하게 쓰였다. 그래서는 이 편지 문구와 같이 단순하게, 건강을 회복하나 보다 하고 마음을 좀 놓았다. 이때 내 눈앞에는 겨우 일어나 앉은 조운曹雲의 파리한 얼굴, 여러 날 병간호에 쪼들린 그의 어머니, 그의 누이, 그의 벗들이 언뜻 지내갔다. 모두들 얼마나 애썼으랴, 괴로웠으랴. 큰 걱정의 납덩어리는 또 내 가슴을 눌렀다.

조趙의 편지 받은 이튿날 저녁이었다. 모가지가 늘어나고 눈깔이 빠지도록 기다려도 오지 않던 김金, 조曹, 서徐, 화和의 편지가 한 시에 흩날리는 꽃같이 내 방바닥에 떨어졌다. 나는 먼저 화和, 서徐 젊은 부부의 편지부터 읽었다. 김金, 조曹의 편지에까지 조운曹雲의 병은 그저 한 모양이라고 써졌다.

나는 이 말을 듣고 찌푸리고 머리를 숙였다. 조趙의 편지에는 차도가 있다고 하였는데 김金, 조曹, 서徐, 화和의 편지에는 한 모양이라 하였으니 어느 것이 옳은가? 조趙는 아침저녁으로 운雲을 찾는 사람이라 거짓말할 리가 없을 것이요, 그렇다고 김金, 조曺, 서徐, 화和도 역시 운雲이와 엎디면 코 닿을 곳에 있는 터이라 없는 말을 쓸 리가 없을 것이다. 그렇다면 하룻밤 새에 그의 병이 덧쳤나? 조운曺雲의 건강이 어디서 상하였을까? 건강한 그를 본 것이 어제 같고 느릿느릿한 그의 글씨 받은 것이 아직 기억에 새로운데 대필로 쓴 그의 편지를 받고 위중하다는 그의 병보를 받으니 어리둥절한 것이 꿈같기도 하나 믿는 벗들의 글이 있으니 분명한 사실이라 알 수 없는 우수사려가 가슴을 찌긋이 눌러서 견딜 수 없다.

그가 병든 지 벌써 며칠이냐? 낫 같은 초승달이 그새에 둥글었다가 이지러졌으니 그의 괴롬이 얼마나 크랴. 흐르는 세월에 덧없는 인생이 이제 다시 느껴진다. 나는 그가 건강을 잃은 것을 생각에 생각을 해봐도 그 뿌리를 찾을 수 없다. 여러 가지로 추측은 하지만 그까짓 추측이 무엇이 되랴? 그는 자기의 병을 아는지? 장연강 추석 달에 그 감정이 끌었던가? 선운사 붉은 잎에 그 마음이 상하였던가? 그가 법성 바다 새벽달에 목 메인 울음으로 눈물지은 것이 한두 번이 아니었지만 그 때문에 병든 적이 없었고 그가 서백리아의 저녁 눈 속에 뛰었건마는 일찍 건강을 상한 일이 없었거늘, 이제 선운사의 달빛 물소리에 병석에 눕도록 마음을 상하였을까?

그러나 건강이란 하루 이틀에 상하는 것이 아니요 병이 역시 하루 이틀에 드는 것이 아니다. 북쪽나라의 눈과 남쪽나라의 비에 타고 끓어서 그도 모르게 슬근슬근 그의 건강을 먹던 정열이 선운사 붉은 잎과 장연강 달빛에 높아지고 끓어 넘쳐서 그의 몸을 눕게 만들었는가? 혜불암 떨어지는 볕을 차마 버리지 못해하고 칠산 비낀 달에 날 새도록 잠못 이루는 것을 내 여러 번 보았는데, 거기선들 그의 건강이 안

상할 리 없을 것이다.

소여물간에 주저앉아서 입술이 부르트도록 부는 시골 머스매(조운曺雲)의 갈잎피리를 누가 알고 듣는가? 대숲 논두렁으로 뛰어다니면서 목구멍이 터지도록 지르는 외론 이 조운曺雲의 목 메인 소리를 누가 정신 차려 듣는가?

조운曺雲은 시 쓰는 사람이다. 시 읊는 사람이다. 그가 잘 쓰는지 못 쓰는지, 잘 읊는지 못 읊는지, 그것은 나도 모르거니와 그도 모른다. 마지못하여 쓰고 마지못하여 읊는다. 그가 읊고 그가 쓰는 시는 목 메인 여울 소리 같고 뜨거운 불과 같다. 그러나 흰옷 입은 그의 설움! 흰옷 입은 그의 소리! 알아주는 이 없다. 귀담아주는 이 없다. 그는 쓸쓸하다. 그 쓸쓸이 병 되었는가? 조운曺雲에게는 세상에 드문 어머니의 품이 있고 누님의 사랑이 있고 누이의 존경이 있다. 그러나 그 가슴속 깊이 숨은 설움을 알 사람이 누구냐? 조운曺雲의 집은 호남서도 부요한 시골에 있다. 그의 집 앞에는 누런 나락이 금물결을 치고 뒤에는 터진 목화밭이 흰 담요를 깔아놓은 듯이 벌여 있다. 그러나 그에게는 이틀 먹을 식량이 없다.

아아, 그의 건강을 무엇으로 회복하며 그의 쓸쓸함을 무엇으로 위로하랴? 그러나 조운曺雲에게는 위대한 용기가 있다. 굳세인 믿음이 있다. 이것이 그의 건강을 속히 회복할 것이며 그의 고독을 물리칠 것이다. 물도 흐르다가 돌에 부딪쳐서 소리를 치는 셈으로 이번 병은 그의 용기를 시험한 것이며 말할 수 없는 고독은, '고독은 우주의 열쇠다.' 부르짖는 그의 뜻을 시험하나 보다. 조운曺雲은 죽음이 두려워서 병을 슬퍼할 사람이 아니다. 병이 괴로워서 세상을 버릴 사람은 더구나 아니다. 그는 병석의 고독에서 큰 수수께끼를 풀었을 것이며 병의 괴롬에서 인생을 더 깊이 보았을 줄 나는 믿는다. 멀지 않아 그에게 새봄이

오는 때에 그에게 새 생활이 있을 것이며 새 생활이 있는 때에 새 믿음이 있을 것을 나는 믿고 기뻐한다.

조운曹雲아 어서 일어나라! 뛰어라! 읊어라! 새로 푼 그 수수께끼를 읊어라. 새로 본 그 인생의! 속을 읊어라! 나는 그것이 듣고 싶다. 그것이 듣고 싶다.

---

1) 담음(啖飮) : 장, 위에 물기가 있어 출렁출렁 소리가 나며 가슴이 답답한 병. 대개 위 확장으로 인함.

혈흔血痕

나는 지금 내가 살아 있는 이 세상 사람과는 정반대의 길을 걷고 있다. 어떠한 뜻을 가지고 그렇게 걷는 것이 아니라 어찌구러 그렇게 걸어진 것이다. 그런 것이 한 성벽이 되고 주의가 되어서 상년 봄부터는 뜻을 가지고 세상과 정반대의 길을 걷는다. 이것이 나에게 행복이 될는지 또는 불행이 될는지 그것은 내가 괘념하는 바가 아니다. 나는 다만 내가 걷고자 하는 그 길을 못 걸을까 보아서 걱정할 뿐이다. 이 세상 사람이야 비웃거나 깔보거나 그것은 내 알 바가 아니다. 나는 다만 '참인간'의 '참생활'이란 목표 아래서 내가 옳다고 믿는 것이면 고기가 찢기고 뼈가 부스러져서 피투성이가 되더라도 해보려고 한다. 나는 늘 괴롭다.

"인생이 괴로우냐? 세상이 괴로우냐?"

나는 송주처럼 이것을 외운다. 나는 거기서 어떠한 철리를 찾으려고 해서 외우는 것이 아니라 너무도 괴로운 끝에 나도 알 수 없이 흘러나오는 소리다.

그렇지만 내 고통을 아는 사람은 없다. 나도 백이 넘는 벗을 가졌지만 나를 가리켜 고통이 있다고 보는 사람은 없다. 나를 사랑하고 나를 이해한다는 사람이 한 분 있지만 그도 나의 속 깊은 고통은 모른다. 나는 항상 웃는다. 떠든다. 나를 아는 친구는 누구나 내가 하하

너테웃음 잘 웃고 왁자지껄 잘 떠드는 줄 안다. 어떤 이는 나를 '선동 인물'이라고 이른다. 어떤 이는 나를 '바람'이라고 이른다. 어떤 이는 나를 "생각이 없다"고 이른다. 어떤 이는 나를 "푯대가 없다"고 이른다. 어떤 이는 나를 '낙천가'라고 이른다. 무에 무에라고 하든지 그것은 평하는 각자의 의견을 따라서 다르겠지만, 나는 이때까지 '나'를 내 뜻에 적합하도록 비판하는 사람을 보지 못하였다. 나는 그것이 슬플 것도 없거니와 좋을 것도 없다. 혹 어떤 때 내가 내 불평을 뿜으면 모두 흥하고 코웃음 칠 뿐이다. 사람이란 자기가 고통이라고 생각하는 범위 안의 고통을 제일 큰 고통으로 아는 까닭이다.

나는 어제 전차 속에서 눈을 감고 공상을 달리다가 미래의 애인의 고통 없이 달게 자는 나를 눈앞에 그려 보고 싱긋 웃으면서 이렇게 속으로 부르짖었다.

'네가 내 고통을 이해한다면 그렇게 평화로운 잠을 이룰 수 없을 것이요, 내가 네 평화를 가졌으면 이렇게 잠 못 들 리가 만무할 것이다."

반대되는 성격이 반대되는 성격과 타협하려는 것은 참 미련한 일이다. 이 말 하는 나부터도 미련할는지 모르지?

나는 공상의 나라에 늘 마음을 달린다. 워낙 난치의 병으로 광대뼈가 툭 뼈진 나는 간단없는 공상으로 말미암아 나날이 파리하여 간다. 나는 그것이 조금도 아깝지 않다. 스러져 가는 꿈을 좇듯이 열정에 괴인 눈을 멀거니 뜨고 오색이 영롱한 공상의 천지에 이 마음을 끝없이, 끝없이 달리는 때면 나는 한없는 법열과 충동을 받는다. 시퍼런 칼을 이 심장에 콱 박고 시뻘건 피를 확확 뿜으면서 진고개나 종로 네거리를 이리 뛰고 저리 뛰어서 온 거리를 이 피로 물들였다면 나는 퍽 통쾌하겠다. 나는 미칠 듯이 통쾌하겠다. 그러나 아직도 내 한편에서 인습의 탈을 못 벗은 무엇이 나를 잡아당겨서 나는 그것을 못 한다. 나는 그것을 슬퍼한다. 나는 온갖 고통을 벗으려고 하지 않는다. 벗으려고 하면 벗으려고 할수록 번민이 더 커지는 까닭이다.

나는 어떠한 고통이든지 사양 없이 받으려고 한다. 받아서 꿍꿍 밟고 나아가려고 한다. 즉 고통에 이기려고 한다. 사람에게 가장 큰 기쁨이 있다하면 그것은 승리의 기쁨이다. 참인간의 참생활이라는 윤리관倫理觀으로 비참하다 뵈이는 사실이 이 세상에서 없어지기 전에는 나는 평온한 생활을 요구치 않는다. 양심이 마비된 사람과 우상을 사람 이상으로 숭배하는 사람과는 사리를 의논할 수 없는 것이다. 나는 기이奇異를 보고 신비神秘를 느끼고 싶다. 사람을 보나 짐승을 보나 하늘을 보나 땅을 보나 사시의 운회와 봄비, 겨울눈, 가물다물한 별, 초하루 그믐으로 이지러지고 보름이면 둥그는 달을 볼 때 놀라운 눈으로 신비를 느끼고 싶다. 그러나 과학의 물에 철저치도 못하게 중독된 나는 그것이 느껴지지 않는다. 나는 그것을 슬퍼한다.

사람이란 환경의 지배를 받지 않을 수 없는 것이다. 나의 불순한 과거와 거칠은 현재는 나로 하여금 거칠게 만들었다. 그뿐 아니라 물질은 나의 자유를 구속한다. 내 맘은 늘 끓는다. 나는 이 세상 사람과 같이 그렇게 미적지근한 자극 속에서 살고 싶지 않다. 쓰라리면 오장이 찢기도록, 기꺼우면 삼백 육십 사 절골이 막 녹듯이 강렬한 자극 속에서 살고 싶다.

내 앞에는 두 길밖에 없다. 혁명革命이냐? 연애戀愛냐? 이것뿐이다. 극도의 반역이 아니면 극도의 열애 속에 묻히고 싶다. 그러나 내게는 연애가 없다. 아니 있기는 하나 그것은 사야만 된다. 나는 연애를 사려고 하지 않는다. 그러니 내게는 반역뿐이다. 나는 평평범범하게 살고 싶지 않다. 등이 휘이도록 무거운 짐을 지거나 발바닥이 닳도록 먼 길을 걷거나 심장이 약동하도록 높은 산에 뛰어오르거나 가슴이 터지도록 넓은 뜰에서 소리를 치거나 독한 술에 취하거나 뜨거운 사랑의 품에 안기거나—, 이렇게 지내고 싶다.

삶을 평평범범하게 요구치 않는 나는 죽음도 평평범범하게 요구치 않는다. 칼이나 창에 심장을 찔리거나 이 머리를 담벼락에 탕탕 부딪치거나 높다란 벼랑 끝에서 떨어져 피투성이 되거나 뜨거운 사랑에 녹아 버리거나—, 이렇게 죽고 싶다. 총이나 아편에는 죽고 싶지 않다. 병이거든 호열자 그렇지 않거든 급성 폐렴에 죽고 싶다.

나는 죽음을 즐기지 않는다. 그렇다고 죽음을 두려워하지 않는다. 나는 삶을 사랑한다. 그렇다고 오래 살기를 원치 않는다. 나는 내가 왜 났느냐 하는 것도 알고 싶지 않다. 죽어서 어디로 가느냐 하는 것도 알고 싶지 않다. 이 세상에 났으니 내가 이 세상에 있는 날까지 힘과 정성을 다할 것이다.

나는 늘 내 생활을 창조하고 싶다. 파란곡절이 많도록 창조하고 싶다. 산속에 흐르는 맑은 샘같이 어떤 때는 여울이 지고 어떤 때는 폭포가 되고 어떤 때는 목 메인 소리를 내고 싶다.

나는 예술藝術을 동경한다. 나는 내게 예술적 천재가 없는 것을 잘 안다. 하지만 나는 문예를 사랑하며 문예를 짓는다. 내 글은 세련이 없고 미숙하며 내 글은 현란이 없고 난삽하며 내 글은 푸른 하늘 밝은 달 같은 맛이 없고 흐린 못 진흙같이 틉틉한 줄 나는 잘 안다. 그런데 나는 문예를 지으려고 애쓴다. 나는 다만 내 가슴에 서리서리 엉킨 정열을 쏟으면 그것으로 족할 뿐이다. 세상이야 욕하거나 웃거나 나는 내 아들을 사랑한다. 그것은 내 아들이 잘나서 사랑하는 것이 아니다. 내 아들은 세상에 보이기 무섭게 못났다. 그러나 내 고통을 말하여 주는 것은 오직 내 아들創作뿐인 까닭이다.

남이 웃는 때에 내 혼자 운다. 남이 뛰는 때에 내 혼자 앉아서 가슴을 친다. 남은 순종하는데 내 혼자 반역을 한다. 나는 차라리 울지언정 아첨의 웃음은 웃고자 하지 않는다. 나는 차라리 가슴을 치고 엎드려 궁굴지언정 남의 기분에 뛰고자 하지 않는다. 나는 차라리 반역에 죽을지언정 불합리한 제도에 순종하고자 하지 않는다. 천만 사람이 서쪽 달을 좇는 때에 홀로 동쪽 매화를 찾는 사람! 그에게는 아무것도 없다. 지도하는 이가 없고 붙들어 주는 이가 없다. 다만 그 가슴에 끓어 넘치는 정열과 금석이라도 뚫을 만한 굳센 의지와 신념이 있을 뿐이다. 태양은 어느 때나 동에서 솟는 것이다.

그리운 어린 때

아직 습작 시대에 있는 나로서는 어느 것이 처녀작이라고 꼭 집어서 말할 수 없다 그러므로 나는 문제에는 좀 어그러지지마는 나의 작을 발표하여 제일 느낌이 많았던 것으로 몇 가지 적어 보겠다.

벌써 10년 전이다. 이광수 선생의 소개로 산문시 3편을 『학지광學之光』에 실은 것이 나의 작을 활자에 올린 처음이다, 시골 소년의 가슴은 끓었다. 그때의 기쁨을 무어라고 표현할까? 나는 어머니의 없는 돈을 긁어내어서 『학지광』(내 글이 실린 것)을 샀다. 나는 길을 걷다가도, 밥을 먹다가도, 심부름을 가다가도 『학지광』을 펴서 내 글을 읽고는 좋아하였다. 읽고, 읽고 또 읽어도 싫지 않았다. 그것으로만은 만족치 못하였다. 『학지광』을 찾아오는 벗들이 보기 쉬운 책상머리에 놓아두고 보아 달라는 표를 은근히 보였다. 벗들은 보았다. 한 손 두 손 거쳐서 여러 벗들이 보았다. 잘 지었다는 소리가 내 귀에 들어왔다. 나는 더욱 기뻤다. 어머니도 기뻐하셨다. 그리고 나는 이때까지 사귄 벗들보다는 한층 높아나 진 듯도 하였다.

그러나 그 후로 나는 이역풍상에 방랑하는 몸이 되어 붓을 못 잡았다. 계해년 봄에 다시 고국을 밟게 되었으나 노동자의 무리에서 비지땀을 짜게 됨에 역시 붓과 인연이 멀었다. 그러다가 한석룡 군의 뜨거운 사랑에 용기를 얻어 '자신自信'이라는 시 한 편을 북선일일北鮮日日

신문에 서해曙海라는 익명으로 투고하였다. 즉시 발표는 되었으나 그리 큰 느낌을 못 받았다가 그 해 여름 라남羅南에 음악 대회(?)가 열렸을 때, 이정숙이라던지, 나는 알지도 못하는 여자가 나의 작 '자신自信'에 보표를 붙여서 음악 대회에서 연주한 것이 대환영을 받았다고 역시 일일보에 굉장한 보도가 있었다. 이때에 나의 가슴은 끓었으며 무엇을 은근히 사모하였다. 그것은 나의 시가 걸작이 되었다는 것이 아니라, 그것을 읊었다는 주인공인 그 여자의 미모를 눈앞에 상상한 까닭이었다. 그리고 내 글도 이렇게 사랑해 주는 사람이 있는가 하는 일종의 만족과 같이 거기에 대한 고마운 느낌도 났다. 속임 없이 표백하면 나는 그때에 한동안은 낯도 모르는 그 이성을 은근히 생각하였다. 그리고 나는 알지 못하게 무슨 용기도 났다.

모두 다 꿈이다. 옛날의 꿈이다. 세월이 갈수록 지나간 자취는 봄 동산의 아지랭이와 같다. 나는 그것이 애처롭다. 아아 그리운 어린 때!

(『창작집서(創作集序)』)

여름과 물

　뒤에는 푸른 산 앞에는 긴 강, 그새에 하얗게 깔린 그리 넓지 않은 백사白沙는 뜨거운 볕에 달아서 이글이글하다. 나는 푸른 보리밭을 지나 그 강가 백사장으로 나아갔다. 뜨거운 모래에 발바닥은 따근따근데는 듯하고 발갛게 깎은 머리에 스며드는 볕은 뇌장을 끓이는 듯하다. 콸콸 하는 여울 소리와 같이 간간이 녹음을 스쳐오는 바람은 서늘하다. 이른 새벽부터 초로草露에 배잠방이를 적셔 가면서 기음에 피로한 촌사람들도 뜨거운 정오 볕을 피하여 강가에 나왔다. 물속에서 가닥질치는 애들, 버들그늘에서 낚싯대 드린 늙은이, 모두 대자연의 한 덩어리같이 보인다.

　나는 옷을 활활 벗었다. 뜨거운 모래에 옹송그린 발부터 물에 넣었다. 밑에 보이지 않는 느긋한 물에 떨어진 햇발은 검푸른 물속에 속속히 흘러들어서 푸른 바탕에 느릿한 비단 발 같다. 잠잠한 물은 무릎에 와서 부딪쳐 아른아른한 길을 지으며 흐른다. 떠어 놓는 걸음을 따라 두 다리를 점점 깊이 잠기는 산뜻한 물 기운은 부글부글 끓는 피를 맑고 깨끗이 식힌다. 나는 팔을 죽 폈다. 번쩍 몸을 솟아 풍덩실 물 가운데 뛰어들었다. 고요하던 물에 굵은 선線이 일고 일광에 영롱한 구슬 같은 물방울이 전후좌우로 퍼지면서, 싸늘한 물이 내 몸을 안을 때 나는 흐느끼면서도 긴장한 쾌감을 맛았다.

껍질을 뚫고 살에 스며들어 뼛속까지 사무치는 물 기운은 청정, 경쾌한 느낌을 준다. 머리 위에 빛나는 태양은 의연히 강산江山을 뜨겁게 비추건만 나와는 아무 상관없다. 나는 두 발로 물을 차 밀고 두 팔로 물을 끌어당기었다. 내 몸은 순한 물길을 좇아 둥실둥실 아래로 흐른다. 천 날이고 만 날이고 이 물에 이렇게 밀리면서 하늘 끝닿는 데까지 가고 싶다.

나는 물개암나무가 우거진 조그마한 섬에 엉큼엉큼 기어올랐다. 강렬한 볕 아래 강풍에 반짝반짝 흔들리는 푸른 잎새들은 수정 알같이 맑다. 차버리다시피 한 햇빛 아래 물속에서 으스스 식은 몸을 다시 놓을 때, 햇빛의 자애慈愛를 다시 느꼈다. 긴장하였던 힘줄은 노근히 풀려서 졸음이 수루루. 출렁출렁한 목소리! 반짝반짝 선명한 녹음, 서늘한 바람, 여명한 일광, 그 새에 시름없이 앉은 나, 아무 괴로움을 느끼지 않았다. 아! 우주와 인생은 아름다운 것이다.

달리소

 '달리소'는 주가음 병가용酒可飮兵可用의 땅이다. 그처럼 경개로도 드러나거니와 지리로 보아도 일부당관一夫當關에 만부막개지지萬夫莫開之地이다.

 몇 백 년 몇 천 년 묵어 내려오는 수림에 흙을 볼 수 없는 준엄한 산을 등지고 앞으로는 흑 강산류黑龍江山流를 끼었으며, 강 건너편에는 깎아 세운 듯한 천인절벽千仞~絶壁이 병풍같이 둘러내렸다. 트인 데라고는 강물이 돌아들어 흘러나가는 아래 위 산과 산이 대치한 사이뿐이다. 그러므로 '달리소'로 들어가려면 촉도蜀道1)의 험험險을 무릅쓰고 뒷산을 넘거나 그렇지 않으면 강에 구유 통 같은 원시적의 배를 저어서 올라가야만 되는 것이다.

 '달리소'는 그 지리의 혜택으로 백두산의 북록北麓, 서간도의 일우一隅, 마적이 무시로 출몰하는 곳에 있으면서도 그네의 침입을 받아 본 적이 없다고 한다. 그러나 거기에 거주하는 조선 사람은 2, 3가구에 지나지 않고 또 경개를 찾아서 가는 이도 없다. 그것은 중국인인 그곳 지주가 다른 지주보담 횡포가 자심함으로 소작농의 부적지가 되는 것이요 또 모두 생활에 쪼들림으로 어느 겨를에 경개를 찾을 여유를 못 가진 까닭일 것이다.

 그러나 경개는 경개로서 때때로 보는 이의 가슴을 흔들게 된다. 석경石逕2)을 더듬어 뒷산에 오르는 것도 좋거니와 소주小舟를 저어 동구로 돌아드는 맛은 길 가는 사람으로 한때 나루를 건너는 것이건만, 어쩐지 가슴이 벌어지는 것 같다. 푸른 소나무 사이에 진달래가 불긋불긋한 봄날에 배를 저어 오르면 수광水光과 천색天色이 어우러진 사이에 송영화영松影花影이 운영雲影과 상영相映하여 무어라 말할 수 없는 기관奇觀을 주는 것이다.

'달리소'의 경景은 봄에만 있는 것이 아니다. 사시를 통하여 어느 때나 좋지만 특히 여름 달밤은 더욱 좋은 것이다. 달 아래 피어오르는 모깃불 가에 모여 앉아서 강물 소리를 들으면서 이런 이야기 저런 이야기로 세고世苦를 잊어버리는 것도 한 약이 아니라 할 수 없다.

---

1) 촉도(蜀道) : 중국 사천성으로 통하는 극히 험준한 길.
2) 석경(石逕) : 돌이 많은 좁은 길이나 산길.

가을의 마음

1

시내에 살 때보다 시외에 살게 된 이후로부터 자연과는 가까와졌다. 항상 하는 일 없이 분주하고 간혹 한가한 때라도 지친 몸을 움직이기 싫어서 일부러 자연을 찾지 않아도 매일 보게 되고 듣게 되는 것이 자연의 빛과 소리다. 그렇다고 거기 마음을 쓰려고 하는 것도 아니요, 너는 너고 나는 나로 지내지만, 보지 않으려고 하여도 눈에 띄게 되고 듣지 않으려고 하여도 귀를 울리게 되다시피 되니까 딴 생각으로 여념이 없던 마음도 때로는 솔깃하게 된다.

벌레 소리만 하여도 금년에 가장 많이 들었고, 때로는 들어 보려고 일부러 귀를 기울이기도 하였다. 이것은 나에게 있어서 서울 생활 이래의 처음 일이다. 이것도 생각하면 금년에 시외로 쫓겨나온 덕택이다. 시내라고 벌레 소리를 못 듣게 되는 것은 아니다. 시내에서도 벌레 소리는 들을 수 있다. 마루 밑에서 굴러나오는 귀뚜라미 소리와 마당 한 귀퉁이 어디선지 흘러나오는 이름 모를 벌레 소리는 들으면 들을 수 없는 것은 아니다. 그러나 그 소리는 좀처럼 청각을 울리지 못한다. 사람의 함성과 사람의 손으로 만들어 놓은 온갖 것의 갈리는 소리에 한두 마리의 벌레 소리 같은 것은 이리 찢기고 저리 찢겨서 그 존재조차 알리지 못하게 된다. 간혹 모든 소리가 잠자는 고요한 깊은 밤이면 마루 밑에나 마당가에서 흘러나오는 벌레 소리가 베갯머리에 떨어지지 않는 바가 아니로되, 온갖 잡념과 낮 사이 시끄러운 소리에 마비된 머리는 그 소리를 들으려고도 하지 않거니와 듣는데도 하등의 감상을 일으키지 않는다.

내가 시외에 나와서 처음 귀 기울여 들은 것은 매미의 소리였다. 앞산 송림으로 굴러 나오는 매미의 소리는 여름 사람의 주의를 끌게 되었다. 시외의 집은 바로 산 밑이나 마루에 나앉으나 방문을 열어 놓으면 바로 마당가에 금화산 한 줄기가 막혀서 안계가 트이지 못한 것은 갑갑지 않은 바가 아니로되, 건조무미한 기와지붕이 앞을 막은 것보다도 얼마큼 나은 일이다. 거기는 아카시아와 송림이 우거졌다. 산이 가린 관계인지 집에 바람은 잘 통치 못하나 고양이의 이마빡만 한 마루에 누워서 쨍쨍한 볕 아래 스쳐 가는 바람에 녹엽이 우거진 가지와 가지가 한들거리는 것만 보아도 먼지투성이가 된 시내 집들의 포플라 보는 것보다는 시원하고 운치가 있다. 그 속에서 흘러나오는 매미의 소리는 먼 하늘 밖에 건듯이 떠서 초사焦土에 서늘한 맛을 뿌리는 것 같다. 여름 숲으로 흘러나오는 것은 매미의 소리뿐만이 아니다. 그러나 여름 사람의 마음 위에 샘물같이 흘러드는 것은 매미의 소리다. 매미의 소리는 불같은 볕발이 이글이글하는 여름 한낮에 듣더라고 새벽에 마신 맑은 이슬을 뿜어 놓는 것같이 들린다.

그러나 매미는 소리의 세계만이 늘 있지 않다. 그 소리도 때時의 힘은 어쩔 수 없다. 가을철을 접어들면서부터는 듣는 사람에게 그처럼 신기한 맛을 주지 못하게 된다. 여기저기서 기식氣息이 미미하던 온갖 벌레가 선들거리는 바람에 기세를 올리게 되면, 그들의 요란한 교향악은 한여름에 기세를 펴던 매미의 소리까지 싸고 남음이 있다. 가을은 실로 온갖 벌레의 천지다. 어느 귀퉁이에 틀어박혀서 존재조차 알릴락 말락 하던 벌레 소리도 가을바람 앞에는 여물어서 소리소리 듣는 사람의 청각을 분명히 울린다.

2

늦은 여름부터 높아 간다는 생각을 일으키던 벌레 소리는 하루 이틀 지나는 사이에 더욱더욱 여물어서 요새는 벌레 소리의 천지가 되었다. 어디 나갔다가 집으로 찾아 들면 들리는 것은 낮이나 밤이나 벌레 소리뿐이다. 성냥갑만 한 집에 세 집 식구가 들끓으니 그렇게 조용한 집은 아니나 벌레 소리에 사람의 소리가 쌔일 지경이다. 간혹 가다가 눈에 뜨이는 큰 놈 작은놈들이 형체는 어디다 늘 감추는지 소리만 요란히 지른다. 생명이 사라져 입이 닫히기 전에 한 가락이라도 더 읊으려는 듯이 큰 소리 작은 소리를 길고 짧게 목통이 터지도록 지른다. 그들은 다 각각 제 소리를 지르는 것일 것이다. 그 모든 소리가 얼크러져 씨가 되고 날이 되어서 듣는 사람에게는 한 덩어리의 복잡한 자연의 음악을 이룬다.

그 소리를 가만히 듣고 있으면 무상한 생명의 소리를 듣는 것 같다. 오래지 않아 내리는 서리에 입이 닫혀질 것은 벌레만이 아니다. 길고 짧은 시간의 차이가 있을 뿐이지 소리를 지르는 그들의 생명이나 그 소리를 듣는 사람의 생명이나 스러지기는 마찬가지다. 그 길고 짧다는 시간의 차이도 우주의 끝없는 데 견주어 보면 길다면 얼마나 더 길며 짧다면 얼마나 더 짧으랴. 모두 석화전광石火電光에서 다를 것이 없을 것이다. 거기서 길고 짧은 것을 말한다는 것이 도리어 우스운 일 같다.

그렇게 생각하면 생각할수록 짜릿한 기분을 벗을 수 없다 뛰던 생명이 사라지는 것은 생명으로서는 면할 수 없는 일이다. 그러나 그것은 면할 수 없는 운명이라고 생각하면서도 그 운명을 슬퍼하게 된다. 그 운명을 슬퍼함으로 현재 목전에 보이는 벌레의 운명을 자신의 운명으로 느끼게 된다. 젊은 사람의 가슴을 그처럼 울리는 벌레 소리거니 늙은이의 가슴에는 더할 것이다. 숲속에서 흘러나오는 그 온갖 벌레 소리를 타고 덧없이 보낸 옛날의 청춘 시절을 더듬어 오르는 늙은이의 마음이여! 얼마나 애닯으랴? 서리 친 머리카락을 만지면서 '숙석청운지宿昔靑雲志[1]'의 탄탄嘆을 뇌이지 않을 수 없을 것이다.

동물학자의 말을 들으면 벌레 소리는 그들 생명의 무상을 탄하는 것이 아니라 이성이 이성을 부르는 소리라고 한다. 그들은 밤이나 낮이나 이성을 찾아 그처럼 목이 터지도록 소리를 지른다. 그것도 생각하면 무상을 부르짖는 소리라 하지 않을 수 없다. 그들에게도 이성을 그리는 때가 있을 것이다. 사람이 이성을 그리는 젊은 시절이 있듯이 그들에게도 이성을 그리는 때가 반드시 있을 것이다. 그때가 지나면 만사가 휴의休矣다. 어찌 생각하면 그때만 지나 버리면 아무 상관없을 것 같으나 그런 것은 아니다. 한 있는 생명에 부여된 좋은 시절을 그 시절에라야만 할 수 있는 것을 하지 못하고 놓치는 슬픔과 뒤에 이르러 좋은 시절을 덧없이 보낸 회상의 슬픔은 무엇보담도 가장 큰 슬픔이다. 벌레 소리는 이성을 부른다 하더라도 동시에 때를 조이는 소리다. 시절이 흐르기 전에 그 시절의 혜택을 놓치지 말라는 그들은 생명의 원願이라 할 것이다.

이성을 그리고 찾는 생각은 벌레에게만 있는 것이 아니다. 그러한 원시적 소리는 남양인들 사이에서도 들을 수 있다고 들었다. 그들은 콧소리나 휘파람으로도 군호를 삼곤 한다. 풀잎이나 나무껍질 피리로도 사랑하는 사람을 부른다고 한다. 우수 달밤 애인을 기다리는 애인의 귀에 애인을 찾아 숲속으로 흘러나오는 그 소리는 상상만 하여도 젊은 사람의 가슴에 로맨틱한 물결을 일으킨다. 천 마디 만 마디의 말보다 그 한 소리가 그들의 가슴에, 아니 우리들의 가슴에까지 더욱 힘있게 울릴는지 모른다. 우리들의 한 옛날 조상들도 그렇게 연남정녀戀男情女를 서로 불렀을 것이다.

3

벌레의 울음은 그들이 이성을 부르는 소리라고 동물학자가 우리에게 가르쳐 준다는 것은 위에도 말한 바이거니와, 벌레 소리를 그런지 저런지 모르고 듣더라도 때로는 듣는 사람에게 이성을 향한 그리운 마음을 더욱 돋아 주게 된다. 어찌 들으면 그리운 사람의 부르는 소리 같기도 하고 어떤 때에는 그 소리가 되어 그리운 사람을 불러 보고도 싶다. 그것이 어찌하여 그런지는 모르나 어쩐지 그렇게 느껴지는 때가 있다.

님 그린 상사몽想思夢이 실솔蟋蟀[2]의 넋이 되어
추야장秋夜長 깊은 밤에 님의 방에 들었다가
날 잊고 깊이 든 잠을 깨어 볼까 하노라

반야잔등半夜殘燈[3] 공규空閨[4]에 떨어지는 기러기 소리를 그리운 이의 음신音信인가 바라고 그 소리에 그리운 정회를 붙이고 싶은 것과 마찬가지로, 깊은 가을밤 상사몽을 깨인 사람의 귀에는 귀뚜라미의 소리도 무심히 들리지 않을 것이다. 깨고 나면 도리어 환멸을 느끼게 되는 야속한 꿈보다 그 꿈을 이루게 하는 그리운 정이 차라리 귀뚜라미의 소리나 되었으면, 그리운 님의 방에 살그니 들었다가 그가 그를 생각하고 애태우는 사람을 잊고 깊이 든 잠을 똘똘똘 불러 깨우고 싶도록 그리운 마음이 더욱 간절하여질 것이다. 그 가슴이 얼마나 안타까우랴. 그것은 어찌 귀뚜라미의 소리뿐이랴. 온갖 벌레 소리가 모두 그러한 가슴에는 그렇게 울려질 것이다.

4

벌레 소리도 그처럼 벌레를 따라 고저장단이 다르거니와 듣는 사람도 사람을 따라 그처럼 감상이 다른 것이다. 일반적으로 공통된 감상을 일으키게 되는 것도 물론이고……

그 밖에도 또한 장소를 따라 다른 소리도 있거니와 같은 소리건만 달리 들리는 것도 많이 있다. 산에서 듣는 맛이 다르고 들에서 듣는 맛이 다르다. 같은 여치, 쓰르라미, 귀뚜라미 등의 소리건만 옛날 심산에서 듣던 맛과 지금 이렇게 도회지 한 귀퉁이에서 듣는 맛은 결코 같지 않다 고요한 심곡에 반향을 일으키던 벌레 소리는 소연騷然하면서도 조화調和가 되어서 잠긴 맛이 있고, 맑고 차면서도 어디라 없이 그윽한 기분이 흘렀었다. 맑은 호수 물 같은 고요한 달밤에 그 소리를 가만히 듣고 있으면 풀리는 정서가 오령五齡 된 누에의 실을 토하듯이 일사불란의 느낌을 주고, 맑아지는 마음은 그윽한 속에서 영원히 무슨 미더운 그림자를 따라가는 것 같은 쾌락이 있었다.

그러나 도회지 한 귀퉁이에서 요사이 매일 듣는 온갖 벌레 소리에는 그러한 취趣가 퍽 희박하다. 가만히 들어 보면 어쩐지 그 소리는 조화가 되는 듯하면서도 조화를 잃어서 약속 없는 합창같이 남는 것은 소음이 태반이다. 그리고 텁텁한 기분이 어디라 없이 흐른다. 그러므로 듣는 사람에게 심산의 그 소리처럼 들려지지 않는다. 어쩐지 가슴을 울리기는 울리면서도 흡족히 울려 주지 못하고 어느 귀퉁이인지 빈 것 같다.

옛날의 그 소리가 듣고 싶다. 앞산 송림 사이에 떨어지는 새벽달 그림자가 창으로 흘러들도록 잠을 이루지 못하고 사면에서 흘러나오는 벌레 소리를 듣는 나는 벌레 소리 속에서 벌레 소리를 그리워하게 된다. 옛날보다 나은 것을 보더라도 비슷한 옛날의 기억을 더듬어 지나간 그림자를 도리어 그리워하는 일이 흔하거늘, 옛날의 그 소리면서도 옛날의 그 맛을 찾을 수 없는 소리 속에서 옛날의 그 소리를 그리게 되는 것은 더욱 그러할 일이다. 베잠방이를 찬이슬에 적시면서 새벽 에 밭을 찾아 산으로 갔다가 황혼에 돌아오던 그 시절 그 곳의 벌레 소리가 그립다.

어느 때의 벌레 소리라고 덜 좋으랴마는 하루 일을 마치고 숲 사이 좁은 길로 돌아오는 황혼의 벌레 소리는 피곤한 마음을 위로하고 씻어 주는 것 같다. 황혼에도 초승달이 재를 넘을락 말락 하는 황혼의 벌레 소리는 호미를 메고 돌아오는 길에도 듣기 좋고 된장찌개와 조밥에 창자를 눅이고 뜰에 나앉아 들어도 또한 그럴 듯한 것이다.

5

'이충명추以蟲鳴秋[5)'라는 글구가 있다. 그와 같이 가을은 벌레 소리가 가장 많은 시절이다. 어디로 가든지 벌레 소리를 들을 수 있다. 산이나 들에서 들을 수 있는 것은 더 말할 것도 없거니와 홍진이 날리는 거리에서까지 미약하게나마 들을 수 있다. 그 벌레 소리는 다른 시절의 벌레 소리와는 다르다. 다른 시절의 벌레 소리는 되다 만 소리처럼 미약하게 들리나 가을의 벌레 소리는 맺히고 맺혀서 단단히 여물은 벼 알갱이 같은 느낌을 준다. 다른 시절의 벌레 소리는 사람의 주의를 그처럼 끌지 않고 따라서 사람의 마음에 별로 충동을 주지 않으나, 가을벌레 소리는 사람의 주의를 끌게 되고, 따라서 사람의 마음에 충동을 준다. 그것은 결코 단순한 충동이 아니다. 그리고 또 다른 때 벌레 소리는 시절의 종속으로 들리나 가을 벌레소리는 시절이 벌레 소리의 종속같이 들린다. 물론 벌레가 우니까 가을이 된 것이 아니라 가을이 되니까 벌레가 그렇게 우는 것이겠지만, 듣는 사람에게는 벌레가 우니까 가을이 된 것 같은 느낌을 준다.

벌레의 울음소리는 가을의 마음의 울음소리다. 그 벌레 소리가 있음으로써 가을의 정조가 더욱 드러나게 된다. 가을은 그의 마음을 벌레의 성대를 빌어 가지각색으로 울리고 있다. 우리의 마음은 그 온갖 벌레의 소리를 통하여 가을의 마음과 서로 어울리게 된다. 그 마음의 소리는 회고적이며 슬픔을 가장 많이 자아낸다. 시드는 풀 속에서 굴러 나오는 벌레 소리에 지나간 청춘을 회고하면서 백발을 만지는 늙은이의 슬픔도 그러한 것이요, 동경불동식同耕不同食[6]을 서러워하는 청상과부가 공규空閨에 흘러드는 벌레 소리에 눈물을 짓는 것도 그 까닭일 것이다.

그러나 그 소리는 슬픔의 소리만이 아니다. 그 소리 속에는 진리의 움직임이 있다. 그 소리는 설법이 아니로되 설법이다. 듣는 사람에게 인과율을 분명히 가르쳐 주는 설법이다. 사람은 같은 사람의 입으로 흘러나오는 설법보다 이러한 설법 아닌 설법에서 얻는 것이 도리어 크다. 그런데 사람들은 가을이라고 하면 벌레 소리보다 흔히 단풍을 생각하게 된다. 어쩐지 귀를 울리는 것보다 눈을 찌르는 인상이 더 굳세인 관계도 없지 않겠으나, 그처럼 일반적으로 벌레 소리에는 무심한

듯하다. 그래서 그런지 가을이 되면 단풍을 찾아 '풍엽홍어이월화楓葉紅
於二月花7)를 감탄하는 사람들은 많이 보았으나, 벌레 소리를 일부러 찾
아간다는 사람은 보지도 못하고 듣지도 못하였다. 일부러 찾아가는
것은 마음대로 못 하는 일이니 그렇다고 하려니와, 단풍은 말만 들어
도 좋다고 하면서 현재 귓가에 듣는 벌레 소리에는 무심한 이가 많다.
하기는 충롱을 처마 끝에 달아 놓고 그 속의 벌레 소리를 듣는 이가
없지 않으나 그것도 정원에 단풍을 심는 사람에게 비하면 극히 적다.

그러나 벌레 소리는 결코 단풍에서 못지지 않다. 만일 가을에서 벌
레 소리를 제외하여 보라. 가을은 너무도 적적할 것이다. 생명의 속삭
임을 들을 수 없을 것이다. 단풍은 가을의 표정이다. 봄에 싹이 터 여
름에 우거진 잎의 익은 표정이다. 그것은 홍엽만의 표정이 아니라 가
을 천지의 표정이다. 그러나 그 표정만으로써는 가을을 드러내기에 너
무나 부족하다. 가을의 마음인 벌레 소리라야 가을은 그 면목을 더욱
드러내게 된다.

---

1) 숙석청운지(宿昔靑雲志) : '옛날 청운의 뜻을 품고 나아갔는데' 의 뜻. '조경견백발(照鏡
   見白髮)' 이라는 오언절구의 내용.
2) 실솔(蟋蟀) : 귀뚜라미.
3) 반야잔등(半夜殘燈) : 한밤중 외롭게 남아 있는 희미해진 등불.
4) 공규(空閨) : 오랫동안 남편이 없이 아내 혼자서 사는 방. 공방(空房).
5) 이충명추(以蟲鳴秋) : '벌레로 하여금 가을을 울게 하라.' 한유(韓愈, 退之)의 '송맹동야
   서(送孟東野序)' 중에 나오는 말.
6) 동경불동식(同耕不同食) : 같이 밭 갈았지만 같이 먹지는 않는다. 즉 같이 열심히 일했지만
   소득은 같이 나누지 않는다는 뜻.
7) 풍엽홍어이월화(楓葉紅於二月花) : 단풍 든 잎은 음력 2월에 피는 꽃보다 붉다.

가을을 맞으며

불같은 볕발은 먼 산머리에서 스러져 버렸다. 땀을 닦으면서 저녁을 먹고 마루에 나앉으니 서늘한 바람이 앞산 송림을 스쳐 내려온다. 볕발이 거두인 하늘에 떠도는 엷은 백운을 바라보면서 서늘한 바람을 받고 앉아 있으려니까 가을 같은 느낌이 일어난다. 절수로 따져 보면 가을 같은 것이 아니라 아주 가을이다. 칠석이 지나고 말복까지 지나갔으니 사람을 뇌쇄하려던 축융祝融[1]의 위협도 이제는 힘이 풀리게 되었다. 그렇게 생각하니 그런지는 몰라도 며칠 전부터는 새벽이면 벗어 버렸던 홑이불을 다시 끌어 덮게 된다.

이글이글한 염열이 서리었던 하늘도 얼마쯤 맑아진 것 같다. 지금도 앞산 송림 머리에 눈썹을 그린 초승달빛이 흐르는 높다랗게 개인 하늘에 빛나는 별과 흐르는 두어 조각의 흰 구름은 서늘한 기운을 머금었다. 이슬에 젖은 마당가 물속에서 요란스럽게 흘러나오는 벌레 소리를 들으면서 마루에 앉아 하늘을 쳐다보고 있으려니까 어쩐지 여름은 벌써 지나가 버린 것 같다.

아직도 신문지상에는 매일 여기저기의 백도百度의 혹서酷暑를 보도치 않는 바가 아니요 나 자신도 낮이면 더위에 흐르는 땀을 주체치 못하지만, 그러한 염열도 어쩐지 삼복 그때와는 다른 것 같다. 늙어가는 더위의 여독이 한창 무르익은 삼복더위보다 오히려 심한 듯하면서도, 그

속에는 그 스스로도 어찌 할 수 없는 시들은 운명의 빛발이 어디라 없이 흐르고 있다. 텁텁하던 볕발이 차츰 맑은 기운의 세례를 받고 훈훈하던 바람은 아침저녁으로 산뜻한 맛을 띠고 달려드는 것이 한여름의 그 볕과 그 바람과는 아주 딴판이다.

그보다도 밤이 깊어서 자리에 들면 베갯머리를 요란스럽게 울리는 벌레 소리는 무어라고 형언 할 수 없이 처량하고도 회고의 정서를 움직인다. 봄여름을 통하여 벌레 소리는 늘 들을 수 있는 일이지만 가을 기운이 하늘을 적시고 땅에 흐르기 전에는 벌레 소리도 여물지 못하는 것 같다. 깊고 짧고 높고 얕게 열 놈 열 소리로 교향악을 이룬 그 소리는 사람에게 여느 때의 벌레 소리처럼 무심히 들리지 않는다. 가을이 아니면 벌레 소리가 저처럼 회고적인 애수를 자아내지 못하는 것이다.

원수 같은 여름이 간다니 섭섭하다. 가는 여름을 섭섭히 생각할 것은 나만이 아닐 것이다. 여름은 좋고도 괴로운 시절이다. 사절 중에서 여름이라는 시절이 없었더면 우리는 자연의 자유스러운 기세를 맛보지 못하였을 것이다. 여름은 참말로 자유해방의 상징이다. 산으로 오르나 바다로 나가나 그들은 그들이 펼 수 있는 기력을 조금도 숨기지 않는다. 그로 말미암아 그 속에 싸인 사람의 생활도 얼마쯤의 자유를 얻게 된다. 사람이 만들어 놓은 사람의 구속은 못 벗을망정 자연의 구속은 이때에 문호를 개방하게 된다. 싸고 쌌던 몸뚱이를 드러내놓게 되는 것은 이때요 집을 버리고 푸른 하늘 아래 대지를 자리삼아 뒹굴게 되는 것은 이때다. 겨울에 봉당도 없어서 돌베개에 머리를 던지고 눈을 덮고 지내던 생령에게는 무한한 자유의 시절이다.

나날이 우거져서 들을 덮고 산을 입힌 푸른 잎을 보고 먼 산봉우리에 피어오르는 흰 구름을 바라보면 잠겼던 핏대가 불거져 소리를 치고 잠자던 마음은 활개를 치고 구름을 따라 거침없이 달아나는 것 같다. 만일 몸이 마음을 따를 수 있다면 여름의 분방 호탕한 기분은 이 몸을 지향도 없는 먼 나라로 날릴 것이다. 여름은 청춘의 가슴에만 그러한 기세를 펼치는 것이 아니라 늙은이의 가슴에까지 로맨틱한 자유의 정조를 부어 넣는다.

사람은 여름 볕의 혜택을 받으면서도 여름 볕을 괴로워한다. 열 가지의 기쁨보다도 한 가지의 괴로움을 더 크게 생각한다고 사람들은 여름을 당하면 찌는 듯한 볕발의 괴로움만 생각하지 나날이 입는 여름의 혜택은 생각지 않는다. 아닌게 아니라 여름의 볕발은 받기가 괴로운 것이다. 생각만 하여도 가슴에 더운 김이 서리는 것 같은 것은 여름 볕이다. 금년같이 가뭄이 몹시 심한 해일수록 내려 쪼이는 볕은 더욱 심하여 견디기 어렵다. 그러나 자연은 뜨거운 볕을 대지에 흘리면서도 피할 곳을 온 생물에게 주고 있다. 푸른 그늘이 그것이요, 바다와 샘도 그것이다. 굼실거리는 바다에 몸을 잠갔다가 푸른 그늘에 누워서 차디찬 샘을 마시면 누가 오애하일장吾愛夏日長을 부르지 않으랴. 인공人工도 또한 그만 못지지 않으니 고루高樓에 누워서 선풍기의 바람에 얼음을 마시고 있는 사람에게는 장장하일長長夏日도 오히려 짧을 것이다.

하지만 그것은 저마다 하는 노릇이 못 된다. 자연에 어그러지는 인사人事는 자연의 혜택까지 받지 못하게 한다. 대하고루에 드러누워서 선풍기 바람의 혜택은 못 받는다 하더라도 자연이 주는 자연의 혜택이야 못 받을 것이 무엇이 있으랴마는, 그것도 한 개의 태고 적 논법이다. 바다에 몸을 씻고 그늘에 누워서 샘 마시는 것은 둘째로 찌는 듯한 볕발 아래 홍로 같은 길바닥에 간혹 박혀 있는 답답한 전주 그림자의 혜택도 못 받는 무리가 가는 곳마다 눈에 뜨인다. 어쩌다 먼지를 뒤집어쓴 시가수市街樹 그림자나 만나면 뜨거운 김에 데는 듯한 등을 들이밀고 열사의 벌판에서 오아시스나 만난 듯이 숨 한번 편히 쉬어 보려는 무리에게는 여름 볕 같은 위협이 또 어디 있으랴. 여름의 하루는 고사하고 여름의 일분일각이 지긋지긋한 노릇이다. 미적지근한 물이나마 한 모금도 못 마시고 뜨거운 볕에 헤매는 사람의 괴로움은 오애하일장吾愛夏日長을 부르는 사람으로서는 상상도 하지 못할 바이다. 어찌 여름 볕을 무섭다고 하지 않으랴.

여름 볕이 무섭기만 한 것이 아니다. 여름 볕을 저주까지 하게 된다. 그것도 다시 생각하면 여름 볕 그것을 -- 조금의 변덕 없이 제 길을 제 길대로 걸어가는 여름 볕 그것을 저주한다느니보다 여름의 혜택을 오로지 받지 못하게 되는 자신의 구속에 대한 저주일는지도 모른다. 괴로운 현실에 부대끼면 그것을 벗으려는 것은 사람의 상정이다. 찌는 볕발이 괴로우니 어서 여름이 가지이다고 원하게 된다. 서늘한 가을을 억지로라도 줄 다리듯 끄집어올 듯이 애쓰고 바란다. 그러나 자기로도 모를 힘에 일시 괴로우니 여름을 저주하고 가을 오기를 기다리면서도 여름이 쉬이 가지나 않을까 하는 무거운 걱정에 가슴속이 개이지 않는다. 그 역시 기우杞憂인 줄 번연히 알면서도 여름 가는 것이 크나큰 걱정이 된다. 그것은 세월이 가는 것을 아낀다는 것보다 생활의 위협을 두려워하는 것이다. 세월 가는 것도 기쁜 일은 아니다. 그보다도 구속이 두려운 일이다.

여름의 뜨거운 볕이 두렵고 저주스러우면서도 모든 것이 평민적이요 공존적인 여름은 생활의 혜택이 없는 사람에게 시절적 혜택이나마 있으되 추동秋冬은 그렇지 못하다. 가을의 서늘한 바람과 맑은 기운은 더위에 시달리던 인간의 흐트러진 신경을 씻어 주고 바로잡아 주어서 사람의 기운을 한껏 돋아 준다. 여름 뒤에는 반드시 있어야 할 시절이다.

그러나 거기에는 구속이 있다. 오래지 않아 소슬한 바람에 갈대가 처량히 울고 아슬아슬한 상로霜露에 나뭇잎들이 떨어질 것을 생각하니 나의 머리는 나로도 알 수 없는 맑은 기운에 경쾌하여지는 듯하면서도 두 어깨는 알 수 없는 무거운 그림자에 눌리는 듯이 가슴이 묵직하여서 견딜 수 없다. 금년의 가을은 농촌 세농들에게 더욱 살기를 줄 것이다. 어느 해 가을이라고 세농들의 즐거운 가을이랴마는, 그래도 여름내 흘린 땀방울이 방울방울이 익어서 황엽을 재촉하는 바람에 금파를 일으키는 들에 찬 곡식 이삭을 바라보는 그들의 즐거움은 큰 것이다. 그렇게 잘 익은 쌀알이 결국은 그들의 생명의 영양이 못 되고 도리어 그들을 달달 볶아서 여름내 지친 그들의 몸을 더욱 쥐어짜게 되지만, 그러면서도 익어 늘어진 벼 이삭을 목전에 보는 즐거움은 그들의 가슴을 흔들게 된다.

연전 어떤 사찰에 있을 때이었다. 그 사찰 앞에는 몇 두락의 논이 있었다. 그 논을 소작하는 사람은 40 넘은 노농老農으로 그는 15리 밖에 있는 마을에서 매일 새벽마다 왔다가는 사찰의 모종暮鍾이 울려서도 이슥한 뒤에 가는 일이 많았었다. 그 해는 기후가 순조로 나가서 그 몇 두락의 벼는 이삭마다 탐스럽게 익었다. 모여드는 참새 떼를 쫓느라고 밭머리로 돌아다니며 쨍쨍한 맑은 볕 아래 산들거리는 바람에 황운같이 흔들리는 논판의 황도黃稻2)를 바라보는 노농의 기쁨은 컸다. 늙음과 고생으로 주름이 억세게 잡힌 그의 검은 얼굴에는 지나간 고생을 잊은 듯이 미소가 늘 흐르는 것을 나는 보았다.

그러나 그렇던 벼를 베어 밭머리에 마당을 닦고 도 타작하는 날 보니 그 결과는 전혀 지주와 채귀債鬼3)의 욕랑을 채우고 말게 된다. 거두는 기쁨에 웃음이 흐르던 노농의 얼굴에는 검은 구름이 흐르고 노농의 아내인지 점심을 지어가지고 왔던 늙은 촌부는 4, 5세 된 어린애에게 젖을 물리고 타작 마당가에 돌아앉아서 눈물을 짓던 그림자는 지금도 눈앞에 어른거린다. 생각하면 어찌 눈물만 지을 일이랴. 얼굴에 흐르는 검은 구름만으로서는 그들의 가슴에 서린 괴로움과 슬픔과 원한의 한 부분도 드러내지 못할 것이다. 입을 것을 못 입고 먹을 것을 못 먹으면서 노유老幼가 봄부터 정성을 다하여 지어 놓은 쌀알을 입에 넣어도 보기 전에 남의 소유로 돌아가는 것을 생각하면 피를 토할 일이요 미쳐서 날뛰어도 시원치 못할 노릇이다.

그처럼 나중에는 그의 손에서 깡그리 나가 버리는 것이건만 그들은 그것이 잘 익기를 원하고, 잘 익은 벼 알을 바라보는 때, 찰나 사이건만 지나간 고생과 앞에서 기다리는 비극을 잊어버리고 기쁨의 미소를 금치 못한다. 그러나 금년 가을은 그들에게 그러한 순간의 희열이나마 주지 못하게 되었다 달 넘어 계속되는 한발은 답면畓面에 균열을 내고 불의의 수난은 좀 남은 작물을 쓸어 갔으니, 들에 찬 누런 이삭을 바라보는 기쁨은 둘째로 앞에 닥쳐올 태산 같은 걱정에 절반은 죽었을 것이다. 지주가 흉작을 아는 척할 리 없고 염라사자閻羅使者 같은 채귀의 독촉이 늦추어질 리가 없으니, 닥쳐오는 이 가을은 그들에게 무엇을 줄 것인가.

풍작의 가을에도 견딜 수 없어서 형제와 처자가 산지사방散之四方으로 객신지지客身之地를 잃어버리고 있는 이때에 조그마한 천혜조차 못 입은 사람의 전정은 불언가상不言可想이다. 거기다가 기후까지 변하여 미구에 상로가 내리고 뒤를 이어 빙설이 쌓일 터이니 흐르는 세월이 어찌 그들에게 원수 같지 않으랴. 아침저녁으로 서늘한 바람이 내려서 마당가의 시들은 풀포기를 울리고 이 귀퉁이 저 귀퉁이에서 벌레 소리가 요란히 흐르는 것을 보고 들을 때마다 흐르는 세월에 늙는 생명보다 여름이 가고 가을이 되는 것을 두렵게 생각할 것이다.

생활의 혜택이 없는 사람에게는 그처럼 괴로운 가을이나 그와 반대의 사람들에게는 즐거운 가을이다. 산과 들에 익어 늘어졌던 누런 이삭을 거두어 갑갑하게 닫아 두었던 창고를 채우고 닥쳐오는 엄동설한을 그윽히 기다리는 만족의 희열은 더욱 말할 것도 없거니와 산들산들한 바람에 등골에 흐르던 땀방울이 걷히는 기쁨도 큰 것이다. 불같은 여름 볕에 가슴에 서리었던 뜨거운 김이 갈대를 울리는 맑은 바람에 스러지고 몸을 적시던 끈끈한 땀방울이 걷히면 느릿하던 세포가 단단히 줄어들고 만사에 내키지 않던 마음까지 맑은 바람을 타고 맑은 하늘로 오르는 듯이 활기를 띠게 된다. 하늘에 빛나는 물 같은 달빛을 보나 나뭇잎이 시원스럽게 걷힌 산곡을 고요히 울리는 샘 소리를 들으나, 모두 텁텁하던 여름의 무거운 더위를 벗어나서 맑은 정신으로 새로운 활기를 띠게 된다. 등화를 가친이라 하여 가을을 독서의 호시기로 지목하는 것도 사람의 머리가 맑아지는 까닭일 것이다.

찌는 듯한 더위에 온갖 물것까지 들이덤비는 여름밤에는 등불까지 더위와 물것을 더욱 불러들여서 귀찮고 갑갑하다. 그렇던 등불도 대지에 찬 이슬이 흐르면서부터는 여름의 그 등불이나 다름없는 등불이건만 보면 볼수록 더 밝아 보이고 친하면 친할수록 등불과 마음은 한 덩어리가 되는 것 같다. 소슬한 바람이 상로에 젖은 잎들을 울리는 밤 그러한 등불 밑에서 서적을 대하고 고요히 앉았으면 개인 마음은 장장을 따라 우주의 넓은 들을 자유롭게 오락가락하고 있다. 흐트러졌던 마음이 한 갈래로 보이고 구속이 되었던 마음이 굴레를 벗어 자자구구를 따라 자자구구 이상의 무엇을 찾아 나가는 쾌락은 무엇보담도 가을이라는 시절이 주는 크나큰 선물이라고 하지 않을 수 없는 일이다. 가을은 실로 독서자에게는 없지 못할 가을이다.

가을은 청결한 맛으로써만 사람의 마음을 씻어 주는 것이 아니라,

알 수 없이 스며드는 슬픔으로써도 사람의 마음을 씻어 준다. 봄도 사람의 마음에 슬픔을 흘리고 가을도 사람의 마음에 슬픔을 흘리되 애연한 봄 마음에 흐르는 슬픔과 청정한 가을 마음에 흐르는 슬픔은 맛이 퍽 다르다. 애연한 봄에 흐르는 슬픔은 자주 빛 안개 속에서 흘러나오는 단소 소리같이 애연하지만 청정한 가을에 흐르는 슬픔은 칼을 만지는 장사의 노래같이 강개하다. 하나는 여성적이요 하나는 남성적이다.

깊은 밤 남은 등불 밑에서 서리에 젖은 기러기 소리를 들어 보라. 늙은이 젊은이 할 것 없이 그 소리를 무심히 듣지 못할 것이다. 밤을 울리는 그 소리는 슬프면서도 씩씩한 맛이 있고 그윽하면서도 맑은 맛이 돌아서 차마 들을 수 없으면서도 오래오래 듣고 싶다. 듣고만 싶은 것이 아니라 듣는 사람의 가슴에 흘러드는 그 소리는 다시 듣는 사람의 입으로 흘러나올 것 같고 그 소리에 몸이 실려서 넓은 들 높은 산을 지나 멀리멀리 가지는 것같이 슬프면서도, 그 슬픔은 구속에서 몸을 뺀 슬픔으로 도리어 시원한 쾌락을 불러온다. 그러므로 가을의 슬픔은 봄의 슬픔과 같이 사람을 마취케 하는 슬픔이 아니라 여름 더위의 끈끈한 땀에 기운 잃은 세포를 올올이 씻어 주고 더위에 잠겼던 마음을 씻어 주는 쾌락을 일으킨다.

어느 때나 이렇게 자연은 같은 것이다. 그러나 고르지 못한 인사人事는 자연을 모두 같게 대할 수 없게 된다.

---

1) 축융(祝融) : 여름을 맡은 신. 또는 불을 맡은 신이나 남쪽 바다를 맡은 신.
2) 황도(黃稻) : 누런 벼.
3) 채귀(債鬼) : 몹시 조르는 빚쟁이.

어느 곳 풍경風景

잠을 깨니 동창으로 아침볕이 흘러든다. 흐릿한 공기와 꿈같은 전등 빛 속에서 무거운 침묵을 지키던 승객들은 모두 경쾌한 기분에 띄인 듯이 빛나는 눈을 보인다. 창밖으로 내다보이는 산과 들은 신록에 싸이었다. 흐르는 물까지도 녹음에 물들은 것 같다. 오랜 가뭄으로 논판에 물이 마르고 나뭇잎이 때를 벗지 못하여서 몇 분의 텁텁한 빛이 없지 않으나, 그래도 한 봄이 다 가고 여름에 들어선 지 오래도록 익근해서 계모 시하에서 자라난 계집애같이 풀기 하나 없는 먼지투성이 시가수市街樹 이파리나 보던 눈에는 별천지別天地의 느낌이 없지 않다.

아침볕도 여기서는 한껏 빛난다. 연기와 먼지에 항상 흐리터분한 꿈같은 도회의 하늘에서는 무엇보다도 빛나는 아침볕조차 흐리어 버린다. 그렇던 아침볕을 여기서 보니 무어라 말할 수 없이 명쾌하다. 산록과 맑은 볕이 서로 어우러져 빛나는 것을 보고 그런 세계를 꿰뚫어 나가는 나를 생각하니 로맨틱한 정조가 가슴을 친다. 멀리 푸른 하늘가에 떠 흐르는 푸근한 눈 더미 같은 구름을 타고 녹엽을 소리 없이 흔들면서 불어오는 청향을 머금은 아침 바람에 불려서 저 산을 지나고 저 들을 지나고 멀리멀리 가고 싶다.

차가 달아남을 따라 연선沿線[1]의 풍경은 활동사진처럼 바뀐다. 물이 왔다가는 들어오고 들어 왔다가는 산이 온다. 모두 새로운 풍경이다.

그렇게 바뀌는 가운데서도 천편일률로 꼭 같고 또 보는 이의 가슴을 무겁게 찌른 그것은 '촌락'들이다. 혹은 들판, 혹은 산모퉁이에 5, 6호 또는 8, 9호의 촌락이 벌어져 있다. 어찌 보면 그 촌락들은 양화에 나타나는 한 폭의 정선된 풍경과 같다. 그 풍경을 이룬 것은 모두 아카시아 포플라 숲들이다. 거기는 간혹 오동나무가 끼어 있다. 아카시아의 흰 꽃과 포플라의 푸른 잎이 우거진 사이에 보랏빛 오동꽃이 방긋이 내다보는 것은 더욱 일취가 있다.

그러나 그들 자연의 옷에 묻힌 집들을 엿보면 그것은 다 말할 것이 없이 현대 우리 농민의 생활을 말하고 있다. 그 가옥의 소유자, 그 집 속에서 나고 자라는 그네들에게는 지금 여객의 눈을 살찌게 하는 이 모든 경景이 아무렇지도 않게 보일 것이다. 그것은 늘 보니 무심하여져서 그런 관계도 없지 않겠지만, 목전의 현실에 쪼들리고 쪼들리는 그네의 감정은 언제 자연에 눈을 던질 만한 그리할 여유를 못 가졌을 것이다. 그러한 생각을 하면서 가뭄으로 마르는 보리밭을 바라보니 나의 마음은 나로도 알 수 없는 압박을 느끼었다. 이런 생각 저런 생각을 하는 사이에 차는 어느덧 F역에 닿았다.

---

1) 연선(沿線) : 철도 따위의 선로를 따라서 있는 곳.

조선의 특수성

1

　나는 작년 여름인가 가을에 어떤 조선 영화를 보았는데 거기서 나는 별건곤別乾坤[1]에 사는 조선 사람을 보았다. 그들은 조선 사람은 조선 사람인데 조선 사람의 생활도 아니요 서양 사람의 생활도 아닌 생활을 하고 있었다. 그들이 생활하는 배경도 조선은 조선이면서도 조선도 아니요 서양 어디 같지도 않았다. 그들은 어찌하여서 그런 생활을 하지 아니치 못하게 된다는 하등의 암시도 그 영화에서는 찾을 수 없었다.

　제작인 측의 말과 어떤 팬의 설명을 들으면 우리의 생활이 어찌 됐던지, 배경이야 어찌 됐던지 자동차가 나오고 비행기가 나오고 고루거각 高樓巨閣 나오고 탐정이 나오고 악한惡漢이 나와서 총을 쏘고 칼이 번쩍거리고 절세미인이 나오고 러브신이 나오고 하면 관중은 끌린다고 한다. 하기는 그도 그럴 듯한 말이었다. 나는 구역이 나는 영화건만 팬들은 손뼉을 치고 소리를 질러 써 그를 환영하였다. 그런 것을 보고 생각하면 제작자의 관찰이 요소를 짚었다고 할 수 있다. 꿩 잡는 것이 매라는 격으로 하여튼 팬을 많이 끌어서 돈만 많이 벌면 제일이니까.

　하지만 문제는 그렇게 간단한 것이 아니다. 결코 문제가 안 되는 것이 아니다. 그러한 작품이 팬을 끈다면 며칠이나 끌며 우리의 생활과 무슨 관계가 있는가. 또 그것을 즐기는 계급은 어떤 계급이며 그들의 심리는 어떠한 것인가. 이것은 미상불 생각할 문제이다. 외국 사람의 손으로 제작된 것이라도 조선을 배경으로 조선인 생활을 취급한 조선 작품이라면 조선의 특수성이 나타나야 하겠거든 하물며 조선 사람의 손으로 지어낸 조선 작품에서랴.

이러한 현상은 영화에서만이 아니라 현하 우리 문단에 나타나는 문예 작품에서도 많이 보게 되는 기현상이다. 그들 작가는 조선인에게 주는 조선 작품을 제작한다고 하면서도 결국은 조선 작품을 제작치 못하고 만다. 그것은 그들이 조선의 특수성을 생각지 않고 독자에게 추파秋波를 주어서 독자의 흥미만을 끌려는 데서 오게 되는 실패라고, 아니 타락이라고 생각한다. 이제 그들 작가의 작품을 보면 머리에 말한 소위 간판 좋은 어떤 조선 영화(조선 영화라고 다 그렇다는 것은 아니다)나 별로 틀릴 것이 없다. 그것을 박아서 스크린에 보인다면 그런 영화가 될는지도 모른다. 그들 작품에 나타나는 인물들은 모두 딴 세상의 인물들이다. 조선어를 사용하고 조선 의복을 입었으되 그들은 현하 조선인이 받고 있는 사회적 조건, 또 그로 말미암아 나타나는 내적 생활의 현상과는 조금도 관련이 없다 그것은 모두 작가의 머릿속에서 꾸며 놓은 로맨틱한 꿈속에서 로맨틱한 눈물을 뿌리고 웃음을 웃고 뛰는 인물들이다. 따라서 그 인물들이 활약하는 무대도 그러하다. 조선은 조선이면서도 조선은 아니다.

그렇게 그들 작가는 텁텁하고 음산하고 찌긋찌긋한 현실고苦 같은 것은 폐하고 어찌 되었든지 흥미 있고 호화롭고 관능적 만족을 여與하여 환락의 밝은, 그리고 달콤한 꿈이 흐르는 사건만을 늘려서 사상에 아무런 주조가 없는 청춘 남녀와 무식한 군중의 헐가歇價한 눈물을 사고 열등 감정을 흔들어서 그들로의 흥미와 만족을 사려고 한다. 이런 종류의 문예품(실상은 문예품도 아니다)은 독약보다도 더한 해독을 독자에게 주는 것이다.

그러한 작품에 취하는 독자는 그 작품에 쓰인 세계를 동경하고 그 주인공들의 생활을 몽상하게 된다. 그러나 그들 독자의 현실은 조금도 그것을 허하지 않는다. 그들은 그 작품 중에 나오는 주인공들의 운명과 같이 어떤 로맨틱한 사건이 생겨서 그를 건져 주고 다시 좋은 세상으로 끌어 줄까 하되 그것도 공상이다. 여기서 그들은 비탄과 우수와 절망과 번뇌를 마지않는다. 어떤 이는 거기서 자살을 꾀하고 어떤 이는 콜랑콜랑 피나 뱉다가 빛나는 생을 빛나게 못 가지고 썩어져 버린다. 이러한 책임은 누가 져야 하느냐. 그것은 더 말치 않아도 명약관화明若觀火로 판단될 일이다. 그러므로 그러한 작품은 작품으로서도 하등의 가치가 없거니와 사회에 큰 해독을 주는 것이다. 우리는 결코 그러한 작품을 요구치 않는다. 요구치 않을 뿐만 아니라 일보를 더 진進하여 배격한다.

2

적어도 조선 작품이라 하면 조선의 특수성이 보여야 할 것이다. 다시 말하면 조선의 생활이 드러나야 할 것이니 그럼으로써 조선 작품으로서의 면목이 나타나게 되는 것이다. 조선의 생활은 어떤 방면으로 보든지 조금도 화려, 명쾌한 맛이 없으므로 현실 그대로를 제재로 취급하기에는 너무도 머릿살이 아프다고 하는 말을 어떤 분에게 들었다.

그렇다. 조선의 생활에 화려하고 명쾌한 맛이 없는 것은 사실이다. 나도 거기는 동감이다. 정치적으로 경제적으로 또는 사상적으로 조선은 일대 수난 시대에 처하여 있다. 그 지긋지긋하고 머릿살 아픈 수난의 현상을 우리는 도처에서 본다. 심하게는 우리네들의 일상생활에서까지 시시각각으로 찾을 수 있다. 그 모든 고통은 우리들의 생활이요 동시에 특수성이다. 그렇다고 우리는 이것을 일조일석一朝一夕에 벗을 수도 없거니와 무시할 수도 없다. 우리는 이 속에서 장래할 시대를 찾아야 할 것이다.

그런데 이런 속에서 작품만이 화려 명쾌한 색채를 띠고 나올 리가 없는 것이다. 그것은 필연적으로 그 생활을 반영하게 될 것은 더 말할 것도 없다. 그러므로 그 작품이 화려 명쾌치 못하고 침울 음산할 것은 정한 이치일 것이다. 이러한 것을 생각지 않고 머릿살이 아프다고 조선 작가로 조선의 현실을 무시하고 취하지 않고 화려 명쾌한 것만 찾는다면 그는 애초에 되지도 않을 일이거니와 된다면 현실을 떠나 작자의 머릿속에서 억지로 빚어진 허수아빌 것이다. 또 침울하고 텁텁한 작품은 독자의 흥미를 끌 수 없다 하여 위에 말한 영화나 그런 영화적인 작품을 제작하지만, 그것도 결국은 아무 소용도 없는 작품이 되고 독자에게 해독만 주게 되는 것이다.

물론 작가로서 독자의 흥미를 무시할 수는 없는 일이다. 그러나 독자의 흥미만 따라간다는 것은 문제다. 독자의 흥미란 대중할 수 없는 것이다. 그것도 어느 정도의 수양이 있는 독자면 별문제이지만 그렇지 않은 일반 독자는 목전目前의 관능적 흥미에만 가장 솔깃하게 되는 것이다. 더구나 지금과 같이 현실 생활이 동요가 심하여 어디가 어떻게 지접할 줄을 모르고 알 수 없는 공포 중에서 그날그날을 보내게 되는 일반 민중은 목전의 일시적 열품劣品²⁾한 관능을 자격하는 흥미에 취하여 모든 우수사려憂愁思慮를 잊으려고 하는 것이다. 이러한 심사에 맞추기 위하여 작가가 자신을 떨어뜨려 가면서까지 작품을 낸다는 것은 뜻있는 사람으로서는 차마 할 일이 아니다.

그리고 작품의 우열은 그 작품의 명암에 있는 것은 아니다. 명암은 위에도 말하였거니와 그 작품을 산출케 하는 생활의 명암에 따라 작품이 받게 되는 필연적인 현상이요 결코 작품의 우열을 가리게 되는 표준은 아니다. 작품의 우열을 가리게 되는 것은 사회적 조건과 문학적 가치인 것은 더 말할 것도 없는 것이다. 그러므로 조선의 작품은 조선의 현실을 무시하여서는 안 될 것이다. 그것을 그러냐 하고 그 속에서 장래할 조선을 찾아서 독자의 앞에 드러내 놓아야만 할 것이다. 거기서 비로소 조선의 생활에 의미 있는 작품이 될 것이다.

---

1) 별건곤(別乾坤) : 별천지, 별세계.
2) 열품(劣品)한 : 품질이 나쁜.

누가 망하나?

어느 해 이른 봄 어떤 쌀쌀한 날 저녁 편이었다. 나는 고향서 처음으로 올라온 어린 친구를 찾아서 관훈동 어떤 하숙으로 갔다. 오래간만에 만난 우리는 서울 이야기 고향 소식으로 재밌게 종알거리는데 북창 밖에서 '우아!' 하고 들리는 소리가 들렸다. 우리는 하던 이야기를 뚝 그치고 일어서서 북창을 열었다. 북창은 열었으나 키가 작은 우리는 창 안에 놓은 책상에 올라서서 북창으로 두 머리를 내밀었다. 북창 밖은 바로 자동차 한 대가 겨우 빠져나갈 만한 골목이다. 건너편으로 여러 집 담벽과 대문이 이어 있다.

어느새 그 골목에는 사람들이 우 모여섰다. 바로 우리가 내다보는 북창 건너편 커다란 평대문 앞에 순사가 서고 그 앞에 거지가 서 있다. 거지 뒤에 있는 커다란 평대문은 반쯤 열렸는데 안경 쓴 신사가 문 안에 뻣뻣이 섰고 어멈인지 낯이 새까맣게 그을은 여편네가 그 뒤에서 방긋이 내다본다. 대문 위에는 전화번호와 수도전용 패가 붙었다.

거지는 머리는 갓 깎았는데 아무것도 쓰지 않고 수염이 터부룩하다. 낯빛은 검붉은데 이마에 주름이 가기 시작한 것은 삼십이 넘어 보인다. 몸에는 솜것인지 겹것인지 찢기고 흙투성이 된 것을 걸쳤다. 키가 보통 사람보다 큰 그는 머리를 수굿하고 서서 떨어진 짚세기 신은 발끝으로 땅바닥에 돌멩이를 꾹꾹 밟고 있다.

"이놈아 바루 말해!"

뚫어지게 거지를 보는 순사는 소리를 지르면서 거지 뺨을 쳤다. 거지보다 키가 작은 순사는 거지 뺨을 칠 때 토끼같이 똑 뛰는 것 같다. 그때 여러 사람들은 벙긋 웃었다. 뺨 맞은 거지는 머리를 번쩍 들어서 순사를 보면서,

"아니올시다. 저는 몰라요! 저는 밥 빌어먹는 거지예요! 홍."

하는 그 눈은 가느스름한 것이 큰 키와 어울리지 않으나 퍽 힘 있게 보였다.

"글쎄 이놈아 왜 거짓말이야?"

하고 순사는 발길을 들어 거지를 찼다. 거지는 한 걸음 뒤로 채어 나가면서,

"홍 내게 무슨 죄가 있소? 자, 때리시오!"

하고는 순사 앞으로 다가섰다.

"앗따 이놈 보게……. 이런 놈은 단단히 가르쳐야지……. (거지의 뺨과 배를 때리고 차면서) 그래, 이놈아, 거지면 거지지 너보고 누가 도적질까지 하라구 가르치던? 응, 이, 이 죽일 놈아!"

순사는 이를 꼭 깨물고 콧잔등을 힘 있게 찡기면서 때리고 찼다.

"에쿠! 에쿠후!"

배를 차면 배를 만지고 뺨을 치면 뺨을 만지면서 연방 에구 하던 거지는 순사의 매가 끝나자 이를 빡 갈고 대문간을 보면서,

"여보! 당신이 언제 봤소……. 내가, 내가 도적질하는 것을 당신이 언제 봤느냐 말이오!"

하고 발악하였다. 그 모양은 금박 안경 쓴 신사에게 달려들 것 같았다.

"야 이놈 봐라. 이놈 어따 대고 해거냐? 응 그래 네가 왜 남의 집 마루에는 올라섰어?"

안경 쓴 신사는 거탈 좋게 말하고 순사를 힐끗 보면서 뒤로 주춤 물러섰다.

“글쎄 마루에 올라서면 도적놈이오? 네……, 마루에 좀 올라서면 뭘 하오?”

거지는 두 눈에 피가 올올하여 발악을 하면서 신사 곁으로 달겨들었다. 신사는 무서운지 낯빛이 푸르러지면서 뒤로 주춤주춤한다.

“어—, 그래 남의 집 함부로 들어오고……. 가택 침입한 죄는 없는가?”

하고 꽁무니 빼는 신사의 말이 끝나기도 전에,

“이놈이 왜 야료야? 응……, 이놈 가자!”

하고 순사는 거지를 한번 죽으라고 찬 뒤에 팔을 잡아끌었다.

“가기는 어디를 가!”

“이놈아 파출소로 가잔 말이다!”

“나는 갈 데 없어?”

“야, 이놈 봐라. 어서 반말이야? 글쎄 이놈아, 어디서 반말이냔 말이다.”

하면서 순사는 전신의 힘을 다 들여서 거지를 차고 때린다. 처음에는 움직도 안 하던 거지는 땅에 푹 주저앉았다.

“때려라. 실컷 때려라. 힘자라는 대로 때려라. 응, 경관은 죄 없는 사람두 때리는가? 흥.”

하면서 주저앉았던 거지는 벌떡 일어서서 순사에게 몸을 실리더니 다시 픽 돌아서서 문간에 선 신사를 와락 잡아끌면서,

“이놈아, 너와 나와 무슨 불공대천지수가 있니? 응……, 너놈 때문에 내가 이 몹쓸 매를 맞고……. 나두 돈 없으니 거지지 너놈만 못 나서 거진 줄 아니? 이놈, 어디 네 피를 먹고야…….”

하고 신사를 땅바닥에 둘러 넘기고 가슴 위에 올라앉았다.

"아이구! 사람 죽소……"

신사는 안경이 어딘가 벗겨져 버리고 커다란 두 눈이 툭 불거 나와서 헐떡거렸다 순사는 전신의 힘을 다하여 달겨들었으나 신사의 가슴에 앉은 거지는 태연 부동이다. 한참 만에 순사는 땅에 떨어진 모자를 집어쓰더니 칼자루 잡을 사이도 없이 들고 뛰었다. 옆구리에 찬 칼은 그 바람에 놀란 듯이 그의 볼기 다리 할 것 없이 절칵절칵 두드린다.

순사가 뛰어간 뒤였다. 여편네와 사내 한 떼가 모여들어서 거지를 때리고 밀치고 야단법석을 치나 거지는 의연히,

"이놈 네깐 놈은 죽일 테다……. 그까짓 순사가 무서워서 네깐 놈을 못 죽일 줄 아니?"

하고 그 힘 있는 가는 눈을 굴린다. 깔려서 두 눈이 툭 불거진 신사는 낯이 흙빛같이 되어 아무 말도 못 하고 뻣뻣이 늘어졌다. 그것을 한참 보던 거지는 입술이 무쇠 빛이 된 신사를 한참 내려다보더니,

"하하하, 파리 목숨만도 못하구나. 흐흐흐."

하고 좌우를 돌아보면서 웃는 그 웃음은 웃음이나 독살이 잔뜩 흘렀다. 모여 섰던 군중은 낯빛이 파래서 뒤로 물러섰다. 한참 만에 거지는 일어섰다. 그 바람에 거지를 밀어 때려던 몇몇 사람들은 쓰러지기도 하고 뒤로 밀리기도 하였다. 일어선 거지는 신사의 허리끈을 잡아서 들었다. 느른한 신사는 소리 없이 거지의 손에 들렸다.

"잘 먹고 잘 살아라. 몇 날이나 사나 보자!"

하면서 거지는 신사를 사정없이 대문간에 들이치고 태연자약하게 군중을 헤치고 나갔다. 거지가 금방 나가자 아까 뛰어가던 순사와 같이 순사 네 명이 달려왔다. 그네들은 헐떡헐떡하면서 이 사람 저 사람에게 거지의 간 곳을 물었다.

"저편으로 ……."

하고 누가 가리켰다. 순사들은 그리로 뛰어나갔다. 모였던 군중은 또 그리로 갔다. 우리는 북창을 닫았다.

"서울도 거지 있소?"

고향서 온 어린 친구는 물었다.

"서울에? 서울이, 서울이 아니라 거지 천질세!"

나는 대답하였다.

"아, 빈민 구제회와 기근 무슨 회가 있어서……. 그리구 공동 숙박소……."

하고 어린 친구는 생각던 꿈과 다른 것을 놀란다.

"흥!"

나는 웃어 버렸다.

그 이듬해 초가을이었다. 나는 어떤 친구를 따라 전라남도 법성포로 갔다. 법성포는 바다와 뫼가 좋은 곳이다. 때가 마침 음력으로 칠월 보름이라 달이 퍽 좋았다. 원래 법성포의 동령東嶺 달은 법성 12경 속에 드는 하나로서 아름다운 것이다. 나는 미리 약속하였던 친구들과 함께 달 돋을 때에 갯가로 나아갔다. 스러져 가는 연기같이 푸르고 엷은 안개는 산을 가리고 바다를 덮고 마을을 살근히 싸고돈다. 밀물이 소리 없이 들이밀어서 소드랑 섬과 한시랑 앞까지 느긋한 바다에는 하늘빛과 마을의 불빛이 어우러 떨어져서 한 폭 그림 속 같았다. 구수산 머리에 밝고 푸르게 비친 달빛은 점점 자리를 옮겨서 구수산 밑둥을 비추고, 바다를 비추고, 우리가 선 갯가를 비추고, 마을의 지붕을 비추었다. 이제는 머리를 숙이면 바다 속에 달이 있고 머리를 들면 하늘에 달이 보인다. 달과 달이 어우러진 속에 선 나는 알 수 없는 미감에 마음이 느긋하였다. 간간이 추월루라는 유곽으로 울려나오는 노랫가락까지 싫지 않게 들렸다. 서로 말없이 갯가에 오르락내리락하던 우리는 갯가에 둥실둥실 매여 있는 빈 배에 올랐다.

어느새 달은 천심에 가까웠다. 높은 하늘은 더 높아 보이고 빛나던 별들은 자취를 감추었다. 저편 재덕산 높은 봉우리를 넘어오는 두어 조각 흰 구름은 퍽 서늘한 것이 나그네 마음을 천리 밖으로 끌어가는 듯하였다. 맑은 하늘 밝은 달 아래 드는 밀물은 속살속살 가늘고 이쁜 물결을 보인다. 혹은 앉고 혹은 비스듬 눕고 혹은 뱃머리에 서서 하늘을 보고 바다를 보고 물소리를 듣는 여러 사람의 가슴에는 한결같은 정이 떠오르는 듯이 빙그레하였다. 무슨 위대한 신비의 품에나 안긴 듯이 한참 동안 말 없던 여러 사람 가운데서 노래가 나오고 웃음이 터지고 이야기가 흐르기 시작하였다.

달 좋고 바다 좋고 바람 좋은데 흥에 겨운 여러 사람은 그저 있지 않았다. 술이 벌어졌다. 이름 높은 법성 굴비 안주에 영광 소주로 목을 축인 사람들은 새로운 흥이 더 돋았다. 이때 바람결에 노래 소리가 흘려온다. 나는 마시려고 입술에 대었던 달 잠긴 술잔을 입술에서 때면서 귀를 기울였다. 여러 사람들은 그저 떠든다.

"가만있게. 노래가 들리네!"

나는 크게 소리쳤다.

"어디?"

하면서 여러 사람들은 하던 이야기를 뚝 그치더니,

"흥! 나는 또……. 그까짓 노래는 들으나마나……."

하고 K군이 떠드는 바람에 여러 사람은 또 떠들었다. 그 노래는 그리 명창은 아니나 그때 얼근히 취한 내 귀에는 그럴 듯이 들렸다.

"저게 누구야?"

나는 술을 마시고 나서 물었다.

"그게?……요 한 달 전부터 우리 동리에 그런 명물이 하나 생겼다 네……. 괜히 돌아 댕기면서 노래만 부르구……. 노래두 노래 같지 않은 것을……."

K군은 대답하면서 굴비를 쭉 찢었다.

"뭘 하는데?"

목포서 올라온 H군도 나와 같이 궁금한지 물었다.

"앗따, 술이나 먹고 이야기나 하세……. 거지야 거지……. 소도둑놈 같은 거지야……."

내 곁에 앉았던 B군은 그까짓 것은 말할 것도 없다는 듯이 툭 쏘았다. 그 바람에 나와 H군은 더 묻지도 않고 코웃음을 치면서 술을 마셨다.

"하하, 여러 선생님들 여기 나오셨습니다."

하는 소리가 갯가에서 들렸다. 떠들던 우리는 그리로 눈을 주었다. 달빛이 물 같은 속에 머리 벗고 발 벗은 키 큰 사람이 섰다. 여러 사람은 아무 대답도 없이 물끄러미 보는데 K군은,

"여긴 왜 왔어……. 응……, 가!"

하고 볼 것 없다는 듯이 머리를 돌려 술을 부으면서

"별 미친 녀석이 다 왔네 ……."

하였다.

"그게 누군가?"

H군은 나직이 물었다.

"응, 건드리지 마라! 거질세. 아까 노래 부르던 거지!"

하는 B군의 대답 소리도 나직하였다. 나는 거지라는 소리에 그를 한 번 더 보았다. 그는,

"하하 저두 한몫 끼입시다."

하면서 쿵 뛰어서 우리가 앉은 배로 들어왔다. 땟국이 흐르는 홑 고의 적삼을 입은 그 몸은 그리 크도 적도 않으나 키는 후리후리하다. 거지가 곁에 다가오니 좌중은 흥이 깨진 듯이 잠잠하였다. 의구한 바람과 달빛만이 스치고 비칠 뿐이었다.

"뭐야? 그러지 말고 어서 가!"

K군은 나오는 성을 억지로 참는 소리였다.

"하하, 그러지 맙시요……"

하면서 펑덩 우리와 같이 주저앉아서 달을 쳐다보면서 크게 웃는 그 낯은 거므데데한데 머리는 터부룩하고 수염은 거칠거칠하다. 그 코가 우뚝한 것이며 눈이 가느스름한 것은 어디서 한번 본 사람 같으나 나는 얼른 생각지 못하였다.

"자, 한잔 먹고 가세 어서……"

별로 말없던 B군은 술잔을 들어서 거지에게 주었다. 그 모양은 귀찮은 것을 어서 쫓아 버리자는 수작이다.

"그건……. 뭘……"

K군은 거지가 받으려는 술잔을 받아서 제가 죽 들어 마시면서,

"그건……, 술이 픽도 흔타."

하였다. 바로 판이나 차린 듯이 펑텅 들어앉아서 술잔을 받으려고 손을 내밀던 거지는 어이없다는 듯이 K군을 한참 보다가 픽 웃으면서,

"잇따, 그리지 맙시요! 나도 좀 끼어 봅시다."

하고 K군이 놓는 술잔을 집어 들고 한 잔 부으라는 듯이 K군을 본다. 그 태도는 아주 낯익은 사람끼리 농치는 것 같다.

"엑, 아니꼽게……"

하고 K군이 성을 내면서 눈을 두리니 H군은,

"이 사람 버려두게. 경찰에서도 버려두는 야료쟁인데……"

일본말로 하면서 거지가 잡은 잔에 술을 부었다. 커다란 잔에 달빛을 싣고 점점 차오르는 술을 보던 거지는 B군의 일본말을 알아나 들은 듯이,

“허허허.”

웃다가 술이 차니 죽 들이마셨다. 그때 내 머리에는 언뜻 작년 봄 일이 떠올랐다. 나는 거지를 다시 보았다. 그는 확실히 작년 이른 봄에 관훈동에서 어떤 신사를 때려 엎던 거지였었다. 나는 알 수 없이 가슴이 두군두군하였다. 무슨 변이 닥칠 것 같았다. 거지가 술 마신 뒤에 좌중에도 한 순배가 돌았다. 그러나 거지는 다시 주지 않고 또 한 순배가 돌았다.

“저, 저는 그만 주십니까?”

하고 좌중을 돌아보는 그 눈에는 알 수 없는 무서운 힘이 달빛에 번쩍하였다.

“한 잔이면 족하지. 또 무슨 술?”

K군은 그저 아니꼽다는 눈초리로 거지를 보았다.

“흐흐, 어디 봅시다. 흥!”

거지는 비웃는 듯이 한 마디 뇌이면서 두 되들이 큰 술병을 들어다가 입에 대인다.

“엑……, 이.”

눈을 부릅뜨고 주먹을 쥔 K군은 소리를 지르면서 거지 뺨을 쳤다. 거지는 태연자약하게 입에 대었던 술병을 떼더니,

“하하, 이놈 봐라! 하하하.”

하고 K군을 본다. 나직하나 세차게 나오는 그 쇳덩어리 같은 목소리! 가느스름하나 힘 있는 붉은 눈! 그러면서도 위의 좋게 앉은 모양 솥뚜껑 같은 손에 술병을 거머쥔 것을 볼 때 범할 수 없는 기상이 보였다.

더구나 작년 이른 봄 일이 머리에 떠오를 때 나는 몸서리를 쳤다. 여러 사람들도 벙벙하여 뒤로 물러앉고 달겨들던 K군도 그저 눈을 부릅뜨고 거지를 볼 뿐이다.

"하하, 여보! 박 서방! 그 사람(K군)이 취했으니 노여 말고 우리 술이나 먹읍시다! 응……, 이 좋은 때에 좋은 술을 대해서 싸워서야 되겠소 ……, 하하."

옛날 소설에 나타나는 호협한 청년을 연상케 하는 B군은 쾌활히 웃으면서 거지 손에 쥐인 술병을 잡아끌었다.

"하하, 노형! 낸들 싸우고 싶을 리가 있소? 여보 친구, 술 먹읍시다, 하하."

술병을 순순히 놓으면서 B군을 보던 거지는 다시 K군을 보면서 웃었다. K군도 한풀 죽었다. B군이 눈짓을 하면서,

"자 K군, 어서 이 박 서방허구 화해하세……. 이이가 좋도록 말씀하는데 자네가 그래서야 쓰겠나!"

하고 눈을 꿈벅하는 바람에 K군은,

"그래, 우리 술이나 먹읍시다!"

하고 앉았다. 이때 좌중이 모두 웃었으나 모두 낯빛은 불쾌하게 보였다. 거지만은 아무 불쾌 없이 승리자의 웃음같이 웃었다. 술은 여러 순배가 돌았다. 병에 술은 다 말랐다. 우리도 취하였거니와 거지도 취하였다. 취한 자리에는 거지도 없고 우리도 없었다. 서로 가릴 것 없이 지껄이고 웃었다. 천심을 넘어선 달은 깊어가는 밤과 같이 더욱 쌀쌀하고 넘실히 빛나던 물은 빠지기 시작하였다. 마을에서는 잠들었는가? 갯가에는 거닐던 사람들이 자취를 감추고 간간이 저 위 추월루秋月樓에서만 노랫가락이 은은히 들려 왔다

"여보! 박 서방……. 박 서방은 왜 이러구 댕기우 응?……."

K군은 취안이 몽롱해서 거지를 보고 벙긋 웃었다.

"허허, 좀 좋아요! 이게……"

거지는 웃었다. 여러 사람은 B군과 거지의 이야기에 하던 말을 그치고 그 두 사람의 입을 처다보았다.

"야! 우리."

하면서 B군은 여러 사람을 돌아보고 다시 거지를 보면서,

"우리 박 서방의 사정 이야기나 들어 봅시다! 응, 박 서방, 어디 좀 이야기하우……."

하였다.

"사정 이야기요! 제게 무슨 사정 이야기가 있겠소!"

하고 달을 처다보는 흐릿한 두 눈에는 아까와는 딴판으로 처량한 빛이 보였다.

"천만에……. 자 말씀하시오……."

이번에는 H군이 말했다. 거지는 짤막한 대에 담배를 붙여 물더니 한숨을 쉬면서,

"나를 세상에서는 도적놈이라고, 소도적놈이라고 하지요! 그러니 세상이 망하든 내가 망하든지! 누가 망하든지 끝이 나겠지요!"

하고 이야기를 끄집어내면서 어이없다는 듯이 씩 웃었다. 그 바람에 모두 웃었다. 거지의 이야기는 이러하였다.

그는 (거지) 강원도 사람으로 그가 열일곱 살 때에 서울 어떤 중학교에 다녔다. 그가 중학교 삼년 급 때에 아버지가 돌아가셨다. 소작인 노릇으로 겨우겨우 학비를 대는 아버지가 돌아간 뒤로는 다시 학교에 다니지 못하고 고향에 돌아가서 어머니 모시고 아내와 같이 남의 집 삯김, 삯나무, 삯바느질로 연명하였다. 그러는 새에 그 어머니가 마저 돌아가셨다. 그때 그의 나이 스물넷이었다. 그 뒤에 그 아내는 자궁병으로 신

고하게 되었으나 물론 완전한 치료를 못 하였다.

이렇게 말하고 한숨을 쉬면서 달을 쳐다보는 그의 눈에는 그때 광경이 보이는 듯이 애처로운 빛이 흘렀다. 한참 만에 그는 말을 이었다.

"어떤 때는 겨죽도 못 먹은 아내를 뉘어 놓고 삯일을 찾아서 헤매다가 빈손으로 들어와서 운 일도 많습니다. 그럴 때마다 병으로 뼈만 남은 아내가 내 손을 잡으면서 '여보 우리도 잘 살 때가 있지 늘 이렇겠소?' 하던 말이 지금도 귀에 들리는 듯합니다. 그때에 나는 그때에 나는……"

그는 목이 메인 듯이 기침을 칵 하고 한참 있다가,

"지금 같으면 도적질이라도 해서 그를 멕였지만, 그때에는 그래도 청렴을 생각하고……. 그가 굶어서 앓아누웠던 일을 생각하면……. 이 가슴이 찢기는 것이 아니라 칼로다 짓이기는 것 같습니다. 언제나 그게 잊어지겠습니까? 이 눈에(그는 자기 눈을 가리키면서) 흙 들기 전에야 잊어질 리야 있습니까?"

하면서 우리를 휘 둘러보는 그 눈! 눈물 한 점 없이 마른 그 눈은 눈물이 터벅터벅 흐르는 눈보다 더 처량히 보였다.

"더구나!"

하고 한숨을 쉬면서 그는 달을 보고 바다를 건너다보면서 말을 하였다.

"더구나 그가 죽을 때 약 한 첩 죽 한술 못 먹고 찬 구들 위에서 그가 죽을 때……"

그는 목 메인 소리를 가까스로 마치고 한숨을 쉬면서 기침을 하고 나서,

"'여보! 여보!' 부르는 나를 몇 번이나 쳐다보면서 그 힘없는 눈에 웃음을 띠우던 것이……. 내 맘을 괴롭게 하지 않노라고 웃음을 띠우던 일을 생각하면 생각할수록 가슴이 찢겨서, 이 가슴이 무여져서……"

하면서 그는 말끝을 맺지 못하고 느껴 운다. 돌아앉아서 이야기 듣던 모든 사람들도 가만히 슬프게 앉아서 그 모양만 보았다. 처음은 흑흑 느껴 울던 그가 나중에는 소리를 쳐서 크게 운다. 숨이 지는 듯이 흑흑 하는 느낌 속에 구슬프게 흐르는 울음소리는 푸른 달 아래 구슬피 떠서 잠든 산천을 구슬피 울리는 듯하였다. B군은 그의 팔을 잡으면서,

"여보서요! 참 우리가 몰랐습니다. 우지 마시오!"

하고 권하였다. 그러나 그는,

"아, 가만 계서요! 울게 버려두시오. 이 가슴이 풀릴 때까지 나는 울어야 시원해요. 나는 몇 번이나 울려고 해도 못 울었더니 오늘밤에 울음이 나는구려."

하면서 그는 운다. 한참 울던 그는 울음을 그치고 주먹으로 눈물을 씻더니 우리를 보고 비참하게,

"허허허."

웃더니 다시 진실한 표정으로 입을 열었다.

"나도 세상이 날 욕하는 줄 잘 압니다. 참 잘 압지요. 그러나 세상은 이래야 줘요! 인의人義? 염치? 그거 다 지금 세상에는 소용없는 말이에요! 내가 내 어머니 돌아가실 제, 내 아내가 병들어 누웠을 제……, 여러 가지 사정을……, 글쎄 뼈가 보서지게 일을 해줄께 좀 도와달라고까지 여러 군데 사정을 해야, 들어주는 놈이라구 없어요. 혹 들어준대야 진종일 땀 흘린 값으로 좁쌀 한 되가 되나 마나……. 나는 아내가 죽은 뒤에 죽자구 했지요! 그는(아내) 굶어 죽이구 나 혼자 무슨 면목으로 잘 살아요? 글쎄! 또 산대야 한 푼 없이 어떻게 살아요? 그래 우리 고을 앞바다 가에까지 갔다 왔지요? 그러나 바닷가에 가다가 생각하니 그런……, 죽는 것처럼 미련한 일이 없이 생각되겠지요! 글쎄 생

목숨을 왜 끊어요? 네 생목숨을? 내가 죽는다고 누가 나를 불쌍히 여기겠습니까? 내가 죽어두 사람들은 그저 배부른 놈 배 만지고 배고픈 놈 쓰러질 거! 그뿐입니까? 내가 죽었더라도 오늘밤 저 달과 이 바다와 이 바람은 그저 있겠지요! 또 당신 네두!……, 내가 살아야지! 내가 살아야 하고 나는 돌아왔지요!"

그의 낯에 흐르던 처량한 빛은 훨씬 개이고 구슬프던 목소리는 힘 있게 조리 있게 울렸다.

"나는 그 후부터 이렇게 떠 댕깁니다. 나를 도적놈이라구 하지만 나는 이때까지 도적질한 일이 없어요. 나는 달라고 해서 먹고 달래서 안 주면 그 사람 보는데 집어는 먹지만, 남 못 보는데 훔치지는 않았습니다. 글쎄 있는 음식을 먹는 것두 죄요? 없어서 배고파서 먹는단 말을 하고 그 사람 보는데 먹는 것이 무슨 도적이며 못 할 짓입니까? 나는 그 때문에 도적놈이라고 매도 많이 맞고 ○○도 하였지만, 그래도 살아야 하겠으니 먹지 않으면 어째요? 세상이 망하나 내가 망하나? 누가 망하나? 나는 보고야 말겠습니다."

하고 일어서는 그의 낯에는 엄연한 빛이 돌았다. 우리는 서로 보고 묵묵히 앉아 있었다. 달은 서천에 기울고 먼촌에서는 닭이 첫 홰를 울었다. 그 뒤에는 벌써 사 년이 되도록 그 거지 박 서방을 못 보았다. 그러나 나는 어디서든지 거지를 보면 박 서방 생각이 나서 유심히 보게 되고 동시에 알 수 없는 공포를 느낀다.

만두

어떤 겨울날 나는 어떤 벌판길을 걸었다. 어둠침침한 하늘에서 뿌리는 눈발은 세찬 바람에 이리 쏠리고 저리 쏠려서 하늘이 땅인지 땅이 하늘인지 뿌옇게 되어 지척을 분간할 수 없었다. 홑 고의적삼을 걸친 내 몸은 오싹오싹 죄어들었다. 손끝과 발끝은 벌써 남의 살이 되어 버린 지 오래였다. 등에 붙은 배를 찬바람이 우우 들이치는 때면 창자가 빳빳이 얼어 버리고 가슴에 방망이를 받은 듯하였다. 나는 여러 번 돌쳐서고 엎드리고 하여 나한테 뿌리는 눈을 피하여 가면서 뻐근뻐근한 다리를 놀리었다.

이렇게 악을 쓰고 한참 걸으면 숨이 차고 등에 찬 땀이 추근추근하며 발목에 맥이 풀려서 그냥 눈 위에 주저앉았다. 주저앉아서는 앞뒤로 쏘아드는 바람을 막으려고 나로도 알 수 없이 두 무릎을 껴안고 머리를 가슴에 박았다. 얼어드는 살 속을 돌고 있는 피는 그저 뜨거운지 그리안은 무릎에 전하는 심장의 약동은 너무나 신기하게 느껴졌다. 나는 또 일어나서 걸었다. 무엇보다도 ○○가 어찌 서린지 뚝 떨어지는 듯하였다.

얼마나 걸었는지? 내 앞에는 청인淸人의 쾌관(음식점)이 보였다. 그것도 눈보라에 힘이 빠진내 눈에는 집 더미같이 희미하게 보였다. 눈 뿌리고 바람 부는 거칠은 들에서 외로이 헤매다가 천행으로 사람의 집을 만났으니 얼마나 반가우리마는, 이때 나의 신경은 반가운지 슬픈지—
그러한 감각을 느끼지 못하였다. 그저 아무 생각 없이 그 쾌관 문고리
를 잡았다. 밝은 데서 갑자기 들어서니 방안이 캄캄하여 어디가 어딘
지 분간할 수 없었다. 다만 사람의 지껄이는 소리가 들리고 아궁이에
서 펄펄 타는 불만 꿈같이 보일 뿐이다. 나는 어둡고 훈훈한 속에 한
참 서 있었다. 새어 가는 새벽같이 사면이 점점 밝아지면서 모든 것이
그 형태를 드러냈다.

붉은 불이 펄펄 붙는 아궁이 위에 뚜껑을 덮어 놓은 가마에서는 김
이 푸푸 오르고 그리로 잇닿은 구들에는 꺼먼 땟물 괸 의복을 입은
조선 사람 셋이 앉아 있다. 그 뒷벽에는 삼각수三角鬚를 거슬리고 눈을
치뜬 장수들이 청룡도며 팔모 창을 들고 싸우는 그림을 붙였는데, 찢
어지고 그을려서 그을음에 석탄 아궁이 같은 집안의 기분과 잘 어울
렸다. 구들에 앉았던 청인淸人은 부엌에서 내려서서 저편 방으로 들어
가는 문어귀로 갔다. 거기에는 커다란 화로가 놓였다. 청인은 검고 푸
르고 누릿한 구리 주전자에 물을 부어서 화로에 놓고 시렁에서 고려자
기 빛 같은 접시를 집어 들고 내 곁으로 왔다.

손톱이 기름하고 때가 덕지덕지한 청인의 손을 따라서 가마에 덮인
뚜껑은 열렸다 가마 속에 서리서리 서렸던 흰 김은 물씬 올랐다. 봉긋
하고 푹신푹신한 흰 만두가 나타났다. 그것을 본 내 잇살에는 군침이
스르르 돌았다. 나는 입안에 그득 찬 침을 꿀꺽 삼켰다. 배에서 꾸루
룩 쭐 맞장구를 쳤다. 청인은 김나는 만두를 접시에 수북이 쌓아 놓더
니 뚜껑을 가마에 다시 덮었다. 나는 내 앞에서 그 떡 덩어리가 그림
자를 감출 때 어떻게나 서운한지, 그리고 기운이 더욱 빠진 듯이 점점
등이 휘이고 가슴과 배가 한데 붙어서 땅속에 자지러드는 듯하였다.

……김이 물신물신 오르는 구수한 만두가 내 입에 들어온다. 구수

하고 푹신푹신한 만두! 나는 입을 닫았다. 목을 찔룩하면서 꿀꺽 삼켰
다……. 꿀 쭈루룩 소리에 나는 눈을 뜨면서 머리를 벌렁 들었다. 아!
내가 꿈을 꾸었나? 허깨비를 보았다? 그저 아궁이 앞에 지쳐 앉은 현
실의 내 그림자를 볼 때 나는 무어라 말할 수 없었다. 내 곁에 섰던 청
인은 저편 구들에 가서 앉자마자 내 바른손은 나로도 억제할 수 없는
힘에 지배되어 가마뚜껑에 닿았고 시선은 여러 사람에게로 옮아갔다.
이때 뜨끔한 자극에 나는 머리를 숙이면서 팔을 움츠러뜨렸다.

가마뚜껑 밑으로 흘러나오는 뜨거운 김에 내 손목은 벌겋게 되었
다. 나는 은근히 손목을 만졌다. 그러나 일순간이 못 되어서 내 손과
내 시선은 다시 청인과 가마로 갔다. 자발적으로 갔다는 것보다도 꾸
루룩하는 배의 성화에 가지 않고는 못 견디었다. 또 글렀다. 구들에
자빠졌던 청인은 벌떡 일어앉아서 가래침을 뱉었다. 나는 그놈이 내
뱃속을 들여다보고 하는 수작 같아서 차마 머리를 들지 못하고 부지
깽이로 불을 뒤지는 척하였다. 내 눈앞에는 핏발이 올올한 청인의 눈
깔이 번뜩하였다. 나는 몸을 부르르 떨었다.

청인은 부엌에 척 내려서더니 번쩍하는 도끼를 들고 내 곁으로 왔
다. 나는 가슴이 쿵하고 정신이 아찔하였다. 이때였다. 나는 나도 모르
게 이를 빡 갈면서 정신을 가다듬어 청인을 보았다. 청인은 장작개비
를 쪼개어서 화로에 놓았다. 이때 청인이 내 곁으로 좀 더 가까이 왔더
면 그는 장작을 쪼갤 목적으로 왔더라도 그것을 모르는 나는 반드시
청인의 코를 물고 자빠졌을 것이다.

"혀갸!"

저편 방에서 청인을 불렀다. 청인은 그리고 갔다. 내 두 손은 민첩하
게 가마솥 뚜껑을 열고 만두 한 개를 집어냈다. 그때 내 손이 어찌도
민첩하던지 지금 생각하면 생각할수록 기적 같았다. 만두를 잡은 나

만두 383

는 기운이 났다. 커다란 널문을 박차다시피 열고 밖으로 뛰어나갔다. 문을 막 나설 때였다. "악!" 하는 소리와 같이 그 번쩍하는 도끼가 내 등골에 내려졌다. 나는 몸서리를 빠르르 치면서 머리를 홱 돌렸다. 그것은 문이 닫히는 소리였다. 모든 것은 나의 착각이었다. 나는 악을 쓰고 한참 뛰다가 비로소 큰 숨을 쉬면서 그 청인의 쾌관을 돌아다보았다. 이때 내 손에 쥐었던 만두는 벌써 절반이나 내 입에 들어갔다.

'오오, 살았다!'

내 신경은 지긋지긋한 두려움에 떨면서도 알 수 없는 새 힘과 기꺼움에 가슴이 뛰고 기운이 들었다. 나는 씩씩하게, 눈아! 오너라! 바람아! 불어라, 아무 상관없다는 듯이 그 넓은 벌판을 뛰어 건넜다.

이 이야기는 여러 해 전에 내가 북간도에서 겪은 일이다. 그때 그 힘, 힘 빠진 나의 사지에 민첩한 동작을 주던 그 힘, 지금 생각해도 기적같이 느껴지는 만두를 집어내던 그 힘! 내게 만일 그 힘이 없었더라면 이 심장이 오늘까지 뛰리라고, 이 눈깔이 그저 빛나는 태양을 보았으리라고 어느 누가 보증을 하랴? 오오! 그 힘!

8개월 個月

　내게는 심한 병이 있다. 그것은 위병인데 벌써 그럭저럭 십여 년이 된다. 철 모를 제는 그것을 그리 대수롭게 여기지 않았고 또 앓아 누으면 과자며 과일 사다 주는 재미에 앓고도 싶은 적이 있었으나, 한 번 고단한 신세가 되고 또 모든 것을 내 손으로 하지 않으면 안 되게 된 이때에 와서는 병이란 과연 무서운 것이라는 느낌이 더욱 커진다. 한 번 병에 붙잡히면 만사가 그만이다. 음식을 먹을 수 없고 일을 할 수 없고 위가 찢어지게 아픈 때면 너무도 괴롭다.

　'병의 쓰림을 모르면 건강의 행복도 모른다.'고 어떤 벗이 나하고 한 이야기가 생각난다. 그것도 일리는 있는 말이다. 그러나 나는 병 없기만 소원이다. 더구나 내 처지로서 병이 없어야 할 일이다. 할일은 많은데 병은 나고, 병은 났대도 고칠 수는 없으니 말이다.

　나는 늘 위산을 먹는다. 이것도 먹기 시작한 지가 삼 년째다. 그전에는 그것도 못 먹었다. 친구들은 내가 위산을 먹는 것은 버릇된다고 나무란다. 의사에게 뵈이고 상당한 약을 쓰라고 권한다. 그러나 나는 들은 체 만 체하고 위산을 여전히 먹는다. 권하던 친구들은 혀를 차면서 인제 버릇됐다고 나무란다. 나는 구태여 거기 변명을 하지 않는다. 내 병에 태전위산이나 호시위산이 꼭 상당한 약이 아닌 것은 나는 잘 안다. 의사에게 진찰을 받고 약을 쓰면 내 위장에 잘 맞을 것을 나는 안다. 그러나 나는 할 수 없이 먹는 것이다. 병은 심하고, 괴롭기는 하고, 그래도 살고는 싶고, 어쩔 수 없이 먹는다. 병원에 가자면 적어도 이삼 원은 가져야 이삼 일 먹을 약을 가져올 것이고 위산은 이삼십 전이며 삼사일 분을 살 수 있으니 그것을 먹는다.

"위산 세 번이나 네 번 먹을 것으로 병원에 가보는 것이 더 나을 터이다."

하고 어떤 친구는 말한다. 내게도 그만한 예산이 없는 것은 아니다. 하나 그것도 한두 번이지 오래 계속할 수 없는 일이다. 또 이삼십 전은 쉽게 생겨도 이삼 원은 어렵다. 또 이삼 원이 생기면 집이 생각나고 쌀과 나무가 먼저 생각난다. 우리같이 궁한 데 떨어지고 생활에 얽매이고 보면 그럭저럭 하여 완전한 치료법을 못 하고 만다. 어떤 때는 핏대가 서고 이가 뿍뿍 갈리도록 괴로우면서도 그저 위산으로 다졌지 병원으로 못 갔다.

어려서 가세가 밥이나 굶지 않고 또 어머니가 계셔서 모든 것을 살피실 제는 머리만 뜨뜻해도 의사를 부르고 약을 짓고 죽 쑨다, 미음을 달인다, 과자를 사온다 하였다. 더구나 내가 어머니의 아들이요 일찍 아버지를 여의어서 금지옥엽같이 길리었다. 그렇게 호강스럽던 팔자가 하루아침 서리 바람에 궁줄로 틀게 되어 어머니와까지 천 리나 멀리 갈리게 된 뒤로는 넓으나 넓은 천지에 한 몸도 용납하기 어렵게 되었다. 그런데 병까지 심하다. 어려운 사람에게는 병이나 없어야 할 터인데 병은 돈과 다툰다. 돈주머니가 무거우면 병주머니가 가벼워지고, 병주머니가 무거우면 돈주머니가 가벼운 때다. 병은 가난과 삼생연분을 맺었는지 떨어지기를 싫어한다. 이리하여 나중은 툭툭 하는 이 심장의 고동 ------ 그것도 영양 부족으로 미비한 것 ------ 을 끊어서 북망산의 한 줌 흙을 만든다. 그러던 세상에는 돈주머니 큰 이만 남느냐 하면 그렇지도 않다. 그 이들도 때로는 병에 거꾸러진다.

잡담은 그만두자. 하던 이야기나 어서 하자.

그래, 위산을 먹는데 그것도 처음에는 듣는 듯하더니 요새에 와서는 귀가 떠졌다. 가슴이 뻑적지근하고 배가 빽빽하며 명뼈 끝이(위부) 찢어지게 아픈 때에 태전위산을 두 숟가락이나 세 숟가락만 먹으면 배에서 우루루 꿀, 쫄쫄 하면서 고통이 없어지던 것인데, 요새는 세 숟가락은 커녕 열, 스물 숟가락을 먹어야 그 모양이다. 참말 인이 박혔나? 버릇이 됐나? 그렇다면 여간 큰일이 아니다.

"왜 당신이 요새는 진지 안 잡수? 응……, 몹시 아푸?"

한 끼에 세 공기 네 공기 먹던 내가 한 공기도 못 먹고 배를 만지는 때마다 아내는 걱정을 한다. 밥 못 먹지, 고통이 심하지, 살아갈 걱정이 있지……. 요새 내 꼴은 피골이 상접이 되고 얼굴이 푸르고 핼끔한 것이 한심하게 되었다. 밤에도 곤히 자던 아내가 두세 번 일어나서 내 배를 만지고 등을 누른다. 그뿐만 아니라 사지가 저리고 없던 기침이 나며 정신까지 아뜩아뜩하여졌다. 실없는 친구들은 날더러 아내와 너무 좋아해서 여윈다고 하나 나는 그런 소리 들을 때마다 코웃음을 친다.

"여보, 왜 당신이 내 말은 안 듣소? 병원에 가보시우……. 글쎄 병원에 가봐요……"

내가 몹시 괴로와서 궁글 때마다 철없는 아내는 갑갑한 듯이 말한다. 나는 그럴 때마다 별 대답을 하지 않다가도 정 못 견디게 조르면,

"여보, 글쎄 낼 아침거리가 없어서 쩔쩔 하면서 병원에 어찌 가오!"
하고 코웃음을 친다.

"굶어도 병 없어야 안 하겠소!"
하고 아내는 눈물이 글썽글썽해진다. 병에 괴로운 나는 그것이 또한

괴로웁다. 하루는 아침에 일찍 아내가 어디 갔다 들어와서 밤새껏 병으로 신고하다가 흐뭇이 누운 나를 보면서,

"여보 오늘은 꼭 병원에 가보시우, 응."

하고 돈 오 원을 내놓는다.

"이 돈 어서 났소?"

나는 눈이 둥글해서 물었다.

"글쎄 가지고 가보세요! 뉘게서 돌렸어요."

하는 아내는 그 돈 나온 곳을 묻지 말아 달라는 빛이 흘렀다. 나는 문득 깨달았다.

"당신 그 반지는 어떡했소?"

나는 아내의 왼손을 보면서 물었다.

"……."

대답 없는 아내는 머리를 숙였다. 그 반지는 작년 가을 우리가 결혼할 때 부산 있는 어떤 친구가 기념으로 지워 준 결혼반지다. 아내는 그것을 퍽 사랑하여서 일후서 늙어 죽어도 끼고 간다고까지 말한 것이다. 그는 자기가 출입할 때 신는 구두와, 입는 의복과, 드는 파라솔까지 전당포에 넣어 놓고 문밖으로 못 나가면서도 그 반지만은 만지고 만지면서 그저 끼고 있었다. 그러던 반지까지 잡혀서 내 병을 고치려고 하는 아내를 생각할 때 나는 너무도 감격하여 말이 나오지 않았다. 그러나 노릇한 살에 하얀 반지 자리가 뺑 돌려 난 아내의 왼손 무명지를 볼 때 내 가슴은 찢겼다. 오장은 끊겼다. 눈물이란 정도가 있는 것이다. 이렇게 되면 입술만 타는 것이다.

"여보, 당신은 왜 시키잖는 짓을 하오? 응 누가 반지를 잡히랍디까? 어서 가서 찾아와요! 어서……."

감사를 드려야 마땅할 나는 도리어 아내를 나무랐다. 실낱같은 내

목숨을 걱정하는 그에게 노염을 보이고 강박을 했다. 소리 없이 앉았던 아내는 눈물방울을 치마에 뚝 떨어치면서 일어나 나갔다. 내 가슴은 찢겼다. 나는 후회했다. 나는 벌떡 일어나서 마루로 나갔다. 이때 아내가 내 앞에 있었더면 나는 그를 얼싸안고 울었으리라. 아! 내가 왜 그를 나무랐나? 그러나 그때는 벌써 아내가 문밖으로 나가고 없었다. 나는 마루에 쓰러져 혼자 울었다. 소리 없이 가슴을 치면서 울었다.

일주일 뒤였다. 우리는 운수가 텄다. 기다리고 기다리던 어떤 잡지사에서 원고료 삼십 원이 나왔다. 삼십 원! 목 굵고 배부른 분들이 들었으면 하루 동안 소풍하는 자동차비도 못 될 것이라고 코웃음 할 것이다. 그러나 내게 있어서는 일개월간 생활 보장이 되는 것이다. 고르지 못한 세상을 다시금 느끼게 된다. 아내는 돈을 보자마자,

"여보! 이번에는 당신이 꼭 병원으로 가시우."

하고 여러 날 신음으로 쑥 들어간 내 눈을 보면서 웃었다. 싸전과 반찬 가게에서도 인제는 외상을 주지 않아서 이틀이나 좁쌀죽을 먹었고 그것도 없어서 아침을 굶었던 판이라 병원보다 급한 것은 쌀과 나무이다. 그러나 싸전과 반찬 가게에 빚을 갚고 쌀과 나무를 좀 사더라도 담배 값이 오히려 부족한데 어떻게 병원에 갈 수 있으랴?

"기왕 빚을 다 못 갚는 판인데 얼마쯤 갚을 셈 대고 꼭 병원에 가보세요……. 응……, 여보, 제일 몸이 튼튼해야지……."

하고 아내가 하도 권하는 바람에 나는 총독부 병원으로 갔다. 안국동서 총독부 병원까지 가려면 꽤 멀건마는, 왕환 전차비를 생각하고 나는 술냇골로 걸어갔다. 십전이면 두부 한 모, 솔가지 한 묶음 값이다. 한 끼는 넉넉하다. 총독부 병원 문 앞에 이르렀을 제 내 발은 무거워졌다. 바른손은 호주머니에 들어 있는 오 원 지폐를 만적만적했다. 오 원이면 두 입이 열흘은 살 수 있다. 약을 먹어서는 일주일도 못 먹을 것

이다. 일주일에 효가 난다면 모르지만 그렇지 않으면 이것도 저것도 못 되는 것이다. 그 대신 일 원짜리 위산을 사면 보름은 먹을 것이고 남는 사 원은 나무⋯⋯, 쌀⋯⋯. 이렇게 생각하고 나는 그만 우뚝 섰다. 도로 돌아 나왔다. 나오다가 또 들어갔다. 또 나왔다 이렇게 몇 차례를 하다가 무료과로 들어갔다. 길가에 있는 나무와 돌까지도 나를 비웃는 것 같아서 얼른 뛰어 들어갔다.

안에는 그보다 더한 것이 있었다. 내가 아는 의학생들이 저편에서 왔다 갔다 한다. 그네들 눈에 띄면 나의 자존이 꺾일 듯이 나는 불쾌하였다. 또 돈으로 인정을 사는 이 사회 속에서 무료로 병 보아 준다는 것. 어쩐지 미덥지 않게 생각난다. 나는 그만 나왔다. 나올 때에는 들어갈 때보다 더 바삐 뛰었다. 병원 문밖에 나서서 솔냇골에 들어서는 때까지도 조롱과 모욕을 담은 눈깔이 뒤를 따르는 것 같아서 머리를 못 돌렸다.

"뭐래요? 약 가져오셨소?"

집에 이르니 아내는 반갑게 묻는다.

"네⋯⋯."

나는 흐리머리 대답하였다. 아내는 곁에 와서 내 호주머니를 만지면서,

"응 어디⋯⋯, 약 봅시다⋯⋯. 뭐라고 해요?"

나는 대답이 구구하였다. 더구나 약까지 검사를 하려는 판에야 어떻게 자백을 하지 않으랴?

"허허."

나는 크게 웃었다. 어째 그렇게 웃었는지 나로도 모른다. 무슨 일이 들어지고 되지 않을 때면 나는 그렇게 웃는다. 웃자고 해서 웃는 것이 아니라 그런 웃음이 한숨과 같이 저절로 나온다. 약을 집어낸다고

내 호주머니에 넣었던 아내의 손에는 오 원의 지폐가 집혀 나왔다. 그것을 물끄러미 들여다보던 아내의 낯빛은 변하였다. 그는 지폐를 방바닥에 던지면서 쓰러졌다. 낯을 가리고 쓰러진 그의 등은 고요히 자주 오르내렸다. 그는 우는가! 내 목숨 중한 줄 내 어찌 모를까? 아내의 걱정이 없어도 걱정되거든 하물며 아내의 걱정이 있음에랴? 좀 웬만하면 나 편하고 그가 기쁜 일을 왜 못 하랴? 나도 눈에 눈물이 돌았다. 세상이 원망스러웠다. 모두 부숴 버리고 싶었다.

"아직도 시간이 있으니 가보시오. 글쎄! 나는 아프다면 당신 두루막을 잡혀서도 병원에 보내면서 당신 몸은 왜 생각지 않으시오……."

울던 아내는 문 앞에 시름없이 던져지었던 지폐를 집어준다. 이번에는 가까운 ○○ 병원으로 갔다. 낮이 가까와 오는 여름 볕은 뜨거웁다. 고루거각이 늘어선 장안에는 여전히 사람의 떼가 오락가락한다. 무슨 일들이 있는가? 무엇이 그리 바쁜가? 내 눈에는 그 모든 것이 산 ^{生}것같이 보이지 않았다.

병원이란 참말 한번 가볼 곳이다. 사람의 목숨을 판단하는 곳이니까. 만일 누구든지 자기의 목숨의 줄이 얼마나 길고 짧은 것을 궁금히 여기거든 점이나 사주를 보지 말고 병원에 가는 것이 상책일 것이다.

"병 난 지 오래세요?"

"네, 한 이십 년 가깝습니다."

"왜 고치잖고 그냥 버려두셨어요? 대단 중한데요!"

"무슨 병인지요? 고칠 가망은 있습니까?"

"뭐, 위뿐 아닙니다. 폐도 좋잖고 신장도 나쁜데, 공기가 깨끗하고 고요한 데서 자양분 있는 것을 잡수시면서 한 일 년 치료하면 효를 볼 것 같습니다마는, 그냥 이 모양으로 버려두면 팔 개월 넘기기 어려울 것 같습니다."

이것이 병원에서 의사와 문답한 말이다. 나는 너무도 어이없어서 픽 웃었다. 고쳐 보아서 못 고치는 것은 허는 수 없지만 고쳐질 병을 버려두게 되는 때 그 맘이 슬픈 것이 아니라, 어떤 데 대한 악으로 변한다. 촌촌히 먹어 들어서 실낱같이 남은 나의 목숨의 줄이 뵈이는 것도 같고 또 일변으로는 으레 그러하려니 미리 기다리던 소리를 들은 듯이 우습기도 하였다. 나는 약병을 들고 병원 문을 나서면서 의사의 말을 다시 생각하였다. 내가 만일 건강하였더면 그는 '밥을 잡수시면 살 수 있으나 굶으면 죽을 것이요.' 하였을는지도 모르겠다. 공기가 좋은 곳에서 자양분을 먹으면서 적당한 운동을 하고 치료를 하면 회복하리라는 것은 의사가 아닌 나도 모르는 것이 아니다. 두부 한 모와 솔가지 한 묶음을 생각하고 전차를 못 타는 형세에 요양지를 찾아 멀리는 고사하고 파고다 공원에서 가서 앉었재도 첫째 배가 고파서 못 할 것이다. 그는(의사) 으레 할 일이요, 으레 할 소리로 알고 사람의 목숨의 신축伸縮이 제 손에 있는 듯이 거침없게 말하지만 내게는 사형 선고로 들렸다. 그러나 더 도리가 없는 나는 웃음밖에 나오지 않았다.

종각 모퉁이로 나오니 헌 갓에 대를 문 늙은이가 당화주역唐畵周易을 앞에 펴놓고 꼬박꼬박 존다. 저 짓 말고 침통이나 들고 어디 가서 목숨의 신축이 한 손안에 자재自在한 의사 노릇이나 하지……. 나는 이렇게 생각하고 혼자 픽 웃었다. 그리로서 종로 네거리 전차 선로를 건너는데 전차가 땅땅 종을 울리면서 바로 곁으로 달려온다. 나는 눈이 둥글해서 뛰어나가다가,

"팔 개월 전에 죽을 녀석이 무에 그리 무서운고?"

혼자 중얼거리고 또 픽 하고 하늘을 보면서 웃었다. 그러나 마음속에는 어두운 무엇이 흘렀다. 의사의 사형 선고가 우습고, 믿어지지 않고, 또 우리 처지에는 가당한 말이 아니라 하고 또 사람의 목숨이 그

렇게 쉽게……. 픽픽 웃기는 하면서도 내 맘속에는 뼈랴 뺄 수 없고 속이랴 속일 수 없는 슬픔과 원망과 걱정과 어떤 희망이 흘렀다. 종로, 집, 사람, 하늘, 땅- 이 모든 것을 팔 개월밖에 못 볼까? 일개 년 치료비가 없어서 죽나? 생각할 때 내 주먹은 쥐어졌다. 내게도 눈이 있고 코가 있고 입이 있고 팔다리가 있다. 나도 영감靈感을 가진 사람이다. 그런데 어째 나는 남과 같이 피지 못하고 마르는가? 같은 사람이언마는 같은 사람에게 쪼들리고 쪼들려서 피가 마르고, 고기가 마르고, 뼈가 말라서 화석化石 같은 내 그림자가 눈앞에 보일 때 부르쥔 내 주먹은 더 단단히 쥐어졌다.

사람이 자기 운명의 길고 짧은 것과 좋고 언짢은 것을 모르니 말이지, 안다면 확실히 안다면 그 속에서 무슨 변이 일어날는지 누가 보증을 하랴? 이렇게 혼자 분개하면서 집으로 가다가 나는 미친놈처럼 허허 웃었다. 모든 것이 우스웠다. 세상이 우스웠다. 그것은 어린애 장난 같았다. 내가 쓰는 시詩도 의사가 가진 청진기도 모두 장난감 같다. 그것은 미구에 아침빛이 오르면 스러질 지새는 안개같이 생각나서 나는 또 웃었다. 대문 안에 들어설 때 나는,

'이 마당도 팔 개월밖에 못 밟는가?'

생각하고 커닿게 웃으면서 마루에 가서 앉았다.

"왜 웃소? 응 또 무슨 일 났소? 응."

아내가 약병을 받으면서 묻는다. 그때 내 머리에는,

'그래두 살겠다구 약을 가지고 와.'

하는 생각이 떠올라서 또 웃었다.-

"하 하 하!"

소연蕭然한 우성雨聲

1

오늘 내일 하고 기다리던 비가 때 겨운 이때에 뿌리었다. 봄 이후로 가물다가 한여름에 한꺼번에 몰아왔던지 객지에 수난水亂을 내인 비는 많은 생명과 노력의 결정을 다시 만회치 못할 곳으로 흘리고는, 뒤를 이어 다시 가뭄이 계속되어서 삼복이 지나고 입추가 지나도록 비는 방울도 듣지 않았다. 빗방울은 고사하고 하루 흐린 때도 없이 매일 내려 쪼이는 일컹일컹한 볕발은 농촌에만 한독旱毒¹⁾을 흘린 것이 아니라 도회에까지도 찾아 들었다.

매일 밥상에 오르는 쌀알이 어떻게 맺히는지도 모르고 비오는 것을 오히려 반갑지 않게 여기는 도회지 사람의 가슴에까지 한독이 스며들어서 운예雲霓를 바라는 소리가 그들의 입에서까지 흘러나오게 되었다. 개인 날을 다행으로 청산이나 녹수를 찾아 여름의 긴 날을 오히려 빨리 갈세라 즐겁게 지내던 귀공자들 입에서까지 비를 바라는 타령이 흐를 제야, 겨우 모를 내인 논판이 말라 갈라지는 것을 목전에 보고 직접 영향을 받게 되는 농민들의 심사야 다 말하여 무엇 하랴. 하늘가에 흐르는 조각구름만 보아도 안타까운 마음으로 가슴을 태우고, 잠결에 바람 소리만 들어도 빗소리나 아닌가 하여 눈을 비비고 귀를 기울이면서 기다리다가, 때는 지나고 비는 오지 않으니 부녀들까지 나서서 산신과 하백河伯[3)]에게 정성을 다하여 기우제를 지내고, 그것도 바라는 비를 주지 않으니 명산에 송장을 묻음으로 하늘이 비를 주지 않는다고 남의 묘를 파버리는 살극까지 연출하게 된 것은 한두 군데만이 아니었다.

그것은 모두 미신의 소치이니 말할 것이 없다고 하겠으나, 그러한 장면을 연출케 되는 그들의 심경은 미상불 보는 이에게까지 눈물을 자아내게 된다. 그들은 그처럼 하고도 바라는 빗방울을 보지 못하는 때에 하늘을 원망치 아니치 못하게 된다. 인사人事를 인사대로 닦지 못하고도 하늘을 원망하는 것은 사람의 상정인데, 인사는 인사대로 닦고도 바라는 것이 되지 않는 때 그들이 평소에 믿고 바라던 하늘을 저주하게 될 것도 또한 무리라 할 수 없는 일이다.

그렇듯 바라던 비가 한여름이 다 지난 지금에야 내리었다. 바라고 바라던 나머지에 산과 들에 흐르던 한독이 풀리고 초조하던 인심이 다소 완화되었다고 하면서도 어쩐지 한여름의 가뭄을 몰아가던 비와는 다른 느낌을 준다. 한여름의 초토焦土를 적시던 비는 느긋한 맛이 있었고 기름기가 흘렀다. 그러나 이제 벌레 소리에 흔들리는 대지에 내리는 비에는 쓸쓸한 맛이 흐르는 줄 모르게 흐르고 있다. 그렇게 보니 그런지는 모르나, 방울방울에 젖은 마당가 풀잎들은 어색한 표정으로 지나간 날의 영화를 돌아다보면서 무거운 한숨을 짓는 것 같다.

자연뿐 아니다. 사람도 여름비는 맞으면 맞는 족족 없던 기운이 샘솟듯 솟을 것처럼 호장상쾌豪壯爽快한 맛이 나지만, 한번 아슬아슬한 기운에 젖은 가을비를 대하면 으늑하고 푸근한 방을 찾아들어서 모든 것을 명상하고 싶고 추억하고 싶다. 파득거리는 녹엽綠葉에 드는 빗소리는 소리소리 뻗어나가려는 새 생명의 약동의 속삭임이나, 시들어가는 잎새를 잎잎이 울리는 가을비 소리는 지나간 꿈을 추억케 한다. 그 꿈은 슬픈 꿈이다. 그리운 꿈이다. 스스로도 까닭 모를 슬픔과 그리움에 온 신경이 고요히 잠겨서 그윽한 끝없는 저편으로 한 걸음 두 걸음 옮기는 것 같다.

2

가을 기운에 젖은 빗소리는 사람의 신경을 울리는 소리다. 봄비 소리는 사람의 동경의 나라로 유인하는 듯이 로맨틱한 정서를 일으키고, 여름비 소리는 갑갑한 가슴이 툭 트이는 호장한 기분을 일으키나, 가을비 소리는 처량하다. 소리소리 온몸의 신경을 거문고 줄 울리듯 울리면서 뼛속까지 스며드는 그 소리는 처량한 맛이 어디라 없이 흐르고 있다. 어쩐지 모든 것이 그립고도 슬프게 들린다. 그러면서도 맘이 찬물에 젖는 듯이 온몸이 으슬으슬 줄어드는 것과 같다. 여름에는 창살같이 내리는 비를 맞고 싶다가도 가을에는 빗발을 피하고 싶은 기분이 들게 되는 것도 가을비가 처량히 들리는 까닭이다. 어느 때에 들든지 그러한 기분이 나지만, 깊어가는 밤에 들으면 더욱 그렇게 들린다.

여름비는 불을 끄고 듣는 것이 한결 시원스럽고 가을비는 등불 밑에서 들어야 맛이 난다. 깊어가는 가을비 밤 고요한 등불 밑에서 읽던 책을 덮어놓고 창밖에 듣는 빗소리에 귀를 기울이면 그윽한 정조에 싸이는 맘은 흐르는 빗발을 찾아가는 줄 모르게 떠나간다. 한 층계 지나 두 층계 지나 아득한 옛날로 올라간다. 때로는 그리운 이의 자취를 따라 들을 지나고 산을 넘기도 하고 때로는 어린 아이가 되어 어릴 적 동무들과 기억에 희미한 고향의 좁은 길로 돌아다니기도 한다.

그리운 것은 고향이다. 고향을 떠난 지 꼭 10년이되 흐르는 세월로 인하여 사향思鄕의 정회는 조금도 스러지지 않았다. 비단 가을뿐이랴. 사시를 통하여 고향이 그립지 않은 때가 없다. 그러나 여느 때보다 고원故園을 그리는 정情은 가을에 더욱 깊어진다. 가을에도 비가 내리는 깊은 밤에 더욱 그러하다. 창밖에 비가 듣고 마루 밑에서 귀뚜라미 귀뚤거리는 밤에 객창에 누웠으면 천리에 오락가락하는 맘은 고원 생각에 흔들린다. 고향으로 간대야 부끄러운 일뿐이요 누구 하나 반갑게 맞아 줄 이도 없건만, 고향이 그립다. '사가보월청소립 억제간운백목면思家步月淸宵立憶弟看雲白目眠'은 그래도 돌아갈 집과 맞아 줄 아우나 있지만, 그것저것 없는 사람에게도 고향은 그리운 것이다. 사람들이 흔히 봄에 집을 나갔다가 가을에 돌아오게 되는 것도 그러한 정회의 말미암음이 많을 것이다.

튼튼한 사람의 맘도 그렇게 흔들리거늘 하물며 병석에 누운 사람의 맘이랴. 이역병석異域病席에 누워서 머리맡에 찾아드는 빗소리를 들으면 예민한 감성은 눈물을 자아내고야 말게 된다. 공연히 세상 밖에 쫓겨난 듯이 적적하고 길지 못한 생명이 느껴지면서 고향이 그립고 친구들의 얼굴이 그리워서 가슴이 짜릿하여 흐르는 눈물을 금할 수 없이 된다. 어떤 여승의 글구가 생각난다.

九月金剛蕭瑟雨, 雨中無葉不鳴秋. 구월금강소슬우, 우중무엽불명추
十年獨不無聲淚, 淚濕袈衣空自愁. 십년독불무성루, 루습가의공자수

곡진한 설움이다. 그가 여자의 몸으로 어찌하여 머리털을 자르고 중이 되었는지는 모르나, 28자에 나타나는 그의 설움은 그와 시대를 달리한 뒷사람의 가슴까지도 울리고 남음이 있다. 공자수空自愁라는 것을 보면 그는 그저 진연塵緣을 못 끊은 것 같다. 진연을 못 끊었으니 설

움이 더욱 클 것이다. 10년이면 사람의 생애에 있어서는 기나긴 세월이다. 그러한 10년을 금강산 외로운 승방에서 보내었다. 끊이지 않는 속진의 애착을 억지로 끊으려고 애쓰면서 10년을 보내는 사이에 끊어지라는 진연보다 그의 간장이 얼마나 끊어졌으랴. 그러한 그에게 마른 잎으로 잎잎이 울리는 소슬蕭瑟한 빗소리가 어찌 무심히 들렸으랴. 마른 잎을 울리는 비가 소리 없이 가사를 적시는 그의 눈물이 되었을 것이다.

창밖에 듣는 가을비 소리는 보통 때도 그처럼 만인의 설움을 자아내거늘 하물며 금년이랴 . 벌써 이 빗소리에 눈물지은 이가 얼마이었는지? 이 빗소리가 그 소리 아닌지도 모른다.

오오 때늦은 비여!

---

1) 한독(旱毒) : 심한 가뭄으로 인해 생기는 모든 병독.
2) 운예(雲霓) : 구름과 무지개. 비가 올 조짐.
3) 하백(河伯) : 물을 맡아 다스린다는 신.

노농대중勞農大衆과 문예운동文藝運動

1

조선에서 아직까지 일반에게 많이 읽히는 문학 작품은 현대 작가의 작품보다도 고대 작품이다. 출판업자의 말을 들으면 현대 작가의 작품으로 인기가 가장 좋은 것이라도 일 년에 천 부가 팔리나 마나 한데, 『춘향전春香傳』이니 『홍길동전洪吉童傳』이니 하는 소위 고대 소설은 적어도 일 년에 현대 작품의 십 배, 즉 만 부는 팔린다고 한다. 그 말은 여러 가지 조건으로 보아서 과장이 아니라고 생각하거니와 이제 그 독자 계급을 살펴보면 그 가운데는 부르주아 계급이나 지식 계급이 없지 않으나 그것은 실은 쌀에 뉘와 같이 극소수이고, 대개는 국문을 간신히 뜯어보게 되는 노동 계급과 농민 계급이 더욱 많다. 이것은 우리의 손으로 일일이 정확한 숫자를 따져 본 것은 아나나 일반적 현상으로 보아 틀리지 않은 관찰이라고 믿는다. 실로 그네들이 읽는 조선의 고대 소설에는 우리 눈으로 보면 한심한 것이 많다. 어떤 것은 열 모로 뜯어보아도 볼 것이라고는 없는 것이건만 그네들은 그것을 애독한다.

이런 현상은 농촌으로 돌아다니면 흔히 볼 수 있는 것이다. 겨울같이 일이 좀 덜 바쁜 시절에 농군들이 많이 모이는 어떤 집 사랑채 같은 데 가보면 텁텁한 꿈속 같은 등잔불 밑에서 4호 활자로 구절도 뜯지 않고 내리박은 『조웅전趙雄傳』이나 『춘향전春香傳』 『홍길동전洪吉童傳』 류의 고대 소설을 "각설却說 이때에……," 하고 솜씨는 서투르나마 고성으로 대독한다. 이렇게 읽으면 읽는 사람의 흥은 더 말할 것도 없거니와 곁에서 새끼를 꼬고 신을 삼고 장기를 두던 사람들도 거기에 정신이 팔려서 하던 일까지 잊어버리게 된다. 이야기를 좋아하는 노농老農들은 젊은이들의 눈총을 맞으면서도 책 읽는 소리를 들으려고 일부러 찾아온다. 이렇게 그네들은 긴장한 흥에 취하여서 기나긴 겨울밤이 새는 것까지 모르고 지낸다.

그뿐만 아니라 농촌의 장날 같은 때에 보면 등짐장사들이 벌여 놓고 파는 책은 사서삼경四書三經, 옥편 류 외에는 모두 표지를 울긋불긋 장식한 이삼십 전짜리의 고대 소설뿐이라고 하여도 과언이 아니다. 그런 소설을 사가는 사람은 민상투 바람에 나뭇단이나 쌀말을 지고 왔던 농민들인데, 그네들이 책을 가리는 방법은 대개 두 가지라는 것을 그 변에 경험을 가진 어떤 사람에게서 들었다. 첫째는 이 입 저 입으로 전하여서 재미있다고 소문난 책, 그렇지 않으면 표지의 그림에 끌리는 것이 둘째이다. 그 말을 듣고 보니 그런 듯도 하다. 그런데 첫째 방법은 그리 신기한 것이 아니나 둘째 방법, 즉 표지의 그림에 끌려서 사는 데는 미상불 보는 사람의 호기심을 끈다. 그것도 그림이 어느 정도까지나마 그림이 되었으면 용혹무괴이나 사람의 코 하나도 변변히 그려놓지 못한 데다가 푸르고 붉은 값싼 물감을 칠한 것으로 전문가까지는 차마 거들기가 무엇하고 다소 상식이 있는 이면 구역이 나서 볼 수 없는 것이다. 그러하건만 그네들은 서로 무릎을 치고 서로 바라보면서 자기들의 상상을 이리저리 그려 보고 감탄을 마 않는다.

고대 소설에 대한 여상如上의 사실은 농촌에서뿐만 아니라 도시의 노동 군중 속에서도 흔히 발견하게 된다. 조그마한 인력거 병문이나 쓰러져가는 어떤 집 행랑방에서는 그러한 사실을 보게 되는 적이 간혹 있다. 그러면 어찌하여 그네 노농 대중은 신 문예품을 버리고 고대 문예품에 접촉이 많은가? 이것이 무산 문예가들의 가장 착안할 점이다. 노농 대중을 위하여 애써 지어 놓은 작품이 결국은 봉건 시대의 산물에 밀리게 되니 작자의 노력은 수포가 되고 마는 것이다.

아무것도 생각지 않고 이대로 나간다면 10년, 20년에 한우충동汗牛充棟[1]의 작품을 산출하였더라도 공탑이 가석可惜으로 아무 소용도 없이 무너지고 말 것이다. 그러므로 무엇보다도 먼저 노농 대중들의 생활을 다 관찰하고 고대 소설의 읽히는 이유를 생각하여서 그네를 위한 문예 창작의 참고를 삼아야 할 것이다. 이제 나는 이 아래 거기 대한 나의 생각한 바를 써 보려고 한다.

2

우리 조선의 농민들과 노동자들이 현대 작가의 작품, 그 가운데서도 특히 그네를 위하여 써놓은 무산 문예 작품을 더욱 돌보지 않고 지나간 봉건 시대의 끼친 물건인 고대 소설만 읽는 것은 여러 가지 이유가 있다고 생각한다. 그 작품을 써 놓은 문장이 이해하기에 용이한 것이다. 조선의 노농 대중은 무산 계급인 동시에 무식 계급이다. 그네들이 오늘날까지도 봉건사상의 잔재에서 벗어나지 못하는 큰 이유도 여기 있거니와, 이렇게 됨으로(그러나 그것은 그네들의 죄는 아니다.) 새로운 문화가 산출한 새 용어에 대한 이해가 전연 없다고 하여도 과언이 아니다. 적어도 몇 백 년 몇 십 년 동안을 내려오면서 보편되고 속화되어서 그네들의 생활과 어울리는 용어가 아니면 이해하지 못하는 것이다. 이런 것만 미루어 생각하더라도 새 용어를 많이 사용한 새 작품보다 속화된 용어를 사용한 고대 소설이 그네의 환영을 사게 될 것은 명약관화明若觀火의 사실이다.

또 말에 다 리듬이 있다 그 리듬은 . 그 말이 가진 기분을 나타내게 되는 것이니 재래의 인습, 재래의 관념에서 벗어나지 못한 그네들의 기분은 재래의 작품이 취급한 말과 어울게 되는 것이다. 그런 까닭에 무학無學한 그네들은 고대 소설에 대하여서는 곁에서 읽는 소리만 듣고도 그 뜻을 이해하는 동시에 그 기분에까지 취하여서 "좋다, 좋다, 재미있다." 하게 된다. 울긋불긋한 단순한 색채와 단순한 선으로써 표지에 그려 놓은 피상적 그림을 보고 좋아하는 것도 여상如上한 까닭이라고 생각한다. 다소의 지식을 요하는 색채와 선으로써 그려 놓은 그림은 그네와는 몰 교섭이다. 그것을 이해치 못하니까.

사건의 골자가 단순 정연하여서 한 번 듣고 기억하기 쉽고도 파란곡절이 있어서 흥미를 끌어야 할 것이다(문예상의 이 조건은 무학無學한 노농 대중만의 요구가 아니라 상당한 지식 계급에서도 요구하는 것이다). 그네들은 섬세한 묘사의 묘妙라거나 델리키트한 인정미人情美나 심리작용보다도, 댓줄같이 굵은 묘사로써 단순한 감정을 움직이는 골자가 뚜렷한 흥미 있는 사건을 좋아하는 것이다. 소리로 치면 단소나 양금의 미묘한 곡조보다도 꽹과리나 새납2)의 소리와 같이 단순하고 소박하고도 강렬한 소리라야 그네들의 귀를 울리게 되고 그네들의 이야기 거리가 되는 것이다. 그러므로 그네들은 눈으로 보고 감정으로 읽는 작품보다도 귀로 듣고 입으로 말할 수 있는 작품을 즐기는 것이다.

이러한 조건으로 미루어 보더라도 사건은 둘째로 하고 인정의 기미와 심리의 작용 등으로 일관한 현대 작품보다 재미있는 이야기(사건)를 단순한 필치로써 적어 놓은 고대 소설이 그네의 환영을 받을 것은 더 말할 것도 없는 일이다.

고대 소설은 인쇄 활자가 굵고 또 그 분량이 적고 책가가 싼 까닭에 많이 읽히게 된다. 초호 활자 같은 획이 굵은 목주자판木鑄字版이나 그렇지 않으면 붓으로 등사한 책에서 익은 그네들의 시각은 깨알 같은 5호 활자의 인쇄보다 4호 활자의 인쇄를 즐기고 또 활자가 커야 어둑한 등불 밑에서도 잘 볼 수 있는 것이며, 서투른 솜씨일수록 글자가 뚜렷뚜렷하여야 읽기 쉬운 것이다. 그리고 분량은 적어야 할 것이니 분량이 너무 많은 것은 그네들 생활의 시간 관계도 되려니와, 사건의 결말이 어찌 된 것을 어서 알려는 초조한 심사에 두고두고 읽기를 즐겨하지 않는 것이다.

그리고 책가가 많아도 이삼십 전이 넘으면 그네의 경제는 그것을 구독할 여유를 못 가지었다. 사실 그네들 생활에서 소설 대가로 이삼십 전을 지불하게 된다는 것만도 과중한 일이다. 요사이 신문에 매일 보도되는 의성군을 필두로 각 재해지災害地의 이재민羅災民들은 하루 3,4전의 지출이 불능하여서 아사餓死를 면치 못한다고 한다. 이런 것은 극도의 예라고 하겠지만 하여튼 현하 조선의 무산대중은 문예를 위하여 지불할 경제는커녕 생활에 직접 영향을 주는 의식을 위하여 지불할 경제에 곤궁한 판인데, 그러한 생활에서 문예를 위하여 소비하는 것이라면 단 십전이라도 과중한 것이라 하지 않을 수 없는 것이다. 이러한 여러 가지 의미에 있어서 그네들이 5호 활자로 깨알같이 인쇄한 2,3백 페이지의 작품을 일 원 내외의 거액을 던지고 사볼 리가 만무한 것이다.

사상과 감정이 일치되는 점이다. 고대 소설의 내용과 노농 대중의 정신생활과 공통되는 점이 있다. 그 점이 그네들에게 만족을 주는 것이다. 위에 열거한 여러 가지 조건보다도 이 조건이 양자를 결합시키는 큰 조건이 된다고 생각한다. 조선의 노농 대중은 자본주의의 물결에 시달리면서도 봉건사상의 잔재를 벗지 못하고 있다. 그러므로 그네들의 외적 생활과 내적 생활의 사이에는 모순이 있고 갈등이 있고 알력이 생긴다. 여기에 그네들의 고통이 있다. 그러나 그네들은 어찌하여 그네들이 생각하는 바와 그네들을 볶는 현실과 다른지를 모른다. 인과 관계에 대하여 과학적 하등의 비판이 없는 그네들은 다만 모든 것을 그네들이 가진 바 봉건적 사회관, 봉건적 인생관, 봉건적 윤리관으로 생각할 뿐이다. 그러나 그것은 현실과는 조금도 맞지 않고 도리어 그네들의 철학이 흔들리게 된다.

그렇다고 그네들은 그네의 철학을 버리지 않는다. 역시 그 사회관, 인생관, 윤리관 속에서 안신입명安身立命의 길을 찾으려고 한다. 그네들은 이 현실을 통하려고 한다. 그네들이 꿈꾸는 그런 로맨틱하고 신비적 세계를 찾아서 이 현실에서 받은 고통의 상도傷度를 고치려고 한다. 그러나 그것은 그네의 힘으로써는 불가능이라는 것을 믿는 그네들은 그런 세계를 찾아 줄 신비적, 초인간적 힘을 자연 바라지 아니치 못하게 된다. 그런 신비적, 초인간적 힘을 가진 위인의 출현을 위하여―그네를 그네가 생각하는 로맨틱한 나라, 아무런 고통도 없이 부모, 처자, 형제가 집을 지니고 밭을 갈아서 안심하고 살 수 있는 그런 세계에 끌어다 줄 위인의 출현을 위하여 여하한 고통이든지 참고 어떠한 어려운 일이든지 감히 행한다. 고생의 뒤에는 반드시 낙樂이 있다는 인과설과 선악의 인과설에 젖은 그네는 항상 바른 마음으로 착한 마음으로 반항이 없이 충실과 성근을 다하는 데서 그런 위대한 힘의 구함을 받을 수 있다고 믿는다.

이러한 사상 감정―현실 도피, 신비적, 초인간적 힘을 소유한 위인의 출현, 한때 고생은 반드시 한때의 복을 불러온다는 것 같은 이러한 봉건사상은 봉건 시대의 유물인 고대 소설에서 찾을 수 있다. 『홍길동전』 『춘향전』 『소대성전』 『조웅전』 류가 모두 그러하다. 그 주인공들은 처음에는 차마 사람으로서는 겪지 못할 고생을 하다가 끝에 가서 영화를 누리게 되는 것이다. 그 주인공들은 물론 보통의 인간은 아니다. 초인간적 신비로운 힘을 소유한 위인들로 그들이 그렇게 끝에 가서 영화를 누리게 되는 것은,

1. 천시天時를 잘 타고나서 신神이 도와준 것
2. 전생과 차생에서 적선을 많이 한 것
3. 초년에 고생을 많이 한 것
4. 사람의 힘으로는 할 수 없는 것이라도 감행할 수 있는 도술을 배운 것

등의 사상으로써 일관하여 있다. 이 사상이 그네들 노농 대중과 일치된다. 그네들은 홍길동 조웅을 참말로 믿는다. 또 그런 위인이 때가 오면 출현할 줄 믿고 출현하면 그네는 안심입명安心立命의 생활을 할 수 있다는 것을 믿는다. 그러므로 고대 소설은 그네들의 정신생활에 만족을 주고 그것을 읽음으로써 사나운 현실고를 잊어버리고 로맨틱한 꿈속에서 방황하게 되는 것이다. 이것이 한편으로는 그네들의 의식을 더욱 흐리게 하면서도 한편으로는 그네들의 생명을 지니게 되는 조건이 된다. 새 세계를 바라는 마음—그 세계가 가능한 세계든지 불가능한 세계든지는 논할 것 없이—그것이 다 그네의 희망이요 그네의 이상이다. 이것이 미래를 기다리는 그네들 생명의 약동이다.

3

그러한 사상은 그네들로 하여금 그러한 사상을 담은 소설만을 애독케 하는 것이 아니라, 그것을 현실의 세상에 실현케 하도록 어떠한 행동까지 취하게 한다. 그네가 명산대천名山大川을 찾아 좋은 운명을 빌고 혹세무민惑世誣民하는 술사를 찾아서 안신입면의 방법을 얻으려는 것도 그러한 따위의 행동일 것이다. 그네의 이러한 행동은 흔히 볼 수 있는 것이니 '송풍나월松風蘿月'을 중심으로 무학한 농민들이 모여드는 것도 그러한 일례일 것이다.

'송풍나월'이란 것은 백두산白頭山 뒤 서간도西間島 일우一隅에 있으니 송림松林이 칠십여 리가 연한 곳으로 인적이 퍽 드물은 곳이다. 여기에 1924년경에 세인의 소위 도인道人이라는 유백온劉伯溫이라는 사람이 나타났다. 그는 상통천문上通天文 하달지리下達地理한 사람으로 모르는 것이 없다 한다(실상은 무식한 사람). 그는 낮에도 별星을 보는데 별의 동작만 보면 어느 때 어디서 전쟁이 나고 어느 때 어디서 사람이 얼마나 죽었다는 것을 능히 알 수 있고 그의 호령 한마디면 모든 싸움도 진정되고 죽었던 사람도 살아날 수가 있다고 한다. 그러므로 그 도사를 따르고 도사의 말대로 행하는 사람은 복을 받고 미구에 좋은 세상에서 살 수 있으나 그렇지 않는 사람은 천벌을 면치 못한다고 한다. 이 말에 혹하여 땅을 팔고 집을 팔고 소를 팔아 가지고 송풍나월로 모여든 농민들은 불과 6, 7개월간에 천여 명이나 되었다고 한다.

그것은 간도 일대의 농민들은 물론이요, 멀리 갑산·무산·회령에서며, 황해도와 평안도 등지에서까지 남부여대男負女戴3)로 모여든 농민들이었다. 그 시절이 뒤숭숭한 시절인 만큼 일반 민심까지 극도로 흉흉하던 때이라 어디 가서 어떻게 지접할 줄을 모르고 알 수 없는 공포

중에서 조석을 보내던 농민들은 그러한 신비적, 초인간적 힘을 가진 도사가 있다는 말을 듣고 그 뒤숭숭한 현실을 피하고 로맨틱한 새 세계를 찾으려고 그렇게 그리고 모여든 것일 것이다.

그리하여 그네는 피와 땀으로 바꾼 전 재산과 가장 귀중히 여기던 딸까지 그 유백온劉伯溫이라는 도사에게 일부인一夫人, 이부인二夫人 심지어 열 몇째 부인夫人이라는 명목으로 바쳐 가면서 총銃 끝에서 물이 나게 하고 수황水火의 가운데서라도 몸을 피할 수 있는 신출귀몰神出鬼沒한 도술을 배워 잘 살아 보려고 매일 '진지'를 지어 가지고 도사를 따라서 백두산에 기도를 올리고 비복에게 대하는 것보다도 더 심한 유도사의 명령을 순종한다. 그 수도의 고苦는 그네들이 고토故土에서 가난으로 받던 고苦보다 우심尤甚하되 그것을 오히려 만족히 여긴다. 그렇게 함으로써 그네가 바라는 신세계가 온다는 것을 믿는 까닭이다. 그들이 소위 차모車某의 어림없는 등극설登極說을 신앙하고 계룡산을 안주지지安住之地라 하여 찾아드는 것도 그와 마찬가지의 심리일 것이다. 우리의 눈으로 보면 그것은 살 길을 찾는 것이 아니라 도리어 멸망의 구렁으로 들어가는 것이건만, 그네의 의식은 그래야만 살 길이 나선다고 믿는다.

그러나 거기서 주목할 것은 '새 세계'를 바라는 그 사상이 다 괴로운 세상을 하루 바삐 벗어나서 배를 주리지 않고 등이 시렵지 않게 형제 처자를 지니고 화락히 살 수 있는 새 세상을 바라는 그 사상이다. 이것은 그네가 무의식중에 의식하는 의식으로 이 의식이 그네의 모든 동작의 저류가 되어 있다. 환경과 처지의 관계로 과학적 사상을 못 가진 까닭에 현실에 대한 과학적 비판이 없고 그 현실을 벗어나서 새 현실을 찾는 과학적 행동을 못 취하고 그렇게 비과학적으로 달아나지만 그네의 가슴속에서 불붙고 있는 생生에 대한 욕구는 누구나 무시할 수 없는 큰 힘이다. 이 힘을 잘 이해하여 잘 이용하는 데서 비로소 그들 대중을 끌 수 있고, 따라서 그네들을 그네들이 밟아야 할 길로 인도할 수 있는 것이라고 생각한다.

이러한 점으로 보면 소위 차모車某나 유백온劉伯溫의 무리들은 현하 봉건사상의 잔재를 못 벗은 조선 노농 대중의 심리를 잘 포착하였다고 볼 수 있다. 그렇다고 나는 여기서 그들이 하는 바 그 미신의 행사를 옳다는 것은 아니다. 우리는 한걸음 더 나아가서 그네들의 행사를 배격하고 그 미몽에서 깨도록 노력할 것은 물론이다.

이제 뒤를 이어 우리에게 문제가 되는 것은 작품이다. 우리 무산 문예작가들은 그 작품을 어떻게 써야 노농 대중을 고대 소설로부터 빼앗을 수 있고 또 그들의 의식을 고칠 수 있을까 하는 것이다. 오늘날 조선의 무산 문예는 이러한 소임을 다하여야 그 효과가 나타나리라고 생각한다.

첫째, 무산 문예는 그들의 1. 생生에 대한 욕망, 2. 신세계의 동경, 3. 반항 등의 심리를 잘 붙잡아서 그들에게 빛나는 생과 새로운 세계와 줄기찬 힘을 보여 주되, 그것은 재래의 고대 소설과 같이 비과학적으로 할 것이 아니라 끝까지 과학적이라야 할 것이다. 우리 무산 계급이 욕구하는 생은 어떠한 의의를 가져야만 된다는 것과 그 의의를 분명히 하려면 장래 할 새 사회(동경하는 신세계)는 어떻게 되지 않으면 안 될 것과, 그러한 생, 그러한 사회의 실현을 위하여서도 무엇에 대하여 어떠한 반항이 있어야 한다는 것을 과학적, 현실적으로 보여서 위에 말한 그네들의 심리에 만족과 법열을 주되 먼저 그들의 환경, 그들의 처지를 그들의 앞에 표현하여 보여야 할 것이다.

즉 그들의 생활은 나날이 파멸이 되는 것과 그 큰 원인은 어디 있는 것을 인과 관계가 분명하게 그들의 앞에 제시하고 그러한 생활을 고치려면 그것은 숙명론적의 '때'나 신비적의 초인간적 '힘'으로 되는 것이 아니라 그들의 힘이 아니면 될 수 없다는 것을, 또 그들의 힘은 무엇보다도 가장 위대하다는 것을 그들에게 보여 주어야 한다. 그러나 생경한 이론은 일대 금물이다. 생경한 이론은 그들이 즐기지도 않거니와 들어도 무슨 소리인지 무슨 뜻인지 모른다. 어쩌다 그네들이 이해하는 구절이 있다 하더라도 그것으로써는 큰 효과를 내지 못한다. 그러므로 그들에게는 이론보다도 작품으로써 모든 것을 그들이 실지 체험하고 실지 느끼어서 사실같이 믿도록 보여 주어야 할 것이다. 이리하여서 그들의 의식을 고쳐야 한다. 그들은 중산 계급이나 지식 계급과 같이 알고도 주저거리거나 어디가 어떻게 되나 하여서 이쪽저쪽에 추파秋波를 보내는 얄미운 짓은 하지 않는다. 한번 믿으면 무조건하고 행하는 것이다. 그네들이 그네들의 안주지지安住之地를 찾음에 있어서 현재 그네들의 행동이 글렀다는 것을 아는 날이면 그들은 그것을 버릴 뿐 아니라, 그네들로 하여금 그러한 생활을 하게 하던 그 무엇까지라도 부숴 버리게 하는 것이다 그리고 . 믿는 세상의 실현을 위하여 다시 새로운 행동을 취하게 될 것이다.

무산 문예는 그들의 의식을 그렇게 돌리도록 내용을 가져야 할 것이다. 그러므로 나는 소위 노농 대중을 위한다는 흥미에만 치중하고 하등 윤리적 의식이 움직이지 않는 그 따위 대중 문예는 하루 바삐 없어지기를 바란다. 독한 약이 병에는 좋으나 맛이 씀으로 어린것들이 잘 먹지 않으니까 사탕砂糖을 타는 것이나 마찬가지로 노농 대중에게 의식을 불어넣기 위하여서 흥미를 권도로써 쓴다면 문제가 아니지만, 그렇지 않은 흥미를 위한 흥미의 대중 작품은 고대 소설 이상으로 그네들의 의식을 혼란시키고 그네들의 생활에 파멸을 주는 것이다. 그런 것은 아편보다도 알콜보다도 더 심하게 그들의 신경을 마비시키는 것이 된다. 그러므로 내가 바라는 대중문예는 현대 노농 계급이 마땅히 가져야 할 계급의식을 담은 무산대중의 문예라야만 될 것이다. 그것은 즉 무산 문예이니까.

그렇게 무산 문예는 그러한 내용을 곡절이 있고도 정연하게 그네들이 가장 읽기 쉬운 말로써 표현하여야 할 것이다. 그런데 그 작품은 될 수 있는 대로 너무 길지 말고 책은 팸플릿 식으로 하여서 2, 3십 전을 받도록 하여 가지고 일반 노농 대중에게 많이 읽히도록 하여야 하리라고 믿는다.

---

1) 한우충동(汗牛充棟) : 실으면 소가 땀을 흘리고, 쌓으면 들보에까지 가득 찰 만큼 많다는 뜻. 썩 많은 장서(藏書)를 가리키는 말이다.
2) 새납 : 날라리.
3) 남부여대(男負女戴) : 남자는 지고 여자는 이고 감. 즉 가난한 사람이 떠돌아다니면서 삶을 이름.

작가연보
최서해

최
서
해

1901년 1. 21 함북 성진 출생.
본명은 학송鶴松. 서해曙海는 아호. '서해'라는 가명으로 쓴 시를 『북선일일신문北鮮日日新聞』에 기고했는데 이 시에 곡을 붙여 노래한 음악대회가 열려, 이에 크게 감동하여 '서해'를 아호로 정함. 그 외 설봉雪峰·풍년년豊年年·저곡苧谷 등으로 불림.

1911년 성진보통학교에 입학했으나 가난으로 5학년 때 중퇴.

1917년 간도로 이주해 방랑하며 하층민의 생활을 함. 독립군이 된 아버지를 찾아 만주로 가서 각지로 전전하며 품팔이·나무장수·두부장수 등 밑바닥 생활을 뼈저리게 체험하였는데, 이러한 체험이 그의 문학의 바탕을 이루게 함.

1918년 3월 『학지광』에 시 '우후정원雨後庭園의 월광月光'·'추교秋郊의 모색'·'반도청년에게'를 발표하며 창작활동을 시작. 이어서 시 '춘교春郊에서'·'자신自信' 등을 발표.

1924년 1월 28일부터 2월 4일까지 『동아일보』에 '토혈(吐血)'을 연재. 10월에 단편 '고국'으로 『조선문단』의 추천을 받아 정식으로 문단에 나옴.

1925년 2월 『조선문단』에 입사, 이 잡지에 간도 체험을 생생하게 그
린 '십삼원拾參圓'(1925. 2)·'탈출기'(1925. 3)·'살려는 사람들'
(1925. 4) 등을 발표함. 특히 '탈출기'는 살 길을 찾아 간도로
이주한 가난한 부부와 노모 세 식구의 눈물겨운 참상을 박
진감 있게 묘사한 작품으로 신경향파 문학의 대표작으로 평
가됨.
이 해에 조선 프롤레타리아 예술가동맹(KAPF)에 가담해
1929년까지 활동.
그의 작품은 자신이 체험한 당시의 빈곤의 참상을 토대로
묘사, 간결하고 직선적인 문체로 인해 한층 더 호소력을 지
님. 하지만 후기에는 빈궁문학, 경향파 문학에서 탈피해 인도
주의적 작품을 집필.

1926년 KAPF 맹원이자 시인인 조운의 누이 조분려와 재혼.

1932년 7. 9 『현대평론』·『중외일보』 기자를 거쳐 『매일신보』 학에
부장으로 일하다가 31세의 나이로 서울에서 사망.